KB122033

전쟁과 목욕탕

전쟁과 목욕탕

야스다 고이치 글 카나이 마키 글·그림
정영희 옮김

이유출판

한국의 독자 여러분께

최근 5년 동안 제일 많이 운 날이 있다. 야스다 고이치 씨가 서울의 서대문형무소에 데려가 줬던 날, 아마 그날 밤이었을 것이다. 키우던 고양이가 평화롭게 무지개다리를 건너던 날도 그렇게 많이 울진 않았다. 호텔 근처 시장에서 막걸리를 마시다가 술에 취해 울어버리는 감당 안 되는 사람이 되어 한참을 엉엉 울었다. 늦은 밤이라 시장은 어둑어둑했고, 우는 내게 주의를 기울이는 사람은 아마 없었을 것이다.

야스다 씨가 깜짝 놀라 왜 그러냐고 물었지만 그때도 지금도 왜 울었는지 제대로 설명하기 어렵다. 가혹한 식민 지배에 저항했던 용감한 사람들, 그들이 고문당하다 옥에서 죽었다. 그 '돌이킬 수 없는 일'은 아무리 한탄하고 한탄해봤자 결코 이전으로 되돌릴 수 없다. 어떻게 하면 좋으냐고, 아무 방법이 없지 않느냐고 나는 울었다.

야스다씨는 요괴처럼 불쑥 등장한 술 취한 울보에 당황하면서도 "맞아요. 일본인은 끔찍한 짓을 저질렀어요. 카나이 씨가 우는 심정이 이해가 돼요."라며 열심히 공감해 줬다. 하지만 그가 다정하면 다정할수록 점점 더 침울해졌다.

서대문형무소 자료실에서 본 수많은 얼굴들. 젊은이도 있었고 여성도 있었다. 얼마나 고통스러웠을까. 보고 싶고 그리운 사람도 있었을 것이다. 그러나 그들은 누구에게도 위로받지 못하고 차가운 형무소 바닥에서 싸늘하게 죽어갔다. 지금 나는 취했고, 울고 있고, 야스다 씨에게 위로도 받고 있다. 팔자 좋게 말이다. 정말이지 이래도 되나 싶었다.

너무 많이 운 탓에 다음 날 눈이 붓고 머리가 아팠다. 야스다 씨의 기억 속에서 그날 밤의 추태가 희미해져 가기를 빌어 보았지만... 새삼 다시 이렇게 쓰고 말았다.

요즘에는 눈물이 헤퍼졌지만 어릴 때는 사람 앞에서 우는 게 부끄러웠다. 내가 처음 울었던 영화는 「버마의 하프」(1985년 개봉. 이치가와 곤 감독)였다. 버마(미얀마)에서 패전을 맞은 일본군 미즈시마가 전사한 동포를 애도하기 위해 현지에 남아 승려가 된다는 이야기다. 그가 전우들과 헤어지는 장면에서 눈물을 참을 수 없었고, 가족에게 우는 모습을 보이는 게 부끄러워 욕실로 뛰어 들어갔던 기억이 난다. 얼마 동안은 미즈시마가 연주하던 '즐거운 나의 집' 멜로디만 떠올라도 코끝이 찡했다.

내가 어릴 적 우리 가족 중에 제일 울보는 할머니였다. 여름방학을 할머니 집에서 보낼 때, TV에서는 늘 고교야구 중계가 흘러나왔다. 8월 15일 정오가 되면 야구 소년들은 경기를 멈췄다. 투수는 투수석에서, 수비수는 각자의 수비 위치에서 모자를 벗고 자세를 바로잡았다. 벤치도, 응원석도 전부 고요해지면 우우우~ 사이렌이 울려 퍼지고 야구장 전체가 전몰자를 향해 묵념을 올렸다. 그 순간이 되면 할머니는 TV 앞에서 반드시 울었다.

"할머니, 왜 울어?"

"그러게. 왜 그런지는 몰라도 눈물이 나네."

눈물을 뚝뚝 흘리며 할머니는 쑥스러워했다.

할머니의 오빠, 겐조 씨는 가미가제 특공대원이었다. 출격이 결정되어 유서도 썼지만 이륙 직전에 종전을 맞아 아슬아슬하게 죽음을 면했다. 그 이야기를 할 때도 할머니는 100퍼센트 확률로 울었다. 그러면 할머니 옆에 팔팔하게 살아계신 할아버지가 "너는 참 울보라니까."라며 웃었다. 사이좋은 남매가 늘 주고받던 레퍼토리였다.

내가 어린아이였던 1980년대, 태평양전쟁 이야기는 지금보다 훨씬 더 가까이에 있었다. 주변에 전쟁 경험자가 수두룩했다. 슬픈 이야기라고 하면 「불쌍한 코끼리」(전쟁으로 폐쇄된 동물원에서 결국 굶어 죽는 코끼리 이야기)와 「반딧불이의 묘」(전쟁으로 고아가 된 남매를 통해 전쟁의 참상을 그린 이야기)가 대표 주자였다. 하지만 나는, 적어도 나는, 가해의 역사에 눈을 돌릴 기회를 얻지 못했다. 일본군 미즈시마의 심정에 공감해 같이 울긴 했지만 국토를 유린당한 미얀마 사람들의 원통함에 대해서는 생각조차 못 했다. 미얀마와 태국을 잇는 일본군의 타이멘 철도 공사, 거기서 죽어간 강제노동자와 포로들에 대해서도 몰랐고, 포로 감시 역할을 떠맡았다가 BC급 전범이 된 조선반도 출신자가 일본군 안에 섞여 있었다는 사실도 전혀 몰랐다.

'미즈시마 씨, 당신이 애도해야 할 상대는 전사한 일본인만은 아닐 겁니다.'

이제는 이렇게 생각할 수 있다.

8월 15일을 광복절이라 부르고, 우리 할머니와는 다른 마음으로 그날을 맞는 사람들이 있다는 사실, 오키나와에서는 전쟁이 끝난 날이 9월 7일이라는 사실도 내게 가르쳐 준 사람이 없었다. '전쟁은 나쁘다', '특공대원은 불쌍하다', '원자폭탄은 두 번 다시 쓰면 안 된다' 등 아이였던 내가 생각하던 것들이 결코 틀렸다는 말이 아니다. 그러나 정말로 알아야 할 것들을 나는 전혀 몰랐다.

서대문형무소의 그날 이후, 야스다 씨와 만날 때마다 같이 책을 만들면 좋겠다는 이야기를 나누었다. 그렇지만 고민도 있었다. 강골 사회파 저널리스트인 그와, 느슨한 글과 그림으로 세상의 단면을 묘사하는 내가 잘 어우러질 수 있을까?

고민하고 헤매며 우리는 태국으로, 오키나와로, 한국으로 여행을 계속했고, 결국 『전쟁과 목욕탕』을 완성했다.

한국어로 번역되어 한국 독자에게 우리 책이 전해진다니 꿈만 같다. 우리가 목욕탕 여행에서 만난 사람과 풍경을 함께 즐겨주신다면 정말 기쁘겠다.

– 카나이 마키

한국의 독자 여러분, 안녕하세요.

저희 책을 한국어로 전할 수 있어 무척 기쁩니다. 여러분도 아마 목욕탕과 온천을 좋아하겠지요? 이 책을 집어 드신 분들이니 그럴 거라고 생각합니다.

저는 취재와 여행차 한국에 여러 번 갔습니다. 한국에 머무는 동안 커다란 탕이 있는 곳을 발견하면 그냥 지나칠 수가 없었습니다. 찜질방에서는 여유롭게 땀을 빼고, 뒷골목에 있는 대중탕에 뛰어 들어갈 때도 있었습니다. 온양이나 유성 등 유명 온천지를 찾아간 적도 있습니다. 이 책에서는 동래와 해운대의 온천에 대해 쓰기도 했습니다.

뜨거운 물에 몸을 담그고 있는 시간. 제가 참 좋아하는 시간입니다. 매일 곳곳에서 끔찍한 일들이 벌어지는 가운데 우린 늘 무언가에 쫓기고, 도망치고, 때론 고개를 숙여야만 하죠. 인생이란 참 힘들구나 싶다가도 탕에 들어가 있을 때면 모든 걸 잊을 수 있습니다. 실패도, 후회도, 사소한 비밀이나 악행도, 커다란 불안도 일단은 씻겨 내려갑니다. 그 순간만은 모든 것에서 풀려납니다. 그래서 저는 목욕탕에 갑니다.

그러나 이 책은 목욕탕과 온천의 가이드북은 아닙니다. 저와 카나이 씨가 쓰고 싶었던 책은 탕의 모양이나 수온에 대한 것이 아니라, 전쟁과 권력으로 농락당한 사람과 땅에 대한 이야기입니다.

본격적인 이야기에 들어가기 전에 잠시 샛길로 빠져볼까 합니다. 목욕탕과 온천을 무척 좋아하지만 그에 관한 책을 쓴 적은 없었습니다. 지금까지 저는 일본에서 착취당하는 외국인 노동자, 인종차별에 대한 것들만 줄기차게 써 왔습니다.

사실 저는 불합리한 차별과 편견을 정말 싫어합니다. 인종, 민족, 국적, 성별이라는 단편적 속성만으로 타인을 판단하고, 멸시하고, 필요할 때만 이용하려 드는 사람들과 사회를 용납할 수 없습니다. 사회를 바꾸고는 싶지만 안타깝게도 제가 가진 힘이 미약하기에, 그저 한 명의 저널리스트로서, 사회를 살아가는 한 인간으로서 계속 저항할 뿐이죠. 차별의 현장을 글로 고발하는 가운데 사회가 조금이나마 바뀌길 바라면서요. 그런 생각으로 책을 계속 써왔습니다. 물론 사회를 바꾸는 일은 결코 쉽지 않습니다. 오히려 작은 파문을 일으키는 것조차 어려울 때가 많죠.

2000년대 이후 일본은 혐오 발언이 넘쳐나는 사회가 되었습니다. 길거리에서, 인터넷에서, 책에서, TV에서 타자를 향한 혐오를 조장하는 언어가 난무합니다. 이런 발언은 단순한 욕설에 그치지 않습니다. 언론이라고 할 수도 없습니다. 혐오 발언에는 증오와 악의가 담겨있을 뿐입니다. 혐오 발언을 일

삼는 이들은 때로 거짓 정보까지 퍼뜨리며 차별과 배제를 부추기고 우리 사회를 망가뜨립니다. 그것은 언론의 자유가 아니라 박해이며, 언어의 차원을 넘는 폭력 그 자체입니다. 인간의 마음에 칼을 꽂아 깊이 도려내는 행위, 사람을 죽이는 행위와 다를 바 없죠.

일본과 세계 각지에서 차별로 인한 살육과 전쟁이 벌어지고 있습니다. 저는 차별로 상처받는 모습도, 상처 주는 모습도 보고 싶지 않습니다. 사회가 더 이상 망가지는 것도 보고 싶지 않습니다. 이제 그런 것들에 진절머리가 나거든요.

카나이 씨는 그런 내 마음에 공감해 준 사람입니다. 그녀와는 6년 전에 처음 만났습니다. 차별의 폐해를 다룬 중고등학생용 책을 만들고 싶다는 출판사의 요청으로 『학교에서 가르쳐주지 않는 차별과 배제의 역사』라는 책을 썼는데, 카나이 씨가 그 책의 일러스트를 맡아주었죠. 카나이 마키 씨는 감칠맛 나는 그림을 그려내는 일러스트레이터이자 '사회의 다양성'을 주제로 국내외를 취재해 맛깔 나는 글을 써내는 작가이기도 합니다.

우리는 둘 다 지금의 일본 사회를 지긋지긋해 하고 있습니다. 차별과 편견, 배제가 만연한 일본 풍조에 넌덜머리를 내고 있죠. 우리를 연결해주는 것이 두 가지 있는데, 그중 하나는 어떻게든 저항하는 태도를 지켜나가자는 결의이고, 다른 하나가 바로 목욕탕입니다.

그녀의 취미는 집 근처 대중탕 탐방입니다. 이 책에서도 잠깐 다루지만, 저는 무언가로부터 도망치기 위해 탕에 들어갑니다. 반면 카나이 씨는 인간을 관찰하기 위해, 그리고 활력을 얻기 위해 수건을 챙겨 탕으로 향하는 사람입니다. 탕에 들어가는 동기는 서로 달라도 탕을 좋아한다는 사실은 같죠. 의기투합은 당연한 결과였고 우리는 곧바로 '목욕탕 친구'가 되었습니다.

목욕을 마친 뒤 이자카야에서 맥주를 마시며 우리 사회를 비판하다가 이 책을 구상했습니다. 목욕탕을 통해 '일본 사회의 허점과 한계를 드러내는' 책을 만들자고 다짐했습니다. '아무리 보잘것없다 해도 좋다, 사회의 모순에 분노하고, 실패한 역사를 제대로 살펴서 우리 이야기에 공감하는 사람이 한 명이라도 더 늘어난다면 그걸로 충분하다.' 그런 생각으로 우리는 목욕탕을 탐방하는 여행길에 나섰습니다.

책은 완성되었습니다만 처음 의도대로 제대로 그려졌는지는 잘 모르겠습니다. 그건 여러분의 평가에 맡기기로 하죠. 단지 이 책 어딘가엔 한국의 독자들께서도 공감해주실 만한 데가 있으리라 확신합니다. 이 책에는 한국에서의 체험은 물론, 태국과 일본의 이야기도 담았습니다. 각국의 대중탕을 통해 사회와 역사의 문제점에 한발 더 다가서려 했습니다.

자, 이제 책장을 넘겨주세요. 목욕탕 대국, 한국의 독자들과 함께 목욕탕 여행을 떠나보고자 합니다.

– 야스다 고이치

목차

들어가며

목욕탕에서 만난 사람은 다들 표정이 좋다. 남탕은 어떨지 모르겠지만 여탕은 탈의실에서부터 활기가 넘친다. 아주머니들이 가슴을 내놓은 채 우스갯소리로 흥겨워하는 풍경과 만나면 뜨거운 탕에 몸을 담그기 전부터 온몸이 노글노글 풀린다.

탕 속에도 가지각색 재밌는 이야기가 담겨 있다. 알몸이 된 사람은 마음도 무방비 상태가 되기 마련이다. 맞선을 본 사연, 매실주 담그는 법, 귀신 본 이야기 등 뭐든 다 나온다.

몇 년 전, 전기탕(저주파 전기가 흐르는 탕으로, 전기 자극으로 몸의 피로를 풀어준다는 속설이 있다. - 옮긴이)에서 만난 할머니가 잊히지 않는다. 그녀의 오빠는 태평양 전쟁에 참전한 병사였다.

"군대에서는 한 명이 잘못하면 모두가 벌을 받는대. 우리 오빠가 겪은 일인데, 일렬로 서서 손을 잡게 하고는 전기를 흘려보냈다나 봐. 그게 너무 아팠대."

전기탕에 들어앉아 전기고문 이야기를 듣다니, 묘한 기분이었다.

야스다 고이치 씨와 '목욕탕 친구'가 된 건 몇 년 전부터의 일이다. 가끔 만나 동네 목욕탕에 가고 목욕이 끝나면 맥주를 마신다. 차별 반대 운동의 현장에서 분투 중인 야스다 씨와 마시다 보면 아무래도 그쪽으로 화제가 흘러간다.

세상에는 차별을 조장하는 책, 역사를 왜곡하는 책이 넘쳐난다. 심지어 잘 팔린다. 분하다. 어이없다. 그런 이야기를 주

고받으며 녹차하이(일본식 소주에 녹차를 섞은 술 - 옮긴이) 두 번째 잔을 들이킨다.

"혐오를 조장하는 책보다 카나이 씨 책이 훨씬 더 재밌는데."

"열심히 취재해 만든 작가님 책보다 적당히 짜깁기한 책이 더 팔린다니, 말도 안 돼요."

이렇게 서로를 위로하지만 어쩐지 책이 팔리지 않아 몽니를 부리는 심정 같기도 하다. 녹차하이 잔에 맺힌 물방울을 손가락으로 훑는다. 가슴 속에서 질타의 소리가 들려오기 시작한다.

'재미도 있고 팔리는 책을 만들어 맞서면 되잖아!'

그렇다. 역사수정주의 따위를 걷어차는 재미있는 책을 만들면 된다. 비뚤어져 있을 때가 아니다. 카나이 마키 사마귀가 앞발을 치켜든다.(당랑지부(螳螂之斧)의 사마귀를 본인에 비유한 것. 당랑지부는 사마귀가 앞발을 들고 마차를 멈추려는 데서 유래한 고사성어로, 강한 상대에게 무모하게 덤벼드는 일을 일컫는다. - 옮긴이) 야스다 씨가 웃으며 말한다.

"같이 만들까요?"

둘 다 목욕탕을 좋아하니까 이런저런 탕을 경험해보는 책은 어떨까? 수증기 너머에 있는 역사의 진실을 펼치는 거다. 최고로 기분 좋은 책, 제대로 된 책을 만드는 게 우리의 목표다. 목을 씻고 기다려라, 역사수정주의! 이렇게 카나이 마키와 야스다 고이치는 도끼자루 끝에 목욕 수건을 걸고 길을 떠났다.

제1장

정글 노천탕과 옛 타이멘 철도

태국

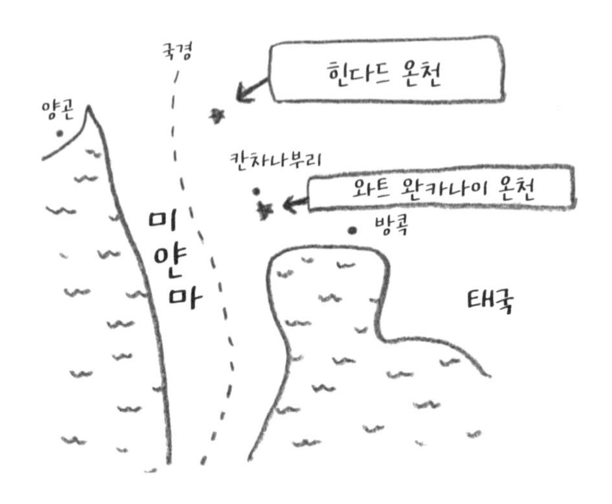

목적지는 열대 밀림의 정취로 가득한 정글 노천탕!

일본군이 부설한 옛 타이멘 철도를 타고

태국 중부에 위치한 칸차나부리로 향한다.

영화 「콰이강의 다리」의 무대가 된 곳에 도착해

일본군의 소행에 억울하게 빼긴 생명을 생각하며 고개를 숙인다.

남국의 햇볕 속에서 온천은 빛난다.

짙은 녹음, 미지근하고 질 좋은 온천수.

태국의 지금과 과거를 더듬는 여행이 시작된다.

비경, 힌다드 온천

그 온천은 정글 속에 있었다. 빽빽한 열대 우림 사이를 누비는 맑은 강. 그 강의 경계를 따라 콘크리트로 구획을 나눈 커다란 노천탕 두 개가 떡하니 입을 벌리고 있다. 꾸밈없이 수수한, 자연 그대로의 아름다움으로 가득한 천변의 노천탕이다.

우리의 목적지 힌다드 온천은 태국 중부 칸차나부리에서 흔들리는 버스로 3시간 거리, 미얀마 국경 근처에 위치한 천연 온천이다.

머리 위에서 지저귀는 새들. 졸졸 흘러가는 물소리. 향기로운 나무 냄새. 금가루라도 뿌린 양 춤추듯 일렁이는 남국의 뜨거운 햇볕이 온천 전체에 내리쬔다.

이미 몇몇 목욕객들이 탕에 몸을 담그고 있다. 완전히 이완된 표정들이다. 대자연에 온전히 녹아든 사람들. 얼마나 기분 좋을까. 한시라도 빨리 땀에 젖은 티셔츠를 벗어던지고 탕 속에 뛰어들고 싶다. 자, 온천이 기다린다. 수증기가 나를 부른다. 천국이 눈앞이다.

'죽음의 철도'를 타고

힌다드 온천에 도착하기까지 긴 시간이 걸렸다. 카나이 마키 씨와는 태국의 수도 방콕에서 합류했다. 차오프라야강 서쪽에 있는 톤부리역에서 우리의 여행은 시작됐다. 역 바로 옆에는 채소와 과일이 가지런히 쌓인 시장이 있었다.

아침 7시 50분. 톤부리역 시발 열차에 몸을 싣는다. 출발을 재촉하는 새된 호각 소리를 신호로 차체가 살짝 덜컹인다. 그러더니 서서히 움직인다. 디젤 엔진의 굉음에 기세가 눌린 듯 플랫폼이 창밖으로 조용히 뒷걸음친다. 기차는 정시에 출발했다.

일단은 서쪽으로 약 3시간 거리, 110킬로미터 떨어진 칸차나부리로 향한다. 주택이 밀집된 도심을 벗어나자 기차는 속도를 높인다. 레일의 이음매 간격에 맞춰 바닥이 덜컹댄다. 풍경이 흘러간다. 차내에 냉방 장치는 없다. 열어둔 창으로 엔진 소리와 함께 남국의 습한 바람이 달려든다.

객차는 낡았다. 벌써 수십 년 이상 달려왔으리라. 등받이가 높은 박스 시트(두 사람씩 마주보고 앉는 4인 좌석 – 옮긴이)가 규칙적으로 반복될 뿐 별다른 장식이랄 것도 없다. 어쩐지 거대한 핫바를 연상시킨다. 우리가 탄 선두 차량에는 관광객으로 보이는 서양인 그룹 이외에 다른 승객은 없다.

기차는 초록 물결 넘실대는 농촌 지대를 통과한다. 차창에 이마를 바투 대고 평화로운 경치를 두 눈에 담는다. 바나나 나무, 야자나무, 망고나무. 1년 내내 여름인 나라. 작열하는 태양. 그 빛을 받고 선 나무들이 천천히 후방으로 사라진다. 덜컹 덜컹 덜커덩. 규칙적으로 울리는 기차 바퀴 소리도 기분 좋다. 가슴이 뛴다. 온천지로 향하고 있다는 고양감에 몸을 맡긴다.

원래부터 나는 철도를 좋아했다. 내향적이고 숫기 없던 어린 시절부터 나에게 기차란 지금의 장소에서 도망칠 수 있는 희망이었다. 철로를 가로지르는 육교 위에서 기차가 통과하는 모습을 지켜보는 것만으로도 마음이 편안해졌다. 산 너머, 바다 저 멀리, 터널을 빠져나간 바로 그 앞에 내가 모르는 마을이 있다는 걸 상상하는 것만으로 살아가는 이유를 찾을 수 있었다.

어른이 된 지금도 마찬가지다. 차창 너머 태국의 전원 풍경을 바라보는 것만으로도 마음이 들썩인다. 툭툭 성가시게 몸을 쳐대는 차체의 흔들림도 미지의 세계로 나를 이끄는 약동의 리듬처럼 느껴진다.

강제 노동과 학대

그러나 방콕에서 멀어질수록, 뭐라 표현하기 힘든 불편한 감정이 마음에 작은 얼룩을 만든다. 닦아도 사라지지 않는 검은 얼룩은 점점 커져만 간다. 서서히 덮쳐오는 이 압박감의 정체는 우리를 칸차나부리로 데려가는 이 철도의 유래에 있었다.

현재 이 노선은 태국 국철 '남톡 지선'이라는 명칭으로 불리지만 과거에는 '타이멘 철도[泰緬鉄道]'라 불렸다. 제2차 세계대전 당시, 인도 침공을 계획하던 일본군은 태국과 버마(지금의 미얀마)를 연결하는 철도를 건설했다. 총 길이 415킬로미터에 달하는 이 노선이 바로 타이멘 철도다.

전쟁이라는 특수한 상황 아래, 시급히 철도를 가설해야 했던 일본군은 20만 명이 넘는 노동자를 공사 현장에 투입했다. 오스트레일리아군, 영국군과 같은 연합군 소속 포로들과, '로무샤(노무자)'라 불리던 아시아 각국에서 징용된 노동자들이

동원됐다. 일본군은 노선 주변 각지에 수용소를 설치했고 그들을 강제 노동으로 내몰았다.

노동은 모질고 혹독했다. 1년 몇 개월밖에 안 되는 터무니없는 공사 기한을 맞춰야 했기 때문이다. 연일 밤을 새우는 돌관작업이 계속됐고 1943년 철도가 완성됐다. 그러나 굶주림, 피로, 전염병[1], 일본군 감독관의 학대로 약 1만 2000명의 포로와 수만 명에 달할 것으로 추정되는 아시아인 노동자가 생명을 잃었다. 조선 출신을 포함해 관리자 측에 속했던 일본군 중에도 전염병으로 인한 사망자가 발생했다. 이것이 일본이라는 국가가 안고 있는 어두운 부분이다. 틀림없는 전쟁 범죄다. 그런 까닭에 태국 국내에서 타이멘 철도는 '타이-버마 레일웨이(Thai-Burma Railway)'보다는 죽음의 철도란 뜻의 '데스 레일웨이(Death Railway)'라고 불리는 경우가 더 많다. 우리는 피로 물든 기억의 철로를 타고 목적지로 향하고 있었던 것이다.

차창에 비치는 풍경은 어디까지나 평온하고 나른하다. 전쟁의 흔적 같은 건 찾으려야 찾을 수가 없다. 그러나 우리가 달리는 침목 아래, 일방적으로 생명을 빼앗긴 사람들의 고통과 원한이 묻혀있다는 사실만은 틀림없다. 기차는 태양 빛을 받아 눈부신 남국의 농촌 지대를 달린다. 죽어간 사람들의 원혼 위를 달린다.

1 공사 기간과 우기가 겹친 와중에 비위생적인 노동 환경과 체력 저하가 맞물려 말라리아, 콜레라, 아메바 이질 같은 전염병이 광범위하게 발생했다.

칸차나부리까지는 일반적으로 버스를 이용하는 게 편하다. 그러나 우리가 굳이 차편도 적고 불편한 철도를 고른 까닭은 이러한 역사를 직시하고 싶었기 때문이다. 물론 내가 철도 애호가라는 이유도 거기에 한몫했다.

온천과 일본군의 관계

"정말 끔찍한 짓을 저질렀어요, 일본인은..."

창으로 들어오는 바람에 머리칼을 쓸어 올리며 카나이 씨가 나직한 목소리로 말했다. 여행 직전까지 그녀는 타이멘 철도에 관한 책을 여러 권 훑어봤다고 한다. 그러면서 전쟁의 부조리가 낳은 광기와 비극에 분노하며 목숨을 잃은 사람들에 대해 생각하기 시작했다.

타이멘 철도에 대해 별다른 지식이 없던 내게 다양한 관련 사실을 알려준 이도 카나이 씨였다. 태국의 온천 지역을 목적지로 정한 것도, 태국 내의 몇몇 후보지 중 열대 우림에 둘러싸인 힌다드 온천을 고른 것도 그녀였다. 나는 '남국과 온천'이라는 대조적인 조합에 묘한 매력을 느꼈다. 그러나 그 이상으로 우리를 끌어당긴 건 따로 있다. 바로 힌다드 온천이 철도 건설을 지시한 일본군에 의해 정비되었다는 사실이다.

칸차나부리에 주둔한 일본군은 야전 캠프를 짓기 위해 정글을 휘젓고 다니다 계류를 따라 솟아나는 온천수를 발견했다. 그래서 그 자리에 탕을 만들고 주변을 정비해 노천 온천으로 만들었다. 즉 힌다드 온천은 일본군의 휴식을 위해 만들어진 보양지였다.

우리는 일본이 남긴 족적을 두 눈으로 보고 싶었다. 그래서 기차에 몸을 실었다. 과거 '가해국'의 일원으로서, 일본이 드리운 어두운 그림자를 가슴에 품고서 말이다.

일본군의 과오

타이멘 철도의 비극은 과거의 일이지만 잊히지도, 사라지지도 않았다. 태국은 현재 '죽음의 철도'를 유네스코 세계문화유산으로 등록하기 위해 본격적으로 움직이고 있다. 일본군에 의해 자행된 학대 행위를 확고한 기억으로 남겨두기 위해서다. 등록 신청 시 '죽음의 철도'라는 표현을 쓸지의 여부에 대해서는 격한 논의가 이뤄지고 있다.

태국은 '친 일본 성향 국가'이고 일정 부분 일본을 배려해야 한다는 여론도 일부 있다. 이에 편승해 일본에서는 '인프라 설비에 전력을 다한 일본'이라는 번드르르한 이야기로 과거를 적당히 봉합하려 한다. 가해와 실패의 역사를 미담으로 덮어씌우려는, 매번 보던 바로 그 패턴이다. 이는 적어도 '가해'한 쪽에서 명칭을 두고 왈가왈부할 문제가 아니다. 철도 건설로 많은 이가 목숨을 잃었기 때문이다. 기술력을 으스대며 논점을 흐려 만든 '대단한 일본'이라는 이야기는 결코 성립하지 않는다. 타이멘 철도 건설은 지배와 피지배의 관계 속에서 희생자를 발생시켰다. 의심할 여지 없는 강제 노동이다.

식량 부족으로 인한 영양실조, 콜레라와 말라리아, 일본군의 린치로 사람들이 죽어 나갔다. 동원된 노동자의 절반 정도가 목숨을 잃었다. 이런 말도 안 되는 공사가 세상에 또 어디 있단 말인가. 일본군은 전쟁 중 포로에 대한 학대를 금지한 헤이그 육전 법규와 제네바 조약도 위반했다.[2] 이 확고한 사실은 결코 무엇으로도 덮어씌울 수 없으며 명백한 기억으로 많은 이들의 가슴에 각인되어 있다. 우리는 희생자의 원통함에 고개를 숙일 수밖에 없다.

타이멘 철도는 태국 국민의 편리를 위해 만들어진 철도가 아니다. 어디까지나 침공 작전의 일환이었고 일본군을 위해 만들어진 철도였다. 누구에게도 타국의 군사 작전에 동원되어 가혹한 노동을 강제당하다가 죽어갈 이유 따위는 없다. 눈곱만큼도.

덜컹덜컹 덜커덩. 죽음의 철도는 달린다. 발밑에서 레일 소리가 우리에게 전해진다. 어쩐지 목숨을 담보로 한 강제 노동의 망치질 소리처럼 들린다.

콰이강의 다리에 도착

도시락과 음료를 팔며 객차를 도는 아주머니에게서 스티로폼 용기에 담긴 과일을 샀다. 모양은 하귤과 비슷한데 이 동네 이름으로 '소무오'라고 한다.

껍질이 깨끗하게 벗겨진 커다란 과육이 등을 둥글게 만 애

2 실제로 전쟁 후 조약 위반으로 일본 측 관계자가 처벌받았다.

벌레처럼 포장 용기에 가지런히담겨 있다. 입에 한쪽 넣자마자 단맛과 쓴맛이 동시에 퍼진다. 쓰디쓴 기억을 품고 지금껏 살아남아 전진하는 철로에 대해 생각한다.

논밭을 가로지르고 골짜기를 휘돌고 몇 개의 작은 역을 지나 기차는 서서히 속도를 줄인다. 그리하여 우리는 이른 점심 무렵, 숨찬 배기음을 토해내는 기차에 실려 칸차나부리 역 플랫폼에 도착했다.

칸차나부리 역 출구를 빠져나가자 작열하는 태양 아래 빼곡한 나무로 둘러싸인 거리가 펼쳐진다. 소음과 배기가스로 가득한 근대 도시 방콕과는 달리 수많은 가로수가 신선한 공기를 뿜어낸다. 순식간에 몸속까지 씻긴 기분이다. 고층 빌딩이나 대형 쇼핑센터가 하늘을 가리는 일도 없다. 구름 한 점 없이 맑은 하늘. 아낌없이 쏟아져 내리는 햇볕이 거리 전체를 밝게 비춘다.

칸차나부리는 '타이멘 철도의 도시'로 국내외에 널리 알려져 있다. 또한 에라완 국립 공원 등 산악 리조트로 향하는 입구이기도 하다. 그래서인지 첫인상은 전형적인 관광지 느낌이다. 적당히 통속적이면서 적당히 차분한 분위기이다. 역 가까운 곳에는 저렴한 숙박 시설이 빼곡하게 들어서 있고 길 양옆으로는 몇백 엔만 있으면 충분히 배를 채울 수 있는 식당이 관광객을 기다리듯 줄지어 있다. 우리가 칸차나부리에 도착해 처음 들어간 식당에서 먹은 카오만까이(삶은 닭을 곁들인 덮밥 요리)는 일본 돈으로 150엔 정도였다. 저렴한 가격보다 더

고마웠던 점은 관광객을 상대로 하는 식당인데도 제대로 된 닭 육수가 밥에 스며들어 예상보다 훨씬 맛있었다는 점이다. 입속에서 천천히 퍼지던 깊은 맛이 태국 사람들의 조심스럽고 수줍은 미소를 연상시켰다.

마사지 가게와 고고바(스트립쇼 클럽 – 옮긴이)도 식당 사이사이에 뒤섞여 있다. 배낭여행자의 집합소라 불리는 방콕의 카오산 로드를 작은 규모로 간소화해 놓은 것 같은 거리다.

역 앞을 빠져나간다. 시가지 변두리 쪽으로 걷다 보면 한가롭게 흘러가는 콰이강과 맞닥뜨리게 된다. 칸차나부리에서 가장 많은 사람이 모여드는 관광 포인트다. 하천을 따라 조성된 공원으로 향하자 거대한 다리가 시야로 달려든다. '죽음의 철도'의 상징적인 존재, 그 유명한 콰이강의 다리다.

콰이강의 다리

카나이 마키

예전에 오스트리아를 여행할 때, 미라벨 정원에 도착한 나는 「도레미 송」을 흥얼대며 한발로 깡충댔다. 영화 「사운드 오브 뮤직」의 무대였던 곳이기 때문이다. 명장면을 재현하지 않고는 배길 수 없는 관광객 모드가 도졌다고나 할까.

이번에는 콰이강의 다리 앞이다. 영화 「콰이강의 다리」의 무대였던 그 다리 앞에 서 있다. 과연 여기서도 「콰이강의 행진」을 흥얼대는 관광객 모드로 돌아볼 수 있을까? 그러나 도무지 그럴 마음이 생기지 않는다.

「콰이강의 다리」는 1957년에 개봉된 영미 합작 영화로, 아카데미상 일곱 개 부문을 석권한 메가 히트작이다. 영국의 거장 데이비드 린 감독이 메가폰을 잡고, 제2차 세계 대전 중 일본군의 포로가 된 영국군 병사들이 타이멘 철도 준설의 가혹한 노동에 동원된 역사적 사실을 바탕으로 만든 영화다. 포로의 인권을 무시하며 거들먹대던 일본인 장교 '사이토 대령'(하야카와 셋슈 분)의 캐릭터가 밉살스럽기 그지없다. 그에 반해 고문과 회유에도 굴복하지 않고 당당하게 행동하던 영국인 장교 '니콜슨 중령'(알렉 기네스 분)의 캐릭터는 매력적이다. 알렉 기네스는 이 영화로 남우주연상을 수상했다.

영화 속에서 철도 건설 최대 난제로 그려진 대공사가 바로 이 콰이강의 다리다. 일본군은 반드시 폭 250미터의 강을 가로

지르는 다리를 건설해야만 한다. 거만한 사이토 대령의 명령은 누구도 들으려 하지 않지만, 니콜슨 중령이 리더십을 발휘하자 영국군 포로들은 다리 공사에 박차를 가한다. 「콰이강의 행진」을 휘파람으로 불며 의기양양하게 행진한다. 그리고 무사히 다리 공사를 완성해낸다.

그렇게 만들어진 다리가 그 자리에 남아 내 눈앞에 있다. 남아있다 뿐인가. 옛 타이멘 철도, 지금의 남톡 지선이 매일 그 다리 위를 지나고 있다. 전쟁이 끝난 뒤 보강 공사를 거쳐 지금까지도 사용되고 있는 것이다. 하루에 몇 번 기차가 통과하는 시간을 제외하면 다리 위를 걸으며 자유롭게 오갈 수도 있다. 그런 까닭에 세계 각지에서 칸차나부리에 도착한 영화 팬과 철도 마니아들은 콰이강의 다리를 반드시 목적지로 삼는다.

"기차가 다리를 통과하는 타이밍에 사진을 찍읍시다!"

자칭 철도 마니아, 철도 촬영에 진심인 야스다 씨가 의욕에 불탄다. 숙소에서 자전거를 빌려 다리로 향한다. 남국의 태양이 지질 듯 내리쬔다. 작열하는 태양이 모든 색깔을 집어삼킨 듯 희부옇한 외길을 따라 달린다.

콰이강의 다리는 한가로운 느낌의 관광지다. 다리 주변으로 기념품 가게와 음식점이 즐비하고, 손님을 기다리는 툭툭이(삼륜 택시 – 옮긴이) 운전수는 좌석에 몸을 누인 채 낮잠을 잔다. 그러나 느긋한 주변 분위기와는 달리 내 마음은 무겁게 가라앉기 시작한다.

다리 입구에 있는 금속 표지판을 본다. 타이멘 철도 공사로 목숨을 잃은 국가별 사망자 수가 동판에 새겨져 있다. 말레이시아 42,000명, 버마 40,000명, 영국 6,904명, 인도네시아 2,900명, 오스트레일리아 2,802명, 독일 2,782명. 일본군은 이곳에서 되돌릴 수 없는 짓을 저질렀다. 어두운 마음으로 새겨진 숫자를 쓰다듬어 본다. 아시아 각지에서 동원되어 죽어간 강제 징용공의 피해가 현격하다. 연합군 포로에 비해 사망자 수의 단위부터가 다르다. 먹을 것도 변변히 제공받지 못했고 병에 걸려도 방치됐다. 수많은 목숨이 도구처럼 쓰이다 버려졌다. 징용공 중에는 자신이 끌려온 곳이 어딘지조차 모른 채 죽어간 사람도 많았다. 목숨을 겨우 부지해 종전을 맞이한 사람들도 있었으나 그다음이 또 비참했다. 연합군 포로들은 풀려나 고향으로 돌아갔다. 일본군도 철수했다, 그러나 징용공들은 남겨졌다. 그들에겐 고향에 돌아갈 돈도, 방법도 없었다.

콰이강의 철교. 한적한 풍경에 비해 상상도 못할 과거를 품고 있다.

아무런 연고도 없는 땅에서 일생을 마친 징용공이 무수히 많다. 이런 인생이 세상 어디에 또 있단 말인가.

표지판 제일 밑에는 '일본, 한국 1,000명'이라고 새겨져 있다. 두 국가의 사망자 수가 한데 묶여있는 이유는 당시 조선이 일본의 식민지였기 때문이다. 영국군 포로의 일기를 읽다 보면 '코리안 가드(포로 감시관)'라는 단어와 자주 마주치게 된다. 일본은 식민지로 수탈한 조선의 징용병에게 포로를 감시하는 역할을 맡겼다. 그러니 어떻게 「콰이강의 행진」을 흥얼거릴 수 있단 말인가. 도무지 그럴 수가 없다.

전쟁박물관에서 고개를 숙이다

"1시간 20분 뒤에 도착한대요."

기차 통과 시각을 확인하러 역무원 대기소로 갔던 야스다 씨가 돌아왔다.

"그때까지 박물관을 둘러보고 올까요?"

다리 옆 제스 전쟁박물관(JEATH War Museum)[3] 입구로 들어선다. 앞마당에 떡하니 전시된 일본군 열차에 순식간에 압도된다. 당시 군수 물자를 실어 나르던 녹투성이의 낡은 화물차에 묘하게 새것 같은 일장기가 걸려있다. 그 대비가 주는 현실감이 생생하다. 그러나 이건 겨우 시작일 뿐이다. 입장료를 내고 박물관으로 들어가자 그저 생생하다는 표현으로는 부족한 광경이 펼쳐진다.

전시실은 어둡고 서늘하다. 일본군의 총, 일본군의 칼, 일본군의 군복, 일본군의 지프차, 군용 반합, 수통, 헬멧… 전시실에는 우리 외에 아무도 없다.

"뭔가 등줄기가 오싹하네요."

"그러게요…"

일본군이 남긴 유물을 보는데 어쩐지 점점 목소리가 기어들어 간다. 가장 섬찟했던 건 강제 노동에 시달리는 포로의 등신대 모형이다. 석고로 만들어진 등신대는 알몸이나 마찬가지였다. 그대로 드러난 갈비뼈, 야윈 팔다리, 제멋대로 자란 수

3 JEATH는 Japan(일본), England(잉글랜드), Australia(오스트레일리아), Thailand(태국), Holand(홀란드, 현재의 네덜란드)의 머리글자를 딴 이름이다.

염. 비참한 몰골로 어떤 이는 곡괭이질을 하고 어떤 이는 돌을 나른다. 포로들의 신음소리가 들려올 것 같다.

관내의 표기는 기본적으로 태국어와 영어지만 군데군데 일본어로 된 해설판도 있다. 자연스레 그쪽으로 눈이 간다. 그러다 나는 한 일본어 해설판 앞에서 고개를 떨어뜨릴 수밖에 없었다.

'1944년 11월 28일 오후 2시를 지난 시각, 공습경보가 울렸다. 연합군의 전투기가 칸차나부리 상공에서 서쪽을 향해 비행하고 있다는 내용이었다. 일본군은 수백 명의 포로를 집합시켰다. 그리고 다리 위에 줄지어 세운 뒤 전투기를 향해 환영의 표시로 손을 흔들게 했다. 일본군의 속내는 연합군 전투기

가 포로를 발견하고 공격을 멈추리라는 계산이었다. 그러나 그 속셈은 빗나갔다…'

연합군 파일럿 루시앙 엘코라니는 정확히 철교를 겨냥해 폭탄을 투하했다. 철교 위에 사람이 있는지 없는지, 그들이 동포인지 아닌지 구별할 수 없는 상황이었다. 포로 수백 명이 연합군의 폭탄에 목숨을 잃었다. 콰이강 강물이 피로 붉게 물들었다. 비참하기 그지없는 이야기다. 폭탄을 막으려 다리 위로 포로를 내몬 일본인. 그들은 괴물이었을까.

박물관을 나서자 푸른 하늘이 눈에 달려든다. 어두워진 마음에 그냥 숙소로 돌아갈까 싶다. 그러나 기차 도착 시간이 가까워지자 철도 촬영에 진심인 야스다 씨가 다시 의욕을 내비친다.

"어느 위치에 자리를 잡고 기다려야 할지 고민이네요."

그 소리에 등 떠밀려 콰이강을 가로지르는 철교로 돌아간다.

다리는 사람들로 가득하다. 300미터의 다리가 다양한 국적의 관광객들로 북적댄다. 귓바퀴를 타고 영어, 독일어, 프랑스어, 중국어가 들려온다. 다들 즐거운 얼굴로 기념사진을 찍는다. 선로의 교차점에서 브이 사인을 하는 중년 부인, 몸을 바싹 붙이고 셀카를 찍는 커플, 기타를 치며 노래하는 태국 소녀와 그녀를 둘러싼 오스트레일리아 관광객 그룹. 평화롭고 여유로운 풍경들이다. 다리 한가운데서 난간을 등지고 선 중년 남성 네 명의 무리가 보인다. 한국인들이다.

카메라와 스마트폰을 양손에 하나씩 들고 촬영 중인 야스다 씨.

"내가 찍을게."

"아냐, 내가 찍을 테니까 다들 거기 서봐."

이런 말로 아웅다웅하는 것 같아 참지 못하고 말을 건다.

"저기, 괜찮으면 제가 찍어드릴까요?"

"오, 감사합니다!"

그들은 동시에 나를 보며 활짝 웃는다. 그리고 당연한 수순처럼 일본인이냐고 질문한다. 네, 일본인입니다. 정말 뭐라 말해야 좋을지 모르겠지만, 일본인이에요.

78년 전, 일본인이 저지른 일의 무게를 주체하지 못하는 내 기분을 아는지 모르는지, 한국에서 온 그들은 도쿄에서 왔냐며 호의 가득한 얼굴로 고개를 끄덕여준다. 사진은 잘 찍혔다. 네 명 전부 들어간 사진이다.

"가무사하무니다."

서툰 한국어로 인사를 건넨다.

"즐거운 여행 되세요!"

서로 인사를 나눈다. 다른 국적을 가진 이들과 밝게 이야기할 수 있어서 그런지 마음이 조금은 가벼워진다.

고오오오오오오——

그사이 기차가 들어온다. 철로 위를 걷던 이들이 다리 한편 안전지대로 급히 이동한다. 아슬아슬 기차와 스치는 지점에 자리 잡고 사진 찍을 자세를 취한다. '참, 야스다 씨는?' 뒤를 돌아본다. 콰이강 풍경이 배경에 잡히는 좋은 자리에 진을 친 그의 모습이 보인다. 카메라와 스마트폰을 동시에 쥐고 찰칵찰칵 셔터를 누르고 있다.

천천히 다리를 건너지른 기차는 열대 우림 속으로 모습을 감춘다. 기차가 지나간 곳에는 여전히 쨍쨍 뙤약볕이 내리쬔다. 카메라를 정리해 넣은 야스다 씨가 만족스레 웃는다.

"임무 완료."

"그럼 슬슬 숙소로 돌아갈까요?"

자전거 페달을 힘차게 밟는다. 내일은 드디어 온천이다.

야스다 고이치

힌다드 온천을 향해

칸차나부리 버스 터미널은 시내 중심부에 위치하고 있다. 방콕과 치앙마이로 가는 장거리 노선 승강장과 근교 도시로 향하는 근거리 노선 승강장이 어지럽게 뒤섞여 있다. 바쁘게 오가는 사람들. 버스 발차를 고하는 고성이 여기저기서 들린다. 칸차나부리는 평온하고 느긋하게 시간이 흘러가는 도시이지만 터미널만은 예외다. 활기 넘치고 떠들썩한 시간이 이곳을 가득 채운다.

오늘 일정에는 방콕에 거주 중인 일본인 S씨가 통역자로 함께하기로 했다. S씨는 체육 교사 출신인데 은퇴 후 태국으로 이주했다. 다소 마르기는 했지만 반팔 소맷부리 밑으로 뻗은 팔은 탄탄한 근육질이고 살갗은 보기 좋게 그을려 있다. 태국은 물론 아시아 각국의 사회 정세를 알기 쉽게 설명해주는 지적인 분이기도 하다. 그와 함께라니 얼마나 든든한지 모른다.

아침 8시 반. 버스에 오른다. 미얀마 국경으로 향하는 버스다. 오늘의 목적지 힌다드 온천이 국경 근처의 밀림 속에 있기 때문이다. 그래서 그런지 우리를 제외하면 미얀마에서 넘어온 이주 노동자와 몬족(미얀마 국경 근처에 거주하는 소수 민족) 사람이 승객의 대부분이다. 노선버스이지만 도중에 멈춰 승객을 태우는 일은 거의 없다. 그저 산을 넘는 외길을 한결같이 달려가는 노선이다. 시나브로 졸릴 만큼 단조롭지만 의외로 쾌적한 여정이다.

국경 근처, 버스 안에 흐르는 긴장감

목적지까지 얼마 남지 않은 지점에 갑작스레 버스가 멈췄다. 정확히 표현하면 정류장이 아닌 곳에서 누군가 버스를 멈춰 세웠다. 앞문이 열리자 제복 차림의 남자들이 버스에 올라탄다. S씨에 따르면 불법 체류자를 단속하는 출입국 관리소 직원들이라고 한다. 불시 검문이다.

순식간에 버스 분위기가 돌변한다. 그전까지만 해도 편안한 진동에 졸음이 밀려오던 버스였는데 어느새 날선 공기가 승객들을 휩싼다. 긴장감이 흐른다. 미얀마 출신 이주 노동자들 쪽에서 불안한 기색이 엿보인다. 어느 나라에서건 타국의 국적을 가진 자에게 허락된 평화는 그리 길게 이어지지 않는다.

일본의 관점에서 보면 태국은 노동자를 내보내는 나라라는 인식이 강하다. 1980년부터 많은 태국 노동자가 일본으로 건너왔다. 특히 여성들이 유흥업이나 요식업에 종사하기 위해 일본으로 건너오는 경우가 많았다. 악질 브로커에게 인신매매를 당한 경우도 적지 않았다. 그런 여성들을 취재할 기회가 제법 있었는데, 이주 노동을 하기로 결정한 이유는 대부분 가난에서 벗어나기 위해서였다. 일본이라는 부자 나라에 가면 확실하게 부를 손에 쥘 수 있다. 많은 이들이 그렇게 믿고 일본으로 건너왔다. 희망이 절망으로 변하는 순간이 오기 전까지, 태국인 이주 노동자에게 일본이라는 나라는 아시아에서 가장 빛나는 곳이었다.

2000년대로 들어서면서 태국은 경제가 급속도로 성장했고 지금은 주요 선진국 수준에 가까이 다가서는 중이다. 국경을 넘나드는 사람의 흐름에도 변화가 보이기 시작했다. 타국으로 빠져나가기만 하던 인력을 이제는 받아들이는 나라가 된 것이다. 미얀마, 라오스, 캄보디아 같은 인근의 가난한 나라에서 일거리를 찾아 태국으로 오는 사람이 늘어났다. 그들 중에는 정규 수속을 거치지 않고 체류하는 이들도 있다. 태국의 치안 당국은 그것을 경계한다. 국경 근처에서 이런 식의 단속이 빈번하게 일어나는 것은 그 때문이다. 부를 거머쥔 인간은 그것을 지키려는 자세로 돌입한다. 국가도 마찬가지다. 값싼 노동력은 그저 작은 톱니바퀴로 취급된다. 쓸모가 없어지면 내쫓기고 만다.

출입국 관리소 직원이 험상궂은 얼굴로 버스 앞쪽 승객부터 차례대로 훑는다. 신분증이나 여권을 제시하라고 요구한다. 켕기는 부분이 있건 없건 결코 기분 좋은 장면은 아니다. 지시에 따라 여권을 내민다. 한번 쓱 훑어본 직원이 내던지듯 거칠게 여권을 돌려준다.

결국 승객 중 한 명이 버스에서 내렸다. 순하고 어눌한 얼굴의 미얀마 청년이었다. 체류 기간을 넘긴 걸까, 아니면 허가 없이 태국에 머물렀던 걸까. 청년과 담당 직원 사이에 짧은 문답이 오간 뒤 고개를 숙인 청년이 짐을 챙겨 버스 밖으로 사라진다. 아마 그는 지금부터 당국의 조사를 받게 되리라.

앞으로 1시간만 달리면 버스는 국경에 도착한다. 거기까지만 갔다면, 그는 출입국 직원을 뿌리치고 도망칠 수 있었을지도 모른다. 국경 너머에 분명 그의 가족이 기다리고 있을 텐데 한 발자국 앞, 정말 얼마 남지 않은 곳에서 발목이 걸려 넘어졌다. 복잡한 심경을 공유하듯 버스 안에는 무거운 공기가 흐른다.

강기슭, 극락의 노천탕

부쩍 말수가 줄어든 승객을 태운 채 버스는 더 깊은 산길을 달린다. 이윽고 우리의 목적지인 힌다드 온천에 멈춰 선다. 칸차나부리를 출발해 2시간 반의 여정이었다.

정류장에 내려 보니 주변에는 거의 아무것도 없다. 국경과 이어진 도로 양측으로 숲이 우거져 있고 작은 가게와 민가가 드문드문 흩어져있을 뿐이다. 이런 곳에 온천이 있기는 할까? 그러나 온천 입구를 표시하는 간판이 우리의 의심을 순식간에 날려 보낸다. 저 끝에 온천이 있으리라는 확신을 갖고 밀림 속으로 접어든다.

지글대는 하늘 아래 완만한 오르막을 오른다. 10분 정도 걷자 힌다드 온천으로 들어가는 문에 도착한다. 빽빽한 나무숲 너머 새로운 풍경이 펼쳐진다. 나무 그늘 사이사이 햇빛이 쏟아져 내린다. 계곡물이 흐른다. 수면에 쏟아지는 남국의 강렬한 빛이 현란한 색채의 오아시스를 만들어 낸다. 그리고 계곡 한편에 온천이 있다. 노천 온천! 계곡에서 솟는 노천탕이다.

"오오!"

셋이 동시에 감탄사를 터트린다. 태국의 온천은 S씨도 처음이라고 했다. 뜨거운 직사광선을 받으며 걷느라 피폐해진 몸에 생기가 돌아온다. 버스 안에서 겪은 불쾌한 에피소드도, 이 온천이 침입자인 일본군 손에 만들어졌다는 예비지식도 깨끗하게 날아가 버린다. 온천과 만난 순간, 모든 감정은 풍경에 조종되고 만다. 서로 포개질 듯 빽빽한 초록의 나무들이 축축

한 바람을 맞고 소란스레 흔들린다. 졸졸 흐르는 물소리가 기분 좋게 귓바퀴를 울린다. 계곡 기슭으로 시선을 돌리자 콘크리트로 만든 탕 두 개가 떡하니 입을 벌리고 있다.

계곡과 탕은 바로 붙어있다. 일본에서는 욕조나 풀의 높이를 수평선 높이에 맞춘 '인피니티 풀' 형식이 유행하고 있는데, 여기는 그야말로 '일체화'라 해도 좋을 정도다. 계곡물과 온천탕이 상호 넘나들 수 있을 정도로 근접해 있으니 말이다. 절묘한 탕의 배치가 기분을 끌어올린다.

자, 드디어 첫 입욕이다. 잰걸음으로 매표소로 향한다. 그런데 생각지도 못한 러시아어 표지판이 시선을 사로잡는다.

'모스크바까지 5,166킬로미터'.

열대 우림과 모스크바라니, 기묘한 조합이다.

"러시아에서 오는 관광객이 많거든요."

매표소 직원 비약크 씨의 설명을 듣자 곧바로 이해된다.

"예전에는 인근 지역민들로만 북적였는데 최근에는 외국인도 많아졌어요. 베트남 사람, 한국 사람, 물론 일본 사람도 많이 찾고요. 그중에 러시아 관광객이 제일 많이 찾아옵니다."

추운 나라 사람들은 더운 나라에서 휴가를 보내는 경우가 많다. 그런 면에서 태국은 러시아에서 인기 많은 관광지다.

"힌다드 온천이 SNS에서 화제가 되면서 순식간에 확산된 것 같아요. 관광버스를 탄 러시아인들이 매일같이 찾아주고 계시죠."

정글 속 온천은 때 아닌 러시안 버블로 끓고 있다.

'온몸에 다 좋은' 온천

힌다드 온천수에는 미네랄 성분이 많아서 '건강 증진에 도움이 된다'고 한다. 비야크 씨의 말이다. 어디에 어떤 효과가 있는 것일까? 그에게 재차 묻는다.

"전부요. 여기저기 온몸에 전부 다 좋아요."

애매하고 투박한 대답이다. 그러나 그 애매한 말이 오히려 기대감에 부풀게 한다. 입장료 60바트[4]를 내고 온천으로 들어선다.

힌다드 온천은 남녀 혼탕이기 때문에 수영복을 착용하는 게 기본 방침이다. 베니어합판으로 남녀를 나눠놓은 간이 탈의실에서 수영복으로 갈아입는다. 그리고 노천탕으로 향한다.

폭 10미터, 길이 20미터 정도의 탕이 두 개다. 콘크리트로 틀을 짠 간소한 만듦새다. 어딘가 초등학교의 풀을 연상시킨다. 스무 명 정도의 입욕객이 이미 몸을 담그고 있다. 이날은 입욕객 대부분이 태국인이었다.

물 색깔은 옅은 녹색이다. 어쩌면 밀림의 나무들이 물에 비춰 그런 색깔로 보이는지도 모른다. 천천히 발부터 집어넣는다. 차례차례 몸을 담근다. 물은 매끈매끈하면서도 피부에 좋을 것 같은 점도를 띤다. 부드럽게 몸을 감싸는 이 점도는 알칼리 온천수의 특징이기도 하다. 수온은 40도 살짝 미만, 대략

4 외국인 가격으로, 일본 엔화로는 약 200엔, 한국 원화로는 약 2,200원이다. 태국민 입장료는 20바트다.

정글 속 노천탕. 나뭇잎 사이로 쏟아지는 햇빛마저 아름답다.

그 정도이지 싶다. 남국에 어울리는 적당한 온도다.

그나저나 풍경이 정말 끝내준다. 대자연의 아름다움에 압도되는 노천탕이다. 주변은 열대 우림으로 둘러싸여 있고 탕의 테두리를 따라 계곡물이 흐른다. 대자연이 몸 전체를 감싼다.

크게 숨을 들이마신다. 노천탕 표면의 촉촉한 공기와 정글이 내뿜는 청량한 공기가 동시에 들어온다. 몸속을 순환하며 오장육부로 스민다. 치료 목적으로 이곳을 찾은 이들의 태국어 악센트가 음악처럼 흐른다. 그 소리에 박자라도 맞추듯 새들이 머리 위에서 지저귄다. 계곡에서 불어오는 바람이 뺨을 어루만진다.

이거다. 이게 바로 극락이다. 온천의, 노천탕의, 뭐라 표현할 수 없는 이 깊은 맛. 자연의 일부가 되어 풍경에 녹아든다. 즐거움에 몸을 맡긴다.

온몸에 다 좋다던 그의 말은 아마 사실일 것이다. 몸을 담그는 동안 조금씩 근육이 풀리는 느낌이다. 뭉친 곳도 풀린다. 누가 주물러준 것처럼 몸 전체가 이완된다.

탕의 깊이는 어른 가슴 정도로 깊은 편이다. 욕조 바닥에

엉덩이를 붙이고 앉으면 얼굴까지 잠기고 만다. 선 자세로 입욕을 즐길 수밖에 없다는 점, 그게 딱 하나 아쉬운 점이다.

긴시초의 단골 사우나에서처럼

살짝 머리가 띵할 정도로 몸에 열이 올랐다면 주변 사람들의 행동을 따라 하면 된다. 맞다. 바로 옆에 흐르는 계곡으로 뛰어드는 거다. 맑고 찬 물줄기가 순식간에 몸의 열을 빼앗아 간다. 말하자면 냉탕과 온탕의 반복이다. 긴시초[錦糸町]에 있는 내 단골 사우나에서 하던 것과 마찬가지다. 얼마나 기분 좋은지 모른다. 온천에서 몸을 풀었다가 계곡물에서 긴장감을 주는 거다. 이렇게 하면 몇 시간이고 노천탕을 즐길 수 있을 것 같다. 힌다드에서도 탕을 넘나들며 몇 번이고 수온의 변화를 즐긴다.

힌다드 온천에는 수영복 착용 외에 또 하나의 룰이 있다. 머리를 감고 몸을 씻는 행위는 계곡에서만 해야 한다. 즉 대중탕에서 몸을 닦는 곳의 역할을 여기서는 계곡이 하고 있는 것이다. 사람들은 계곡에 들어가 깨끗하게 씻은 뒤 노천탕으로 넘어온다.

독일을 동경하는 청년

온천은 사람과 사람 사이의 담을 없애준다. 그도 그럴 것이 어차피 모두 알몸이다. (여기서는 수영복 차림이지만.) 속수무책의 비무장 상태다. 그러니 처음 만난 사이인데도 불쑥 말을 걸고 싶어진다. 우리는 비무장 동지니까.

“기분 좋네요. 그죠?”

변죽 좋게 들이대는 나를 한 청년이 웃는 얼굴로 받아준다. 아직 소년티가 얼굴에 남아있는 와시라 씨다. 올해 스물셋으로 자전거포에서 일하고 있다. 사뭇쁘라깐이라는 곳에서 할아버지, 할머니, 누나와 함께 자동차를 운전해 여기까지 왔다고 했다.

“탕에 들어가 있는 걸 워낙 좋아해서요. 여긴 물 온도가 딱이라 한참 있을 수 있거든요.”

목까지 푹 담근 채 기분 좋은 표정이다. 그의 부모님은 현재 독일에서 제과 공장 직원으로 일하고 있다.

“저도 독일에서 일하고 싶어요. 언젠가는 독일에 꼭 갈 생각입니다.”

그는 밝은 얼굴로 자신의 미래에 대해 말했다. 독일에서 사는 삶을 동경하는 듯하다. 앞에서도 말했듯 태국은 이주 노동자를 받아들이는 나라이기도 하고 내보내는 나라이기도 하다. 독일은 이민 정책이 잘 되어있고 복지 정책도 충실하기 때문에 태국에서 인기 있는 해외 이주 국가다. 게다가 독일인 관광객은 태국에서 친숙한 존재다. 2016년 관광 통계 자료에 따르면, 일본을 찾는 독일 관광객은 연간 16만 명, 태국을 찾는 독일 관광객은 76만 명 정도다. 그래서일까? 태국과 독일의 심리적인 거리 또한 그리 멀지 않다.

‘그렇게 온천을 좋아한다면 일본에도 온천이 많다, 그러니 일본에 오는 건 어떠냐.' 하고 말하려다 그만둔다. 생각을 바꾼다. 지금의 일본 사회는 아시아에서 온 노동자를 값싼 노동력으로밖에 보지 않는다. 그런 일본이 이 청년에게 온천의 즐거움 말고 다른 것도 제공할 수 있을까? 적어도 내게는 그렇다고 말할 자신이 없다.

인생을 즐기는 여성들

이야기를 나누다 갑자기 열이 오르는 느낌이 든다. 탕을 벗어나 계곡에 몸을 담근다. 잠깐의 쿨다운 타임이다.

옆에서 머리를 감던 할머니와 인사를 나눈다. 올해 일흔이 됐다는 이티 씨다. 또래 여성 친구 다섯 명과 미니버스를 타고 4시간을 달려 힌다드까지 왔다고 했다.

"여기 온천이 태국에서 제일이라우."

이티 씨 얼굴에 자랑스러운 표정이 번진다. 힌다드 말고도 여러 온천이 있지만 여기 물에는 특별한 게 있다고 한다.

"이 온천수는 지방을 빼주거든."

그러면서 푸근한 자기 몸을 두드려 보인다. 그렇구나. 지방이 빠진단 말인가. 진짜로? 진짜면 좋겠는데… 수영복 허리춤 위로 칠칠치 못하게 삐져나온 뱃살을 잡아본다. '빠져라, 빠져라'. 마음속으로 빌어본다.

이티 씨는 현재 독신 생활 중이다. 함께 온 친구들도 마찬가지다.

"그러니 이렇게 모여 온천 다니며 수다 떠는 게 제일 큰 낙

이티 씨와 나란히 계곡에 몸을 담그다.

이라우."

통역을 맡은 S씨에 따르면 태국은 독신 여성이 많은 나라다. 특히 농촌 지역은 남녀 차별 경향이 높아서 남성에 의지하지 않고 홀로 사는 여성이 많다고 한다. 이혼율도 높은 편이고 결혼에 목매지 않는 비혼주의도 늘어나는 추세다. 그런 면에서 고령의 여성 독신 생활자는 태국에서 그리 특이한 경우가 아니다.

이티 씨는 혼자인 삶을 선택했다. 그녀에게도 분명 무언가 이유가 있었을 것이다. 그러니 독신은 결코 그녀에게 고독만을 의미하지는 않을 것이다. 무엇보다도 지금, 온천에서 웃고 떠드는 그녀와 친구들은 정말로 즐거워 보인다.

탕과 계곡을 오가며 즐거운 수다가 끊이지 않는다. 서로의 몸에 타나카(약용 나무를 주원료로 하는 천연 미용 분말)를 발라주며 깔깔대고 웃는다. 웃음소리와 함께 온천 여기저기 행복이 피어오른다.

누구에게나 평등한 즐거움

여기에는 언짢은 표정을 한 사람이 한 명도 없다. 온천이란 원래 그런 곳이다. 녹아 사라지는 것은 지방뿐만이 아니다. 고통도, 불안도 씻겨 나간다. 그렇게 사라지게 내버려 둔다.

숲과 계곡의 정기를 들숨에 가득히 빨아들인다. 반짝이는 햇빛을 받아들인다. 대지가 갓 뿜어낸 온천수에 몸을 맡긴다. 온몸에 다 좋다던 두루뭉술한 효능에 대해 다시 생각해 본다. 젊은 여자도, 연배 지긋한 남자도 여기서는 똑같은 즐거움을 맛본다.

휠체어를 타고 온 노부인이 가족의 부축을 받으며 천천히 탕에 몸을 담그는 모습이 보인다. 가족이 양팔을 끼고 들어 올릴 때 고통에 잠깐 표정이 일그러진다. 그러나 온천에 몸이 잠기자 평온한 표정으로 되돌아온다. 눈을 감는다. 그는 이 온천이 자신의 불편한 다리를 낫게 해주리라 믿을 것이다. 온천의 유효 성분을 전신으로 받아들이 듯 꼼짝 않고 가만히 물을 즐긴다.

무언가에서 해방되고 있다. 여기 있는 모든 이들은 각자가 품고 있던 무거운 짐을 던져버리는 중이다. 사람은 잊기 위해, 벗어나기 위해, 때로는 포기하기 위해 온천을 찾는다. 그리고

약간의 희망을 기대하며 물에 몸을 담근다. 정글 속 비밀 온천을 즐기며 웃고 있는 사람들을 바라본다. 과학적으론 설명되지 않는 온천의 효과에 대해 생각한다.

독일행을 바라는 청년의 꿈이 이루어지길. 혼자 살아가는 여성들이 행복하기를. 노부인의 다리 통증이 완화되기를. 버스에서 내려야 했던 미얀마 청년이 무사히 가족 품으로 돌아가기를. 살다 보면 좋은 일도 있고 나쁜 일도 있다. 어떤 미래든 내 안에서 작은 희망이 사라지지 않기를.

바람이 살랑인다. 숲이 조용히 흔들린다. 태양이 춤추고 계곡이 흐른다. 온천수가 계속 솟아오른다. 힌다드 온천은 영원히 이어질 것 같은 행복으로 가득 차 있다.

카나이 마키

여자는 뭘 입어야 하나?

힌다드 온천에서 입을 요량으로, 20년 전 수영복을 어렵사리 찾아서 가져왔다. 래시가드형 반바지 수영복이다. 이걸 입고 종횡무진 바다를 누볐던 게 20세기의 일이다. 그때로부터 제법 긴 시간이 흘렀다. 천방지축 뛰어다니고픈 마음이야 그때와 변함없지만 체형은 꽤나 많이 변했다.

그런데 막상 와보니 '어라?' 싶다. 남자는 수영복 차림이지만 여자는 아니다. 다들 평소에 입는 옷차림으로 온천욕을 즐기는 게 아닌가. 대체로 헐렁한 티셔츠에 바지 차림이다. 야성미 넘치는 노천 온천이므로 약간은 더러워져도 상관없는 옷을 입고 있는 듯했다.

"그럼 일단 옷부터 갈아입죠."

야스다 씨와 S씨가 탈의실로 향한다. 수영복 바지를 들고 신이 난 모양새다. 그들을 곁눈질하며 망설인다. 예정대로 수영복을 입는 게 맞을까? 딱 달라붙는 수영복에 뱃살을 드러낸다고? 아니다. 그럴 순 없다. 다들 헐렁한 옷차림인데 '나 홀로 뱃살'은 아무래도 꺼려진다. 로마에 가면 로마법을 따르라지 않았던가. 여기서는 헐렁한 옷을 입고 탕에 들어가는 게 맞다. 문제는 갈아입을 옷이 없다는 거다. 온천욕 후 쫄딱 젖은 몰골로 숙소까지 돌아가야 한다는 건데…

고민하다 결국 수영복 위에 티셔츠만 입기로 한다. 티셔츠

수영복 반바지에 티셔츠를 입고 미지근한 온천수를 만끽 중.

라면 젖어도 입고 있는 동안 마를 것이다. 원단이 두꺼운 반바지는 잘 안 마를 것 같으니 모셔두기로 한다. 밑에는 짧은 수영복 하의만 입고 허벅지를 드러낼 결의를 다진다.

'이런 일일수록 쭈뼛대면 안 돼. 그럴수록 더 부끄러워지니까. 당당하게 하자, 당당하게.'

스스로를 타이르며 허벅지를 드러낸 채 탈의실을 나선다.

나무 사이에 짐을 두고 스케치북을 넣은 비닐봉지만 챙긴다. 온천으로 이어지는 계단을 내려간다. 물은 옅은 녹색으로 살짝 뿌연 느낌이 감돈다. 나뭇잎 사이를 통과한 햇빛이 물 표면에 부딪쳐 반짝반짝 춤을 춘다. 즐겁게 깔깔대는 할머니 군단 옆에서 야스다 씨와 S씨가 싱글벙글 웃고 있다.

"약간 미지근한데 엄청 기분 좋아요."

나도 뒤쳐질 순 없지. 서둘러 탕에 들어간다. 매끈매끈 기분 좋은 감촉이다.

히잡을 두르고 온천을 즐기는 이슬람 여인

젖은 티셔츠를 수습해가며 탕을 즐기고 있자니 신기한 옷차림의 젊은 여성이 눈에 들어온다. 스카프로 머리를 싸매고 온몸을 꽁꽁 숨긴 옷차림이다. 이슬람 신도다. 오, 이슬람 신도도 온천욕을 즐길 수 있구나!

이슬람 계율에 따르면 여성은 머리카락과 몸의 윤곽을 노출해서는 안 된다. 남성은 배꼽부터 무릎까지 타인에게 보여서는 안 된다. 그래서 독실한 무슬림 중에는 부자지간에도 목욕을 따로 하는 경우가 많다.

"온천은 아예 못 간다고 봐야지. 수영복 차림의 혼욕탕도 마찬가지고."

"욕실이 없는 집에서 살 때는 목욕탕에 갈 때마다 너무 괴로웠어. 씻긴 씻어야 하는데 계율을 어길 수밖에 없으니까."

일본에 사는 이슬람 친구가 했던 말이다. 다 벗고 들어가야 하는 대중탕은 무슬림과는 맞지 않는 곳이다. 수영복을 입고 들어가는 온천도 마찬가지다. 알몸이 아니더라도 교리상 장애 요소가 많다. 그런데 힌다드 온천은 다르다. 다들 티셔츠에 반바지, 즉 평상복 차림이다. 무슬림도 그들의 평상복 차림으로 온천에 들어가면 된다. 좋네, 좋아.

자세히 보니 히잡을 두른 그녀는 구명조끼까지 입고 있다.

하하하, 그럴 수도 있구나. 안 될 것도 없지. 물에 빠질 정도로 깊지는 않지만 얼굴이 물에 닿는 게 무서운 건지도 모른다. 통역을 맡은 S씨와 가만가만 그녀에게 다가가 말을 걸어본다.

그녀의 이름은 화리다. 나이는 25세. 방콕에 거주 중이며 메이크업 아티스트 일을 하고 있다. 아버지, 어머니, 할머니, 언니, 형부, 조카와 함께 왔다며 가족이 있는 쪽을 수줍게 가리킨다. 그녀 뒤쪽에 환한 표정으로 온천욕 중인 무슬림 일가가 보인다. 아빠에게 안긴 3살배기 조카는 온천 제일 깊은 곳에서 첨벙대느라 신이 났다.

"할머니가 다니는 병원이 요 근처거든요. 그래서 병원 올 때마다 다 같이 온천에 들러요. 당뇨병으로 무릎이 안 좋으시거든요."

화리다 씨 가족이 다니는 병원은 서양 의학에 기반하지 않고 약초나 식사 요법으로 치료하는 곳이다. 그래서 방콕에서 여기까지 통원 치료 중이라고 했다.

불교 국가의 이슬람교도

태국에서 이슬람교도로 산다는 건 어떤 느낌일까? 태국은 국민의 94퍼센트가 불교 신자인 나라다. 대다수의 남자가 일생에 한 번은 출가를 경험한다는 독특한 나라이기도 하다. 지금까지 나는 '태국=불교국가'라 규정하고 그 지점에 사고가 멈춰 서 있었다. 왜 나머지 6퍼센트에 대해 생각해보지 않았을까? 오래전부터 태국은 불교뿐만 아니라 이슬람교, 기독교, 힌두교 신도가 어울려 살고 있는 나라였다.

태국의 이슬람교도에 대해 검색해보니 제일 먼저 나오는 키워드가 '딥 사우스(Deep South)' 지역이다. 태국 남부에 있는 딥 사우스는 말레이시아 접경 지역으로, 얄라, 나라티왓, 빠타니, 이 3개 주로 구성되어 있다. 말레이시아계 주민이 많고 그중 80퍼센트 이상이 무슬림이다. 약 100년 전 태국령으로 편입된 뒤 태국 정부의 엄격한 동화 정책이 시행되어 온 지역이다. 그런 까닭에 분리 독립을 원하는 반정부 조직의 폭탄 테러가 빈발하며 과거 15년 동안 7,000여 명의 사망자가 발생하기도 했다. 그런 연유로 '동남아시아의 화약고'라 불리는 지역이기도 하다. 유럽의 화약고(발칸 반도), 중동의 화약고(팔레스타인)는 들어봤지만 태국에도 화약고가 있을 줄이야.

화리다 씨 가족 이야기로 돌아가보자. 화리다 씨 가족은 딥사우스 지역의 무슬림과는 무관하며 몇 세대 전부터 방콕에서 쭉 살아왔다.

"방콕에도 모스크가 있어요. 할랄 식품 가게도 많고 무슬림 전용 묘지까지 잘 정비되어 있죠. 살기에 불편한 점은 딱히 없어요."

화리다 씨가 평온한 얼굴로 설명한다. 물론 그녀에게도 불교를 믿는 친구가 있다. 함께 수영장에 가거나 돼지고기 요리를 먹는 일은 없지만 그것 말고는 문제랄 것이 없다.

"태국인들은 여기저기 국왕 사진을 걸어 두던데, 무슬림 쪽에선 어떤가요?"

"기본적으로 무슬림은 우상 숭배를 금해요. 하지만 국왕 사진만은 예외라고 보는 무슬림이 많아요. 물론 국왕 사진도 안 된다는 무슬림도 있고요."

2016년 승하한 푸미폰 국왕(라마 9세)의 사진이 인기라고

하는데, 종교와 상관없이 태국인이라면 다들 공감하는 부분이라고 했다. 태국인이면서 무슬림이라는 정체성에 특별한 모순은 없어 보인다. 마지막으로 야스다 씨가 묻는다.

"화리다 씨의 꿈은 뭔가요?"

"음... 세계가 평화로워지는 것?"

오, 이런 대답일 줄이야. 야스다 씨가 흐뭇한 얼굴로 악수를 청한다. 순간, 무슬림 계율상 남녀 간에 악수하는 건 금기일 수도 있겠다는 생각이 든다. 옆에서 덥석 악수를 가로채 내가 대신 흔들어 준다.

온천욕은 끝났다. 물기를 꼭 짠 티셔츠를 입고 왔던 길을 되짚는다. 칸차나부리가 가까워지자 어느새 옷도 다 말랐다. 30도를 웃도는 기온 덕이다. 정글 속 온천의, 흙 같기도 하고 풀 같기도 한 냄새만이 티셔츠에 남았다.

야스다 고이치

토박이 어르신과의 조우

정글 속 온천을 만끽한 뒤 왔던 길을 되짚는다. 버스 정류장까지 이어진 완만한 오르막을 오른다. 온천욕으로 후끈해진 몸이, 내리쬐는 오후 햇볕에 점점 더 뜨거워진다. 땀으로 척척 달라붙는 티셔츠를 부채처럼 펄럭이며 바람 속의 미세한 냉기나마 끌어당겨 본다.

저 멀리, 비쭉 솟은 전봇대마냥 휑한 풍경의 버스 정류장이 눈에 들어온다. 그때 도로와 접한 가정집 정원에서 인기척이 느껴진다. 고령의 여성이다. 눈이 마주쳐 가볍게 인사를 한다. 평소 같으면 그냥 지나치고 말 텐데 나도 모르는 힘이 발을 붙잡는다. 발밑에 자석이라도 붙은 걸까. 약속이라도 한 듯 셋이 동시에 걸음을 멈춘다. 조심스레 묻는다.

"안녕하세요, 할머니. 여기 사세요?"

느닷없는 질문에 할머니는 고개를 끄덕여 대답해 준다. 올해 나이 여든셋. 35년을 줄곧 이 집에서 살아온 할머니다. 온천욕을 마치고 돌아가는 길이라고 하니 환한 미소가 되돌아온다.

그러고 보니 우리에게는 신경 쓰이는 문제가 있었다. 정글의 풍경에 들뜨느라, 노천탕을 즐기느라, 남국의 햇볕에 사고회로가 멈춘 탓에 중요한 것을 잊고 있었다. 지금이야말로 기회다. 이 지역 토박이 어르신께 온천의 유래에 대해 물어봐야 한다.

"언제 누가 힌다드 온천을 만들었는지 혹시 알고 계신가요?"

"옛날부터 있었지요. 아주 옛날부터."

네. 그렇군요. 그렇겠지요. 할머니의 즉답에 화답하며 고개를 크게 끄덕여 보지만 이야기를 이어갈 지점을 찾지 못해 난감하다. 그런 우리가 안쓰러워서였을까? '전해 들은 이야기'라며 운을 뗀 할머니가 이런 이야기를 들려주기 시작했다.

"원래는 작은 웅덩이에서 온천수가 솟았다고 해요. 조그만 샘처럼."

퐁퐁퐁. 돌과 돌 사이, 거품을 만들며 온천수가 샘솟는 광경이 눈앞에 떠오른다. 그 작은 샘을 대규모 온천지로 정비한 것은 역시나 당시 주둔하던 일본군이었다고 했다.

"전쟁 때 여기로 일본군이 몰려왔어요. 커다란 군장을 메고 이 근방을 떼지어 다니곤 했지요. 그러다가 계곡 기슭에서 솟는 온천을 발견했나 봐요. 작은 웅덩이를 큰 탕으로 만드는 데 겨우 사흘 걸렸다고 하더라고요."

어디까지나 전해 들은 이야기다. 그렇게 단기간에 '웅덩이'를 '탕'으로 만들 수 있었을까 의문이 든다. 다만 '군장을 짊어진 일본군'의 기억이 여러 사람의 입을 통해 구전되어 왔다는 것만은 분명하다.

할머니가 온천에 대해 알고 있는 이야기는 그게 전부였다. 감사의 뜻을 전하고 버스 정류장으로 발걸음을 옮긴다. 갑작스레 현실 세계로 되돌아온 기분이다. 아마도 일본군에 대한 이야기를 들었기 때문이리라. 온천으로 들떴던 머릿속에 '전쟁'이라는 두 글자가 선명하게 새겨진다.

연합군 공동묘지에서 만난 숫자들

칸차나부리에 도착해 S씨와 헤어진 뒤 곧바로 다음 행선지로 향한다. 연합군 공동묘지다. 말끔하게 관리된 잔디 위로 철도 건설 당시 생을 마감한 6,982명의 묘비가 줄지어 있다. 각 묘비에는 이름과 출신지, 사망 당시의 나이가 새겨진 철판이 부착되어 있다. 유독 20대의 젊은이가 많다.

AGE28, AGE26, AGE24…

묘비에 새겨진 숫자들. 나열된 숫자들이 붉어지는 저녁놀

넓은 하늘 아래, 소리 없이 죽어간 6,982명이 잠들어 있다.

을 받고 튀어 올라 망막을 찌른다. 뭔가에 걷어차인 듯 가슴에 쿵 하고 충격이 인다. 소름이 돋는다. 젊은 나이에 일방적으로 죽어가야 했던 사람들. 묘지에 남아있는 그들의 원망과 한탄이 온몸을 휘감는다.

새겨진 숫자를 작게 읊조리며 묘지를 걷는다. 스물여덟, 스물여섯, 스물넷... 노래하듯 기도하듯 각각의 삶과 각각의 죽음, 각각의 한을 상상하며 걷는다. 최소한 지금 여기에서만은 죽음의 철도가 남긴 것을 제대로 바라보고 싶다.

어느새 저녁 하늘이 깊어진다. 따갑게 내리쬐던 햇살도 붉은 기운을 띠며 부드러워진다. 밤의 입구에 서 있음을 느끼며 여기에는 없는 또 하나의 풍경을 상상해본다. 80여 년 전, 힌다드의 풍경이다.

젊은 일본군의 모습

일본군 한 명이 정글을 헤맨다. '작은 웅덩이'에서 솟는 온천수를 발견했을 때 그는 어떤 감정이었을까? 웅덩이에 손을 담그고 그것이 온천수라는 걸 알게 된 순간, 그는 아마 고향의 목욕탕을, 자신이 가보았던 온천을 퍼뜩 떠올렸을 것이다. 전쟁터가 아닌 어딘가, 서로를 겨눌 일 없는 어딘가, 죽거나 죽일 필요 없는 어딘가를 생각했을 것이다. 포로를 부리고 학대하고 죽여온 존재 역시 인간이었으니까.

그는 순간의 행복을 맛보기 위해 힌다드 온천을 개발했다. 그도 나처럼 열대 우림을 감상하며, 물소리, 새소리에 귀 기울이며, 계곡에서 불어오는 시원한 바람을 맞으며 뜨거운 물에 몸을 맡겼을 것이다. 찰나의 행복, 그 속에서 그는 이런 생각을 해봤을까?

'내가 바라던 전쟁이었던가?'

'내가 바라던 학대였던가?'

'내가 바라던 살상이었던가?'

알 수 없다. 그러나 탕에 있는 순간만은 몸도 마음도 비무장이었을 것이다. 잠시 동안이라도 전쟁의 무게에서 벗어났을 것이다. 다시 총을 쥐고 포로 앞에 서기 전까지, 그가 인간이었던 건 탕 속에 있는 바로 그 순간뿐이었다. 고향을 생각하고 가족을 생각하는 보통의 인간 말이다.

본 적 없고 만난 적 없는 그의 모습이 머릿속에서 떠나지 않는다. 그 일본군은 살아남았을까? 알 수 없다. 그러나 탕과 힌다드 온천은 남았다. 힌다드 온천은 전쟁의 잔흔이다. 잔인하게도, 일본군 역시 인간이었음을 가리키는 흔치 않은 유산이기도 하다.

카나이 마키

와트 완카나이 온천으로

목욕 수건을 걸고 다시 온천으로 향한다. 칸차나부리 남동쪽 20킬로미터 부근에 또 다른 온천이 있다. 힌다드에서 손이 쪼글쪼글해질 만큼 온천욕을 즐긴 게 바로 어제 일이다. 그러나 또 다른 온천이 있다는데 안 가보고는 못 배기는 법.

기온은 35도. 바이크택시 뒷자리에 매달려 열풍과 흙먼지 자욱한 길을 요란하게 달린다. 행여 떨어질세라 아등바등 여유가 없다. 운동 신경이 둔한 나와는 달리, 과거 럭비부 출신인 야스다 씨 얼굴에는 여유가 넘친다. 요리조리 체중을 옮겨가며 유유자적 풍경을 즐긴다. 절묘한 균형 감각이다.

땀에 흠뻑 젖은 채 와트 완카나이 온천 도착. '와트'란 태국말로 사찰을 뜻하므로 '와트 완카나이 온천'이란 완카나이 사찰 안에서 솟는 온천을 뜻한다. 불공도 드리고 온천욕도 하고. 이 '불공+온천욕 세트'가 여기 사람들에게는 일상일 수도 있겠다 싶다.

넓은 중정을 가로질러 안쪽으로 들어선다. 제일 먼저 법당과 기념품 가게가 보이고 바로 옆쪽에 '핫 스프링'(온천) 간판이

있는 단층 건물이 보인다. 커다란 기와지붕에 제법 규모가 크다. 말이야 건물이지만 실제로는 지붕과 기둥으로 된 구조물에 가깝다. 벽과 출입문, 현관 같은 게 없기 때문에 사방팔방 바람이 통하고 사람이든 개든 마음대로 출입 가능하다.

느긋한 들개마냥 어슬렁어슬렁 건물로 들어선다. 여기저기 두리번거리는데 누군가 말을 걸어온다.

"거기 혹시 온천 가시게요?"

"네!"

직원으로 보이는 아주머니가 우리를 안쪽으로 이끈다. 휑하게 넓은 시멘트 바닥에 화분과 벤치, 알 수 없는 조화로 장식된 공간이다. 색채의 통일감도 없고 어딘가 대충대충이기는 한데 이게 또 묘하게 태국스럽고 자연스럽다. 좀 더 안쪽으로 들어가니 번쩍번쩍 화려한 불상이 근엄하게 자리 잡고 계시다.

이 온천에는 특별히 정해진 입욕료가 없고 얼마간의 돈을 보시하면 된다. 불상 앞 불전함에 바트화 지폐를 넣고 두 손을 가지런히 모은다.

'온천의 신님, 부처님, 나무아미타불, 나무아미타불…'

특이하게도 불상과 목욕 공간이 바로 옆에 붙어있다. 불상 옆으로 타일을 발라 꾸민 족탕 코너가 있고, 그 안쪽에는 드럼통 같기도 하고 식당용 육수통 같기도 한 스테인리스 재질의 통이 10개 정도 늘어서 있다.

"오! 혹시 이게 탕인가요?"

"맞아요. 탈의실은 뒤쪽에 있어요. 수도꼭지를 돌리면 뜨거운 물이 나와요."

짧고 간단한 설명만 남기고 직원은 사라진다. 평일 오후, 우리 말고 입욕객은 아무도 없다. 황금빛 부처님과 벽에 붙은 도마뱀붙이만이 이 사태를 가만히 지켜보고 있다.

잘은 모르겠지만 일단은 수영복부터. 여자 탈의실로 추정되는 칸막이로 들어가 수영복으로 갈아입는다. 그런데 잠깐. 이런 차림으로 부처님 앞을 어슬렁대도 괜찮을까? 순간 망설인다. 그러나 탕에 들어가려면 부처님 앞을 통과하는 수밖에 없다. 관대하신 부처님께 꾸벅꾸벅 목례를 하며 탕으로 향한다. 벌써 나와 수영복 차림으로 두리번대는 야스다 씨와 눈이 마주친다.

"혹시 남탕, 여탕이 정해져 있는 건 아닐까요?"

"글쎄요…"

쭈뼛대는데 단골 포스 풍기는 중년 커플이 들어선다. 도란도란 이야기를 나누며 목욕통 두 개에 나란히 온수를 받는다. 익숙한 손놀림이다. 목욕통에 특별히 남녀의 구별은 없는 듯했다. 역시 부처님은 관대하시다.

어깨너머 배운 대로 수도꼭지를 튼다. 미지근한 온천수가 콸콸 쏟아져 원주형 목욕통에 순식간에 물이 찬다. 절반 정도 찼을 때 참지 못하고 몸을 담근다. 어우, 좋네, 좋아. 무색무취 투명한 온천수다. 그런데 바람이 통하는 응달이어서 그런지 물이 금세 식는다. 곤란해하자 단골 포스 넘치는 그 아저씨가 우리 쪽으로 다가온다.

"물이 식잖아요? 그러면 여기 이 봉으로 수도꼭지를 돌려서 절반 정도 배수시켜요."

"아, 여기 이거요? 이걸 돌리라고요?"

"네, 맞아요. 그런 다음 따뜻한 물을 다시 받으면 돼요."

"오, 그렇군요."

이날 우리에게 통역은 없었다. 여기까지의 모든 대화는 태국어와 일본어 사이의 문답이다. 부족한 외국어 탓에, 젊을 때는 이런 경우 머뭇대기 일쑤였지만 지금은 그냥 일본어로 말해버린다. 그런데도 어떻게든 의사소통이 된다는 게 신기할 따름이다. 물론 야스다 씨는 나만큼 낯 두꺼운 사람은 아닌지라 제대로 된 태국어로 그의 친절에 감사를 표한다.

드럼통 모양의 욕조가
만족스러운 야스다 씨
아저씨 등에
수수께끼 문신이
있다.
이 봉을 이용해서
식은 물을 빼낸다.

소원을 비는 '싹얀 타투'

오, 문신이다. 아저씨 등에 커다란 문신이 있다. 이 책을 기획하며 '세계 각지의 대중탕 여행'이란 콘셉트를 잡았을 때(이때만 해도 그럴 예정이었다.) 기회가 되면 문신에 대해서도 다뤄봐야겠다 싶어 관심을 두고 있었다. 일본에는 아직도 '문신 사절'을 내건 대중탕이 많다. 일본 사회에서 여전히 문신이 터부시되고 있음을 알 수 있다. 다른 나라는 어떨까? 문신을 새기는 의미는 지역과 문화에 따라 당연히 다를 것이다. 이번 여행은 현장 취재를 할 수 있는 좋은 기회여서 내심 기대하고 있었다.

그가 새긴 문신은 문자와 도형이 조합된 문신이다. 무섭고 와일드한 계열은 아니고, 멋내기용 패션 타투와도 다르다. 뭘까? 저 문자와 도형은 무슨 의미일까? 목욕을 마치고 나오는 타이밍을 잡아 말을 붙여보기로 한다.

"등이 멋지시네요."

"아, 이거요?"

"뭐라고 새겨져 있는 건가요?"

"%*&^$#..."

웃으며 설명해주지만 역시나 전혀 알아들을 수가 없다. '쌍방이 각자의 모국어로 떠드는 대화법'은 어쩔 수 없는 한계에 봉착하고 만다.

일본에 돌아와 조사해본 바에 따르면, 아저씨 등에 새겨진 문신은 '싹얀'이라 불리는 태국 전통 문신이다. 도형 하나하나에 종교적 의미가 있고, 문자의 내용은 기원이나 기도의 말이

다. 일반적으로 사찰의 수도승이나 '아찬'이라 불리는 전문 타투이스트가 새겨준다.

수백 년 전 태국에서는 전장으로 향하는 병사가 적의 화살을 피하는 부적으로 싹얀을 몸에 새겼다고 한다. 재밌는 건 그 의미가 지금까지 이어져, 총알을 피하는 부적의 의미로 싹얀을 새기는 태국 군인이 꽤 많다는 것이다. 일본에서는 문신이 있으면 자위대에 입대할 수 없다. 미국 해병대도 마찬가지여서 얼굴, 머리, 목, 손목 아랫부분 등 옷으로 가려지지 않거나 노출될 수밖에 없는 부위의 문신은 금하고 있다. 예전에 한국에서는 병역을 피하기 위해 일부러 문신을 하는 경우도 있었다고 한다. (지금은 문신이 병역 면제의 사유가 되지 않는다.) 이렇듯 군대와 문신은 대체로 상극인 경우가 많은데 태국의 싹얀은 그런 면에서 특이하다.

지금도 싹얀은 기복적 의미를 지닌 문신으로서 태국인들에게 널리 사랑받고 있다. 빈곤 탈출, 좋은 사람과의 만남, 일의 성공 등 각자의 바람에 따라 도안과 문자의 조합이 달라지는 특징이 있다. 서구에서는 신비로운 디자인 때문에 싹얀이 각광받고 있는데 한자 타투를 쿨하다고 보는 인식과 비슷한 지점이지 싶다.

입욕을 마친 단골 커플이 깨끗한 셔츠와 바지 차림으로 탈의실에서 나온다. 젖은 머리칼에는 꼼꼼하게 빗질한 흔적이 남아있다.

“우린 이제 갈게요.”

“네, 고맙습니다. 안녕히 가세요.”

마지막까지도 우리는 각자의 모국어로 이야기를 나눈다. 어쩐지 맞는 것 같기도, 아닌 것 같기도 한 인사를 나누며 서로 손을 흔든다. 그의 등에는 어떤 바람이 새겨져 있었을까?

연합군 공동묘지

제2장

일본 최남단의 대중목욕탕

오키나와

'나카노탕[中乃湯]'은 오키나와현에 유일하게 남은 동네 목욕탕이다.
개방적인 스타일의 오키나와 목욕탕은 대중목욕탕을 좋아한다면
몇 번이고 가고 싶어지는 지복(至福)의 탕이다.
전후의 코자시[コザ市][5]에서 달러를 벌며 꿋꿋이 살아온
다정한 사장님과 나카노탕에 모여드는 단골들.
미군 기지에 대한 생각과 '본토'와의 깊은 골...
거북한 문답이 수증기처럼 흔들리며 피어오른다.
목욕 후 만난 한 할아버지는 미군 상륙, 특공대,
수용소에서 보낸 날들에 대해 이야기해 주는데...

5 지금의 오키나와시. 제2차 세계 대전 후 오키나와를 점령한 미군이 이 지역을 '코자'라 칭한 것에서 유래했다. 1974년에 인근 지역과 합병되면서 오키나와시로 명칭이 바뀌었다. - 옮긴이

복잡한 감정들

카나이 마키

해가 기울기 시작할 무렵, 야스다 씨와 합류해 오키나와시로 향했다. 쨍하던 하늘빛이 누그러지는 좋은 시간대. 정신을 차려보니 렌터카 안 분위기가 까칠하다. 사실 그보다는 나 혼자 주절주절 날선 감정을 쏟아내며 야스다 씨를 곤란하게 만들었다는 게 더 정확한 표현이다.

그날 아침 나는 개인적으로 진행하던 오키나와 스모(오키나와 전통 스포츠) 취재차 나고시[名護市]의 헤노코[辺野古] 마을에 혼자 다녀왔다. 그 전말을 야스다 씨에게 보고하던 중 차내에 짙은 먹구름이 드리우기 시작했다. 다들 알다시피 헤노코는 지역민의 반대에도 불구하고 미군 기지 건설 공사가 진행 중인 곳이다. 야스다 씨는 이미 몇 년 전부터 미군기지 문제로 첨예한 여러 현장을 다녔던 사람이다. 헤노코를 필두로, 불합리하고 강압적인 기지 건설에 괴로워하는 지역민들과 지역신문 기자들의 소리를 취재해 대중에게 전해왔다. 오키나와에 관한 책도 썼고 강연도 하고 있다. 즉 오키나와 취재 면에서 노련한 선배다.

반면에 나는 조심조심 헤노코에 발을 들인 신참이다. 그날 아침 오키나와 스모 취재 도중 미군 기지에 대한 여러 이야기를 들었다. 사실 헤노코 주민의 상당수가 기지 건설을 용인하고 있다. 경제적인 이유도 있지만 태어나 자란 고향이 몇십 년간 기지 문제로 요동치고 있다는 현실이 지긋지긋하다는 게 솔직한 심경 같았다. 기지 문제는 정치적으로 이용됐다. 기자들은 동네를 어슬렁대고, 활동가들은 소리 지르고, 지역은 반대파와 용인파로 분열하기에 이르렀다.

'아무리 반대해도 기지 건설은 멈추지 않았고 앞으로도 그럴 텐데, 그럴 바에야 차라리 한시라도 빨리 완성해 조용한 일상을 되돌리는 게 낫지 않은가.'

취재 중간중간 지역민들은 자신들의 괴로움과 억눌린 심정을 토로했다. 그 이야기들을 듣는 것만으로도 수용 가능한 감정의 한계치까지 꽉꽉 차버린 느낌이었다. 나는 그날 아침의 취재 내용을 제대로 소화시키지 못한 상태로 야스다 씨와 만난 것이다.

나는 국가가 난폭하게 밀어붙이는 미군기지 건설에 결코 동의할 수 없다. 아름다운 바다에 토사를 밀어 넣는 불도저와 그 앞을 막아선 반대파 주민들을 생각하면 눈물이 난다. 그런데 아이러니하게도, 취재차 홀로 들어온 나를 환대해주고 솔직한 목소리를 들려준 찬성파 주민들의 생각도 무시할 수가 없다. 내 기본 입장이 흔들리는 심정이랄까. 그러다 보니 담담하게 미군 기지 관련 정보에 대해 말하고 정론을 펼치던 그에게 엉뚱한 분풀이를 한 것이다.

"어차피 나는 모자란 인간이라 야스다 씨처럼 똑바르게 한길로 뚜벅뚜벅 가는 거 못해요. 애초에 저널리스트도 아니고요. 나는 내가 취재한 사람이 좋아지지 않으면 아예 글을 쓸 수 없는 그런 사람이니까요."

이런 악담을 퍼붓고 말았다. 부끄럽게도.

그는 나의 부당한 트집을 어른스러운 태도로 대했다. 앞으로 시작될 대중탕 취재를 망쳐서는 안 되니 참고 배려해준 것이라 생각한다. 어쩌면 미군 기지를 강요당한 오키나와의 생활 속에는 이런 식의 응어리, 논리와 감정의 괴리가 불러오는 혼란, 진영 내부의 무의미한 분열 같은 것들이 오래도록 쌓여 어떤 식으로든 작용하고 있는지도 모른다.

자동차가 오키나와시로 접어든다. 날은 아직 저물지 않았다. 다시 정신을 차린다. 그에게 사과한다. 제멋대로 시비 걸고 제멋대로 수습하는 내게 그는 다행이라는 표정을 지어 보이며 말한다.

"내비 보니 앞으로 7분 남았네요. 나카노탕까지."

그렇다. 아무튼 탕이다. 우리에겐 목욕탕이 있다. 따뜻한 물에 몸을 담그면 이런저런 복잡한 심정을 초기화할 수 있다.

목욕탕 사장님, 나카무라 시게 할머니

나카노탕은 아게다[安慶田] 분기점에서 그리 멀지 않은 주택가에 위치한 대중목욕탕이다. 목적지에서 조금 떨어진 주차장에 차를 세운 뒤 좁은 길을 따라 걷는다. 약간 높은 언덕바지에 작은 사당이 보이고 '아게다의 우간쥬[拝所](신이 깃든 곳, 신을 기리는 장소 – 옮긴이)'라는 표시판이 붙어있다. 오키나와에는 '우타키[御嶽]'라 불리는 성지가 도처에 있는데 우간쥬는 우타키보다는 규모가 작은 편이다. 말하자면 지역의 수호

신을 기리는 장소인 셈이다.

나카노탕에 도착하니 차양 밑 벤치에 앉아있던 자그마한 할머니가 우리를 맞아준다. 목욕탕 사장인 나카무라 시게 씨다. 꾸벅 인사를 하니 반가운 목소리가 돌아온다.

"아이고, 본토에서 오신 분들이네?"

그리고 벤치 한가운데 자리를 내주며 앉으라고 재차 권한다. 못이기는 척, 탕에 들어가기 전부터 일단은 권하는 대로 자리 잡고 앉는다.

이 벤치는 시게 할머니의 고정석이다. 노렌(가겟집 입구에 드리우는, 상호가 인쇄된 포렴 – 옮긴이) 안쪽에 카운터가 있지만 거기 앉아있는 경우는 거의 없다. 매일 이 벤치에 앉아 손님을 맞고, 짧은 수다를 나누고, 목욕비를 받는다. 그리고는 느긋하게 씻고 오라는 말과 함께 안으로 손님을 들여보낸다. 목욕을 마친 손님은 땀이 마를 때까지 다시 또 이 벤치에서 잠시 수다를 떤다. 그런 뒤 "자, 그럼." 하며 집으로 돌아간다. 이것이 시게 할머니와 단골들의 일상적인 풍경이다. 야스다 씨가 묻는다.

"이 목욕탕은 언제부터 여기 있었나요?"

"1960년부터 여기 있었지. 결혼 전 남편이 개업했고 결혼 후에 나도 같이 했으니 그것도 벌써 50년이나 됐어. 아들이 열 세 살 때 남편이 죽었는데 그때부터는 죽 혼자 했고."

시게 할머니는 이야기를 술술 풀어냈다. 올해(2019년)로 여든여섯. 여자 혼자 몸으로 목욕탕을 꾸려가며 자식을 키워냈

노렌 앞에서 시게 할머니와 함께

다. 게다가 지금까지도 현역이라니 고개가 숙여진다.

“이래저래 일도 많았지. 그래도 질 순 없잖아. 하다 보면 다 하게 돼.”

그녀는 가락을 붙이듯 리듬감 있는 어투로 이야기를 이어나갔다. 얼굴에 주름이 새겨져 있어도 장난기 가득한 미소는 뭐랄까, 그야말로 오키나와 할머니의 전형 같은 모습이다.

“오키나와가 본토에 귀환되기 전부터 목욕탕을 하셨다는 말씀이네요.”

“그렇지. 옛날에는 목욕비를 달러로 받았어. 50센트일 때도 있었고 70센트일 때도 있었지. 본토에 귀환된 후부터는 엔을 받았고.”

그렇다. 이 섬에는 목욕 수건과 함께 달러나 센트를 손에 쥐고 목욕탕을 다니던 시대가 있었던 것이다.

“옛날 요금표가 있었는데 관공서 사람이 귀한 거라고 들고 가더니 그 길로 돌아올 생각을 안 하네. 하하하.”

시게 할머니가 안쪽에서 흑설탕 과자와 바나나를 들고 나온다. “드세요.”, “아닙니다.”, “에이, 사양하지 말고!” 밀당이

한 차례 벌어진 후 결국 “잘 먹겠습니다.”로 끝이 난다. 우리가 흑설탕 과자를 입에 넣자 다음 이야기가 이어진다.

“미국령 시절에는 집에 다들 수도가 없었어. 물이 없으니 집에서 목욕을 할 수가 없는 거지.”

1950년대 말, 처음에 그녀의 남편은 이 자리에 주차장을 만들어 월 단위로 임대할 생각이었다.

“그 당시 주차 요금이 1대당 3달러 50센트였어. 그걸로는 도무지 생활을 할 수가 없는 거지. 그래서 관정을 뚫고 목욕탕을 만들기로 한 거야.”

관정 기술자들을 불러 굴착을 시작했지만 물은 좀체 나오지 않았다. 조금 더 파들어 가면 나올까? 아니, 아직 멀었다. 조금 더 파들어 가면 나올까? 아니, 아직 멀었다. 이렇게 굴착을 해나가다가 결국 350미터 깊이까지 파들어 갔다.

"관정 뚫는데 당시 돈으로 몇천 달러나 들었어. 350미터면 저기 3킬로 앞 이와세 바다의 수심보다도 더 깊다니까."

자기네 관정이 바다보다 깊다며 눈을 반짝이며 자랑스러워하는 그녀의 표정이 사랑스럽다. 그러나 각 가정에 수도가 깔리자 대중목욕탕 이용자가 줄기 시작했다. 1990년대 이후, 폐업하는 동업자도 차츰차츰 늘어났다.

"힘들기는 하지. 그래도 이 관정을 버리는 건 너무 아까운 일이야. 그렇게나 돈을 들여 힘들게 팠으니까. 이 물은 내게 소중해. 이 물이 있는 한 목욕탕을 계속할 수밖에 없다, 그렇게 생각하지."

매상은 매년 떨어지기만 한다. 그런데 유지비는 예전보다 많이 든다. 그게 그녀의 가장 큰 고민이다.

"올해 1월에 보일러를 고쳤어. 이번이 4번째야. 나도 이제 늙었고 어쩔까 고민했는데 마침 연금 저축으로 받은 돈이 있었어."

보일러 수리비로 180만 엔을 지불했다. 연금 저축의 대부분을 들이부었다. 지난번 수리 때는 80만 엔 정도였으니 몇 년 사이 2배 이상 올랐다며 그녀는 한탄했다. 연료비도 점점 비싸지고 있다.

"일주일에 (중유를) 3000리터씩 사고 있어. 기름값도 계속 올라서 지금은 2만 9000엔 정도."

나카노탕의 목욕비는 370엔이다. 손님은 하루에 15명에서 20명 정도. 한 달에 10만 엔이 넘는 연료비 부담이 그녀에게 얼마나 클지 머릿속으로 대충 계산해본다. 내 입에서도 한숨이 새어 나온다.

예전에는 밤 10시까지 영업했지만 지금은 7시까지 손님을 받고 8시에는 영업을 종료한다. 그 말을 들던 야스다 씨가 재빨리 손목시계를 확인한다.

"그럼 이제 탕에 슬슬 들어가 봐야겠는데요?"

"하하하, 수다 떨다 보면 밤이 금방 깊어지지. 느긋하게들 들어갔다 와요."

그녀에게 370엔을 건넨다. 그리고 우리는 감색 천에 나카노탕이라는 상호가 선명한 노렌 밑을 지나 안으로 들어섰다.

미군 기지 건설과 자가 중독증

황혼은 아직 땅까지 내려앉지 않았다. 기울어가는 초여름의 태양이 가늘고 긴 자취를 지면에 드리운다. 탕에 들어가기엔 이런 시간대가 좋다.

나카노탕이라 쓰인 노렌이 가라앉은 기분을 끌어올린다. 카나이 씨에 이어 일단은 나도 언급을 해두고 싶다. 여기 오기 전까지 다소간 불편한 감정에 휩싸였던 건 나 역시 마찬가지였다.

그간 나는 오키나와에 집중되는 미군 기지 문제를 취재해왔고 여러 사건과 곡절 끝에 지금에 다다랐다. 오키나와 스모 취재를 마치고 돌아온 카나이 씨와 합류한 뒤, 답답하고 울적한 시간을 차 안에서 보냈다. 물론 이는 카나이 씨 때문이 아니다. 미군 기지 건설에 반대하는 사람들이 있는 반면 용인하는 사람들도 있다. 그 현실에 대한 이야기를 나누던 중 소화하기 어려운 음식물을 억지로 씹어 삼킨 것 같은 기분이 되고 말았다. 일종의 자가중독[6] 증상을 일으켰던 것이다.

결국 이런 생각이 점점 강해진다. 기지 건설로 요동치는 지역 사회에 '부담을 지고 가라'며 강요했던 건 우리였다는 생각. 안정 보장이니 국익이니 번드르르한 말로, 이 작은 섬에 재일 미군 전용 시설의 70퍼센트를 떠넘긴 건 다름 아닌 '일본 본토'다. 분단이나 대립 상황을 좋아서 선택할 사람은 그 누구도 없다. 오키나와가 쌍수를 흔들고 나서서 미군 기지를 불러들인 것도 아니다. 논란의 씨앗을 가져온 것은 '일본 본토'다. 그러므로 나도, 카나이 씨도 '당사자'다. 거칠게 대두된 문제들을 목도하고, 동요하고, 감정에 끌려다녔던 것이다

이야기꽃이 피는 '유후루야'

그렇지만 탕이다. 목욕탕이다. 일단은 오늘의 피로부터 씻어내자. 현실과 싸워나가야 할 날은 앞으로도 계속될 테니. 아, 어서 빨리 탕에 몸을 담그고 싶다.

6 외부에서 들어온 물질이 아닌 체내에서 발생한 유독 대사산물에 의한 중독. 내성 중독이라고도 한다. 특별한 원인이 없는데도 식욕 부진, 두통을 동반한 습관적인 구토 증상이 나타난다. - 옮긴이

시사(오키나와에서 액막이로 지붕 위에 올려두는 사자 모양 조각상 - 옮긴이)가 굽어보는 입구 쪽 벤치가 시게 씨의 고정석이다.

평소처럼 수건을 목에 걸고 반다이[7]가 있을 법한 쪽으로 향한다. 어라? 그런데 반다이가 없다. 정확히 표현하자면, 반다이 역할을 하는 곳은 있는데 일반적으로 익숙한 반다이는 없다. 보통 반다이라고 하면 목욕탕 입구 쪽에서 남녀의 공간을 가로지르는 모양새로 설치되어 있다. 그런데 나카노탕에서 제일 먼저 눈에 띄는 건 옛 영화관 매표소를 연상시키는, 작은 창문이 달린 프런트다. 여기서 목욕비를 지불하는 것 같긴 한데 주인장의 모습은 거기에도 없다.

목욕비는 입구 옆 벤치에 앉아있던 주인장, 시게 씨에게 낸

7 일본 대중탕에서 흔히 볼 수 있는 요금 수납 카운터. 남탕과 여탕 사이에 시야를 가로막는 형태로 설치되어 있고 사람 키만큼 높다. - 옮긴이

다. 이것이 나카노탕의 방식이다. 시게 씨와 이야기를 나누며 살펴보니 단골과의 관계가 꽤나 흥미롭다. 서로 인사를 나누며 일단은 벤치에 앉기부터 한다. 그리고 담소를 나눈다. 가끔은 들고 온 과자나 차 같은 것들을 나눠 먹기도 한다.

많은 손님이 그런 시간을 보낸 뒤에야 목욕탕으로 향한다. 말하자면 나카노탕에서는 탕에 몸을 담그기 전부터 이야기가 시작된다. 입구에서부터 이미 이야기꽃이 핀다. 시게 씨가 웃으며 말한다.

"맨날 이런 식이야, 여긴."

단골손님 하나가 시게 씨에게 과자 봉지를 건넨다. 그러자 순식간에 벤치에 앉아있던 모든 사람 손에 과자가 쥐어진다. 목욕을 하러 온 손님도, 목욕을 마치고 나온 손님도, 남자 손님도, 여자 손님도, 단골도, 처음 온 여행객도, 끝날 것 같지 않은 세상사 이야기에 화기애애한 수다 꽃을 피운다.

다들 즐거워 보이는 훈훈한 풍경이다. 이쯤 되면 목욕하러 온 건지 수다 떨러 온 건지 모를 정도다. 아마도 목욕과 수다가 나카노탕에서는 세트인 모양이다. 누군가 '요즘 몸 상태가 별로'라고 투덜대면 '무리하지 말라'며 토닥이다가 '아, 그러고 보니 생각났다'며 전혀 관계없는 화제가 그 뒤를 잇는다. 느슨하고 따뜻하며 다정한 시간이 흘러간다.

"그 재미지. 그 재미야."

단골 할머니 한 분이 활짝 웃으며 말한다.

공간을 나누는 구분이 없다!

드디어 시간이 됐다. 탕에 들어가 볼 시간. 앞서 언급한 프런트를 왼쪽으로 꺾으면 남탕, 오른쪽으로 꺾으면 여탕이다. 안으로 들어가 문을 여니 곧바로 탈의실이다. 그런데 오오! 뜻밖의 풍경에 감탄사가 터진다. 그냥 탈의실인데, 사물함이 오밀조밀 붙은 탈의실이긴 한데 뭔가 다르다. 익숙하던 목욕탕 풍경과 다르다. 그러고 금세 알았다. 몸 씻는 곳과 탈의실의 구분이 없다! 두 공간을 구분 짓는 그 어떤 구조물도 없다. 그야말로 바닥과 바닥이 그대로, 풍경과 풍경이 하나로 연결된 공간이다. 나중에 주인장에게 여쭤보니 그게 바로 '오키나와 스타일'이라고 했다.

목욕탕의 유리문이란 원래 보온을 목적으로 하는 구조물이다. 차가운 바깥공기가 욕실 내로 유입되는 걸 막기 위해서다. 그런데 연간 온화한 오키나와에서는 그럴 필요가 없다. 도리어 유리문 같은 걸 설치하면 탕 내부에 지나치게 습기가 차서 불편하다고 한다. 그래서 아예 '늘 열려있는' 이런 구조가 된 셈이다. 엄청난 개방감이 느껴진다. 옷을 벗고 탕까지, 말 그대로 '직행'이다.

타원형 모양의 탕이 욕실 중앙에 하나 있고, 그 양옆으로는 몸을 씻는 곳이다. 인테리어 면에서 장식적인 요소라 부를 만한 건 전혀 없다. 그런데 그 간소함에 오히려 더 마음 설렌다. 티 없이 맑은 오키나와의 하늘을 연상시킨다고 할까.

그리고 몸을 씻는 곳에서도 '오키나와 스타일'을 발견했다.

욕실과 탈의실이 자연스레 연결된다.

보통은 온수와 냉수, 두 개의 수전에서 각각의 물이 나온다. 그러나 나카노탕에서는 두 수도꼭지가 호스 하나로 연결되어 있기 때문에 온수와 냉수가 '합류'되어 나오는 구조다. 수도꼭지 두 개를 다 열고 호스 끝에서 쏟아지는 물의 온도를 확인한다. 가볍게 몸을 씻는다.

그리고 드디어 '주인공'에게 향한다. 타일을 발라 만든 탕에 발부터 살짝 담근다. 음… 너무 뜨겁지도 않고, 너무 미지근하지도 않고 딱 좋은 온도다. 초여름의 오키나와에 어울리는 온도랄까.

천천히 몸을 전부 담근다. 몸을 착 휘감는 물의 감촉. 사실 나카노탕의 물은 온천수다. 정확히는 약 알칼리성 광천수. 지하 350미터에서 끌어올린 광천수는 약간의 미끄덩한 느낌과

오키나와 스타일의 목욕탕 수도꼭지

함께 유효 성분이 확실히 피부에 흡수되는 느낌이다.

주인장의 말에 따르면, 처음 온 손님으로부터 '아무리 씻어도 비눗기가 가시지 않는다'는 푸념을 들은 적도 있다고 한다. 피부에 남은 광천수의 느낌을 비눗기가 남은 거라고 착각한 것이다. 그런데 그런 소리가 나올 만도 하다. 이렇게 매끈매끈, 반들반들해지니 말이다. 오키나와에서 설마 이런 온천 기분을 맛보게 될 줄이야. 생각지도 못했다.

몸을 온기로 감싸는 마법의 말

이날 탕에는 나 말고 먼저 온 손님이 한 명 더 있었다. 우라소에시[浦添市]에서 온 68세의 어르신이다.

"평소에는 대충 집에서 샤워하고 말죠. 그런데 가끔은 이렇게 커다란 탕에 느긋하게 몸을 담그고 싶단 말이죠."

그는 온몸의 긴장을 다 털어낸 듯 "하아~." 하고 크게 숨을 내뱉는다. "어우, 기분 좋다." 하는 말이 연신 그의 입에서 흘러나온다. 젊을 때 그는 본토에서 트럭 운전을 했다. 대형 트럭으로 각지를 돌던 시절, 온천이나 사우나에 들러 피로를 푸는 습관이 들었다고 했다. 짐짓 황홀한 표정으로 그가 말한다.

"유후루야에 오면 긴장이 풀려요. 마음이 편하고."

오키나와에서는 공중목욕탕을 '유후루야'라고 부른다. '유야'(공중목욕탕)라는 단어가 그 어원인 듯하다. 유후루야. 어딘가 울림이 좋은 단어다. 부드럽고 다정한 것이 마치 나카노탕에서 솟는 광천수 같다. 탕에 몸을 담근 채 작게 읊조려 본다.

"유후루야."

뭔가 주문 같기도 하다. 입 밖으로 나온 단어는 좀처럼 휘발되지 않고 수증기와 함께 목욕탕을 떠돈다. 온기가 온몸을 감싼다. 아무래도 유후루야는 사람을 행복하게 만드는 마법의 단어임이 분명하다.

오키나와 유일의 대중목욕탕이 되기까지

왜 하필 우리는 나카노탕으로 향했을까? 오키나와 유일의 동네 목욕탕이라는 것, 그것이 나카노탕을 찾게 만든 이유다. 현재 오키나와에 존재하는 공중목욕탕은 나카노탕 단 한 곳뿐이다.

'오키나와는 더운 지역이라 원래부터 탕에서 목욕하는 문

화가 없었다.'

오키나와에 거주 중인 내 지인이 그렇게 단언하기도 했지만 찾아보니 결코 그렇지가 않았다. 사전의 자료조사는 물론, 오키나와 시청의 '시 역사 편찬실'을 찾아 관련 이야기를 들어본 결과 오키나와에서도 어느 시점까지는 '탕 문화'가 깊게 뿌리박혀 있었다는 사실을 알게 됐다.

오키나와에 공중목욕탕이 처음 생긴 건 17세기 말 무렵이다. 그 무렵, 나하 시내 서측, 신쿄지[新教寺] 사찰 근방은 '유야'라는 지명으로 불리고 있었는데, 말 그대로 대중탕을 뜻하는 '유야'가 그 근방에 즐비했다는 기록이 남아있다. 그러나 오키나와 지역 전반에 탕 문화가 퍼져 있었던 것은 아니다. 어디까지나 상류층에 속하는 사람들이 이용하는 시설로 한정되어 있었다. 본토와 마찬가지로 대다수 사람은 개울이나 우물, 혹은 오키나와 말로 '무쿠이'라 칭하는 연못 같은 데서 미역을 감는 게 고작이었다.

메이지 시대 이후, 지금 같은 형태의 대중탕이 늘어나기 시작해 동네마다 유후루야가 생겼다. 오키나와 전쟁 때 소실된 대중탕도 많았으나 종전 후 수용소 수감자들의 귀향으로 인한 인구 증가, 전후 부흥기의 분위기와 맞물려 공중목욕탕도 다시 소생했다.

1960년대 초기, 공중목욕탕은 전성기를 맞았다. 오키나와현 내에만 311개의 공중목욕탕이 있었다. 그러나 1970년대에 들어 쇠퇴의 시기를 맞았다. 본토에서 목욕탕이 쇠퇴한 것과 같은 이유였다. 주택의 현대화와 맞물려 가정용 욕조의 보급이 급속히 진행됐다. 게다가 1973년의 오일쇼크를 계기로 연료비가 급등하면서 공중목욕탕을 생업으로 삼기에는 비용이 부담될 수밖에 없었다. 본토에서도, 오키나와에서도 공중목욕탕 숫자는 줄어들기만 했다. 특히 오키나와의 경우 물이 부족하다는 자연환경 조건이 공중목욕탕 쇠퇴에 박차를 가했다.

1980년대 후반, 오키나와의 공중목욕탕은 50개 이하로 줄었다. 그 뒤로도 쇠퇴 일로를 막을 수는 없었다. 2014년 나하시[那覇市]에서는 그 지역의 마지막 목욕탕 '히노데탕[日の出湯]'이 폐점했다. 그리고 그때를 기점으로 나카노탕은 오키나와현 내에 남은 마지막 공중목욕탕이 되었다. 물론 경영은 어렵다. 목욕비는 370엔이고 하루 이용객 수는 많아 봐야 스무 명 정도다. 솔직히 경영이 지속되고 있다는 것만으로도 기적이다. 그러나 시게 씨는 말한다.

"폐업 같은 걸 하면 힘들게 판 물이 너무 아깝잖아."

그렇게 웃어넘긴다.

오키나와의 마지막 유후루야. 일본 최남단의 공중목욕탕. 수다 꽃이 피는 따뜻한 커뮤니티. 그러나 나카노탕의 매력은 그게 전부가 아니었다.

여탕에서 만난 사람들

나카노탕 여탕 리포트, 첫째 날.

내가 들어섰을 때 여탕에 다른 손님은 없

었다. 마침 잘됐다 싶다. 훌훌 알몸인 채로, 서서도 보고 앉아서도 보고 오키나와식 목욕탕 내부를 대놓고 관찰한다. 특이하게도 탈의실과 욕실 사이에 벽이나 문 같은 게 없고 공간이 하나로 연결되어 있다.

욕실 한가운데에 타원형 모양의 작은 탕이 하나 있다. 바닥에는 하얀 타일, 벽과 로커는 하늘색 페인트로 칠해져 있다. 도쿄의 공중목욕탕에서도 자주 보는 색 조합인데, 여기는 어딘가 느낌이 다르다. 왜일까? 아마도 대중을 상대로 한 '시설'이라는 느낌이 별로 들지 않아서이지 싶다. 전기탕도 없고 자쿠지도 없고 심지어는 온도계마저 없다. 쓸데없는 것이라고는 하나도 없다. 조촐하고 아담한, 어딘가 시게 할머니의 손님맞이 공간에 들어온 것 같은 '오우치[お家] 느낌'[8]이 있다고나 할까? 말이 나온 김에 샛길로 좀 빠져보면, 오키나와 사람은 집을 '오우치'라고 한다. 우락부락 무서워 보이는 할아버지가 "오우치에 가고 있어."라거나 "오우치를 만들었는데." 같은 말을 하는 걸 보면 뭔가 너무 귀여워서 급속도로 친근해져 버린다.

그런 생각을 하며 탕에 몸을 담근다. 지하 350미터에서 끌어올린 부드러운 광천수를, 값이 계속 오르는 연료로 데워주신 따뜻한 물이다. 절로 고마운 마음이 든다. 찰박찰박 뺨에

8 가정집 또는 내 집 같은 편안한 느낌이라는 뜻. '오우치'는 집이라는 단어 '우치[家]'에 높임의 의미가 있는 '오[お]'를 붙여 정중하게 표현한 말이다. — 옮긴이

끼얹어 문질러본다. 목 뒤도 문지른다.

그건 그렇다 쳐도 여든여섯의 시계 할머니가 남탕, 여탕을 혼자서 관리한다는 게 육체적으로 쉽지는 않을 것이다. 아무리 작고 단순한 구조라고 해도 말이다.

"매일 아침 7시에 일어나면 제일 먼저 '콤뿌레샤'로 물부터 끌어 올려. 그런 다음 마사지 기계로 몸을 좀 풀고, 그러고 나서 아침밥을 먹지."

기체를 압축시키는 장치인 컴프레서를 콤뿌레샤라 말하던 시계 할머니가 떠올라 자연스레 입가에 미소가 지어진다. 오후 3시 반 무렵, 개점 준비가 마무리되면 시계 할머나는 제일 먼저 탕에 몸을 담근다. 물의 상태나 온도 등을 확인하기 위해서다. 그리고 폐점 뒤에 또 한 번 탕에 들어간다. 이번에는 하루를 보낸 몸에 휴식을 주기 위해서다. 아마도 그녀의 건강 비결은 매일 꼬박꼬박 두 번씩 광천수에 몸을 담그는 습관 때문일지도 모르겠다. 괜한 호기심이 발동한다.

"그럼 날에 따라 남탕도 들어가고 여탕도 들어가고 그러시나요?"

"아이고, 무슨 소리야. 당연히 여탕만 들어가지. 하하하."

남탕이라니, 그런 생각은 털끝만큼도 해 본 적 없다는 말투다. 나카노탕은 자기 소유고 영업시간 외의 일이니 어찌해도 상관없을 텐데 단호하게 아니라며 깔깔 웃는다.

잠시 탕을 독차지하고 있던 사이 젊은 여자 손님 한 명이 들어온다. 누가 먼저랄 것도 없이 자연스레 인사가 오간다. 가볍게 몸을 씻은 뒤 그녀도 탕에 몸을 담근다.

"저 사실... 이 동네 사람 아니에요."

"우아, 저도요!"

이 대화를 계기로 어색함은 바로 풀렸고, 이야기는 자연스레 어디에서 왔느냐는 화제로 이어진다. 그녀는 오카야마현[岡山県] 출신이라고 했다.

"얼마 전까지 도쿄에서 일을 했어요. 그런데 뭔가 지쳐버리는 바람에... 지난주에 드디어 도쿄 집을 다 정리했고, 오카야마에 있는 본가에 내려온 지 얼마 안 됐어요. 그런데 본가 생활이 본격적으로 시작되면 당분간은 여유롭게 여행 다니는 것도 힘들겠다는 생각이 들더라고요. 그러다가 번뜩 '그래! 마지막으로 오키나와다!' 싶었죠."

그런 생각으로 그녀는 홀로 오키나와로 넘어왔다. 2주 일정이다. 여행이 끝나면 고향으로 돌아가 재취업 준비를 할 예정이다. 인생의 변곡점에서 홀로 떠나는 여행. 그게 어떤 의미인지 너무 잘 알 것 같아서 "그죠, 그죠." 하며 연신 고개를 끄덕인다. '그래! 마지막으로 오키나와다!' 맞다. 오키나와는 그런 장소다.

이야기에서 빠져나와 문득 정신 차려보니 몸 씻는 곳에 아주머니 손님이 두 분 늘었다. 오키나와 방언으로 수다가 이어진다. 다 알아들을 수는 없었지만 아무래도 '요미탄[読谷](오키나와, 나카가미 군[中頭郡]에 속한 지명 – 옮긴이) 할머니'에 대한 소문 같았다. 무심결에 흘러 들어오는 수다는 내버려두고 탕의 사이즈를 눈대중으로 가늠해본다. 이분들까지 들어오면 총 네 명. 약간 좁을지도 모른다. 내가 빠져주는 게 낫겠다. 손가락 끝이 쪼글쪼글해질 만큼 충분히 탕을 즐겼으니까. 탕에서 나와 물을 한번 끼얹는다.

"먼저 나가 볼게요."

"그래요."

서로 인사를 나누고 돌아섰는데, 아뿔싸, 탈의실과 탕 사이에 아무것도 없다는 걸 까먹었다. 몸을 닦고 옷을 입는 내 모든 과정이 죄다 노출된다. 먼저 간다고 인사까지 한 마당에 눈 둘 곳을 모르겠다. 나갈 준비를 모두 마쳤다. 드디어 문을 열기 직전 "자, 이번에야말로 정말 갈게요." 이런 이상한 인사를 다시 해야 하는 부끄러운 처지가 되고 말았다.

더 이상 목욕탕에 갈 수 없게 되는 날

밖에 나오니 야스다 씨와 시게 할머니가 뭔 일인지 옥신각신하는 중이다.

"아니, 잠깐, 잠깐만요. 안 된다니까요."

"에이, 사양하지 말고~."

시게 할머니는 자동판매기에 동전을 넣으려는 참이고 야스다 씨는 필사적으로 저항하는 중이다. 아무래도 그녀는 그에게 목욕 뒤에 마실 주스를 대접해주고 싶은 모양이다. 서둘러 둘 사이에 끼어든다. 그리고 동전을 야스다 씨에게 패스한다. 그 동전을 자판기 투입구에 밀어 넣고 결정적인 순간에 위기에서 벗어난다. 시게 할머니의 마음은 눈물 날 정도로 고맙지만, 아휴, 정말 위험할 뻔했다. 목욕비로 370엔 밖에 낸 게 없는데 바나나와 흑설탕 과자도 나눠주셨다. 그런데 거기에 캔 음료까지 얻어 마신다? 아니다. 절대로 안 될 일이다.

벤치에 앉아 이야기를 나누는데 목욕을 마친 아주머니 두 분이 여탕 쪽에서 나온다. 조금 전의 그 아주머니들이다. 그중 한 명이 시게 씨에게 묻는다.

"요미탄 할머니 요새도 와요?"

"아니. 예전에 똥을 지려서 애를 먹은 적이 있어서 오지 말라고 했어."

아무렇지도 않은 투로 담담하게 대답한다. 요미탄 마을에 사는 할머니는 나카노탕의 꽤 오래된 단골이다. 최근에는 딸이 운전하는 차를 타고 나카노탕에 다녔던 모양이다.

"그 할머니, 나랑 같은 쇼와 8년생(1933년생 - 옮긴이)이야. 아직 아흔 밑인데도, 그렇게나 허리가 굽고 난 뒤부터는 걷는 것도 겨우 걸어. 탕 속에서는 아니었지만 씻는 곳에서 똥을 지리는 바람에…"

"아이고, 그랬군요. 어쩐지 요즘에 잘 안 보인다 했어요."

"응. 어쩔 수 없지, 뭐."

잠자코 나는 듣기만 했다. 그 역시 딴 곳을 보며 조용히 주스만 홀짝였다. 언젠가 목욕탕을 좋아하는 우리도 그런 식의 마지막 날을 맞게 되려나. 목욕탕도 늙고 손님도 늙는다.

‘이온몰 오키나와 라이카무’의 과거와 현재

나카노탕 여탕 리포트, 둘째 날.

첫째 날 시게 할머니에게 간식을 잔뜩 얻어먹었기 때문에 둘째 날은 빈손으로 갈 수 없다는 데에 의기투합했다. 그렇다고 오키나와 사람에게 사타안다기(오키나와 명물 과자로 설탕이 잔뜩 들어간 도넛의 일종 – 옮긴이)를 사가기도 그렇다. 뭐가 좋을까 고민하다가 ‘뭔가 도쿄에서 사들고 온 것 같은 느낌의 간식’을 찾아보기로 했다. 이 수수께끼 미션을 완수하려면 대형 쇼핑몰에 가는 수밖에 없다.

나는 프랜차이즈보다는 개인이 하는 가게나 작은 골목 상점을 좋아한다. 그래서 웬만하면 거대 쇼핑몰 같은 데는 가지 않는다. 그런데도 ‘이온몰 오키나와 라이카무’(이하 라이카무)에 대해서는 예전부터 흥미가 있었다. 그 이유 중 하나는 야스다 씨가 이런 호언장담을 했기 때문이다.

“라이카무에 가면 엄~청 큰 수족관이 있어서 희귀 어종을 공짜로 구경할 수 있어요. 근사한 아쿠아리움 같은 데 일부러 갈 필요가 없다니까.”

나폴레옹피시

'블루씰'(오키나와에서 유명한 아이스크림 브랜드 - 옮긴이) 아이스크림은 종류가 많아서 먹을 때마다 고민된다. 야스다 씨는 먹는 게 딱 정해져 있다. '사탕수수 맛을 콘으로'이다.

과연 그의 말대로다. 정면 출입구 들어서자마자 바로 오른쪽에 거대한 수족관이 보이고 나폴레옹피시가 유유자적 헤엄치고 있다.

그러나 내가 이 쇼핑몰에 관심을 둔 까닭은 따로 있다. 다른 무엇보다 이곳이 원래 미군 전용 골프장이었다는 내력 때문이다. 전쟁 전, 이 지구에는 '히개[比嘉]'라는 부락이 있었다. 그러나 태평양 전쟁 중 미국이 이곳을 점령했고 수용소 등 군용 시설을 설치했다. 미군은 1948년 이 부지에 '아와세 골프장'을 만들었다. 그곳은 오키나와가 본토로 반환된 뒤에도 계속 미국인 전용 시설로 사용되어 왔다. 그러다가 2010년에 이르러서야 이 부지가 지역민에게 완전히 반환됐다. 실로 62년 만의 일이다.

그런 내력이 있는 땅에 이 쇼핑몰이 세워진 것이다. 240여 개의 전문 매장과 스크린 9개를 갖춘 멀티플렉스 극장, 한꺼번에 4,000여 대를 수용할 수 있는 주차장까지, 명실공히 오키나와 최대의 쇼핑몰이다. 너무 넓어 골프도 치겠다 싶었는데, 그도 그럴 것이 원래 골프장이었다.

라이카무(RYCOM의 일본식 발음 - 옮긴이)라는 명칭도 미군에서 유래했다. 전쟁 후 이곳에 주둔하던 미군 사령부의 통칭이 RYCOM이었다. '류큐 미군 사령부(Ryukyu Command Headquarters)'(류큐는 오키나와의 옛 이름 - 옮긴이)'의 앞 글자를 따서 만든 이름이다. 그래서 이 일대에는 '라이카무 고개', '라이카무 교차로'라는 명칭도 있고, 2019년 9월부터는 '○○마을 라이카무 ○번지'라는 식으로 주소지에도 도입됐다. 미국령 시대의 잔재인 라이카무란 명칭이 지금은 완전히 시민의 것이 됐다는 사실이 흥미롭다.

"라이카무의 가장 중요한 점은..."

야스다 씨의 설명이 이어진다.

"고용과 경제 효과입니다. 미군 전용 골프장이었던 시절에는 거기서 일하던 일본인의 수가 38명에 불과했어요. 그런데 쇼핑몰로 바뀐 뒤 3,000개의 일자리가 생겨난 겁니다. 방문객 수도 연간 1000만 명을 훌쩍 넘고요. 엄청난 경제적 효과이지요."

이 말인즉슨 '오키나와 경제는 미군에 기대고 있다', '기지를 반대한다고 떠들어대는 주민도 많지만, 기지가 없어진다면 제일 곤란해할 사람은 오키나와 주민이다.'라며 항간에 떠돌던 근거 없는 확신을 정면으로 부정하는 결과다. 기지 반환 후 그 땅을 제대로 활용한다면 기지를 떠안고 있는 것보다 몇 단계나 더 높은 고용과 경제 효과를 얻을 수 있다. 그런 의미에서 이 쇼핑몰은 상징적인 존재다. 나도 나폴레옹피시도 고개를 주억이며 그의 이야기에 깊은 동감을 표한다.

자, 본론으로 돌아가 오늘의 핵심 미션. 시게 할머니께 드릴 간식으로 뭐가 좋을까.

"어차피 본인은 안 드시고 단골에게 죄다 나눠줄 텐데 개별 포장이 좋겠어요."

그래서 개별 포장된 쿠키로 골랐다. 어쨌든 도쿄에 본사가 있는 제과 회사 것으로.

남자들의 일터에서 일을 해온 사람

"어라, 또 오셨네."

시게 할머니의 목소리가 밝다. 그녀의 환대와 함께 나카노탕의 둘째 날이 시작됐다. 이날 여탕에서 가장 인상적이었던 건 머리를 갈색으로 물들인 한 여자와의 만남이었다.

탕 안에서 우둑우둑 목 주변의 근육을 풀던 그녀. 눈이 마주치자 환한 미소가 돌아오고, 그녀의 이야기가 시작된다.

"일이 끝나면 이렇게 탕에서 몸을 좀 풀어줘야 해요. 이제 나도 젊은 나이가 아닌지라."

동글동글한 민낯, 이마와 뺨에 윤기가 흘러 젊어 보이는데 낼모레면 쉰여덟이 된다고 했다.

"열여덟에 낳은 딸이 올해로 마흔이에요."

그렇다면 손자도 있겠다 싶었는데 "손자도 벌써 성인이고요."라는 말이 곧바로 이어져서 약간 놀랐다. 손자가 벌써 스무 살이 넘었다니… 그렇다는 말은 30대에 이미 할머니가 됐다는 말이다.

오키나와는 전국에서 출생률이 가장 높은 지역이다. 미혼율은 최상위권이고 실업율은 가장 낮은 축에 속한다. 그녀의 이야기를 들으며 이런 데이터가 뇌리를 스쳤지만 도중에 마음을 바꿨다. 나는 '오키나와 여성의 전형적인 인생'이 궁금하지는 않다. 우연히 목욕탕 옆자리에 앉은 사람, 그 사람의 유일무이한 이야기를 손바닥으로 가만히 건져 올리고 싶다. 녹음기도, 필기도구도 없는 탕 안에서 그녀의 이야기에 오롯이 귀를 기울인다.

그녀는 오키나와 본섬 북부에서 태어났다. 10대에 결혼했고, 결혼 후 코자로 나와 아이 둘을 낳은 뒤 남편과 이혼했다. 이후, 그녀의 말을 빌리자면 '남자의 일'을 하며 살아왔다. 예를 들면 쓰레기 분류 같은 일들. 컨베이어 벨트로 깨진 유리가 쉴 새 없이 밀려오면 그 앞에 서서 종류별로 골라내야 한다. 계속 같은 자세로 일하고 무거운 것을 들어야 하는 까닭에 다들 약속이나 한 듯이 허리 상태가 좋지 않다고 했다.

"뭐, 그렇기는 해도 일이 있는 게 없는 것보다야 나으니까요."

한동안은 건설 현장에서 일한 적도 있다.

"아휴, 거긴 엄청 고되어요. 여름에는 쓰러지는 사람도 나오니까. 까딱 잘못하다간 죽어 나가요. 누군가에게 권할 만한 그런 일은 아니죠."

여자라고 쉬운 작업을 시켜준 공사판 소장도 있었지만 그렇게 하면 임금이 낮아진다. 그렇다고 남자와 같은 양의 일을 해낼 수도 없다. 그런 딜레마가 늘 있었다고 했다. 건설 현장에서 일을 하던 4년 동안은 집에 돌아오자마자 쓰러져 자는 생활의 연속이었다.

"현장 일은 말이죠, 나이 먹으면 못해요. 남자든 여자든 다 마찬가지죠. 개중에는 가끔 나이 들고도 계속하는 사람도 있지만, 사고 나기 십상이라…"

"그래서 그만두셨나요?"

"그랬죠. 한 3년쯤 전인가?"

그것만으로도 행복

"지금은 무슨 일을 하시나요?"

"음…"

아주 잠깐 멈칫대는가 싶더니 '러브호텔 청소'라고 대답했다.

"러브호텔은 여름에 냉방을 틀어줘요. 뭐, 그것만으로도 천국처럼 편하죠."

이 근방 러브호텔은 전체적으로 방값이 무척 싸다. 대실의 경우 2시간에 2,500엔 정도. 이렇게 싸다 보니 끊임없이 손님이 들고 난다. 손님이 나가면 객실 담당이 곧바로 출동하고 다음 손님을 위해 빠른 속도로 방을 정리해야 한다. 청소는 기본이 2인 1조다.

"같이 일하는 사람이 그래도 융통성이 좀 있으면 좋죠. 잠깐씩 피로도 풀 겸 주스라도 마실 수 있으니까. 너무 원칙적인 사람하고 팀이 된 날엔 몇 시간이고 계속해서 일만 할 때도 있어요."

그녀는 탕 가장자리에 걸친 팔에 머리를 기댄 채 이야기를 계속해 나갔다.

"가끔은 욕실을 엉망진창으로 쓰고 나가는 커플도 있어요. 꽉 찬 수증기가 나중에 다 이슬로 맺혀서 그걸 전부 닦아내야 한단 말이죠. 그게 좀 힘들긴 한데, 그래도 아무튼 냉방은 들어오잖아요. 그것만으로도 행복하죠."

이야기를 듣는데 그녀의 탄탄한 두 팔이 시야에 들어온다. 수십 년 넘게 노동을 해온 팔이다.

"당신이 한다는 그… 책 쓴다는 그 일도 힘들죠?"

갑작스런 질문에 "어, 네, 뭐…" 우물우물 대답을 흐린다. 가혹한 노동을 거듭해 온 사람 앞에서 '내 일도 힘들다'는 식의 말은 도무지 할 수가 없다. 그렇다고 '아닙니다. 당신 일에 비한다면 편한 일이죠.'라고 답하기도 꺼려진다. 머뭇거리는 사이 그녀가 웃으며 결론을 낸다.

"무슨 일이건 세상에 쉬운 건 없어요. 그러니 하는 수밖에요. 그렇죠?"

"네, 맞아요."

탕에서 나와 타일 바닥에 세숫대야를 놓는다. 탕하고 높은

음이 천정까지 울린다. 밖에서 시게 할머니의 웃음소리가 들려온다. 또 새로운 손님이 온 모양이다,

야스다 고이치

나카노유의 '이케'에 흠뻑 빠지다

그렇다. 우리는 이틀 연속 나카노탕을 찾았다. 취재 때문만은 아니다. 며칠이고 연속해서 가고 싶을 만큼, 나카노탕에는 뭔가 특별한 편안함이 있다. 맑은 바다와 푸른 하늘을 연상시키는 개방감 넘치는 욕실, 땅속 깊은 곳에서 숙성되어 피부에 좋은 광천수. 태평양의 작은 섬처럼 옹골차게 자리 잡은 타원형의 작은 욕조. 이 모든 것에서 오키나와가 느껴진달까.

탕에 몸을 담근다. 팔다리를 길게 뻗어본다. 잔물결이 번지며 욕실 창으로 쏟아지는 부드러운 태양 빛을 받아 반짝인다. 마치 저녁 무풍(저녁 무렵 해풍과 육풍이 바뀔 때 바람이 한동안 잦아들며 고요해지는 현상 - 옮긴이)의 고요함에 온몸이 감싸인 기분이다.

나카노탕에서는 공용탕을 '이케[湯池]'라고 칭한다. 나카노유뿐만 아니라 오키나와의 목욕업계에서는 오래전부터 그 명칭을 사용해 왔다.

[이케에 수건을 담그지 말 것]

목욕탕 벽에도 이런 주의사항이 적혀 있다. 이케는 중국에서 유래된 단어로, 문자 그대로 뜨거운 물[湯]을 가득 채운 연못

[池]을 의미한다. 연못이라니, 100퍼센트 공감이다. 몸과 마음을 다정하게 감싸는 따뜻한 연못. 도시의 거리에서 솟아난 따끈한 오아시스다.

1957년, 이시가키 섬에서 코자로 건너가다

나카노탕의 주인장, 나카무라 시게 씨는 50년 동안 혼자 몸으로 '이케'를 지켜왔다. 얼굴에 새겨진 깊은 주름은 나카노탕의 연륜이기도 하고 전쟁 전후 오키나와를 살아 낸 한 여인의 발자취이기도 하다.

시게 씨는 1933년(쇼와 8년) 이시가키 섬[石垣島]에서 태어났다. 그녀는 이시가키 섬 북서부에 위치한 가비라[川平] 지구에서 어린 시절을 보냈다. 세계 유수의 투명도를 자랑하는 깨끗한 바다, 화려한 산호초로 가득한 가비라 해역은 섬 최고의 경승지로 유명하다.

"거기 바다가 최고야."

고향 섬 이야기만 나오면 얼굴 가득 미소가 번진다. 그녀의 본가는 가난한 농가였다. 농사용으로 먹이는 말 한 필이 유일한 재산이었다. 어린 시절 그녀도 말고삐를 당겨가며 밭일을 거들었다. 고향에서 양재학원을 다니며 재봉 기술을 공부한 뒤, 1957년에 오키나와 본섬의 코자시로 건너갔다. 당시의 코자는 딱히 말 안 해도 다 아는 '미군 기지촌'이었다. 그녀 나이 스물넷의 일이다.

"도회지를 동경했거든."

그녀는 고향을 떠나온 이유를 그렇게 설명했다. 산호초로 둘러싸인 바다보다 사람들로 북적이는 거리에 매료됐다. 무엇보다 일을 하고 싶었다. 그녀에게는 일할 곳이 필요했다. 산업 시설이 부족한 작은 섬에서 여자 몸으로 독립된 삶을 꾸려가는 게 쉽지 않은 시절이었다. 내 힘으로 살아가기 위해, 부모님에게 조금이라도 도움이 되고 싶은 마음에 그녀는 도회지로 건너갔다.

오키나와 총투쟁과 재봉틀 한 대

당시 오키나와는 미군의 시정권(신탁 통치 지역에서 입법, 사법, 행정의 삼권을 행사하는 권한 - 옮긴이) 아래에 놓여있었다. 1952년 4월 28일, 샌프란시스코 강화조약이 발효되면서 패전국 일본은 국권을 회복했다. 그러나 오키나와와 아마미[奄美] 군도(원래 오키나와에 속한 섬이었다가 현재는 가고시마현에 속해 있는 군도 - 옮긴이)는 일본에서 분리되어 나왔다. 일본은 그날을 '주권 회복의 날'로 삼고 있지만 미국에 '양도된' 오키나와에서는 같은 날을 '굴욕의 날'로 부르는 사람도 많다.

그로부터 20년, 오키나와가 일본에 반환되기까지, 일본국 헌법은 오키나와에서 적용될 수 없었다. 모든 통치권이 미국에 위임됐다. 본토에서 오키나와로 미군 기지가 이전되자 '기지의 섬' 오키나와는 주권은 물론 인권도 빼앗긴 채 살아갈 수밖에 없었다. 일본은 주권을 회복했으나 그와 동시에 오키나와는 굴욕의 역사를 걷게 되고 만 것이다.

시게 씨가 코자로 건너온 무렵, 오키나와는 미군의 압정에 저항하는 '오키나와 총투쟁'으로 들썩이고 있었다. 일방적으로 토지를 빼앗아 기지를 만들고 지역민의 인권을 업신여기는 미군을 향해 그야말로 섬 전체가 분노를 터트리고 있었다. 그러나 당시 시게 씨로서는 '정치'보다 '사는 일'이 중요했다.

시게 씨는 코자의 미용실에 직장을 얻어 '견습생'으로 일했다. 당시 나하의 '국제 거리'(경이적인 발전을 이뤄내 '기적의 1마일'로 불리는 거리)에서는 연일 데모 행렬이 줄을 이었다. 코자도 상황은 다르지 않았다. 시내 각지에서 '오키나와 교직원회'가 주도하는 집회가 반복됐다. 그러나 시게 씨는 분위기에 쓸리지 않고 파마약과 사투를 벌이는 날들을 보냈다. 외딴섬에서 가난하게 자란 이가 인생을 개척하기 위해서는 일에 몰두하는 수밖에 없었다. 필사적으로 일하고 돈을 모아 재봉틀 한 대를 샀다.

"90달러나 주고 샀어. 태어나서 처음으로 산 고가의 물건이었지."

당시는 본토의 대졸 초임 평균 월급이 1만 3000엔이던 시대였다. 90달러를 그때의 고정 환율제(1달러=360엔)로 계산해보면 약 3만 2000엔 정도. 그 '고가의 물건'이 필사적으로 일한 시게 씨의 첫 번째 성과였다.

시의 중심부, 코자 사거리 근방에 가게를 빌려 양재점을 개업했다. 상호는 '가비라 양재점'. 거기서부터 벌써 고향에 대한 그녀의 마음이 느껴졌다. '태어나 자란 섬을 잊고 싶지 않았기 때문에 가비라를 상호에 썼다'고 했다. 이는 '자신을 위해, 그리고 가족을 위해' 일하겠다는 시게 씨의 결의이기도 했다. 이후 그녀는 매달 고향 섬으로 생활비를 보냈다. 양친이 돌아가시기 전까지 40년 동안 그 일은 계속됐다.

드레스와 돈을 낳던 양재점

1960년대 코자는 혼란스러웠다. 전쟁 전에 코자(당시에는 고에쿠[越来] 마을이라 불렸다.)는 8,000명이 모여 살던 작은 농촌 마을이었다. 그러나 1960년대에 들어 5만 명이 거주하는 도회지로 비약적인 팽창을 거듭했다. 미군 기지의 존재가 사람들을 코자로 불러들였다. 오키나와 본섬은 물론, 북쪽의 아마미부터 남쪽의 요나구니[与那国]까지 수많은 지역민이 기지 건설 노동자로, 미군을 상대하는 상업과 오락 서비스 종사자로 코자에 몰려들었다.

"북적북적 시끌시끌했지, 그때는."

과거를 되짚는 그녀의 눈빛에 그리움이 스쳤다. 그 당시 거리는 미군으로 넘쳐났다. 각지 각처에 미군을 상대로 하는 밥집, 술집, 기념품 가게가 생겼다. 거리에는 영어 간판이 즐비했다. 밤이 되면 A사인(미군 공인 식당, 술집, 유곽 등에 부여하던 영업허가증 - 옮긴이) 바의 네온이 야릇한 빛을 발했다. 시게 씨가 코자에 가게를 연 까닭은 그 속에서 돈을 벌 기회가 있다고 봤기 때문이다.

A사인/ 본토에 귀속되기 전, 오키나와에서 볼 수 있었던 사인판. 미군 공인의 음식점, 유곽 등에 설치되었다.

그 당시 '양재업'은 코자의 주요 경제 수단으로 성장해 나가고 있었다. 멋을 좀 아는 미군은 도회지의 '테일러'에서 양복을 맞췄고 가끔은 가족을 위해 드레스도 주문했다. 본국보다 저렴한데다가 정성들여 옷을 짓는 오키나와 여성의 재봉 기술이 인기를 끌었던 것이다. 재킷이나 모자에 좋아하는 자수를 넣는 미군도 많았다. 게다가 미군을 상대하는 바의 아가씨들도 서로 경쟁하듯 드레스를 주문했다. 데이고 꽃(오키나와의 현화(県花) – 옮긴이), 이페나무 꽃을 연상시키는 화려한 드레스들, 그 드레스를 입은 여인들의 모습은 기지의 마을 코자에 새로운 색채를 더했다. 시게 씨는 그런 여인들을 '단골 타깃'으로 삼고 개업하자마자 곧바로 자리를 잡았다.

"이래도 되나 싶을 만큼 바빴어. 달러 시대였으니 (경기가) 좋았던 거지. 크리스마스 전이나 그럴 때는 한숨도 못 자고 재봉틀만 밟았지."

드륵드륵드르륵. 코자 길모퉁이에 재봉틀 돌아가는 소리가 밤낮없이 울렸다. 씩씩하게 살아가는 여자들을 위해, 필사적으로 일하는 여자들을 위해, 시게 씨는 한 잎 한 잎 '밤의 꽃'을 재봉질했다.

그 무렵은 베트남 전쟁이 격화되던 시대이기도 했다. 코자는 베트남으로 향하는 출격 거점이기도 했기에 전쟁터에서의 죽음을 의식해 충동적으로 사는 미군도 적지 않았다.

"이제 뭐 살아서 돌아올 일은 없지 않겠냐며, 베트남으로 떠나기 전, 쓸데없이 여자들에게 돈을 뿌려대는 미군도 많았지. 친하게 지내던 손님이 같이 가자고 하길래 미군 차를 얻어 타고 기지 안에 들어가 본 적도 있었어. 밥도 사주더라고. 닭새우, 치킨, 스테이크, 그런 맛난 게 나오는데 어떡해. 잔뜩 먹을 수밖에."

90달러로 산 재봉틀은 부지런히 드레스와 돈을 만들어 냈다. 투자금은 순식간에 회수됐다. 태어나서 처음으로 풍족한 식탁과 마주했다. 그렇게 번 달러 지폐를 매달 고향 섬으로 보냈다. 시게 씨는 말했다.

"그저 부모님이 기뻐하시는 얼굴, 그 얼굴을 떠올리면서 살았어."

코자의 백인가와 흑인가

시게 씨 기억 속의 코자는 번영의 모습으로만 남아있는 건 아니었다.

"사건, 사고도 참 많았어. 미군이 난폭하게 구는 모습도 여러 번 봤고."

달러를 뿌리며 거들먹대는 미군도 있었고 완력으로 여자를 굴복시키려는 미군도 있었다. 미군에게 성폭력 피해를 입은 여성도 줄을 이었다. 예나 지금이나, 기지라는 존재가 지역 여성의 존엄과 안전에 위협을 가하는 현실은 달라지지 않았다.

코자에는 유흥가(미군 대상의 바와 클럽이 즐비한 지역)가 몇 군데 있었는데, 코자 사거리를 기준으로 북쪽은 '백인가', 남쪽은 '흑인가'로 구분되어 있었다. 이는 '트러블 방지'를 명목으로 삼아 당시 헌병 사령관이 실시한 일종의 인종 격리 정책이기도 했다.

그중 흑인가는 코자에서 제일 큰 환락가였다. 카바레, 바, 레스토랑, 커피숍 등 하나하나 흑인 취향에 맞춘 점포들이 거리 곳곳을 가득 채웠다. 흑인 전용 이발소, 흑인 전용 양복점도 있었다. 당시의 신문은 흑인가의 풍경을 이렇게 기술하고 있다.

'흑인 병사들은 이곳에서 흩어진다. 그리고 하루 동안 부대에서 쌓인 피로를 푼다. 이 거리의 하루는 땅거미가 내려앉을 무렵 시작된다. 처마 밑에 알록달록한 불이 켜지고, 독한 분 냄새를 풍기는 밤의 여인들이 새빨간 입술로 담배를 물고 처마 밑에 선다. 그래야 비로소 이 거리의 하루가 시작된다.'

'새빨간 입술'의 주인공 중에는 시게 씨가 만든 드레스를 입은 여인도 있었을 것이다.

흑인가에는 코자 주변의 부대는 물론, 가데나[嘉手納], 즈

케란[瑞慶覽], 나하 등 오키나와 각지에서 흑인 병사들이 몰려왔다. 택시나 버스를 대절해 단체로 찾아오는 경우도 드물지 않았다. 오키나와에 부임한 흑인 병사들에게 흑인가는 자신들만의 공간, 일종의 성역 같은 곳이었다. 이는 미군 병사들 사이의 심각한 인종 대립이 지역에 투영된 결과이기도 했다.

"여기저기서 흑인과 백인이 엉겨 붙고 그랬지. 헌병대가 (순찰차) 사이렌을 번쩍이며 맨날 돌아다니는 거야. 매일 시끌벅적했지."

싸움 같은 건 일상다반사였다. 백인가와 흑인가의 경계선을 무시하고 들어가거나, 실수로라도 경계선을 넘으면 무조건 '침략 행위'로 간주해 대규모 유혈 사건이 터지고는 했다. 뒤숭숭한 사건과 집단 난투극 같은 것들이 반복되는 일상이었다.

1958년에는 흑인 병사가 헌병이 상주하는 출장소에 수류탄을 투척하는 사건이 발생했다. 헌병 3명이 폭탄 피해로 중상을 입고 주변 민가도 피해를 입었다. 또 1960년에는 백인가로 넘어간 흑인 병사 40명이 폭동을 일으켜 코자 사거리 일대의 교통이 일시적으로 마비된 사건도 일어났다.

흑인가의 '부시 마스터즈'

그런 대립의 배경에는 심각한 인종 차별이 있었다. 미국에서는 1964년 인종 차별을 금지하는 '공민권법'이 만들어졌다. 그 이전까지 흑인 차별은 당연한 '제도'처럼 미국 사회에 정착되어 있었기 때문에 공민권법이 시행됐다고 해서 흑인에 대한 편견이 쉽게 사라지진 않았다. 21세기인 지금도 마찬가지다. 아무런 저항도 하지 않는 흑인이 백인 경찰관에게 살해되고 마는 현실. '블랙 라이브즈 매터(Black Lives Matter: 흑인의 목숨도 소중하다)'는 슬로건마저 없었던 1960년대, 가열찬 인종 차별이 코자 거리에도 어두운 그림자를 드리웠다. 오키나와 시청이 편찬하는 소책자 《코자 문화 박스》 제3호에서는 신문 기사를 인용해 1950년대 말 흑인가의 모습을 이렇게 적고 있다.

'모 흑인 하사관은 오키나와에 배속된 첫날 아무것도 모른 채 흑인가에 발을 들였다가 경악을 금치 못했다. '흑인 말고는 아무도 없다니, 내 눈을 의심할 정도였다.'라고 했다. 게다가 경계 근무 중인 헌병에게 다시 한 번 충격을 받았다. "깜둥아, 주절주절 헛소리 그만해. 이 거리에서 너는 그냥 깜둥이일 뿐이야." 이런 폭언을 들었기 때문이다. "나는 하사관이다. 그런 모욕적인 표현은 그만둬!" 흑인 하사관은 항의했으나 백인 헌병은 거리낌 없었다. 그 후로도 헌병은 깜둥이라는 모멸적인 단어를 계속 사용했다.'

백인의 차별에 대항하기 위해 흑인가를 거점으로 자경단 성격의 흑인 조직이 생겨났다. 그중에서도 '전투적'이라 평가 받는 조직이 '부시 마스터즈(Bush Masters)'다. 흑인 병사들이 백인이 없는 흑인가를 '부시(밀림)'라고 표현했던 것이 작명의 유래가 됐다. 한편 백인우월주의자로 구성된 '후텐마[普天間](오키나와 기노완시[宜野湾市]에 위치한 미 해병 항공기지 - 옮긴이) 마스터즈'라는 조직도 오키나와에 존재했다.

우리는 나카노탕 취재를 모두 마친 뒤 미군 기지 입구에 위치한 오키나와시 전후 문화 자료 전시관 '히스토리트'를 찾았다. 거기서 가장 눈길을 끈 사진은 1960년대 왕성하게 활동하던 부시 마스터즈의 사진이었다. 그들은 검은색 점퍼를 맞춰 입었고, 등에는 '아카다마 펀치(주류회사 산토리에서 출시한 저렴한 적포도주 브랜드로, 값싼 술의 대명사이기도 했다. - 옮긴이)를 병째로 들이키는 흑표범의 모습이 자수로 새겨져 있었다. 그것이 부시 마스터즈의 심벌마크였다. 날카로운 눈매의 흑표범은 그야말로 분노한 흑인의 모습 그 자체였다. 그러나 불평등과 부정의(不正義)는 결코 개선되지 않았고, 아카다마 펀치를 아무리 마셔본들 흑인이 받는 고통은 사그라들지 않았다.

그들은 그 '제복'으로 백인에게 저항했다. 때로는 위협하고 때로는 폭력으로 차별에 맞섰다. 그래서 부시 마스터즈를 일종의 스트리트 갱으로 평가하는 이들도 있다. 일정 부분 그런 면도 있었을 것이다. 그러나 그럴 수밖에 없었다. 구조적이고 제도적인 차별 밑에서, 주먹을 치켜들거나 달려들어 무는 것 외에 어떤 방법이 있었을까. 쉽게 단정할 수 없는 측면도 분명히 있다.

1970년, 코자 폭동

오키나와에는 여러 겹의 차별이 첩첩이 쌓여있었다. 미군 내의 인종 차별, 오키나와 주민에 대한 미군의 차별 그리고 오키나와에 대한 '일본 본토'의 차별. 번영의 뒷면에는 압정과 차별에 고통받는 사람들이 있었고, 자유와 해방을 바라는 자들의 아리도록 간절한 마음이 있었다. 갖가지 욕망이 고통과 더불어 코자의 거리에 소용돌이쳤다. 그것이 한꺼번에 폭발한 사건이 1970년 12월 20일 미명의 시간에 발생했다. 이른바 '코자 폭동'이라 불리는 사건이다.

폭동의 계기는 미군이 저지른 교통사고였다. 폭동이 일어나기 얼마 전, 미군이 부녀자를 차로 치어 죽이는 사건이 발생했으나 미군 사령부는 군사 재판을 통해 가해자에게 무죄를 선고했다. 코자 주민이 피해자가 된 이 사고의 처리를 둘러싸고 인근 주민이 항의하자 헌병은 위협 발포로 공포 분위기를 조장했다. 이를 항의하는 사람들의 연대가 점차 확대되어 나갔고 미군 차량 여러 대가 불태워졌다. 그 불길로 동트기 전 하늘이 붉게 물들었다.

코자 폭동의 배경에는 미군 지배에 대한 사람들의 분노가 존재했다. 미군에 의한 사건, 사고가 끊이지 않았지만 경찰은 대부분 관여하지도 못했다. 미군 범죄자가 미군 부지 안으로 도망쳐버리면 손쓸 방도가 없었다. 그러한 맥락에서 이 사건은 '폭동'이라기보다 반미 투쟁의 성격을 띤 시민의 저항 운동이자 민중 봉기였다.

1972년 1월 15일 코자에서 행해진 마틴 루터 킹 목사 추도 퍼레이드. 암살 4년 9개월 후 킹 목사의 생일을 기념해 수많은 흑인이 집결했다. 그중에는 백인도 있었다.

달러에서 엔으로. 그 후 찾아온 공중목욕탕 쇠퇴기

그해 시게 씨는 나카노탕을 경영하던 남자와 백년가약을 맺었다.

"아마 그때가 여기로 시집와서 얼마 안 됐을 때, 정신없이 목욕탕 일을 배우던 시기였을 거야. 폭동? 엄청났지. 차에 불도 지르고 그랬으니까. 꿈에서나 있을 법한 그런 일이었지. 그런데 나는 딴 데 신경 쓸 그럴 상황이 아니었어."

양재점에서 공중목욕탕으로, 그녀 인생의 커다란 전환점이었다. 아침 일찍 일어나 컴프레서를 작동해 물부터 끌어올린다. 그런 다음 목욕탕을 꼼꼼히 청소한다. 탕에 물을 채우고 온도를 조절한다. 그리고 목욕탕 앞에서 손님을 기다린다. 그런 새로운 일상을 시작한 지 얼마 안 된 시기였다.

그때는 공중목욕탕의 전성기였다. 지금과는 달리, 목욕비로 50센트짜리 동전을 쥐고 찾아온 사람들로 연일 북적댔다.

"그 무렵에는 상수도 정비가 안 된 지구가 많았거든. 그래서 목욕탕이 소중한 존재였지."

바로 눈앞에서 벌어지던 차량 방화도, 인종 간의 대립도, 시게 씨는 전부 보고 있었다. 그러나 탕에 가득 물을 채우고 사람들을 기쁘게 만드는 것이 그녀에게는 더 중요했다. 고향 섬을 떠나오고, 그 섬으로 생활비를 보내며 한눈팔지 않고 열심히 일을 해온 건, 어린 시절부터 꿈꿨던 '풍요로움'을 손에 넣기 위해서였다. 말고삐를 쥐고 농사일을 돕던 때의 기억은 그리움으로 남아 있다. 그녀로서는 잊으려야 잊을 수 없는 추억이다. 그러나 가난했던 그 시절로 돌아갈 수는 없다. 재봉 일도, 목욕탕 일도, 꿋꿋하게 살아내기 위한 수단이었다. 오키나와 격동의 공기 속에서 그녀는 매일 물을 끌어 올렸고 욕실 바닥을 문질러 닦았다.

1972년, 오키나와의 일본 반환에도 별다른 감회랄 게 없었다. 달러가 엔으로 변했다는 것. 목욕비 안내판을 다시 써야 한다는 것. 시게 씨에게 반환의 의미는 그것뿐이었다. 그래서 그녀는 '풍요로움'을 손에 넣었을까? 내 질문에 그녀는 조용히 웃기만 했다.

1984년 남편이 죽었다. 아들이 초등학교 6학년 때였다. 그 후 혼자 힘으로 나카노탕을 꾸려나갔다.

"아마 그때부터였을 거야. 사람들이 집에서 샤워를 하게 된 게. 동네 목욕탕들이 점점 사라져 갔지."

공중목욕업에도 쇠퇴의 시기가 찾아왔다. 전국적인 현상이었다. 손님 수는 점점 줄어들기만 했다. 그럼에도 그녀는 나카노탕을 지켜왔다.

"아까우니까."

그녀의 이유는 한결같았다. 최근에도 보일러 수리로 저금해둔 돈을 전부 썼다. 매달 10만 엔 이상 드는 연료비도 두통의 원인이다. 그럼에도 그만둘 생각은 없다. 달러가 넘쳐나던 번영의 시대에도 그녀는 묵묵히 재봉틀을 밟았다. 폭동이 일어나도, 본토로 반환돼도 꿈쩍 않고 목욕탕을 지켜 온 그녀였다.

시게 씨가 지켜온 것

요즘 코자의 거리는 차분한 분위기다.

"쓸쓸해졌지."

그렇게 말하며 그녀는 씁쓸한 웃음을 지었다. 부시 마스터즈가 버티던 흑인가도 예전과는 달라졌다. 어두컴컴하게 셔터를 내린 채 상권이 죽어가는 중이다.

2020년 6월 12일, 시의 중심부 고야[胡屋]에서 미국의 블랙 라이브즈 매터 운동에 연대하는 집회가 열렸다. 흑인, 백인, 미국과 일본 사이의 혼혈인, 기지 건설에 반대하는 지역 주민

붙임성 좋은 시게 할머니

들이 한데 모여, 미네소타 주에서 백인 경찰이 흑인 남성을 폭행한 사건에 대해 항의하는 목소리를 드높였다. "생명은 보물이다!", "흑인의 생명도 소중하다!"를 교대로 연호했다. 차별의 역사를 품고 사는 사람들의 '연대'를 시사하는 집회였다.

미군 기지는 여전히 오키나와에 버티고 있다. 사건, 사고도 여전하고 오키나와가 미국과 일본 양국에서 홀대받고 있는 상황도 여전하다. 시게 씨는 탕을 데우고 물을 채운다. 아무것도 변한 게 없다. 오후가 되면 어김없이 입구의 벤치에 앉아 손님을 기다린다. 손님이 370엔을 그녀에게 건넨다.

"할멈, 건강은 어때?"

"할아범이야말로 어떠슈?"

그렇게 서로의 안부를 나눈다. 어느 사이엔가 나카노탕 앞에 사람들이 모여든다. 수다의 고리가 하나하나 연결된다. 과자가 골고루 나눠진다. 전쟁 후, 50년 동안 오키나와를 살아내며 변함없는 일상을 살아오다 보니, 그녀 앞에 동네 단골들의 행복한 얼굴이 있었다. 고향 섬을 떠나올 때 품었던 마음은 결코 퇴색하지 않았다.

시게 씨는 시대에 떠밀려가지 않았다. 그럴 여유 같은 것도 없었다. 그녀 자신과 가족 그리고 나카노탕을 평생토록 지켜 나갔다. 시게 씨에게 행복은 바로 그런 것이다.

야스다 고이치

탕에서 만난 박력 넘치는 '선배'

나카노탕 취재 둘째 날 오후. 한들한들 둥실둥실 빛의 입자가 춤춘다. 목욕탕으로 쏟아지는 햇빛이 황금색 연무가 되어 탕의 표면을 비춘다. 이러니 한낮의 목욕탕을 좋아하지 않고는 배길 재간이 없다. 목욕탕에는 낮에 해가 밝을 때 들어가는 게 최고다. 약간 뒤가 켕기는 마음으로 탕에 들어가면 고급 입욕제를 썼을 때보다 몸이 더 잘 풀린다.

뭔가 켕기는 짓이라도 했냐고? 음… 낮에 목욕탕에 들어앉아 있다면, 아마 그럴 가능성이 크다. 마감일이 지나버렸지만 원고를 털지 못한 작가가 바로 여기 있으니까. 죄송합니다, 죄송합니다, 마음속으로 중얼대며 뜨거운 물에 몸을 담근 채 팔다리를 길게 뻗는다. 아아, 기분 좋다. 셀 수 없이 많았던 나쁜 일도 탕 안에서 녹아 나간다. 해님도 너그럽게 봐주실 거다. 인생은 도피행. 가끔 도망쳐도 된다. 정말로 죄송합니다만.

그러고 있는데 첨벙, 나보다 약간 연배가 높아보이는 남자가 탕에 몸을 담근다.

"후워어어어어~."

배 속에 쌓인 공기를 한꺼번에 토해내듯 기분 좋은 소리를 낸다. 훌륭한 소리다. 이어서 깊은 심호흡 소리가 이어진다. 이 '첫소리'는 사람마다 다 다르다. 어제 만난 어르신의 첫 소리는 "후우~."였다. 나도 대체로 비슷한 느낌의 첫소리다. 말하자면 안도의 한숨 쪽. 오늘의 남자는 훨씬 더 호쾌하다. 마치 몸속 공기를 전부 싹 다 교체하겠노라는 기세. 어디 공기뿐이랴, 탕의 물까지 한꺼번에 마셔버릴 것 같은 박력에 순간 압도되는 느낌이다. 그런 내게 그쪽이 먼저 말을 걸어왔다.

"여기 물은 약 같은 거라고 보면 돼요. 몸을 건강하게 해주거든."

오, 역시나 단골. 나카노탕 선배님이시군요. 여기저기 도망치다가 목욕탕으로 숨어드는 나와 달리 그는 활력을 얻으려 탕에 뛰어드는 사람인 모양이다. 효능은 사람마다 다 다른 법.

오키나와시 거주 중. 올해 67세. 회사원 생활을 오래 했고 현재는 퇴직한 상태인 그는 한 달에 한 번씩 주기적으로 나카노탕을 찾는다고 했다.

"전쟁 전에는 요 근처에 논밭이 쫙 펼쳐져 있었다고 하던데…"

그러자 분명히 오늘 초면인 나를 두고 선배의 강의가 시작된다.

"그 말은 뭐냐. 땅이 좋다는 겁니다. 땅이 좋다는 건 뭐냐. 물도 좋다는 말이죠. 즉 풍부한 지하수가 이 목욕탕을 탄생시킨 겁니다.”

오, 그럴 법한 얘기다. ‘기지의 거리’가 만들어지기 전의 코자를 상상해본다. 농촌이었던 시대, 아니 그보다 훨씬 더 아득히 먼 옛날의 코자. 비옥한 토지 위로 남국 특유의 세찬 빗줄기가 내리꽂힌다. 빗물은 수십 년, 수백 년의 시간을 들여 땅속 양분을 빨아들이고 점점 더 깊은 곳으로 스민다. 거기에 지열이 더해져 광천수로 태어난다.

“그러니 지하수가 몸에 좋을 수밖에요. 샤워는 효과 없고.”

“샤워는 약이 안 되는군요.”

내가 맞장구치자 선배는 “그렇지. 진짜 그렇다니까.”라며 몸을 흔들며 껄껄 웃는다.

동네 목욕탕에서의 논쟁

탕 목욕의 효과에 대한 대화가 이어지다가 슬슬 얘깃거리가 떨어졌다 싶을 무렵 선배가 불쑥 화제를 바꾼다.

“그런데 요즘 오키나와가 시끌시끌하잖아요?”

이 원고를 쓰기 위한 취재는 2019년 봄에 시작됐다. 전국 지방 선거가 후반전으로 치닫던 때. 오키나와시가 속한 ‘오키나와현 제3구’에서는 중의원 보결 선거도 동시에 치러지고 있었다. 싸움의 최전방에서 한가롭게도 나는 탕에 몸을 담그고 있었던 셈이다.

특히나 중의원 보선에서는 헤노코 지역의 신기지 건설에 반대하는 야라 도모히로 후보와 신기지 건설에 찬성하는 시마

지리 아이코 후보가 일대일 승부를 벌였다. 양 후보가 선거 사무실을 마련한 오키나와시는 그야말로 '격돌의 무대'로 전국적인 주목을 받았다. 앞서 선배가 '시끌시끌하다'고 했는데, 선거 유세 차량이 사방팔방 돌아다니는 상황을 보면 시끌시끌한 건 확실했다. 선배의 씁쓸한 표정은 야라 도모히로 후보로 대표되는 '기지 건설 반대'의 슬로건을 향한 것이었다. 선배는 내뱉듯 중얼댔다.

"언제까지고 반대, 반대, 반대. 맨날 그 말뿐이라니까."

"음…"

낮은 소리를 내며 욕탕 물을 휘휘 저어 본다. 다소 무겁게 느껴지는 분위기를 어떻게든 흩뜨려보려 했으나 탕 속에서 손을 휘젓는 정도로는 아무런 효과가 없다. 작은 파문이 일었다가 금세 사라진다. 선배는 계속했다.

"(오키나와의) 신문은 편향되어 있고, 중국의 영향력은 점점 더 커지고, 이대로라면 오키나와는 계속 나빠지기만 할 거라고."

선배님, 저는 말이죠, 내 문제라고 생각하면 할수록 오키나와에 더 이상의 기지를 만드는 건 용납할 수 없고요, 그런 내용에 대해 지금까지 계속 써왔고요, 중국의 영향력 운운하는 이야기는 '본토' 사람들이 이슈화시킨 테마고요, 오키나와 신문은 편향되어 있지 않고요, 그런 내용으로 엊그제 책도 냈고요, 등등. 그런 이야기를 확실하고 단호하게 전달하지는 않았지만, 그의 이야기를 들으며 부드러운 말투로 적당한 반론을 제기하는 걸 잊지는 않았다. 하지만 선배는 점점 요설을 이어 가더니 국방의 중요성과 오키나와의 위기에 대해 열심히 설파하기에 이르렀다.

"(미군 기지를 반대하는 주장은) 일본인으로서 부끄러운 일이라고."

선배는 그렇게 역설했다. 오키나와에는 오키나와의 관점이 있다. 역사, 지리, 문화를 단단히 밟고 선 다음에야 삶의 방식과 생활 문화에 틀을 잡을 수 있다. 선배에게도 선배 나름의 생각이 있다. 당연히 그래야 할 '오키나와의 모습'을 내게 전하고 싶었을 수도 있다. 어쩌면 나카노탕 특유의 개방감이 그의 입에서 이야기를 거침없이 술술 끌어냈을 수도 있다.

그러나 앞서 말했듯, 나는 기지에 관한 문제를 '오키나와 문제'로 한정해서 받아들이지 않는다. 현재 오키나와에 존재하는 기지의 대다수는 본토에서 이전해 온 것이다. 강제로 떠맡겼다고 말을 바꿔도 좋을 것이다. 위험해서, 사고가 많이 나니까, 치안이 나빠지니까. 1950년, 본토의 미군 기지 소재지에서는 그런 이유로 기지 반대 운동이 속출했다.

그 결과 미군 기지는 퇴출당했다. 어디까지나 본토에서의 퇴출이었다. 위험한 기지는 오키나와로 이전되었고 지금도 끈질기게 섬 안에서 버티고 있다. 이런 과정을 거쳐 '미군 기지 문제'가 '오키나와 문제'로 바꿔치기되었다. 이 딜레마 속에는 '오키나와라면 상관없다.'라는 '본토의 의식'이 개입되어 있다.

미군의 흉악 범죄가 벌어져도, 미군 비행기 관련 사고가 끊이지 않아도 일본 사회는 '오키나와 문제'라며 간단히 정리해 넘겨버린다. 어디 그뿐인가. 더 이상 기지를 강요하지 말라는 지역민의 목소리를 '이기적'이라 비난하는 움직임도 인다. 그야말로 식민지 취급이다. 게다가 이런 주장은 일부 보수 미디어의 선동에 힘입어 그 기세가 점점 더 강해진다. 도쿄나 오사카에서는 기지 건설에 반대하는 오키나와 주민을 '비국민(非國民)', '매국노'라 주장하는 극우 세력이 가두선전과 집회까지 주도하고 있다. 그들은 중국이나 한국, 북한을 '가상의 적'으로 설정하고 있다. 그래서 이들 나라에 뿌리를 둔 사람들마저 공격의 대상이 되어 괴로움을 당하고 차별 받고 있다.

실제로 오키나와에도 극우 단체가 등장했다. 그들은 중국인 관광객을 상대로 "너네 나라로 돌아가라!"라고 외치며 분노를 표출하고 혐오 발언을 서슴없이 퍼트린다. 오키나와에 대한 차별은 물론, 오키나와를 이용하는 외국인에게도 차별을 자행한다.

그러므로 선배의 의견은, 그것도 하나의 '오키나와의 목소리'라고는 해도 나로서는 받아들이기가 힘들다. 그랬기 때문에 나는 목욕탕 분위기를 살벌하게 만들지는 않을 정도로 배려해 가며, 가벼운 터치, 부드러운 어조, 조곤조곤한 목소리로 반론을 계속해 나갔다. 선배는 그것을 먹잇감으로 물고 점점 더 활력을 내뿜었다. 이상한 방향으로 상황이 전개되었다. 선거의 열기와 목욕탕의 열기가 결합했기 때문일까, 선배의 컨디션은 최고조였다.

몸을 씻고, 머리를 감고, 또 한 번 탕에 들어갔다 나오고, 그리고 탈의실에서 옷을 입고 밖으로 나올 때까지 그와의 작은 논쟁은 계속됐다. 나카노탕 입구의 벤치에 앉아서도 그는 여전히 오키나와의 위기에 대해 설파했다. 과거의 전쟁에 너무 집착하지 말라며 열변을 토했다.

그래도 선배의 장점은 목소리는 클지언정 결코 격해지지는 않는다는 것, 끝까지 웃는 얼굴로 이야기를 한다는 점이다.

"어이구, 저런, 야스다 씨도 저 손님한테 잡혀버렸네?"

시게 씨도 그렇게 말만 하고는 말릴 생각도 없어 보인다. 웃으며 우리의 작은 논쟁을 지켜볼 뿐.

전쟁만은 절대 안 됩니다.

그러고 있을 때, 새로운 손님이 등장했다. 연배가 있어 보이는 남자 어르신이다. 느긋한 발걸음으로 다가오더니 "자, 이거." 하며 익숙한 몸놀림으로 과자와 동전을 시게 씨에게 건넨다.

자, 이건 기회다. 논쟁에서 도망칠 수 있는 최적의 기회. 교활한 생각이 떠오른다. 중요한 일이 떠오르기라도 한 듯 벤치에서 일어나 어르신 곁으로 향한다. 선배님, 한창 이야기 중이신데 죄송하네요. 탕 안에서도 그렇고 밖에서도 그렇고 사과하느라 바쁜 날이다.

막 노렌 밑을 통과하려던 어르신께 말을 붙여 본다.

"나카노탕에 자주 오시나 봐요?"

그가 고개를 가볍게 끄덕인다.

다쿠시 야스마쓰 씨
일주일에 한 번
나카노탕에 다닌다.

"여기 왔다 가면 밤에 잠이 잘 와요."

우루마시[うるま市] 거주. 올해 84세, 평온한 표정의 어르신이다. 실제 연령보다 훨씬 젊어 보이는 까닭은 '이렇게 동네 목욕탕에 주기적으로 다니기 때문'이라고 했다.

"요즘에 나이 탓인지 발이 저릿저릿해서 밤에 잠들기 힘들 때가 있어요. 그런데 이상하게 여기만 다녀오면 그날 밤은 편안하게 아주 잘 자요."

그렇구나. 이 역시 광천수의 효과일 것이다. 오키나와의 흙과 물과 역사가 만들어 낸 좋은 약이다. 납득한다는 표정으로 고개를 주억이는데 내 얼굴을 가만히 바라보던 그가 낮게 꾹꾹 눌러 담은 목소리로 이렇게 말한다.

"전쟁은, 무슨 일이 있어도 정당화될 수 없습니다."

마치 독백과도 같은 말투다. 아마도 나와 선배 사이의 실랑이가 그의 귀에도 들어갔으리라.

"전쟁만큼은 안 됩니다. 반복해서는 절대 안 돼요."

명주실처럼 가는 목소리다. 그러나 망설임이 없는 어조다. 무슨 일이 있어도 흔들림 없을 확고한 의지가 느껴지는 어조다.

"나는 수용소 생활도 경험했어요. 거기에서 살아남았습니다."

그는 '풍화되어 사라지게 둬서는 안 되는 기억도 있다'는 말로 자신의 뜻을 호소했다.

전쟁이 끝난 뒤 한 시절, 그는 미군이 관리하는 이시카와시[石川市](지금의 우루마시) 소재의 이시카와 수용소에서 지냈다. 1945년 4월, 미군 상륙 직후에 생긴 수용소다. 전쟁의 화마에 쫓겨 집을 잃은 수많은 사람이 그곳에 수용됐다. 기아와 혼돈 속에서도 사람들은 서로의 어깨에 기대 힘을 합쳐 살아갔다. 오키나와의 전후 부흥기는 이 수용소에서 시작됐다고 해도 과언이 아니다. 전쟁 후 최초의 학교 '이시카와 학원'이 개교했다. 수용소에서 작업반장을 했던 시마 키요시 씨(당시 사회대중당 간부)가 편집 책임자를 맡아《우루마 신보》(현재의《류큐 신보》)를 발간했다. 오키나와 현청의 전신이라 불리는 '오키나와 자문회'도 수용소 사람들을 바탕으로 구성됐다. 또한 오키나와 민요 등 대중 예술도 그곳을 기반으로 부활했다. 이시카와 수용소는 전쟁 후 일정 시기까지 오키나와의 정치, 문화, 교육의 중심이었다.

어르신은 수용소의 생활을 통해 오키나와의 미래를 발견했고, 생각을 거듭하며 평화란 무엇인지 오랜 세월 고민해 왔노라고 했다. 이렇게 서서 간단히 끝낼 수 있는 이야기는 아니라는 생각이 들었다.

"좀 더 이야기를 들려주실 수 있을까요? 가능하면 차분한 곳에서, 괜찮으시다면 자택에서 취재를 하고 싶은데 가능하실지요?"

낯 두꺼운 부탁을 드린다. 어르신은 살짝 당황한 표정이다. 아주 잠깐, 생각에 잠기는가 싶더니 곧바로 빙긋이 웃어 보인다.

"좋습니다. 내 체험담만으로도 괜찮다면요."

동네 목욕탕 입구에서 우연히 만난 어르신. 다쿠시 야스마쓰 씨.

이렇게 해서 다음 날 우리는 다쿠시 어르신의 집을 방문하게 된 것이다.

함께 다쿠시 어르신 댁으로

동네 목욕탕에서 우연히 만난 분을 집까지 방문해 옛날이야기를 들을 수 있게 됐다는 전개에 우리는 신이 났다. 이런 때는 가슴 속 서랍에 고이 접어 둔 여행의 추억도 꺼내 보게 된다.

"여행지에서 우연히 만난 사람 집에 초대받는 일이 가끔 있기도 하죠. 그럴 때 대체로 재밌는 일이 생기더라고요."

그런 내 말에 야스다 씨도 기쁘게 웃는다.

"사실 제 경우는 좀 다른 게, 다리가 뻣뻣해지도록 돌아다녀도 헛스윙으로 끝나는 취재가 많았거든요. 이야기를 들어보고 싶었던 상대가 이렇게 먼저 말을 걸어줬다는 게 사실 좀 꿈만 같아요."

탐문이나 잠입 등 난이도 있는 취재를 주로 하는 그로서는 더 기쁠 수밖에 없다. 설레는 마음으로 오리온 맥주를 마시는데 야스다 씨의 스마트폰이 울린다.

"어, 어르신 전화다."

전화를 받은 그의 얼굴이 점점 어두워진다. 왜 왜 왜? 무슨 일이죠? 잠깐의 실랑이 뒤 통화는 끝이 난다.

"이야, 좀 조마조마했어요. 어르신이 하는 말씀이, '일부러 도쿄에서 멀리까지 왔고 예정된 일정도 분명히 있었을 텐데, 우연히 만났다는 기분에 취해 초대까지 해버리고 났더니 이건 좀 아닌 것 같다. 노인네의 말에 굳이 맞춰주지 않아도 된다.' 라고 하시지 뭐예요."

야스다 씨는 허둥지둥 '부디 예정대로 이야기를 들려주셨으면 한다. 우리는 그런 일을 하기 위해 오키나와까지 왔다.'라며 열과 성을 다해 설명했다. 그 말이 다쿠시 씨의 마음을 되돌렸고, 집을 방문하기로 한 약속은 휴지조각이 될 뻔했다 살아났다.

다쿠시 씨는 남을 먼저 생각하는 자세가 몸에 밴 사람 같았다. 그리고 어쩌면 망설여졌을지도 모른다. 알게 된 지 얼마 안 된 사람에게 개인적인 이야기를 한다는 게 쉬운 일은 아니니까.

다음 날 오전 10시. 다쿠시 씨의 집을 찾았다. 큰길에서 한 번 꺾어 들어간 조용한 주택가. 인기척을 느끼고 마당의 개가 멍멍 짖는다.

"어서 오세요. 잘 오셨습니다."

커다란 좌탁이 놓인 응접실로 안내를 받아 들어간다. 아내분인 게이코 씨가 바로 내린 커피와 간식을 가져다주신다. 두 분 다 류큐(오키나와의 옛 명칭 - 옮긴이) 고전 음악에 조예가 깊은 분들인데, 남편분은 샤미센, 아내분은 류큐 쟁(箏)(거문고와 비슷한 13줄의 현악기 - 옮긴이)의 선생님이라고 한다.

책장에는 민요 악보와 류큐 방언에 관한 서적들이 빽빽하게 꽂혀 있다.

10.10 공습과 미군 상륙

"자, 편하게들 앉아서 커피 좀 들어요."

권하는 대로 커피 잔을 입으로 가져간다. 고급스럽고 우아한 커피 잔이다. 그런 모습을 지켜보던 타쿠시 씨가 한 호흡을 사이에 두고는 천천히 이야기를 시작한다.

"전쟁이 끝났을 때가 열 살이었는데, 그때로부터 74년이나 흘렀네요."

우리는 묵묵히 고개만 끄덕인다.

"그때 일본은 맨날 이겼다고만 했어요. '이겼다, 승리다, 싱가폴도 함락이다.' 이런 말들뿐. 큰길에서는 승리를 축하하는 제등 행렬도 했습니다. 예전의 교육은 패배한 이야기에 대해서는 말하지 않았잖아요. 그래서 설마 전쟁이 오키나와까지 닥칠 거라고는 생각지도 못하고 살았습니다."

이 부분에서 우선 흠칫 놀랐다. 우리는 미국을 중심으로 한 연합국 군대가 과달카날섬(솔로몬 제도의 주도로, 태평양 전쟁의 격전지 – 옮긴이), 마리아나 제도, 필리핀의 레이테섬 등 태평양을 점점 서쪽으로 공격해 들어갔고 결국에는 오키나와까지 도달했던 경위에 대해서 알고 있다. 그러나 그 당시 오키나와 사람들에게는 전황이 전혀 알려져 있지 않았던 까닭에 마른하늘에 날벼락 같았을 것이다. 무심코 뒤를 돌아봤는데 거기에 적이 있었던 거나 마찬가지였으니 얼마나 놀랐을까.

1944년 10월 10일의 '10.10 공습' 때 대부분의 오키나와 주민들에게는 방공호마저도 없었다.

"예상도 못했으니까요. 눈앞에 나타난 비행기를 보고 우군의 비행기라고 생각했어요. 그 비행기가 기관총을 난사하는 걸 보고서야 '적이로구나!' 하고 깨달았고, 너무 놀랐습니다."

그 정도로 당시의 오키나와는 무방비였다. 참고로 오키나와에서는 일본군을 '우군'이라 칭하는 사람이 많다.

당시 다쿠시 씨 일가는 가데나에서 농사를 짓고 있었다. 현재 미군 소속의 가데나 공군기지가 있는 그 일대다. 지금으로서는 상상도 못할 정도로 한적한 시골 마을이었다고 했다. 집에서 100미터쯤 떨어진 곳에 제당 공장이 있었고 전시 중에는 탄약고로 쓰였다. 그 탄약고가 연합군의 공격을 받았다.

"아마 스파이가 있었던 것 같아요. 그래서 거기가 탄약고라는 걸 알았을 겁니다. 제당 공장을 마지막 순간까지 사수한 이들은 어릴 때부터 나랑 잘 놀아주던 군인들이었습니다. 네댓 명 정도 죽었어요. 사람이 죽어 있는 걸 그때 처음 봤습니다. 시신은 도무지 눈 뜨고 볼 수 없는 상태였어요."

10.10 공습으로 나하 시가지의 대부분이 소실됐다. 나하시에 살던 그의 외가 쪽 사람들은 북쪽 산악 지대인 얀바루[山原]까지 걸어서 피난을 떠나야 했다. 나하에서 얀바루라면 거의 오키나와 본섬 종단에 맞먹을 정도가 아닌가. 구글맵으로 확인해보니 100킬로미터는 거뜬히 넘는 거리다.

"아이와 어른, 할머니와 할아버지 모두 걸어서 갔습니다."

그로부터 반년이 지난 1945년 4월 1일, 미군이 오키나와 본섬에 착륙했다. 총 54만 명에 이르는 대부대였다. 상륙 후 3개월 동안 그들은 오키나와의 지형이 변할 정도로 엄청난 양의 폭탄을 퍼부었다. 전몰자는 약 20만 명. 그중 절반이 민간인이었다.

"4월 1일, 바로 요 근처의 요미탄 해변으로 미군이 상륙했기 때문에 가데나 집을 두고 피난을 갈 수밖에 없었습니다."

타쿠시 일가는 서둘러 야라[屋良]라는 마을로 넘어가 거기에 있던 천연 동굴로 숨어들었다.

"지금은 미군의 탄약고가 있어서 들어갈 수 없는 곳이 되었지만 그때만 해도 '소도둑 동굴'이라 부르던, 그냥 동굴이었습니다."

"소도둑 동굴이라면 소를 훔친다는 뜻인가요?"

웬일인지 흥미로운 이름만 들으면 나는 반사적으로 반응하고 만다. 이야기의 본줄기와 크게 관계가 없는데도 다쿠시 씨는 친절하게 다 설명해 주셨다.

"도둑들이 훔친 소를 거기서 몰래 해체했다는 이야기가 전해 내려오면서 소도둑 동굴이라 불리게 됐지요. 소를 훔친 자들이야 남들 눈에 띄지 않는 곳에서 몰래 소를 잡고 싶었을 겁니다. 아무튼 아주 큰 동굴이었습니다. 내 기억으로는 300명 정도는 들어갈 수 있는, 그 정도이지 않았을까 싶어요."

실은 피난을 떠나기 바로 전날까지만 해도 근방에 일본군이 주둔해 있던 상태였다. 그러나 미군이 상륙하자마자 순식간에 모습을 감췄다고 했다.

"아무래도 정보가 빨랐을 테니 미군 상륙과 동시에 안전한 곳으로 이동했겠지요. 그래도 참 다행이었습니다. 우군이 남아있었다면 우리 민간인도 거기 휘말려 죽었을 테니까요. 민간인만 있으면 저항할 일이 없으니 죽임을 당하지 않고 끝날 수가 있었어요. 4월 2일, 미군이 들어온 바로 다음 날 곧바로 포로 신세가 됐습니다."

다쿠시 일가를 비롯해 동굴에 숨어있던 사람들은 어이없을 만큼 쉽게 미군에게 발각됐다. 그들의 감시를 받으며 소베[楚辺]라는 곳까지 걸어서 이동했다.

"지금의 도리이 스테이션 근처입니다."

도리이 스테이션이란 미군의 통신 기지로, 입구에 설치된 웅장한 도리이(신사 입구에 세우는 붉은색 기둥 문 - 옮긴이)가 이 기지의 상징물처럼 여겨지고 있다. 그건 그렇다 쳐도, 70년도 더 지난 전쟁 이야기를 듣는데 옛 지명이 나오는 족족 지금은 거기가 다 미군기지다. 해도 해도 이건 너무하다 싶다. 오키나와에 얼마나 많은 기지가 있는지 뼈저리게 느껴진다.

"군인들의 감시를 받으며 바닷가 길로 걸어야 했습니다. 문득 보니 바다 위에 미군의 배가 새까맣게 모여 있었어요. 아, 이제 죽겠구나 싶었지요. 이 배에 태워져 먼 곳으로 실려 가 버려지겠구나, 그렇게 생각했습니다. 그러나 그들은 우리를 죽일 생각이 전혀 없었고, 여기저기서 군인들이 초콜릿을 나눠

줬어요. 하지만 우리는 독이 들어있을 거라는 생각에 그들이 없는 곳에다가 초콜릿을 버렸습니다. 그들 앞에서 버렸다가는 심기를 거스를 수도 있으니까요. 결국에는 미군이 우리 앞에서 먼저 먹는 걸 보여줬고 그런 다음에야 우리도 초콜릿을 먹을 수 있었지요."

당시의 긴장감이 고스란히 전해져 왔다.

"4월 2일, 포로로 붙잡힌 날 찍은 사진이 바로 이 사진입니다."

그는 은색 액자에 들어있는 흑백사진을 우리에게 보여줬다. 대혼란의 한가운데에서 어떻게 이런 사진이 남을 수 있었을까? 왼쪽 끝에는 미군들이, 오른쪽 앞으로는 단발머리 소녀들과 빡빡머리 소년들, 허리가 굽은 할머니들이 카메라를 보고 서 있다. 그리고 두 그룹의 한 가운데, 중절모자에 멜빵을 멘 양복 차림의 신사 한 분이 눈에 띈다.

"이분이 우리 아버지입니다."

다쿠시 씨의 부친은 하와이에서 일한 적이 있어서 서투르기는 해도 영어를 할 수 있었다. 그래서 당시 미군과 포로 사이에 통역을 맡았다고 했다.

"그러고 있는 모습을 미군 종군 기자가 촬영했던 거지요."

전후 꽤 시간이 흐른 뒤, 이 사진이 오키나와 신문에 실렸다. 다쿠시 씨도 그때야 이 사진의 존재를 알게 됐다. 옆얼굴이 찍힌 빡빡머리 소년. 이 소년이 열 살의 다쿠시 씨였다.

아버지는 하와이 이민자였다

“제 아버지는 엄청 가난한 집에서 태어났습니다. 게다가 할아버지도 일찍 여의었던지라 돌아가셔서 17살에 하와이로 이민을 떠났지요.”

일본에서의 해외 이민은 1868년 메이지유신과 함께 시작됐다. 오키나와의 첫 이민은 1899년으로 기록되어 있다. 초기의 목적지는 하와이가 제일 많았고, 남미의 페루, 브라질로 이민국의 범위가 점차 넓어졌다. 《류큐통계연감》에 따르면 메이지 32년인 1899년부터 쇼와 13년인 1938년까지 해외 이민자는 7만 2000명이 넘었다. 당시의 인구로 나눠보면 오키나와 주민의 약 12퍼센트에 달하는 인구가 이민을 떠났다는 계산이다. 극빈을 견디다 못해 새로운 땅을 찾아 떠난 사람이 그렇게나 많았다.

“아버지가 하와이에 갔을 때에는 오키나와 사람과 히로시마 사람이 많았다고 하셨어요. 사탕수수 밭일은 너무 가혹한 노동이었던 모양입니다.”

사탕수수는 수확기가 되면 일단 이파리를 태워 전부 떨어트렸다. 그런 다음 줄기를 베어 수확하는 방식이 그 당시의 주류였다. 그러므로 수확기의 밭은 연기로 자욱했고 노동자의 얼굴은 그을음으로 새까매졌다.

“너무 새까매져서 일꾼들, 부부끼리도 서로의 얼굴을 알아보지 못할 정도였다고 하셨지요.”

대량의 사탕수수를 멜대(물건을 양쪽 끝에 매달아 어깨에 걸쳐 메고 나르는 긴 나무막대 모양의 도구 – 옮긴이)로 지고 나르는 운반 작업 또한 고되긴 마찬가지였다. 어깨에 올린 멜대가 귀를 계속 자극하고 짓눌렀기 때문에 귓불의 모양이 변형된 일꾼들도 많았다. 마치 유도 선수나 레슬링 선수의 귀처럼 말이다.

"아버지는 열일곱에 하와이로 건너갔고, 나하시 도마리항[泊港] 출신이던 어머니는 소위 '사진 신부'로 아버지를 만났습니다."

'사진 신부'란 1910년대 하와이 이민자들 사이에서 주로 행해지던 결혼 풍습이었다. 이민으로 건너간 남자에게 본국 여자의 사진과 이력서를 보내고, 일이 성사되면 여자가 배를 타고 건너가 결혼하는 풍습으로, 중간에 실제로 만나는 일은 없었다.

"그렇게 양친은 하와이에서 결혼하셨습니다. 형제가 열한 명이고 그중 내가 여덟째인데, 나까지만 하와이에서 태어났고 밑으로 동생 셋은 오키나와에서 태어났지요."

1920년대 말부터 불어닥친 세계 공황의 여파가 하와이에도 미쳤다. 하와이는 좀처럼 큰 불황에서 빠져나오지 못했고 다쿠시 씨 일가는 일자리를 잃었다. 결국 가족 모두 오키나와로 돌아갈 수밖에 없었다. 그 후 일가는 가데나에서 농사를 지으며 살기 시작했다.

"아마 아버지는 아셨을 겁니다. 미국이 압도적으로 강하고 일본은 애송이라는 사실을요. 그래서 미국이 쳐들어온 이상

다른 방법은 없다고 생각하며 어느 정도 각오했던 부분도 있었을 거예요."

다시 1945년 4월 2일로 돌아가 보자. 소베에 도착한 일행은 간이 수용소에 수용됐다.

"누구 통역할 수 있는 사람 없나?"

미군이 그렇게 물었을 때, 학교 선생님 등 영어를 할 수 있는 사람 중에서도 나서는 사람은 아무도 없었다. 스파이로 의심받을 것이 두려워서였다. 그러나 다쿠시 씨의 아버지는 손을 들었다.

"아버지는 사실 영어가 어설펐어요. 오키나와에서도 가난했고 하와이에서도 가난했으니 교육 같은 걸 받아 본적도 없었고, 그러니 어려운 말은 영어로 못했을 겁니다. 그래도 핵심은 다 전달했습니다. '미군은 민간인에게 위해를 가하지 않는다. 숨어있지 말고 모두 나오기 바란다.'라는 내용을 사람들에게 전달하는 일. 그게 제일 중요했어요. 그랬기 때문일까요? 우리가 알고 있는 범위에서 '그런 일'은 벌어지지 않았습니다."

여기서 말하는 '그런 일'이란 오키나와 각지의 동굴에서 벌어진 집단 자결을 가리킨다. 일본군은 병력 부족을 보충하기 위해 어린 소년들은 물론 여학생들마저 징용해 전쟁에 관련된 일을 돕도록 했다. 미군 쪽에 기밀이 새나가는 것을 두려워했기 때문에 민간인에 대해서도 미군의 포로가 되지 말 것을 명령했다. '미군에게 발견되면 끔찍한 죽음뿐이다. 그럴 바에야 미련 없이 죽는 게 낫다'며 세뇌 교육을 받았고 동굴에서 나오는 것을 금지당했기 때문에 많은 이들이 집단 자결로 내몰릴 수밖에 없었다.

"나는 아버지를 자랑스럽게 생각합니다."

다쿠시 씨는 조용하게 말했다. 배움이 없어 평생 험한 일을 하며 살아온 아버지였다. 그러나 아버지는 미군에게 전달받은, '미군은 민간인에게 위해를 가하지 않는다.'라는 메시지를 주민들에게 제대로 전달해 냈다. 그걸로 구한 목숨도 많았으리라.

3만 명이 북적이는 이시카와 수용소에서

다쿠시 씨는 소베의 수용소에 있을 때 자살 특공대의 '시도'를 자주 목격했다. 특공대 전투기가 정박 중인 미국 함선을 그대로 들이받는 공격이다.

"특공기 소리는 뭐랄까… 쓸쓸했습니다. 쓸쓸하달까요, 슬프달까요. 부우우웅~ 아무튼 그런 소리였어요. 그리고 그대로 배로 돌진합니다. 성공한 적은 거의 없었습니다. 딱 한 번, 그 비슷한 모습을 본 게 다였으니까요."

대부분의 특공기는 배로 돌진하기도 전에 미군 전투기나 지상 대공포의 공격으로 격추당했다.

"일본군은 가지고 있는 폭탄이 많지 않았기 때문에 적기가 와도 좀처럼 쏘지 못했습니다. 그런데 미국은 쿵! 쿵! 쿵! 큰북을 두드리는 기세로 쏘아댔어요. 철모르는 아이면서도 군인들이 불쌍해서 슬펐던 기억이 납니다."

그렇게나 지근거리에서 특공대의 마지막을 목격한 사람이 있었을 줄이야. 오키나와의 특공 작전은 1945년 4월 6일부터 7월 19일까지 이어졌다. 가고시마의 지란[知覧] 기지를 시작으로 미야자키, 구마모토, 타이완 등지에서 매일같이 특공기가 오키나와를 향해 이륙했고 다시는 돌아오지 못했다. '국가를 위해' 죽은 특공대원은 1,000명이 넘었다.

그러던 와중, 소베에 수용되어 있던 포로들이 이시카와의 수용소로 옮겨졌다. 미군과 특공대의 전투지와 너무 가까워 위험하다는 이유도 있었다. 이시카와의 수용소는 소베와는 비교 불가일 정도로 그 규모가 거대했다. 미군이 촬영한 흑백사진을 보면 시야의 끝에서 끝까지, 눈에 보이는 모든 곳이 텐트로 빈틈없이 꽉 차 있다. 제일 많았을 때에는 피난민 3만 명이 숙식을 함께 했다고 하니 상상 이상의 인구 밀도다. 뉴스에서 본 로힝야 난민촌, 시리아 난민촌을 연상시켰다.

"지금 이 방 정도의 넓이를 둘로 나눠서 저기에 한 가족, 여기에 한 가족, 그렇게 살았습니다. 처마 밑에 텐트를 연장시켜서 잠을 자는 사람도 있었어요. 아무튼 어디를 가도 사람으로 가득했습니다."

당시 다쿠시 씨 가족은 여덟 명이었다. 아버지, 어머니 그리고 여섯 명의 아이들이 서로 부둥켜안고 살았다. 식사는 배급제로 해결했다.

"쌀도 배급받았습니다. 주변에 밭이 좀 있었는데, 내버려두고 간 감자, 고구마 같은 농작물을 젊은 사람들이 캐오면 다들 나눠 먹고 그랬습니다. 전기, 가스 같은 게 있을 리가 있나요. 주변의 버려진 집을 부숴서 땔감으로 쓰고 그랬습니다.

입고 있던 옷 한 벌 말고는 모든 것을 잃은 사람들. 수용소 사람들은 어떻게든 힘을 모아 하루하루를 버텨 나갈 수밖에 없었다.

"쟈탄[北谷]이나 가데나 근처에서 온 사람도 있었고, 요미탄 사람도 있었고, 시마지리[島尻](오키나와 본섬의 남서부)에서 온 사람도 있었습니다. 여러 지역에서 모이다 보니 같은 오키나와 사람인데도 말이 통하지 않아요. 야카[屋嘉]와 이시카와는 별로 떨어진 동네가 아닌데도 쓰는 말이 다르니까요."

오키나와의 방언에 관련된 에피소드가 꽤나 흥미로웠다. 다른 출신지 사람과 이야기를 나눌 때에는 공통어를 썼다고 했다.

밤이 되면 어디에서랄 것도 없이 샤미센 소리가 울렸다.

"그때는 TV나 라디오도 전혀 없었고 10시면 전기도 전부 소등됐어요. 그 정적 속에 샤미센이 울립니다. 노랫소리도요. 그렇게 많은 사람이 모여 있었으니 그 안에 샤미센이나 민요를 가르치는 분도 있었겠지요. 빈 깡통과 낙하산 끈으로 만든 샤미센이었으니 소리는 좋지 않았습니다. 그럼에도 어린 아이 마음에 '아, 정말 훌륭한 음악이구나.' 그런 생각을 하며 듣곤 했어요."

다쿠시 씨의 말에 따르면, 오키나와의 노래는 소리가 아름답다는 이유만으로 좋다는 평을 듣진 않는다고 했다. 듣는 사람의 마음을 자연스레 뒤흔드는 '노래의 정취'를 중요하게 여긴다는 것이다. 수용소에서 듣던 음악에는 그것이 있었다.

8월 15일, 종전의 날에 대한 기억은 없다고 했다. 오키나와 사람들이 전쟁이 끝났다고 실감한 때는 9월 7일, '오키나와 전투 항복문서'가 조인되고 난 뒤부터였다. 그리고 미국령이 27년간 이어졌다.

평화를 연주하는 샤미센

다쿠시 일가는 수용소에서 나와 이시카와의 빈집으로 거처를 옮겼다. 원래 살던 가데나에는 돌아갈 집이 사라져 버리고 없었기 때문이다. 다쿠시 씨는 고등학교 졸업 후 미군과 관련된 곳에서 일을 시작했다.

"그 당시 민간의 일은 거의 없었고, 돈을 벌려면 군에서 일하는 게 제일 쉽고 빠른 길이었습니다. 그런 일을 예전에는 '군작업'이라고 칭했는데, 스게란[瑞慶覧]에 있던 육군 기지 인사과에 채용되면서 일을 시작했습니다."

그 뒤 미국계 항공 회사로 이직했고, 그런 다음 화물 회사에서 정년까지 일했다. 다쿠시 씨가 스승을 찾아 본격적으로 샤미센을 배우기 시작한 것은 서른을 넘기고서부터였다.

"샤미센 소리를 들으며 살았기 때문일까요… 한번 배워보고 싶었습니다."

그가 수줍게 말했다. 근무지가 바뀌어도, 퇴직한 뒤로도 계속해왔는데 문득 정신 차려보니 어느새 50년 동안 샤미센에

열중해 왔다. 현재 '류큐 고전 음악 노무라류[野村流](오키나와 전통 음악의 여러 유파 중 하나 - 옮긴이) 음악협회'의 고문역을 맡고 있다. 연주회를 하거나 젊은이들을 가르치기도 한다.

"옛날 시골에서는 말이죠, 음악을 하고 있으면 도락에 빠져 게을러진다는 이미지가 있었어요. 오늘처럼 날씨가 좋은 날에 샤미센을 퉁기고 있으면 '우후겐나'라는 소리를 들었습니다."

'우후겐나'란 오키나와 말로 '두꺼운 팔뚝'을 의미한다. '튼튼한 팔뚝이 있는데도 일을 하지 않다니, 게으름뱅이로구나.' 대략 이런 뉘앙스로 쓰는 말이다. 그런 소리를 들으면 곤란하다면서도 다쿠시 씨는 일어나 케이스를 가져온다. 그리고 샤미센을 꺼낸다.

"세 줄 중 가장 낮은 음을 내는 줄을 '우지루', 중간 줄을 '나카지루', 가장 높은 음을 내는 줄을 '미지루'라고 합니다. '우'는 남자, '미'는 여자를 뜻합니다."

그런 말을 하며 악기를 무릎 위에 올리더니 결국은 연주를 해 주신다. 여든넷의 다쿠시 씨가 연주하는 「가기야데 후부시」(류큐 고전 음악의 대표적인 노래 중 하나 - 옮긴이)가 가만히 공기를 진동시킨다. 좋은 시간이 흘러간다.

연주가 끝나자 야스다 씨가 진지한 표정으로 말한다.

"샤미센은 평화의 상징 같은 게 아닐까 싶어요."

"물론입니다. 물론이지요!"

아마 오늘의 대화 중 가장 큰 목소리였을 것이다. 그의 입가에 미소가 퍼진다. 그는 샤미센을 소중하게 바닥에 놓은 뒤 "본토 출신 분들에게 말하기 다소 그런 이야기긴 합니다만."이라고 운을 뗐다.

"본토의 좋은 집에서는 도코노마(일본 전통 가옥의 장식 공간으로, 보통 객실에 마련한다. 벽에 족자나 칼을 걸고 바닥에

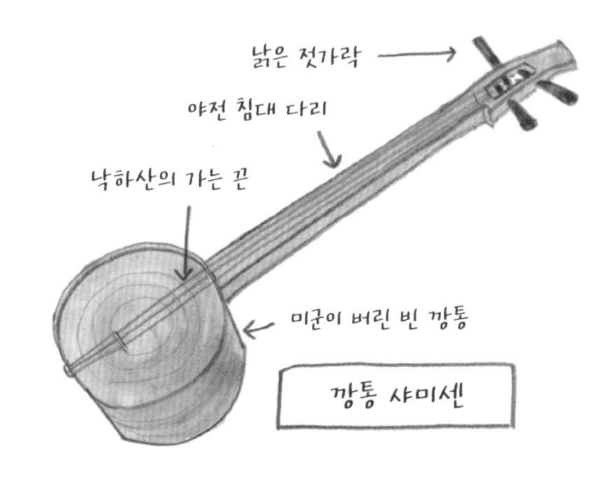

는 꽃을 둔다. - 옮긴이)에 칼을 장식하잖습니까? 하지만 오키나와에서는 '부부 샤미센'이라고 해서 샤미센 두 대로 도코노마를 장식합니다. 칼은 사람을 죽이는 도구이지만 샤미센은 그 반대입니다. 좋은 사이를 만들어주는 도구이지요. 두 대 중 하나는 집주인이 연주하고 다른 하나는 손님이 연주하게 합니다. 오키나와에는 그런 문화가 있습니다."

무기로 장식할 것인가, 악기로 장식할 것인가. 그 차이가 사뭇 크다.

"나는 결코 반미적인 사람이 아닙니다. 반정부적이지도 않지요. 그러나 기지를 좋다고는 생각하지 않아요. 오키나와의 기지 문제를 결정하는 사람들이 부디 오키나와의 문화에 대해서도 이해해주셨으면 합니다. 전부 연결되어 있으니까요."

그는 마지막까지 온화한 어조였다. 오키나와에 유일하게 남은 동네 목욕탕. 그곳에서의 우연한 만남을 통해 우리는 의외로 긴 이야기를 듣게 됐다. 정신 차려보니 3시간 가까이 흘러 있었다. 점심때가 이미 넘었다. 감사의 마음을 전하고 다쿠시 씨 댁에서 물러났다. 현관에 선 부부는 가는 우리의 모습을 언제까지고 지켜봐 주셨다. 마당의 개도 멍멍 짖으며 꼬리를 흔들었다.

제3장

목욕탕과 때밀이, 두 나라에서 살았던 사람

한국

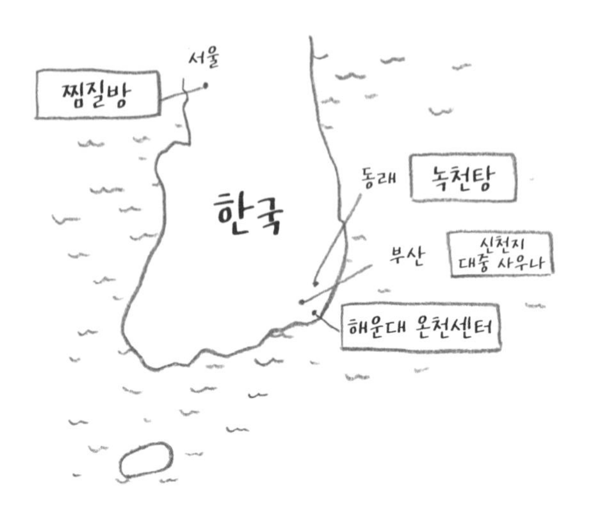

온천, 목욕탕, 찜질방...

한국은 목욕강국이었다!

부산과 서울을 오가는 한국의 목욕탕 순례.

한일 양국의 목욕 문화의 차이.

해방 전후의 세월을 배짱과 기지로 뛰어넘은 90세 어르신,

그분이 들려주는 역동적인 한일 근대사.

목욕탕 옆자리에서 우연히 만난 할머니가 중얼대신 말.

"일본인에게는 이름을 가르쳐주기가 싫어."

목욕탕이 보여주고 들려준 것들.

일본인이 부흥시킨 온천지

야스다 고이치

욕실에 들어가면 노래를 부르고 싶어진다. 온도나 습도가 높은 공간일수록 음이 소실되는 양이 적다고 한다. 그래서 욕실 안에서는 소리도 잘 울리고 에코도 잘 먹는다. 노래 실력이 꽤나 나아진 것 같은 기분도 든다. 그래서 나처럼 노래방을 싫어하는 사람도 욕조를 두드려 박자를 맞춰가며 '열창'할 때가 있다. 그게 어떤 기분인지 나도 충분히 잘 안다.

"아~."

배 속 밑에서부터 끌어 올린 깊은 저음이 공중목욕탕에 울려 퍼진다. 내 바로 옆에서 최 선생님의 독창이 시작됐다.

"당~신을~ 버린~."

좋은 목소리다. 반할지도 모르겠다. 끌고 가는 가락에 꺾는 맛이 좋다.

"과보~일까~요~."

선생님. 훌륭하십니다. 기타지마 사부로가 부른 「하코네의 여자」다. 자타공인 이 노래가 십팔번이라더니, 기교가 녹아든 노랫소리에 일체의 망설임이 없다.

탕에서 출발한 소리가 벽에 부딪쳐 천장까지 튀어 오른 다음 제자리로 돌아온다. 수증기 속에서 소리가 울리며 맴돈다. 사실은 손장단이라도 치며 그의 노래에 호응하고 싶은 마음이다. "요옷!" 하고 추임새라도 넣을 수 있었다면 선생도 분명 기뻐해 주셨을 것이다. 그러나 나는 약간의 심적 동요와 함께 그의 독무대를 얌전히 지켜볼 수밖에 없었다.

왜냐면 여기는 한국하고도 부산이다. 비치리조트로 유명한 해운대 해안 근처의 '해운대 온천센터'에 와 있다. 일본에서 보자면 건강랜드(목욕탕, 사우나 등 입욕 시설을 중심으로 게임센터, 휴게실, 식당 등을 갖춘 대형 위락 시설 - 옮긴이) 같은 곳이다.

해운대는 일본에서도 인기가 높은 관광지다. 아름다운 해안선 따라 고급 호텔이 즐비한데다 카지노도 있고 쇼핑센터도 있다. 자연과 현대가 조화되어 있는 풍경 때문에 '한국의 호놀룰루'라 불리기도 한다. 그러나 예로부터 해운대가 온천지였다는 것을 아는 사람은 그리 많지 않을 것이다. 한국의 입욕 문화에 대해 상술하게 기술한 『한국 온천 이야기』(다케쿠니 도모야스 저, 이와나미서점)에서는 해운대 온천에 대해 다음과 같이 다룬다.

'고문헌에서 해운대 온천의 유래에 대해 찾을 수는 없었으나, 옛날 고관대작들이 그 지역 온천을 자주 출입하였고, 그 뒤치다꺼리를 견디지 못한 백성들이 온천수의 용출구를 막아버렸다는 이야기가 전해 내려온다. 그러나 실제로 지금의 해운대 온천의 기원이 되는 온천공을 개발한 이는 개항기 때 부산에 거주하던 일본인 의사 와다노 시게루였다. 와다노 시게루는 1905년에서 1906년 무렵, 해운대 일대의 논밭을 사들였

고 거기서 솟아나는 온수를 확인하고 간단한 손 도구만으로 온천공을 뚫어 욕장을 만들었다.'

그 후 해운대 일대는 일본의 식민지 경영이 진행되면서 온천지로 정비됐다. 그리고 전쟁 후(해방 후), 외국 자본의 호텔 진출이 잇따르면서 한국 굴지의 리조트지로 성장했다. 지금은 도시형 리조트의 색채가 강한 지역이기 때문에 특별히 '온천'을 따로 어필하지는 않지만 뒷골목을 걷다 보면 온천을 끌어올려 성업 중인 목욕탕 몇 군데를 발견할 수 있다. 해운대 온천센터는 그중에서도 가장 규모가 큰 온천 시설로, 최 선생의 단골 가게이기도 하다.

엔카를 열창하는 아흔 살

내가 '선생님'이라 칭하는 최병대 씨의 노래가 절정을 향해 가고 있었다. 그는 어깨까지 탕에 담근 채 눈을 감고 고개를 까딱이며 비련의 노래를 열창하는 중이다. 아흔이라고는 믿기 어려우리만치 힘이 있는 목소리다.

2019년 7월경, 목욕탕 취재를 이어나가던 우리는 다음 행선지로 한국을 선택했다. 온욕 시설이 풍부하고 여러 온천지를 품고 있는 한국은 일본만큼이나 '온천 대국'이었다. 그렇다면 한국에서도 모쪼록 '목욕탕 삼매'를 즐겨봐야 하지 않겠나 하고 단단히 별렀다. 그만큼 기대도 됐다.

그러나 그 시기의 한일 관계는 다시금 '최악'을 갱신했다. 2018년 11월, 한국의 대법원은 일본의 전범 기업에 대해 '전쟁 중 동원한 강제 징용 피해자들에게 위자료를 지불하라'는 판결을 내렸다. 이를 계기로 일본 국내에서는 한국을 향한 적의와 혐오를 드러내는 움직임에 기세가 오르기 시작했다. 정치인은 강경론을 부채질했고 미디어는 '혐한 정보'를 아무렇게나 송출했다. 한국 일부에서는 일본 제품의 불매운동이 시작됐으며 양국을 오가는 관광객 수는 격감했다.

그런 시기였던지라, 대중목욕탕 안에서 천하태평으로 일본 엔카를 열창하는 선생님 때문에 약간은 조마조마했다. 내셔널리즘이 맞부딪치면 출구가 보이지 않는다. 누구든 국가 이익의 대변자라도 되는 양 행세하는 풍조에 넌덜머리가 난다.

나는 일본 국적의 일본인으로서 감히 일본의 현재 상황에 대해 우려를 표하고 싶다. 과거의 전쟁은 거대한 피해를 초래했다. 징용당한 사람들이 전쟁의 피해자였다는 것은 부정할 수 없는 사실이다. 그 사실을 마주하지 않고 '일체의 타협은 없다.'라고 단언해 버린다면 당연한 수순으로 상황은 더 험악해진다. 더구나 일본은 2000년도에 들어서고부터 편협한 국수주의가 그 세력을 확장해 나가고 있다. 배외주의적인 움직임도 활발해지기 시작했다. 최근 들어서는 한국을 적으로 간주해 재일 한국인을 배척하려는 혐오 시위가 일본 각지에서 벌어지고 있다. 부끄러운 일이다.

결국 최 선생은 2절까지 완창했다. 머릿속에 가사가 완벽하게 새겨져 있는 모양인지 마지막 소절까지 막힘이 없었다. 주변을 돌아본다. 특별히 우리 쪽을 주시하는 사람은 없다. 악

의나 적의가 느껴지지도 않는다. 안심했다. 어쩌면 잘 안다고 잘난 척 떠들어대던 나 또한 한국의 대일 감정에 대해 민감한 태도를 취하고 있었던지도 모르겠다. 물론 서울에서는 일본 정부에 대한 항의 집회가 열리고 있다. 그러나 관광객으로 평범하게 거리를 걷는 입장에서는 평소와 다를 바 없는 한국이었다. 길을 헤매고 있으면 친절하게 길을 안내해주는 사람이 반드시 있었다. '일본인을 몰아내자.' 그런 슬로건이 난무하는 배척 운동도 전혀 없었다. 그렇기 때문에 최 선생은 대중탕 안에서 스스럼없이 엔카를 부를 수 있었을 것이다. 그는 커다란 목소리, 유창한 일본어로 내게 이런 말을 시작했다.

"한국과 일본은 이웃 나라요. 붙기도 하고 떨어지기도 하고, 이런 일 저런 일 다 겪었지마는, 이웃 나라라는 지리적인 관계는 앞으로도 영영 변치 않을 것 아니요?”

맞습니다. 선생님. 동감입니다.

“작가님은 혐오 발언, 혐한 문제 같은 것도 취재하시오?”

내가 고개를 끄덕이자 최 선생은 계속했다.

“그것만은 아니다 싶어요. 한국인은 나가라고 말들 하는 모양인데, 애초에 끌고 간 게 일본인 아니었소?

지당하신 말씀이다.

“그리고 문재인도 문제요. 그이는 사회주의자거든.”

최 선생은 '빨갱이'가 제일 싫다는 반공주의자다. 그리고 뼛속까지 보수주의자다. 아차 싶어 그쪽으로 이야기로 넘어가지 않게 슬쩍 화제를 돌린다.

“선생님, 모처럼 이렇게 만났으니, 제가 등을 닦아 드려도 되겠습니까?”

“오, 좋지, 좋지.”

최 선생은 기쁜 얼굴로 탕에서 일어난다.

일본어로 가득한 노래방 모임

사실 그날 우리는 최 선생과 처음 만났다. 한국 주재 특파원 경험이 있는 모 신문기자가 '한일 문제에 훤한 사람'이라고 최 선생을 우리에게 소개해 줬다. 1990년대 중반까지 부산의 일본 영사관에서 근무했던 최 선생은 현지의 일본인 사이에서는 유명한 사람이다. 일제 강점기에 남편을 따라 조선 반도로 이주한 일본인 여성들로 꾸려진 '부용회', 그리고 그녀들을 위한 노인 복지 시설 '경주 나자레원'의 고문 역할도 맡고 있다. 즉 그는 지금까지 살아온 시간의 대부분을 '일본인'을 위해 써 온 인물이다. 그 기구한 인생에 대해서는 카나이 씨가 다음 장에서 상세하게 다루고 있으니 읽어주시면 좋겠다.

최 선생과 처음 만난 날, 그날 오전 우리는 부산 시내에 있는 최 선생의 자택으로 찾아갔다. 동네 식당에서 점심을 먹으며 간단한 이야기를 나누다가 드디어 본 주제를 꺼냈다.

"함께 목욕탕에 가 주실 수 있으십니까?"

뻔뻔하고 황당한 요청이었지만 최 선생은 흔쾌히 받아들여 주셨다. 그러나 점심 식사를 마치자마자 목욕탕으로 직행한 것은 아니다. 그날 마침, 최 선생에게 중요한 이벤트가 예정되어 있었기 때문이다. 주기적으로 모인다는 '노래방 모임'이 있는 날이었다.

"재밌는 모임이오. 같이 갑시다. 젊은 애들도 올 거고. 일본인 대환영이오."

뭐가 뭔지 잘 모르겠지만 최 선생의 열정적인 초대가 호기심을 부추긴다. 기쁜 마음으로 동행하기로 한다.

그의 안내로 해운대 뒷골목을 걷는다. 채소와 해산물 좌판이 깔린 작은 시장의 입구, 청과점 옆 어두컴컴한 계단을 내려가자 노래방이 있다. 문을 열고 들어간 순간, 일본의 엔카가 귀에 날아와 꽂힌다.

기다란 탁자가 나란히 놓인 실내는 마치 대기실처럼 간소한 인테리어다. 그러나 무대는 화려하다. 좌우로 대형 스피커

최병대 씨(1929년생)
노래방에서 열창 중!

등 음향 설비가 비치되어 있고 무대에 선 사람 위로 묘한 불빛의 스포트라이트가 떨어진다. 무대 배경에는 부산의 야경을 찍은 화면이 흘러간다. 이것이 항구 도시다! 그런 느낌이 물씬 풍기는 실내 분위기다.

둘러보니 70~80대로 추정되는 고령자가 멤버의 절반 정도를 차지한다. 최 선생이 말한 '젊은 애들'이란 아마도 60대의 여성분들을 말하는 것 같다. 최 선생의 입장에서 보면 딸내미 축에 속하는 젊은 애들이 맞긴 하다.

여기서 부르는 노래는 전부 일본 가요다. 말하자면 '일본 노래만 부르는 노래방 모임'이다. 거기다가 대부분이 엔카나 무드 가요(일본 가요 장르 중 기본 가요 양식에 라틴, 하와이안 요소를 도입한 노래로, 2차 세계 대전 이후 등장했다. - 옮긴이)다. 1970년대에 태어난 카나이 씨로서는 들어본 적도 없는 오래된 노래들뿐. 1960년대에 태어난 나로서도 처음 듣는 노래가 대부분이었다.

중간에 노래가 끊기거나 하는 일은 없었다. 미하시 미치야(1930~1996년)가 끝나면 무라타 히데오(1929~2002년)가 이어지고 기타지마 사부로(1936년~)와 오카와 에이사쿠(1948년~)가 그 뒤를 잇는다. 모두 유창한 일본어로 노래를 완창한다.

"어때요? 다들 잘하지 않소?"

최 선생의 얼굴에 자랑스러운 표정이 스친다. 들어보니 이 노래방 모임은 주 2회로, 매주 월요일과 목요일, 이 장소에서 모인다. 참가자는 한 달에 회비 3만 원을 내고 해운대의 이 노

주 2회 열리는 일본 노래 모임. 일본어 가사에 한글 표기가 붙어있다.

래방으로 오면 된다.

"다들 어릴 때부터 일본어 주입 교육을 받고 자란 세대요. 물론 괴로운 기억도 있지만, 말은 스며들어 떼어낼 수 없는 거 아닙니까. 노래도 마찬가지지요. 특히 부산 사람은 일본 가요와 정이 깊은 사이거든."

한국이 아직 군사 정권이었던 시절, 텔레비전과 라디오에서 일본의 가요는 틀지 못하게 금지되어 있었다. 이승만과 박정희, 전두환 정권도 그런 식으로 일본이라는 존재를 뛰어넘으려고 했다. 그러나 아무리 엄하게 막아도 유행가는 몰래 흘러들어왔다. 그중에서도 부산은 특별했다. 항구 도시라는 입지상 일본과 깊이 연결되어 있었던 까닭에 온갖 경로를 통해 유행가의 '침입'이 반복됐다. 일본행 항로를 오가는 선원, 시모

노세키 사이를 오가며 행상하는 '보따리상' 여자들이 일본에서 레코드판과 카세트테이프를 사들고 돌아왔다. 그것이 복제되어 거리의 노점에 깔렸다. 일본의 히트곡은 큰 시차 없이 부산에서도 히트했다. 노래방 사장님이 이런 말을 들려줬다.

"부산은 규슈와 가까운 거리에 있어요. 대마도 같은 곳은 50킬로미터밖에 안 떨어져 있고요. 옛날에는 안테나를 약간만 조정하면 일본 텔레비전 방송도 볼 수도 있었죠. 일본어도 그렇고 일본 노래도 그렇고, 부산에서는 친근한 존재였습니다. 연말의 홍백가합전(매년 12월 31일 NHK에서 방송되는 연말 가요 프로그램 - 옮긴이) 같은 프로는 아마 도쿄 이상의 시청률을 기록했을 수도 있어요."

말하자면 이 노래방 모임은 '일본어를 주입당한 세대'가 그 시절의 향수를 달래는 기회로 충분한 역할을 하고 있었던 것이다.

어느새 최 선생이 마이크를 잡고 무대 위에 서 있다. 허리를 살짝 굽힌 채 맨주먹을 불끈 쥐고 열창 중이다. 나중에 목욕탕에서도 부르게 될 「하코네의 여자」다. 최 선생은 기타지마 사부로와 오카와 에이사쿠를 특히 더 좋아한다고 했다.

"인간의 정이 느껴져. 그게 절절하게 전해져 오니 너무너무 좋지."

노래방 모임에는 다양한 사람이 있었다. 말을 듣다 보니 사고방식 면에서 최 선생에 가까운 사람이 많았다. 즉. 일본을 향한 향수나 그리움 같은 것을 '예전의 한국'에서 찾고자 하는 보수적인 사람들이다. 군사 독재 정권이 무너지고 문민 정권이 들어서면서 한국의 민주주의는 발전해 나갔다. 한국은 보다 자유로운 사회를 실현하고 경제 발전도 이뤄냈다. 일본을 뛰어넘겠다던 과거의 한 시절은 이미 끝난 지 오래다. 시민의 힘도 대단하다. 대통령 지위에 있던 인물을 끌어내려 정권을 교체시키는 시민의 힘. 솔직히 나는 그 힘이 정말 부럽다.

그러나 복잡한 심경으로 일본을 겪어야 했던 사람들, 발전을 위한다는 신념으로 국가에 헌신해온 사람들, 지금은 시대를 따라잡지 못하고 '컴맹'으로 소외되는 일부 고령자들은 기억의 바다에서 표류한다. 자신들에게 '좋았던 시대'를 찾고 그리워한다. '각인된 일본'과 부드럽게 마주하고픈 때도 분명 있을 것이다.

노래가 가진 힘

"그때는 일본을 보고 배웠습니다."

88세의 남자분이 털어놓듯이 말을 꺼냈다. 예전에 일본 수출용 구두 공장을 경영했다는 분이다.

"일본을 동경해왔다고 할 수 있어요. 내 가장 가까운 곳에 있던 풍요로움이 바로 일본이었으니까요. 일 때문에 여러 번 일본에 갔었는데, 일본 노래를 부르면 그때의 풍경이 떠오릅니다. 교토, 오사카 그리고 도쿄, 그 아름답던 거리 풍경이 떠올라요."

89세의 은퇴한 대학교수는 지금의 한일 관계를 생각하면 마음이 아프다고 했다.

“나는 어릴 때 10년 동안 일본어만 쓰며 생활했어요. 일본말과 그 시절이 한데 뭉쳐 있으니 떼려야 뗄 수도 없어요. 좋다, 싫다, 뭐 그런 감정이 아닙니다. 단지 가둬두고 봉인한 그 시절을 때때로 풀어주고 싶을 따름이에요. 그게 나에게는 노래입니다.”

이분은 후지야마 이치로(1911~1993년)의 「그림자를 사모하여」를 불렀다. ‘환영의 그림자를 사모하여, 비 오는 날에’라는 가사로 시작되는 이 노래는 ‘고가 멜로디’(1950년대를 대표하는 작곡가 고가 마사오가 만든 노래를 통칭해 ‘고가 멜로디’라 부른다. 고가는 생애 동안 5,000곡이 넘는 곡을 작곡했다. - 옮긴이)의 대표곡이다. ‘덧없는 그림자여, 내 사랑이여’ 유독 이 가사가 눈에 밟힌다. 이것이 일본에 대한 그분의 심정인 걸까. 결코 사라지지 않는 일본, 그림자처럼 따라붙는 일본. 과연 일본은 그분에게 뭐라도 보답한 것이 있었던가? 아름다운 기억으로 채색된 과거의 일본과 배타적인 분위기에 찌들어 있는 현실의 일본, 그 사이의 현격한 차이에 대해 생각해 볼 수밖에 없다.

덧붙여 한 가지 흥미로웠던 사실은, 두 어르신 모두 노래를 부를 때는 전혀 불편함 없이 일본어를 구사했지만 나와 대화할 때에는 중간에 통역자를 두고 한국어를 썼다는 점이다. 말은 거의 잊혔지만 노래 가사만은 잊히지 않았다. 노래가 지닌 ‘힘’에 대해 새삼 생각해보게 된다.

노래를 부르면 사춘기로 돌아갑니다

아흔한 살이 되셨다는 할머니 한 분은 흐트러짐 없는 일본어를 구사하며 이런 말을 했다.

"사춘기에 일본어를 공부했어요. 그래서일까요, 일본어 가사에 더 끌립니다. 여기가 찡~해요."

그렇게 말하며 양손을 가슴에 포갰다. 그녀는 정년까지 부산시청에서 근무했다고 했다.

"해방된 뒤 일본어는 노래 부를 때만 썼습니다. 그래서 쓸데없이 그런 마음이 더 강해지는지도 모르겠어요. 기죽지 말자, 힘내자. 그렇게 스스로를 타이를 때 나도 모르게 엔카를 흥얼거리게 돼요. 가사가 정말 아름다워요. 사춘기 때로 되돌아갑니다."

그런 말을 하는 동안 할머니의 눈에 얼핏 눈물이 어렸다. 마치 첫사랑의 추억을 이야기하는 듯한 말투였다. 사춘기 시절을 함께했던 일본어였으므로 그 말을 쓰는 동안 시절을 거슬러 오르게 된다. 소녀로 되돌아간다.

"아마 비슷한 생각을 하는 사람이 여기에 많을 겁니다. 아주 옛날 일이기는 하지만 프랭크 나가이(1932~2008년)나 야마모토 죠지(엔카 가수. 1950년~ – 옮긴이)가 부산에 왔을 때는 정말 대단했어요. 부산에서도 톱스타였거든요."

가슴에 손을 가만히 포갠 채, 그녀는 살짝 울먹이는 목소리로 말했다.

"미안해요. 이런저런 것들이 떠오르다 보면 울고 싶어질 때도 있어요. 그래도 노래를 부르면 기운이 납니다. 그래서 죽기 전까지는 계속 이 모임에 나올 생각이에요."

각자가 자신만의 방식으로 일본을 품고 살아간다. 나는 이런 분들이 있는 한국 사회를, 일본의 기준으로만 따져 '친일'이다 '반일'이다 구분하고 싶지 않다. 그리고 거기에 아무리 아름다운 기억이 있다 한들 식민지 지배의 책임에 대한 생각을 그만둘 수는 없다. 지금 우리의 국가는 아름다운가. 엔카를 부르고 오래된 시절을 그리워하는 사람들의 마음을 감당할 만큼 떳떳할 수 있는가.

부산에서 부르는 「블루 라이트 요코하마」

그런 생각을 하던 때였다. 제발 그 순간만은 오지 않길 바랐다. 그러나 결국 두려워하던 상황이 우리를 덮쳐왔다.

"자, 여러분들도 뭔가 좀 불러 봐요. 노래를 안 부르면 노래방에서 못 나가요."

최 선생의 재촉이 시작됐다. 난처하다. 나도 그렇고 카나이 씨도 그렇고 부산에서 통역을 맡아주던 재한 일본인 Y씨도 그렇고, 노래방에 전혀 익숙한 사람들이 아니다. 게다가 우리는 이 노래책 수록곡 대부분을 모른다. 카나이 씨가 좋아하는 이마와노 기요시로(1951~2009년)는 물론, 내가 좋아하는 나카모리 아키나(1980년대를 대표하는 여성 가수. 1965년~ – 옮긴이), 마쓰다 세이코(1980년대를 대표하는 여성 가수. 1962년~ – 옮긴이)는 이름조차 찾을 수 없다. 그러니 호시노 겐(밴드 '사

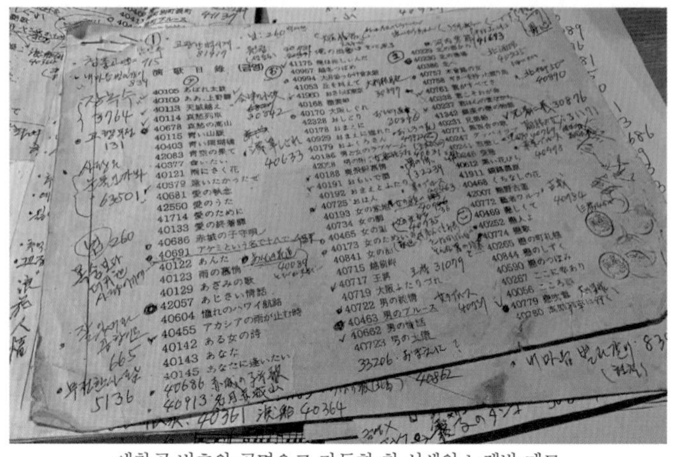

애창곡 번호와 곡명으로 가득한 최 선생의 노래방 메모

케 록'의 리더이자 싱어송라이터. 1981년~ – 옮긴이) 같은 가수는 말할 필요도 없다.

큰일이다. 부를 노래가 없다. 부끄러우니 셋이 함께 부르기로는 했는데, 그렇게 하고 보니 곡 결정이 훨씬 더 복잡하다. 이래서는 오늘 안에 노래방에서 못 나갈 수도 있다.

재촉도 받았겠다, 초조한 마음에 급하게 노래책을 넘기는데 불쑥 눈에 들어오는 노래가 있다. 이시다 아유미(1948년~)의 「블루 라이트 요코하마」다. 그때 머릿속에 제일 먼저 떠오른 것은 내 친구이자 소설가인 후카사와 우시오(재일 한국인 2세. 1966년~ – 옮긴이)의 동명 소설 『블루 라이트 요코하마』였다. 부산에서 죽어간 누이동생, 죽은 누이를 그리며 「블루 라이트 요코하마」를 시도 때도 없이 불러대는 재일 한국인 남자,

그리고 그 가족에 대한 이야기다. 소설 안에는 금지곡으로 지정됐음에도 불구하고 「블루 라이트 요코하마」가 부산에서 남몰래 오랫동안 불려왔다는 일화가 묘사되어 있다.

이거다! 이 노래밖에 없다! 부산에 사는 사람이라면 모를 리가 없다는 일본의 명곡. 둘은 그리 내켜 하지는 않았지만 일단 멜로디 정도는 알고 있는 모양이다. 이걸로 결정이다.

나란히 무대에 선다. 스포드라이트가 떨어진다. 자, 일본 대표가 부릅니다. 블루 라이트 요코하마!

노래의 완성도에 대해서는 말하지 않겠다. 그렇게나 차분한 무드 가요를 합창했으니 어련했을까. 처음부터 내켜 하지 않았던 그녀들은 목소리가 너무 작았고, 그걸 커버하려고 걸걸한 목소리를 크게 내질렀던 내 탓에 꾀꼬리처럼 청아한 이시다 마유미의 세계는 완전히 망가져 버리고 말았다.

그럼에도 나이 지긋한 어르신들은 즐거워해 주셨다(고 생각한다). 좌중에서 박수가 터져 나왔고 최 선생은 '잘 불렀다'며 어깨까지 팡팡 두드려 주셨다. 노래방에서 등 떠밀려 부른 노래는 다행히 거기서 끝이 났지만, 만면에 웃음을 머금은 최 선생을 보고 있자니 그렇게 억지로라도 노래를 해서 좋았다는 생각이 들었다. 드디어 노래방을 뒤로 하고, 한결 더 기분이 좋아진 최 선생과 함께 해운대 온천센터로 향할 수 있었다.

커다란 등

탕에서 나와 때수건으로 최 선생의 등을 문지르기 시작한다.

"고마워. 고맙소이다."

최 선생은 감사의 말을 반복했다. 커다란 등이었다. 이 등으로 많은 것을 짊어지고 살아왔을 것이다. 일본을 위해, 한국을 위해. 빨갱이가 싫다는 최 선생은 아들뻘 세대인, 그의 눈에는 '아주 새빨간 사람'일 나에게 등을 맡기고 있다. 슥슥 싹싹. 아무리 힘을 넣어 밀어도 최 선생은 기분 좋은 듯 눈을 감고 그대로 앉아있다.

등을 다 밀고 다시 탕에 몸을 담근다. 해운대 온천센터에는 저온, 중온, 고온으로 탕이 나뉘어 있다. 최 선생은 고온의 탕에 지그시 몸을 담그는 걸 좋아하는 모양이다. 해안가의 온천이기 때문에 물을 찍어 맛보면 약간 짠맛이 난다. 적당한 염분이 자근자근 뜨끈하게 몸을 데워준다. 최 선생의 이마에 구슬 같은 땀이 솟아있다.

"오늘 참 즐거웠어."

독백과도 같은 말이 그의 입에서 새어 나온다. 노래를 불렀다. 탕에 몸을 담갔다. 단지 그것뿐인 하루였지만 최 선생은 몇 번이고 즐거웠노라는 말을 반복했다.

"사실은 말이지…"

그가 비밀을 털어놓듯 목소리를 낮춘다.

"누가 등을 닦아준 거, 오늘이 처음이었다오."

순간 최 선생의 얼굴에 수줍어하는 표정이 스치는가 싶더니 그가 탕에서 쑥 몸을 일으킨다.

"이제 슬슬 가볼까."

최 선생은 콧노래를 흥얼대며 탈의실로 향한다. 창에 비친 부산의 거리가 석양에 물든다.

카나이 마키

목욕 뒤에 먹는 보리밥의 맛

“꼬마 아가씨.”

내 쪽을 웃으며 바라보더니 최 선생은 분명 그렇게 말했다. 꼬마 아가씨라니. 이렇게 불린 건 열여섯 살 이후로 30년 만이다. 아마 인생 마지막의 꼬마 아가씨이지 않을까. 그런 심경을 음미할 틈도 없이 최 선생은 다시 기분 좋은 목소리로 재빨리 이렇게 덧붙였다.

“뭐 먹고 싶은 거 없어요? 뭐든 좋아하는 걸 말해 봐요.”

“네? 어… 음…”

대답이 궁해 야스다 씨를 흘깃 쳐다본다. 그러자 “최 선생님은 주로 어떤 걸 드십니까?” 하고 역으로 물어봐준다.

“나? 나야 저녁에는 가볍게 먹는 게 좋지. 보리밥 같은 거. 간단하게 먹고 끝내는 편이오.”

“아, 그렇다면 보리밥으로 하시죠. 맛있는 집 소개해 주세요.”

우리가 한목소리를 내자 “젊은이들이 보리밥으로 괜찮겠소?” 하며 그가 웃는다. 아흔 나이에서 보면 마흔여섯은 ‘꼬마 아가씨’고 쉰다섯은 ‘젊은이’다.

해질녘 거리를 걸어 보리밥집으로 향한다. “흠 흐음 흐으음~.” 그의 콧노래가 크고 흥겹다. 노래방과 목욕탕에서 노래

했던 여운이 남은 모양이다. 팽팽하고 건강해 보이는 얼굴이다. 콧노래를 흥얼대며 성큼성큼 걷는 그를 따라 보리밥집에 도착했다.

한국에서 보리밥을 주문하면 보리밥이 한 대접 나오고 김치, 나물, 채소, 국 같은 반찬들이 한 상에 다 올리기 버거울 만큼 따라 나온다. 좋아하는 반찬을 보리밥 위에 올려 숟가락으로 슥슥 비벼 먹는다. 시장 한쪽에 있던 최 선생의 단골 보리밥집은 문을 아예 열어둔 채 영업하는 분위기도 좋고 맛도 최고였다. 그곳에서 최 선생의 이야기를 들었다. 대하드라마처럼 파란만장한, 엔카처럼 애틋한 그의 90년 인생 이야기를.

히로시마에서 맞이한 8월 15일

"나는 쇼와 4년생이오."

최 선생은 (아마도 일부러) 태어난 해를 쇼와로 말했다. 쇼와 4년, 즉 1929년이라면 일본 식민 시대의 한가운데를 관통하던 때다.

"부산 서쪽에 진해라는 군항 도시가 있는데 거기서 태어났지. 강상중 교수라고 혹시 아는지 모르겠는데, 그가 나랑 동향이외다."

정치학자인 강상중(재일 한국인 정치학자. 도쿄대 교수와 세이카쿠인대학 학장을 역임했다. 1950년~ - 옮긴이) 강 교수는 구마모토현 구마모토시에서 태어났다. 정확히 말하면 최 선생과 '동향'인 이는 강 교수의 양친이다. 다이쇼 시대(1912~1926년)부터 쇼와 시대(1926~1989년) 초기에 걸쳐 많은 사람이 조선에서 일본으로 건너갔다. 먹고살기 위해서였다. 강 교수의 양친은 구마모토로, 최 선생 일가는 사업을 하던 큰아버지가 있는 히로시마현[広島県] 사이조정[西条町](지금의 히가시히로시마시[東広島市])으로 이주했다.

"최병대(崔秉大)에서 쓰키야마 헤이다이[月山秉大]로 이름을 바꿨고, 일본의 소학교에 들어갔지."

1940년에 실시된 창씨개명으로 조선인들은 일본식으로 이름으로 변경해야만 했다. 넘어온 지 얼마 안 됐을 무렵에는 '마늘 냄새 난다'고 놀림을 받았다. 교사 중에는 훈계를 구실삼아 '조선 반도로 돌아가라'고 모멸감을 주는 자도 있었다고 했다. 뭐라고요? 그런 태도의 교육자라니, 귀를 의심할 지경이다.

"그래도 나는 싸움을 잘했거든. 게다가 일본어를 익힌 다음에는 공부도 반에서 1등이었어. 친구들 사이에선 뭐 골목대장이었지.”

그와 내 미간에 잡혔던 불쾌한 주름도 스리슬쩍 펴진다. 정말이지 딱 골목대장 같은 표정으로 그렇게 말해준 덕분이다. 대담하고 주눅 들지 않는 성격, 모두를 두루 살피고 모두에게 존중받는 성정은 어린 시절부터도 그리 다르진 않았으리라.

1945년 8월 6일 아침, 서쪽 하늘에서 버섯구름을 봤다는 이야기도 충격적이었다.

“내가 중학교 2학년 때였는데, 당시는 학교에서 공부 하던 시절이 아니었어요. 아침부터 군수 공장에 가서 사포질을 했으니까. 그때 일을 하는데 히로시마 방면에서 시커먼 연기가 보이잖아? 정말 깜짝 놀랐어. 무슨 일이 벌어졌는지 알 수는 없었지. 오후 3시쯤인가, 오사카 방면으로 가는 산요 본선이 통과하는데, 기차 안이 시커멓게 재를 뒤집어쓴 사람들로 꽉 차있는 거야. 그래서 알았지. 아, 히로시마에서 뭔 일이 나긴 났구나.”

집에 돌아가니 라디오에서 ‘신형 폭탄’에 대한 보도가 나오고 있었다.

“원자 폭탄이라는 신형 무기로 한꺼번에 10만 명 넘는 사람이 죽었다는 거야.”

그는 툭 하고 한마디를 추가했다.

“조선 사람도 아주 많이 죽었고.”

즉사한 사망자와 이후 사망자를 합쳐 총 14만 명가량의 사람이 원자 폭탄에 희생됐다. 그 안에는 수만 명의 조선 사람도 포함되어 있었다.

8월 15일. 전쟁이 끝났다.

"옥음 방송(무조건 항복을 알리는 '종전 조서'를 천황이 직접 낭독한 라디오 방송 – 옮긴이)은 어디서 들으셨습니까?"

질문하던 순간 내가 이 질문하기를 좋아했다는 사실이 떠올랐다. 예전에는 내 할아버지, 할머니에게도 물었고, 술집에서 오다가다 만난 지긋한 연배의 사람들에게도 전쟁 이야기가 나오면 꼭 물어보던 질문이었다. 누구든 예외 없이 그 방송을 듣던 상황을 자세히 기억하고 있다는 부분이 흥미로웠다. 그러고 보니 최근 몇 년 동안은 옥음 방송의 경험담을 들을 기회가 별로 없었다. 최 선생의 답은 '집에서 들었다.'였다.

"뭐라고 하는 말인지 이해되셨습니까?"

"그야 물론 이해했지. 천황의 항복 선언이라는 걸."

라디오 소리가 자꾸 끊긴 탓에, 조칙에 쓰인 말이 어려워서 도통 무슨 소린지 몰랐다는 사람도 많았다. 이게 정말로 천황의 목소리인지 의심했다는 사람도 있었다. 최 선생은 천황이 전쟁의 종결을 선언하고 있음을 곧바로 이해했던 모양이다. 다시 물었다.

"전쟁이 끝나서 기쁘셨습니까? 기분은 어떠셨나요?"

한국에서는 8월 15일이 광복절이다. 빼앗겼던 주권을 되찾은 기념일. 최 선생은 보리밥을 우걱우걱 씹으며 "그때는 기쁘고 뭐고… 음…" 하며 말을 흐렸다.

"일본은 전쟁에 졌구나. 앞으로 어떻게 되는 걸까. 나는 조선에 돌아가도 아는 사람 하나 없는데… 그런 생각이 먼저 들었지.”

최 선생은 그날 밤 집에 백부가 찾아와 어른들끼리 밤늦도록 토론하던 장면을 기억한다고 했다. 결국 10월 말, 일가는 바다를 건너 조국으로 돌아왔다. 최 선생은 마산중학교에 편입했다. 졸업 후 잠시 소학교 교사 일을 하다가 그만둔 뒤 미군의 배에서 통역 일을 시작했다. 부산과 사세보[佐世保]를 오가는 화물선에서 한국어와 일본어를 통역하는 일이었다. 한 달에 두어 번, 사세보를 오가는 생활이 이어졌다. 그리고 1950년 6월 25일. 그는 그날을 배 위에서 맞이했다. 그날은 최 선생의 인생을 생각지도 못한 방향으로 데려갔다.

한국 전쟁과 밀항

“그날, 부산을 출항하고 얼마 안 됐을 때인데, 나보다 두 살 위 선배가 다급하게 나를 찾아와서 그러더라고. ‘큰일 났다. 라디오에서 그러는데 전쟁이 터졌다고 한다. 북이 서울로 치고 내려온 모양이다.’ 그 선배는 연세대학을 중퇴하고 통역관이 된 사람이었는데, 나한테 나직하게 그러더라고. ‘나는 전쟁에 휘말리기 싫다. 사세보에 도착하면 ‘런 어웨이’할 거다. 너는 어떡할 거냐?’”

런 어웨이(run away)란 도망친다는 의미다. 즉 그 선배는 전쟁을 피하기 위해 일본에 밀입국하겠다는 의사를 밝힌 것이다. 갑작스러운 전개에 최 선생도 동요했다. 필사적으로 자신이 어떻게 처신해야 할지에 대해 생각했다.

"전쟁이 나면 젊은이의 생명이 도구로 쓰이지 않소? 그때 내가 스물인가 스물하나인가 그 나이였거든. 일본어도 잘하겠다, 수중에 300달러 정도 있겠다, 일단 도망쳐야겠다고 결심을 했지."

사세보에 도착하자 둘은 미군에게 일시 상륙허가증을 보이고 아무렇지도 않게 하선했다. 그리고 그대로 도망쳤다. 선배는 친척이 있다는 오사카로, 최 선생은 지바현 후나바시[船橋]로 향했다.

"마산중학교 시절 친했던 친구가 가족과 함께 후나바시에 살고 있었거든. 그 친구가 보내 준 편지가 떠올랐어. '여기 오면 일본 대학도 다닐 수 있다. 너도 올 수 있으면 와라.' 그런 내용이었지. 그래서 완행열차를 꼬박 이틀 동안 갈아타고 찾아갔어. 어슴푸레한 기억이라 주소도 확실치는 않았지만, 아무튼 그 친구의 집을 찾아냈지."

친구 일가는 갑작스레 나타난 최 선생을 보고 기겁을 했으나 흔쾌히 받아들여줬다. 최 선생은 친구 어머니가 하던 바지락 장사를 도왔다. 당시 후나바시 바다에서는 바지락이 많이 잡혔다고 했다. 그러나 친구 어머니는 최 선생에게 '이런 일 하는 것보다는 대학에 가는 게 낫다'며 여러 번 대입을 권유했다. 그래서 메이지대학을 목표로 입학 준비에 들어갔다.

"부산에 있는 여동생에게 부탁해 마산중학교의 재학증명서를 우편으로 받았지. 그런데 내가 밀입국한 입장이라, 가짜 이름으로 살고 있었거든. 이 상태라면 수험은 불가능한 거지."

최 선생은 각오를 단단히 하고 후나바시 시청으로 향했다. 그리고 솔직하게 사정을 밝혔다. 곧바로 경찰에 연락이 들어갔고 입국 관리법 위반으로 유치장에 갇히는 신세가 되고 말았다.

"그런데 놀랍게도 거기서 체재 허가증을 발부해 줬어. 내가 그런 말을 했거든. '나는 지금부터 일본의 대학에서 공부할 거다. 그리고 조국으로 돌아가 조국 재건을 위해 일할 생각이다.' 그랬더니 4년간의 체재 허가증을 발부해준 거야. 그때에는 일본의 관공서에도 그런 융통성이 있었지."

정식으로 메이지대학에 입학하기는 했지만 고향에서 학비나 생활비 도움을 전혀 받지 못했으므로 아르바이트를 전전해야 했다. 가장 돈이 됐던 건 '유랑 가수' 아르바이트였다. 친구는 기타를, 최 선생은 노래를 담당해 2인조로 밤거리를 누볐다.

"대학생 모자를 쓰고 오뎅집 같은 술집에 들어가 노래하는 거야. 돈 많은 사장이 젊은 여자를 애인으로 끼고 술 한잔 하고 있잖아? 그러면 내가 180에 체격도 좋고 했으니 여자 손님이 내 편을 들어주고 그랬지. '어머, 학생 잘생겼네. 자기, 학생한테 돈 좀 주고 그래.' 그러면 사장이 명함을 탁 주면서 '힘든 일 있으면 언제든지 전화해, 학생.' 그러는 거야. 하하하."

최 선생의 기분 좋은 웃음소리가 식당에 울린다. 그가 학생 시절의 사진을 보여준다. 분위기 있고 단정한 용모. 뭐랄까, '쇼와 시대의 달콤한 마스크'의 전형 같다고나 할까. 이러니 인기 만점이었을 수밖에.

최 선생의 무용담은 당시 그의 십팔번까지 끌어내며 점점 깊은 곳까지 들어갔다.

"그 당시 유행하던 노래를 부르고 돈을 받았어. 예를 들면 '손님이 졸라대서 불렀지~ 태어난 고향의 그 노래를~' 이렇게 시작하는, 가스가 하치로(1924~1991년)의 「부르기 싫은 노래」 같은 노래. 그리고 또 「이별의 삼나무 한 그루」 같은 노래도 자주 불렀던 기억이 나. 그러고 있으면 야쿠자가 와서는 '어이, 니들 어디서 왔냐?' 하며 을러대거든. 일주일에 몇 번이나 싸우고 그랬지."

"네? 야쿠자하고 싸움이요?"

"그랬지. 그러다 결국 야쿠자 사무실까지 끌려간 적이 있었어. '니들 뭐하는 놈이냐?'라고 추궁하기에 '우리는 한국 학생 동맹의 친구 사이로, 학비를 벌고 있습니다.'라고 했지. 그러니 야쿠자들도 감동하더라고. 그해 여름에는 고텐바[御殿場]의 나이트클럽에서 경호원 일을 시켜주기도 했어."

당시 시즈오카현의 고텐바는 일본을 대표하는 미군 기지촌이었다. 한국 전쟁으로 출격하는 미군들이 고텐바에 몰려들었고, 그것을 기회로 돈을 벌려는 나이트클럽이 난립했다. '기지의 여자'들도 모여들었고 돈다발이 흥청망청 오가는 일대 사교장이 되었다. '야쿠자'라 불리는 뒷골목 조직과 지역 깡패 사이에는 승강이가 빈번하게 발생했다. 최 선생은 조직 두목의 경호를 담당하는 역할로 채용된 것이다. 주사위 도박장 칼부림에 휘말렸던 일화 같은 걸 듣다 보면 그야말로 느와르 영화의 한 장면 같다. 그쪽 세계에서 정식으로 스카우트 제의를 받기도 했다. 젊고 몸도 좋았고 남자다웠고 임기응변에 능했고 배짱도 좋았기 때문이다.

"어느 교포(재일 한국인) 보스한테 귀여움을 받았지. 조직에 들어오라는 권유를 받았지만 '나는 대학을 졸업하면 한국에 돌아가서 국가를 위해 일할 겁니다.'라고 거절했어. 그랬더니 두목이 '알겠다. 더 이상 권하지 않겠다. 열심히 하라.' 하며 도리어 격려해 주더라고."

한국의 정보기관에 취직

최 선생은 1959년 2월 귀국했다. 이미 양친은 돌아가신 뒤였고 부산의 여동생 집에 의탁해 들어갔다. 메이지대학 졸업장을 손에 쥐고 돌아오긴 했지만 좀처럼 일을 얻기가 힘들었다.

부정 선거에 대한 민중의 거센 항의로 1960년 4.19 혁명이 일어나 이승만이 하야했고, 1961년 박정희가 5.16 군사 쿠데타를 일으켜 시국은 불안정했다. 그런 와중에 최 선생이 가까스로 얻은 직장은 한국군 정보기관 CIC였다. 북한 공작원의 적발은 물론, 반정부 활동가를 유괴하고 고문까지 했던 무서운 조직이다. 그 유명한 KCIA(대한민국 중앙정보부)는 CIC 멤버를 중심으로 결성됐다.

"그렇소. CIC는 무서운 기관입니다. 빨갱이를 잡는 특고경찰(특별고등경찰. 일본의 옛 경찰제도 중 하나로, 정치범, 사상범 관련 업무를 전담했다. - 옮긴이) 같은 느낌이랄까."

많은 이야기를 하지는 않았지만, 잠복과 미행, 감청 같은 임무를 수행해야 했을 것이다.

"거기서 상관에게 신임을 받고 서울로 올라오라는 말도 들었지만, 나는 군인도 아니고 그리 내키지가 않았어. 이왕이면 내가 공부한 일본어를 살려 한국과 일본의 가교 역할이 되는 일을 하고 싶었지. 그래서 5년 정도 일하고 그만뒀소."

여담이지만, 최 선생을 서울로 뽑아가려던 김 모라는 상관은 후에 중앙정보부의 꼭대기까지 올라가게 된다. 야쿠자 두목도, 정보기관의 유력 인사도 눈독을 들이던 최 선생. 역시 보통 사람은 아니다.

갓 개설된 일본 영사관 현지 직원으로

1965년 6월, 한일 기본 조약이 조인되면서 1910년 한일 합병은 더 이상 유효하지 않다는 사실이 마침내 명문화되었다. 중간에 한국 전쟁이 있었다고는 해도 꽤 오랜 시간이 걸렸다. 그리고 그해 12월, 한일 양국의 국교도 드디어 정상화됐다. 이듬해 1월에는 부산에 일본 영사관이 개설됐다.

최 선생은 현지 직원 제1호로 일본 영사관에 채용됐다. 당시 그의 나이는 36세. 그때부터 65세에 정년을 맞이하기까지 최 선생은 29년 동안 일본 영사관에서 그의 능력을 크게 발휘했다.

"반일 데모 같은 게 일어나면 영사관 앞에 사람들이 몰려와요. 일장기를 불태우려고 한단 말이지. 그러면 재빨리 일장기를 낚아채서 뺏어 와요. 당연히 시위대는 노발대발이지. '너는 일제의 개냐!' 하는 욕도 많이 들었어. 일본인 직원한테도 좋은 소리는 못 들어요. '당신이 쓸데없는 짓을 해서 당당하게 한국 정부에 항의할 기회를 잃었다'며 분해하는 사람도 있었으니까. 그런데 나는, 그게 어떤 나라의 국기라고 해도 군중의 면전에서 한 나라의 국기를 불태우는 짓만은 해서는 안 된다고 생각해. 그것뿐이오."

술에 취한 일본 양아치가 한국인 여성을 거칠게 영사관으로 끌고 들어와 '이 여자와 결혼할 테니 당장 비자를 내놓으라'며 소란을 피운 때도 있었다. 그때 최 선생은 불호령를 내리며 그를 단숨에 제압했다. 일본 어선이 실수로 영해를 침입해 한국 경비정에 나포된 때에는, 주눅 들고 불안해하는 일본인 어부를 목욕탕에 데려가 안심시켜주기도 했다.

그에게는 타고난 균형 감각과 확고한 신념에 따른 거침없는 행동력이 있었다. 이런 여러 일화에서 그의 인간미가 전해져 왔다. 얼마나 많은 이들이 그에게 의지했을지 미루어 짐작되는 대목이기도 했다.

광주 민주화 항쟁, 일본인 보호에 분투하다

1980년 5월, 광주 민주화 항쟁 때에도 현장에 달려갔다고 했다.

"아, 광주 민주화 항쟁!"

상체가 저절로 선생 쪽으로 쏠렸다. 야스다 씨도 마찬가지였다. 학생과 시민 주축으로 일어난 대규모 민주화 시위를 막기 위해 군은 광주시로 통하는 모든 철도와 도로를 봉쇄했다. 외부와의 통신 수단도 모두 끊고 탱크와 화염 방사기 등으로 무자비하게 민중을 강압했다. 공식적으로 군에서 인정한 사망자 수는 154명, 행방불명자는 70명이었다. 그러나 실제로는 훨씬 더 많은 시민이 죽임을 당했고, 땅에 몰래 묻히거나 바다에 버려졌다. 영화 「택시 운전사」가 떠올라 가슴이 저려 왔다. 최 선생이 그 민주화 시위에 참가했던 것은 아니었다.

"당시 광주에는 관광객과 체재 중인 사람을 포함해 열 명 좀 넘는 일본인이 있었소. 연락은 안 되지, 내전 상태라 신변도 위험하지, 그래서 담당 영사와 내가 구출하러 간 거요."

자국민 보호는 대사관과 영사관의 가장 중요한 임무다. 최 선생은 갖은 인맥과 온갖 수단을 다해 당시 광주의 엄중한 통행금지를 돌파하는 데 성공했다. 어찌어찌 광주시 교외의 한 여관에 도착한 그는 일본인이 있을 만한 장소를 모조리 훑으며 한 곳 한 곳 전화를 돌리기 시작했다(광주 시내 내부의 전화선은 연결되어 있었다). 자력으로 여관까지 도망쳐 올 수 있었던 일본인들에게는 식사를 준비해 준 다음, 영사관의 공용차를 총동원해 200킬로미터 떨어진 부산까지 무사히 데려갔다고 했다.

"아무튼 버스고 택시고 죄다 시위에 참가했기 때문에 교통수단이 없었거든."

그랬다. 영화 속에서도 등장했던 장면이다. 유해진이 연기한 인물이 광주 지역 택시 운전사로, 그들이 결속해 시위에 가담하는 장면이 영화 속에 그려져 있다. 군의 총탄 세례로 너덜너덜해진 택시가 나오는 장면이 떠오른다.

게다가 최 선생 일행은 다시 한 번 광주 시내로 잠입해야 했다. 유혈 시가전이 종결된 직후였다. 옴짝달싹 못 하게 된 일본인의 신변을 보호해 안전한 곳까지 이송하기 위해서였다. 목숨을 건 구출 작전 완수 한 달 뒤, 당시 외무대신이던 오키타 사부로로부터 최 선생에게 감사장이 전달됐다.

조국에서 버림받고 한국에서 고생스러운 삶을 살았던 일본인 아내들

최 선생은 한국과 일본의 사이에서 여러 일을 해결하기 위해 분투해왔다. 그중 영사관 시절은 물론, 정년 퇴임 후에도 가장 마음을 쏟았던 것이 '부용회 할머니들'에 관한 일이다.

'부용회'란 영사관이 설립된 시기와 비슷한 때에 결성된 '재일 한국인 처'의 모임이다. 가장 전성기였을 때는 회원 수가 700명을 넘었다고 했다. 우리가 동석하게 된 노래방 모임에도 예전에는 부용회 할머니들이 자주 참가했다고 한다.

"다들 말이지, 일본에서는 잊히고 한국에서는 고생만 하고, 말도 못 하게 힘들게 산 사람들이오."

식민지 시절, 수많은 젊은이가 조선 땅에서 일본으로 건너갔다. 더러 일본의 대학에 진학한 이도 있었지만, 대부분은 노동력으로 징용된 남자들이었다. 그 당시, 젊은 일본인 남자는 모조리 전쟁에 동원됐다. 국내에 남아 있는 일본인 남자가 별로 없었고, 결혼 적령기의 일본 여자들이 조선 출신 남자와 결혼하는 경우가 드물지 않았다. 일본 여성 입장에서는 일본어를 하고 일본 이름을 가진 '일본 국민'과의 결혼이었기 때문에 국제결혼이라는 의식도 별로 없었다. 일본 정부도 식민지 지배의 일환으로 조선 남자나 대만 남자와의 결혼을 장려했다.

그러나 패전 후 약 5,000명 정도로 추정되는 일본인 아내들은 남편의 고향인 조선으로 건너가 쓰디쓴 고초를 겪게 된다. 과거 지배자였던 일본인에 대한 반감에 괴롭힘을 당하기도 했고, 알고 보니 남편 고향에 본처나 정혼자가 있어서 졸지에 훼방꾼 취급을 받기도 했다. 한국 전쟁으로 남편을 잃은 사람도 많았다.

"정신병에 걸린 사람도 있었고 집에서 쫓겨나 부랑자 생활을 하게 된 사람도 있었고... 정말 딱하지. 너무 안됐어."

더 비참한 것은 일본 정부로부터 '전쟁 전에 조선인 남편의 호적에 들어간 여자는 일본 국적을 잃는다'는 통지를 받은 것이었다. 고향에 돌아가고 싶어도 돌아갈 수 없는 상태로 그녀들은 괴로운 현실에 내몰렸다. 1960년대 후반이 되어서야 겨우 '재일 한국인 처를 위한 귀국 지원 제도'가 정비되기 시작했다. 그 최전선에서 분투했던 이가 최 선생이었다.

"특히 관공서나 출입국 관리소에 가서 수속할 때 동행을 부탁받는 일이 많았어. 그때 공무원들은 한국말이 서툰 여자라고 유독 더 함부로 대했거든. 그럴 때마다 내가 끼어드는 거야. '일본을 미워하는 건 상관없다. 그러나 이 여자에게는 죄가 없다. 그저 한국 남자를 사랑한 것뿐이지 않느냐!' 그렇게 소리도 지르고 싸움도 하고 그랬지. 하하하."

부산 총영사관 관할인 경상남북도, 전라남도, 제주도에 일본 출신임을 증명하는 서류가 없는 재일 한국인 처가 있다는 소식을 들으면 그녀를 찾아가 사정을 듣고 탐문 조사를 하는 것도 최 선생의 일이었다.

"출신지, 친형제들 이름, 다녔던 소학교 이름, 기억하는 동급생 이름 같은 걸 물어보지. 그 자료를 일본 외무성으로 보내요. 그러면 일본에서도 조사를 하고, 그러고 나서야 겨우 비자를 발급받는 거지."

그러나 일본에 있는 친척이 귀국을 거부하는 경우도 종종 있었다. 염원하던 귀국을 이뤄냈어도 사정이 여의치 않은 경우도 많았다. 이번에는 반대로 자식이 일본 학교에서 괴롭힘을 당해 한국으로 되돌아오는 모자도 있었다. 시간이 흘러, 반일 교육을 받고 자란 세대와 어울려 살아야 하는 자녀들의 고통이 그녀들을 더 아프게 했다.

"부용회밖에 없어요. 할머니들이 편히 쉴 수 있는 곳은."

같은 처지로 고생 중인 여자들이 부용회로 모여들었다. 일본어로 실컷 수다를 떨고 그리운 고향의 노래도 함께 불렀다. 최 선생도 부용회 모임에 자주 참가했다고 했다. 함께 여행을 가거나 일본인 묘지를 찾으면서 즐거운 시간을 보내왔다.

"아… 정말이지, 최 선생님이 계셔서 다들 너무 든든했겠습니다."

나는 진심을 담아 그렇게 말했다. 그러나 최 선생은 아무 대답 없이 온화한 표정으로 옥수수차를 마실 뿐이다.

두 나라에서 살아 온 마음

조금 전, 노래방 모임에서 들었던 이야기가 떠올랐다. 최 선생은 아내를 병으로 잃은 뒤 일흔 가까운 나이에 재혼했다고 한다. 지금의 아내는 세 번째 아내다. 첫 결혼 상대는 일본에서 만났던 일본인 여자였다. 고생을 각오하고 한국에도 불러들였다. 그러나 주변으로부터의 강한 비난과 반발을 극복하지 못하고 그녀는 일본으로 되돌아갈 수밖에 없었다. 그가 직접 확실하게 말해주지는 않았지만, 어쩌면 부용회 할머니들에 대한 마음 뒤에 그의 괴로웠던 경험이 녹아 있었던 건지도 모른다.

"기타지마 사부로의 노래 중에…"

불쑥 그가 노래 이야기를 꺼낸다.

"「강」이라는 노래 아시오?"

"아뇨. 처음 들어 봐요."

"그 노래 3절 가사가 참 좋아."

그러더니 보리밥집에서 조용히 노래를 부르기 시작했다.

과거와 원한은 흘러간대도 흘려보낼 수 없는 은혜가 있지

남이 베풀어 준 인정 덕분에 내일로 노 저어 나가는 배도 있지

흐뭇하게 노래를 끝낸 뒤 최 선생이 웃는다.

"이거, 한국과 일본을 오가며 산 내 심정이랄까."

나는 약간 울 것 같은 기분이 들었다. 가사를 공책에 옮겨 적는다.

과거와 원한은 흘러가지만, 흘려보내서는 안 될 마음이 있다.

두 나라의 땅을 힘껏 밟고 온 힘으로 살아온 최 선생의 90년 세월이 이 한 줄에 응축되어 있는 것 같다.

카나이 마키

한증막과 식혜

"야스다 씨는 한국에 처음 온 게 언제였어요?"

서울의 깊은 밤, 새벽 1시의 찜질방이다. 한증막(돔 모양의 사우나) 바닥에 누워 뒹굴다가 그에게 묻는다.

"음… 1985년쯤인가?"

그도 벌렁 누운 채 얼굴만 내 쪽을 향해 답한다. 35년 전, 스무 살 언저리였던 그는 혼자 한국을 여행하며 여기저기 돌아다녔다고 했다.

"버스 정류장에서 여대생에게 길을 물은 적이 있어요. 그런데 이야기가 재밌게 튀더니, 그날 하루 종일 여기저기 같이 다녀주고 그랬었는데… 이젠 이름도, 얼굴도 잊어버렸지만요.”

여행지의 우연한 만남이라. 달콤한 추억이다. 그러다가 불쑥 내게도 떠오르는 기억 하나가 있다. 나 역시 스무 살 무렵, 홀로 빈을 여행하다가 한국 남자아이와 우연히 만난 적이 있었다. 나이는 열여섯, 음악 공부를 위해 빈에 유학 중인 학생이었다. 둘이서 오페라를 보러 갔던 기억이 난다. 앳된 소년인 주제에 제법 정중하게 에스코트를 할 줄 아는 그를 보고 약간 감동을 받았었다. 귀국 후에도 얼마 동안은 편지 왕래를 했다. (무려 편지다! 편지지에 손글씨로! 메일도, SNS도 없던 시절이었다.) 성은 김 씨였는데 이름은 도통 기억나지 않는다.

“어떡하고 있으려나… 훌륭한 지휘자가 됐으려나…”

“아이고, 김 씨였구나. 그럼 못 찾겠네요.”

내 혼잣말에 그런 대답이 나왔다는 게 재밌어서 웃음이 난다. 그러고 보니 일본에서 제일 많다는 ‘사토 씨’는 고작 4퍼센트 정도다. 그런데 ‘김 씨’는 한국 인구의 20퍼센트를 차지한다. 다섯 명에 한 명이 김 씨라는 말이니… 역시 찾는 건 무리겠다. 이런 이야기를 나누는데 온몸에서 미친 듯 땀이 솟는다. 여기까지가 한계인 모양이다.

“나갈까요?”

“오케이! 식혜 먹으러 갑시다!”

한증막에서 나오니 바닥 여기저기에 잠든 사람들이 보인다. 페리 여객선 2등 선실 같은 분위기다. 그네들의 잠을 방해

하지 않도록 발소리를 죽이며 매점으로 향한다. 그리고 식혜를 주문해 꿀꺽꿀꺽 마신다. 시원하고 달콤하고 너무 맛있다.

찜질방에서 사우나 하는 법

찜질방은 요즘 한국에서 제일 잘나가는 목욕 시설이다. 한증막의 원형은 '한증'이라 불리는 야외의 증기 욕탕으로, 조선시대부터 있었다고 한다. 직경 3, 4미터의 원형 바닥에 돌을 쌓아 올리고 흙으로 그 틈을 메워 벽을 세운 다음 짚으로 지붕을 얹은 돔형 구조물이다. 안에서 소나무 가지를 태운 뒤 불이 꺼지면 숯 위로 젖은 멍석을 덮어 한증막 속을 증기로 가득 채운다. 그 안에 열 명 정도의 사람이 들어가는데, 땀을 충분히 뺄 만큼 버티다가 더 이상 안 되겠다 싶으면 밖으로 나와 차나 물을 마시며 휴식을 취했다고 한다. 원래는 질병 치료 목적이었으나 2000년도 초반, 한국 각지에 '한증막 사우나'가 개업하면서 애호가들이 몰려들기 시작했다. 예전에는 남성 전용 한증막도 있었고 '낮에는 남성 전용, 밤에는 여성 전용', 이렇게 시간대별로 남녀를 나눠 영업하는 한증막도 있었다고 한다.

이렇게 전통이 깊은 한증막을 도심의 빌딩 공간으로 가져와 24시간 영업 형태로 만든 시설이 바로 찜질방이다. 대욕탕과 휴게 시설도 충분하고 잠을 잘 수 있는 공간도 마련되어 있다. 대부분은 건물의 두세 개 층을 이용해 영업한다. 목욕탕과 탈의실은 남녀별로 나뉘고, 한증막과 사우나는 남녀 공용이다. 목욕탕과 사우나를 좋아하는 야스다 씨는 서울에 올 때마다 가끔 이용하는 모양이었다.

"호텔에 묵는 것보다 싸기도 하고요. 물론 찜질방에서 원고를 쓰는 건 무리지만요."

그날 우리는 각자 한국에서 따로 취재할 것도 있고 해서 녹초가 된 상태로 서울에 도착했다. 찜질방을 찾았을 무렵에는 밤도 완전히 깊어 있었다.

시간대가 그래서 그런지 찜질방 내부는 무척 차분한 분위기다. 다들 안내 데스크에서 받은 찜질방 옷을 입고 있다. 바닥에 누워 뒹굴거나 사우나에서 땀을 빼며 각자가 원하는 대로 시간을 보낸다. 한쪽에서 여자 둘이 중국어로 소곤대지만 그 외에는 사람 목소리도 거의 들리지 않는다.

'고온'과 '초고온'의 한증막이 나란히 붙어있다. 교대로 들어갔다 나온 다음 냉동고처럼 시원한 '아이스방'으로 달려 들어가 '휴우~.' 하고 한숨 돌린다. 그렇게 여기 기웃, 저기 기웃,

1시간 정도 어슬렁대다 보니 지친 몸과 마음도 정상 컨디션으로 돌아온다.

"이야… 만족스럽네요. 즐길 만큼 충분히 즐긴 것 같아요."

"그럼 슬슬 마무리할까요?"

우리는 목욕탕이 있는 층으로 내려가 남탕과 여탕 앞에서 잠시 헤어졌다.

페미니즘과 수건 문제

여탕에는 거의 사람이 없었다. 나는 땀을 씻어내며 어렴풋이 주워들은 한국 현대사의 단편을 떠올렸다. 야스다 씨가 처음 한국에 왔던 1985년은 전두환 대통령의 시대다. 수많은 대학생이 목숨을 걸고 민주화 운동에 몸을 던졌던 시대. 그 당시를 배경으로 한 영화 「1987」은 묵직한 울림을 주었고 보는 내내 괴로웠다.

민주화 운동 뒤, 페미니즘 운동이 고양됐다. 베스트셀러를 기록한 소설 『82년생 김지영』에는 산부인과를 배경으로 이런 장면이 묘사되어 있다. 남자아이가 태어난 가족은 크게 기뻐하는 반면, 여자아이가 태어난 가족은 낙담을 숨기지 못하는 장면이다. 예전에는 태아가 여자라는 사실을 알면 낙태를 하는 경우도 드물지 않았던 모양이다. 그 탓에 남녀 인구 비율이 불균등해졌고 미혼율, 출산율 감소의 원인 중 하나로 지목되기도 했다. 자녀에게 들이는 교육비 면에서도 아들과 딸 사이에 차이가 있었다.

1990년대에 들어서면서부터 남녀 차별 철폐를 요구하는 목소리가 커졌다. 갑갑한 현실을 강요받아왔던 한국의 여성들은 조금씩 활동 영역을 넓히며 권리를 찾기 시작했다. 그러면서 세상이 많이 바뀌었다. 2000년대 중반 이후, 남성에 비해 여성의 대학 진학률이 더 높아졌다. 국회의원이나 고위 각료의 여성 비율은 일본 같은 나라에 비할 바가 아니다. 최근의 '미투 운동'만 봐도 한국 쪽의 움직임이 상당히 활발하다. 무엇보다도 미국보다 먼저 여성 대통령이 탄생한 나라다. 그런 면에서도 대단하다고 할 수 있다.

이런 생각들을 하며 목욕탕에서 나온다. 안내 데스크 옆 벤치에 앉아 야스다 씨가 나오기를 기다린다. 이미 새벽 2시가 넘은 시간이지만 대도시 서울은 잠들지 않는다. 이 시간부터 찜질방을 이용하려는 사람도 꽤 많다. 새벽인데도 에너지 넘치는 커플, 머리를 노랗게 염색한 청년, 짙은 화장에 화려한 차림의 여자… 별 생각 없이 오가는 손님을 물끄러미 바라보다가 문득 알게 된 사실이 하나 있다. 안내 데스크에 찜질방 비용을 내면 여자 손님에게는 수건 2장과 찜질방 옷, 로커 열쇠를 건네준다. 나도 처음에 그렇게 3종 세트를 받았다. 그런데 남자 손님에게는 찜질방 옷과 열쇠만 준다. 왜 그럴까?

"많이 기다렸어요?"

반질반질해진 얼굴로 목욕을 마친 그가 돌아왔다. 확인해보니 그 역시 데스크에서 수건은 받지 않았다고 했다.

"남탕은 탈의실에 수건이 산처럼 쌓여있었어요. 다들 거기서 마음대로 수건을 꺼내 쓰고요. 매수의 제한 같은 건 없던데요?”

“흠… 왜 남녀가 다른 걸까요?”

“글쎄요. 여자 쪽이 머리카락도 길고 하니 수건을 더 많이 쓸 것 같은데 말이죠.”

그 시점까지 아직 우리는 수건 문제의 본질에 대해 알지 못했다. 그러나 이 문제야말로 한국 공중목욕탕 현실에 엄연히 존재하는 ‘젠더 사이의 갭’, ‘남녀의 수건 격차’에 대한 문제였던 것이다.

목욕탕의 흥망성쇠

다음 날 아침 우리는 졸린 눈을 비비며 서울시 남서부에 위치한 영등포로 향했다. 작은 공업사와 공방, 개인 사업장들로 가득한 거리, 서민적인 분위기가 정겨운 동네다. 사거리에서 택시를 내려 두리번거리고 있는데 야스다 씨를 부르는 소리가 들린다. 긴 머리를 뒤로 묶고 재킷을 입은 한 남자가 환한 얼굴로 다가온다.

“오! 이 감독! 오늘 정말 고마워.”

친구이자 다큐멘터리 감독인 이일화[9] 씨의 등장에 야스다

9 다큐멘터리 영화 「카운터스」의 감독으로, 그의 영화는 일본의 극우 혐한 시위대에 맞서 반대 시위를 펼치는 시민들의 액티비즘을 보여주며 비주류를 혐오하는 주류의 문제를 짚는다.

한국목욕업중앙회의 사랑스러운 엠블럼.

씨의 얼굴도 환해진다. 이일화 감독은 오늘의 취재를 위해 통역을 자청해준 분이다. 인사를 나누고 곧바로 목적지로 향한다.

"주소를 보면 이 빌딩이 맞긴 하거든요."

이 감독이 빌딩 내부 안내판을 유심히 들여다본다. 덩달아 나도 뒤에서 들여다본다. 한글을 읽을 수는 없지만.

"여기다! 여기가 틀림없네요!"

"오, 그렇네요!"

안내판 안에 온천 마크를 본따 만든 로고가 떡하니 있다. 셋이서 고개를 끄덕이며 확신의 웃음을 나눈다. 엘리베이터를 타고 버튼을 누른다.

이제부터 우리가 방문하게 될 곳은 '사단법인 한국목욕업중앙회'다. 한국에도 일본의 대중탕에 해당하는 공중목욕 시설이 널리 보급되어 있는데 그곳을 한국말로는 '목욕탕'이라고 칭한다. 우리는 한국의 목욕탕 사정을 조사하고 싶었고 그 취재차 조합 본부인 중앙회를 찾은 것이다.

똑똑 문을 두드리자 “어서 오세요. 들어오세요.” 하며 세 명의 남자가 반갑게 맞이해 준다. 사전에 이 감독이 약속을 잡아뒀기 때문에 일의 진행이 순조롭다. 회의실로 안내받아 명함을 교환한다. 사무총장인 김수철 씨는 대화의 물꼬를 트자마자 일본의 공중목욕탕 조합과 교류하고 있다는 이야기부터 해준다. 최근 들어 동네 목욕탕의 폐업이 잇따르는 현실은 일본과 한국의 공통 과제라는 이야기다. 양국의 조합이 연계해 대책을 모색 중이라 했다.

“예로부터 입욕 문화가 있었습니다만, 현대의 목욕탕 형태는 일본 통치 시대에 도입된 것이라 할 수 있습니다. 그래서 원래부터 일본 대중탕 쪽과의 연고가 깊은 편입니다.”

사무총장은 부드러운 표정으로 일본과의 연고에 대해 그렇게 표현했다. 기록에 따르면, 한국 최초의 목욕탕은 1920년 초반, 평양에서 개업했다.

“서울에도 비교적 빠른 시기에 목욕탕이 생겼습니다.”

“일본인이 만든 걸까요?”

“시대적으로 보면 아마도... 일제 강점기에는 대부분의 상권을 일본인이 독점하고 있었습니다. 그러니 목욕탕도 일본인이 경영하는 곳이 많았을 거라고 봅니다.”

1945년에 일본의 통치는 끝이 났지만 목욕탕 문화는 그 뒤로도 계속 남았다.

“옛날에는 집에 욕실이 없다 보니 동네 목욕탕 숫자가 지금보다 훨씬 많았습니다. 고도 경제 성장기에는 목욕탕이 서민의 필수품 같은 존재였어요."

이는 일본도 마찬가지다. 최고 전성기였던 1968년 일본에는 대중탕이 2만여 개에 달했다. 현재는 3,500개 정도로 그 수가 줄어들었다. 한국에서는 1990년대 후반까지 목욕업이 융성했고 약 1만 개를 유지했다고 했다.

"한국에서는 아침에 일찍 목욕탕에 가는 사람이 많아요. 대체로 새벽 6시에 문을 열고 저녁 7, 8시쯤에 문을 닫는 게 보통입니다."

1990년대에 태어난 이 감독이 고개를 끄덕인다.

"저도 어렸을 땐 그랬어요. 주말이면 아버지 따라 아침 댓바람부터 목욕탕에 가곤 했어요. 일단은 목욕부터 하고, 거기서 다시 하루가 시작되는 거죠."

자택에 욕실을 갖게 된 사람이 늘어나자 목욕탕 이용객은 자연스레 줄기 시작했다.

"거기에 어퍼컷을 날린 게 찜질방의 등장입니다. 1999년 2월, 관련 제도가 바뀌면서 '24시간 남녀 구별 없이 사우나 이용이 가능한 목욕 시설'이 영업을 할 수 있게 허가가 떨어졌습니다. 그 이후 동네 목욕탕이 쇠퇴하기 시작했어요."

그랬구나. 어젯밤 신세를 졌던 찜질방은 확실히 느긋하고 편안한 공간이어서 인기를 끌 만하다고 느껴졌다. 일본에서도 동네의 오래된 목욕탕은 잇달아 폐업 수순을 밟고 있다. 반면 신식 사우나를 도입하거나 규모가 큰 대형 스파는 사람들로 북적인다. 한일 양국 모두 비슷한 상황이다.

"현재 우리 중앙회에 등록되어 있는 공중목욕 시설은 7,000개 정도 됩니다. 그중 2,000개 업소가 찜질방입니다. 그러니 예전 스타일의 동네 목욕탕으로 영업 중인 곳은 5,000개 정도 될 겁니다."

덧붙여, 찜질방의 경우 중앙회에 가맹해야 할 의무가 없기 때문에 가입하지 않은 업소까지 포함하면 실제로는 2,000개보다 훨씬 많으리라고 했다.

동네 목욕탕 사장님들도 필사적으로 궁리하고 있다. 열 번 오면 한 번 공짜인 적립카드도 활용하고, 1년 정기 목욕권을 저렴하게 팔기도 한다. 얼마 전에는 목욕탕을 무대로 한 텔레비전 드라마가 방영되어 인기를 끌기도 했다.

"아, 맞다. 혹시 송해라고, 원로 코미디언인데, 아세요? 매일 아침마다 동네 목욕탕에 가는 걸로 유명한 분이죠."

그렇게 말하는 사무총장의 표정이 흐뭇하다. 국민 방송인 「KBS 전국노래자랑」의 사회를 오랜 세월 맡고 있다는 송해 씨는 무려 아흔셋인 지금까지도(2019년) 현역이다. 장수의 비결은 새벽 4시에 일어나 탕에 몸을 담그는 것이라고. 그야말로 목욕탕 애호가 세계의 대선배님이시다.[10]

10 송해 씨는 2022년 6월, 95세의 나이로 생을 마감했다.

한일 목욕탕의 차이와 '이태리'

한국과 일본의 목욕탕은 비슷한 점이 많다. 처한 상황마저도 마찬가지다. 그런데 조금 더 들여다보면 군데군데 미묘한 차이가 있어, 그걸 찾아 비교해보는 재미가 있다. 목욕업중앙회 사무총장이 그 차이에 대해 설명해 준다.

첫째, 한국의 목욕탕 벽에는 웅장한 페인트 그림이 없다.

"일본 목욕탕 벽에는 후지산 같은 게 멋지게 그려져 있거나 하잖아요? 그런데 한국에는 그런 게 없습니다. 가끔 오래된 목욕탕에 타일로 된 그림이 있기는 한데, 흔치는 않지요."

둘째, 한국의 목욕탕에는 문신을 한 사람의 출입이 법률로 금지되어 있다. 위반 시에는 본인에게 10만 원 미만의 범칙금이 부과된다.

"그래서 목욕탕 입구에 '문신 사절'이라는 안내가 붙어 있어요. 그래도 뭐, 지키는 사람은 별로 없긴 합니다. 온몸에 문신을 한 사람도 아무렇지 않게 목욕하러 오니까요. 하하하."

셋째, 목욕탕에 사우나가 설치되어 있는 경우, 별도 요금이 부과되지 않는다.

"일본에서는 대부분 사우나 요금을 별도로 받잖아요? 한국에서는 목욕탕이든 식당이든 별도 요금이란 게 있을 수가 없어요. 예전에 일본에 갔을 때, 식당에서 된장국을 더 달라고 했다가 추가 요금을 내야 해서 깜짝 놀란 적이 있어요."

그렇다. 한국의 식당에서는 메인 음식을 하나만 주문해도 작은 접시에 담긴 밑반찬과 국물 등 여러 반찬이 줄줄이 따라

나온다. 심지어 더 달라고 해도 공짜다. 이런 문화에 익숙한 한국인이 일본에 온다면 아마 당황스러울 것이다. 주문하지도 않은 기본 음식을 내놓고 테이블 차지를 뗀다거나 곱빼기나 반찬 추가에도 추가금이 발생하니 말이다. 물론 일본에도 양배추 추가를 무료로 해주는 돈까스집이 있긴 하다. 그러나 대부분은 별도 요금이 발생한다. 오코노미야키(밀가루 반죽에 양배추, 해산물 등을 섞어 철판에 구워 먹는 일종의 부침개 요리. 마요네즈를 듬뿍 뿌려 먹는다. - 옮긴이) 집에서 마요네즈를 더 달라고 했다가 30엔을 추가로 내야 하는 경우도 많으니 말이다.

그러나 뭐니 뭐니 해도 한국과 일본의 가장 큰 차이는 '때밀이'다. 한국 목욕탕에는 '반드시'라고 해도 좋을 정도로 탕 한쪽에 때밀이용 침대가 놓여 있다. 남탕에는 남자 세신사가, 여탕에는 여자 세신사가 대기하고 있다. 아직 때밀이를 못 해봤다고 하자 중앙회 분들이 제각각 한마디씩 거든다. '한국에 왔는데 때밀이를 안 한다고? 그건 말이 안 된다.', '꼭 경험해보길 바란다.', '얼마나 기분 좋은지 모른다.'라며 적극 권해주신다.

"여기 취재 끝나자마자 바로 부산에 갈 예정이거든요. 부산에 가면 꼭 해보겠습니다."

계획을 밝히자 일제히 고개를 끄덕이며 환영해 준다.

"좋네요! 때밀이용 타월의 발상지가 부산이거든요."

"부산 사람이 이탈리아 원단을 때밀이용으로 쓴 게 시초였어요."

"그래서 때밀이 타월을 '이태리타월'이라 부르는 거고요."

'이태리'란 우리가 다 아는 그 나라, 이탈리아를 말한다. 한국에서는 이탈리아를 이태리라 칭하기도 하는데, 때밀이와 이탈리아가 이렇게 연결되다니, 오호, 뭘까? 흥미가 솟는다. 서둘러 노트에 '이태리'라 메모한다. 이렇게 된 이상 부산에 도착하면 때밀이와 이탈리아의 관계에 대해 조사해보지 않을 수 없겠다.

수건 격차의 미스터리

여러 이야기가 오가고 슬슬 취재도 마무리되어가는 분위기다. 마지막으로 물어보고 싶었던 것 두 가지가 있었다.

"북한에도 목욕탕이 있나요?"

"있습니다."

한국에서 최초로 목욕탕이 개업한 곳은 평양이었다. 역시나 북한에도 목욕탕 문화가 자리 잡고 있는 모양이다. 그러나 목욕업 중앙회에도 그 이상의 정보는 없는 모양이다. 언젠가 북한에도 꼭 가보고 싶다.

또 하나, 마지막으로 묻고 싶었던 게 있었다.

"어제 찜질방을 갔더니, 여자는 안내 데스크에서 수건을 2장만 주던데 남자는 탕에서 마음대로 쓸 수 있게 되어 있더라고요. 이런 게 종종 있는 일인가요?"

그러자 단박에 이런 대답이 돌아온다.

"어딜 가도 마찬가지입니다. 여자 손님에게는 수건을 2장만 줍니다."

"네에? 왜요? 무슨 이유로요?"

"그야 물론, 여자 손님들이 수건을 집에 가져가기 때문입니다."

"!?"

사무총장도, 나머지 두 명의 관계자도, 통역을 맡은 이 감독까지도 '당연하다'는 표정이다. 아무래도 농담으로 하는 말은 아닐 듯싶었다. 당황했는지 다시 묻는데 말이 꼬인다.

"그렇다면, 저기 그 뭐냐, 여자는 수건을 훔친다는 말씀이신데, 아니 그럼 남자는 수건을 안 훔치나요?"

"네. 남자 손님은 훔치지 않아요. 여자 손님만 수건을 훔쳐갑니다."

내가 발끈해 있다는 걸 알아챈 야스다 씨가 옆에서 나 대신 질문을 던진다.

"남자는 훔치지 않는다는 걸 어떻게 확신할 수 있습니까?"

"남자는 빈손으로 목욕탕에 오잖습니까? 여자 손님은 목욕 가방을 들고 오고요."

사무총장이 답했다. 이 말은 분명 '여자는 수건을 훔치기 위해 목욕 가방을 들고 온다'고 해석할 수 있는 말이므로 그 말만 들으면 매우 실례라는 느낌을 받는다. 여자는 수건 도둑이라 믿어 의심치 않고 있으므로. 그러나 사무총장은 시종일관 공손하게 인터뷰에 응했고 그 어떤 악의도 없어 보였다. 이게 도대체 어떤 의미일까. 야스다 씨와 나는 복잡한 심경으로 서로의 얼굴을 바라볼 뿐이다.

다소간 풀지 못한 의문은 남았지만 우리는 감사의 말을 전하고 목욕업중앙회를 나왔다. 빌딩 밖으로 나오니 햇살이 그새 강해져 있었다. 이 감독의 배웅을 받으며 서울역으로 향한다. 그리고 부산행 기차에 몸을 실었다.

이 수건 문제는 여행 내내 어디를 가나 따라다녔다. 온천시설에서도, 목욕탕에서도, 반드시 여자인 나에게만 수건 2장을 건네줬다. 그러나 남자인 야스다 씨는 항상 산처럼 쌓인 수건을 자유롭게 쓸 수 있었다.

"하… 어디를 가도 여자는 수건 도둑이라 생각하는 걸까요? 물건이 없는 시대라면 또 모를까, 지금 같은 세상에 공중목욕탕에서 돌려쓰는, 너덜너덜한 수건 같은 거 훔치는 사람이 있을까요?"

내가 입을 삐죽댈 때마다 야스다 씨도 내 마음에 동조해주었다.

"남녀 사이에 차이를 둔다니, 너무하긴 합니다."

그러나 목욕탕 관계자로부터 '실제로 여탕에서는 연간 200~300장 정도의 수건이 분실된다'는 증언을 들었고, 어쩌면 100퍼센트 억울한 누명은 아닐 수 있다는 것 정도까지는 이해하게 됐다.

"그렇다면 여자는 수건 2장까지는 가져가도 좋다, 뭐 그런 의미입니까?"

좀 더 깊이 파고 들어가 보고 싶었지만 돌아오는 건 애매한 웃음뿐이다. 실제로 분실되고 있으니 대충 그런 의미도 포함되어 있으리라. 뿐만 아니라 놀랍게도, 스스로의 전과(?)를 고백하듯 '목욕탕 수건은 세차할 때 딱 쓰기 좋다'며 아무렇지 않게 말하던 사람도 있었다. 차를 살 돈이 있다면 수건 정도는 사서 써야지 무슨 소리냐는 생각이 들기도 했지만 그쪽으로 가면 문제의 초점이 달라진다. 아무리 생각해도 기묘한 규칙 때문에 고개만 갸웃거리게 된다. 그런데 그때 야스다 씨가 새로운 가설을 제시했다.

"분명 이 수건 문제는 남녀 차별이 맞다고 생각합니다. 그렇지만 동시에 살림에 대한 남자의 '인식 부족'을 시사하는 에피소드일 수도 있어요."

야스다 씨 왈, 기본적으로 남자는 자기 집에 수건이 몇 장 있는지, 그런 것 따위는 신경 쓰지 않고 살아간다고 했다. 빈손으로 목욕탕에 갔다가 빈손으로 돌아온다. 집안에서 그러려니, 태평스럽게 살 수 있는 위치다. 그에 비해 집안 살림을 책임지는 어머니의 경우, 매일 수건을 빨고, 비가 계속 와 더디 마르면 애를 태우고, 오래 써 나달나달해지면 걸레로도 재활용한다. 이렇듯 수건에 신경을 쓰는 생활이 그녀들에게는 일상적이다. 생활 속에서의 그 격차가 이 수건 문제에서 드러나는 게 아닐까 하는 게 그의 의견이다.

그러고 보니 우리 엄마에게도 수건을 꽤 중시하는 면이 있었다. 지진이 나면 수건을 꼭 챙겨서 대피할 거라는 말을 하기도 했으니까. 수건에 집착하는 건 세상 엄마들이 지닌 어떤 특성일까?

그러나, 그렇다고 해도, 아무리 뭐라고 해도, 남녀에 따라 이렇게 명백한 차이를 두는 걸 괜찮다고 할 수 있을까? 그 옛날 페미니즘 운동에 분연히 일어섰던 한국의 선배님들께 물어보고 싶은 마음이다.

'이태리'를 찾아서

부산에 도착해 제일 먼저 찾은 곳은 국제시장이다. 잡화, 의류, 화장품, 식료품 등 온갖 물건들로 가득한 부산 제일의 상설시장이다. 국민배우 황정민 주연의 영화 「국제시장」의 무대로도 알려지면서, 일본인을 비롯한 해외 관광객의 모습도 자주 눈에 띈다.

국제시장은 1950년대 중반, 한국 전쟁 휴전 직후에 만들어졌다. 처음에는 미군 부대에서 흘러나온 물품, 부산항으로 밀수입된 물품을 취급하는 암시장으로 형성됐다가 점점 커져 일대를 아우르는 지금 규모의 시장으로 발전했다.

우리가 국제시장을 찾은 이유는 서울에서 들었던 때밀이용 수건 '이태리타월'을 찾기 위해서다. 한국목욕업중앙회에 따르면 이태리타월의 발상지는 부산이다. 본고장에 온 이상 실제로 찾아봐야 하지 않겠냐며 미로처럼 복잡한 시장 내부로 호기롭게 발을 들였다. 예상대로 이태리타월은 시장 여기저기, 온갖 가게에서 당연하다는 듯 팔리고 있었다. '찾겠다'고 벼르

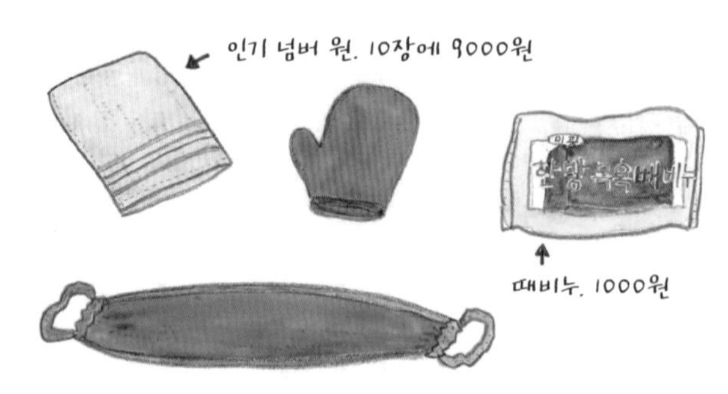

다양한 형태, 다양한 감촉의 이태리타월이 팔리고 있다.

고 자시고 할 필요도 없었다. 역시나 부산의 명물이 맞았다.

아무 가게나 들어가 본다. "이태리타월 있어요?" 떠듬떠듬 한국어로 물어보니 사장님은 '어, 저기~.' 하며 가게 제일 앞에 쌓아둔 수건의 산을 가리킨다. 아이고, 근데 이게 무슨 일이람. 이태리의 종류가 참으로 다양하다. 빨강, 파랑, 노랑, 초록 등 색깔도 가지가지, 손수건 모양부터 벙어리장갑까지 그 형태도 가지가지, 원단의 까슬까슬한 느낌도 '소프트'에서 '슈퍼하드'까지, 정말 다양한 이태리타월이 모여 있다.

그건 일단 그렇다 쳐도, 이태리타월이라는 명칭이 '이탈리아의 천을 때밀이로 썼다'는 것에서 유래된 것이 맞는지 확인해 볼 필요가 있었다. 만약을 위해 여러 가게에서 같은 질문을 해 봤다. 돌아오는 대답은 한결같았다.

"맞습니다. 그래서 이태리타월이라고 불러요."

그리고 '일본인도 잔뜩 사 간다'는 말이 꼭 덧붙여졌다. 나도 샀다. 10장들이 한 묶음에 약 900엔, 손바닥 사이즈로. 지금도 우리 집 욕실에는 그때 산 이태리가 있다. 때때로 혼자서 때를 민다. 이태리타월의 까실까실한 감촉을 느낄 때마다 떠들썩하던 국제시장의 활기가 떠오른다.

부산, 목욕탕 업계의 중진

'한국목욕업중앙회 부산지부'는 국제시장에서 몇 블록 떨어진 거리에 위치해 있었다. 부산의 목욕탕 사정을 듣기 위해 찾아온 우리를 반갑게 맞이해 준 이는 부산지부 지부장을 맡고 있는 정성태 씨(59세)다. 부산 시내에서 총 3개의 목욕탕을 운영하는, 업계의 중진이다. 깔끔하고 세련된 옷차림 덕분에 첫인상이 목욕업보다는 패션 비즈니스 업종의 관계자처럼 보였다. 이날은 옅은 물빛의 여름 재킷을 입고 있었는데 가슴 주머니에 자연스레 꽂힌 포켓치프가 눈길을 끌었다. "옷이 멋진데요?" 하자 "그런가요? 집에서는 맨날 트레이닝복만 입고 지냅니다."라는 대답이 돌아왔다.

"게다가 일도 수수한 편이라… 아침에 눈 뜨자마자 밤늦게까지 목욕탕에 대한 것만 생각하며 지내는 편입니다. 뜨거운 물은 잘 나오는지, 뭔가 문제는 없는지, 그런 생각만 하고 지내요. 그게 제가 사는 보람이니까요."

정 지부장에 따르면, 부산의 목욕탕 업계도 힘든 건 마찬가지라고 했다. 연료비 등 기본으로 들어가는 비용은 물론, 건물과 설비의 유지 보수도 큰일이다. 사회가 풍족해지면서 욕조

나 샤워 시설이 없는 집은 이제 거의 없다. 손님의 발길도 당연히 줄어들고 있다. 부산지부가 관리하는 부산과 인근 지역만 해도 2000년도에 들어서 500개 정도의 목욕탕이 폐업했다. 하지만 정 지부장은 비관하지 않는다고 했다.

"목욕탕 수가 줄긴 했지만, 탕에 들어가는 문화 자체가 사라진 것은 아니니까요."

본래 부산 사람들은 목욕탕을 좋아했다. 해운대나 동래 등 온천지를 품고 있는 땅이었기에 부산 사람에게 공중목욕탕은 늘 친근했다. 항구 도시라는 환경도 목욕탕이 발전하는 데 한몫했다.

"뱃사람과 항만 노동자 등 바닷바람을 맞으며 사는 사람 중에는 목욕탕 애호가가 많거든요."

정 지부장의 부친도 그런 사람 중 하나였다.

"배를 타던 아버지도 목욕탕을 엄청 좋아하셨습니다. 그러다 보니 뱃일을 그만둔 뒤에 목욕탕을 경영하게 되신 거죠."

지금으로부터 약 60년 전의 일이다. 전쟁이 휴전을 맞이하면서 부산 사람들도 하나둘씩 일상을 회복해나가던 시기였다.

"그 시기의 목욕탕은 지금과 달랐습니다. 커다란 탕 한가운데를 반으로 나눠 남녀를 구별하는 식의 구조였어요."

구조는 허술했어도 그 당시 목욕탕은 사람들이 교류하는 장소로 발전해 나갔다. 탕 속에 있는 동안 사람들은 전쟁의 긴장감에서 벗어날 수 있었고, 얼굴에는 구김살 없는 웃음이 되돌아왔다. 사람들로 북적이는 탕이야말로 정 지부장에게는 '평화의 풍경'이었다.

그런 그도 목욕탕만 경영하며 살아온 것은 아니다. 20대 때 부친의 일을 물려받았으나 젊은 그에게도 야망이 있었다. 그때부터 이미 목욕업은 성장 산업의 카테고리에서 밀려나 있던 처지였다. 그는 식료품 유통과 슈퍼마켓을 경영하며 사업가로서 길을 걸었다. 그러나 15년 전쯤부터 목욕탕 사업에만 집중하기로 했다. 유통이나 슈퍼마켓 사업을 실패한 것은 아니었다. 그렇다면 왜 하필 그는 사양 산업인 목욕탕만을 남긴 것일까.

"문화의 계승이라는 중요한 사명감을 느꼈기 때문입니다. 젊었을 때 목욕탕은 그저 하나의 사업에 불과했어요. 그러나 지금은 다릅니다. 누군가에게 이렇게 기쁨을 줄 수 있는 일이 또 있을까 싶어요. 탕에 들어갔는데 침울해지는 사람은 없으니까요. 목욕탕은 모두가 필요로 하는 시설입니다. 모두가 필요로 하는 것은 살아남기 마련입니다. 오래도록 살아남은 것이 바로 문화가 되죠. 사업으로서는 힘이 들지만 한국인의 생활과 건강에 도움을 주고 있다는 자부심이 들었어요. 그래서 부업 개념으로 얼렁뚱땅 해서는 안 되겠다는 생각이 들었던 겁니다."

그리고 이런 말을 덧붙였다.

"목욕탕에 인생을 건 거죠."

그는 사명감을 연료로 삼아, 뜨끈한 탕처럼 뜨거운 인생을 살고 있었다.

때밀이가 사랑받는 이유

정 지부장은 일본의 온천도 아주 좋아한다고 했다. 지금까지 몇 번이나 일본의 온천지를 찾았다. 부산에서 후쿠오카까지 비행기로 약 1시간. 거기서부터 규슈 각지의 온천장까지 범위를 넓혀왔다.

"온천수의 질도 마음에 들고, 일본 온천지 특유의 정서도 좋아합니다."

그러나 단 하나, 일본의 온천에 들를 때마다 '뭔가 부족함'을 느낀다고 했다.

"때밀이를 할 수 있는 곳이 별로 없다는 게 아쉽더라고요."

간이침대에 누워 전신을 구석구석까지 밀어주는 한국식 때밀이. 나도 몇 번인가 때밀이를 경험해 본 적이 있다. 홀딱 벗은 채 간이침대에 엎드리면 팬티 한 장만 입은 '아저씨'가 이태리타월로 등부터 싹싹 밀기 시작한다. 그리고는 팔, 다리 순서

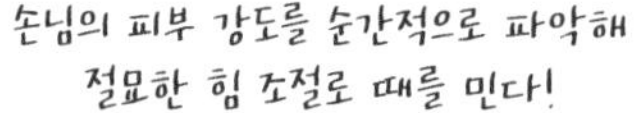

로 이동한 뒤 끝나면 반듯하게 돌아눕는다. 그러면 다시 또 가슴, 배 순서로, 그리고 다소 미묘한 가랑이 안쪽 부분까지도 같은 방식으로 밀어준다. 대개는 지우개 밥 같은 때가 엄청나게 벗겨지는데, 다 끝나고 나면 그야말로 '한 꺼풀 벗겨낸' 기분이다. 이루 말할 수 없는 상쾌함이랄까. 까슬까슬 기분 좋은 감촉에다가 마사지 효과도 좋기 때문에 한번 해보면 또 하게 되는 중독성이 있다. 한국의 공중목욕 시설에서 때밀이는 결코 빼놓을 수 없는 존재다. 목욕탕이든 찜질방이든 온천이든 모두 마찬가지다.

"어느 정도냐면, 때미는 사람의 기술 하나로 목욕탕의 손님 수까지 좌지우지됩니다."

그래서 기술 좋은 사람을 확보하는 것이 모든 목욕탕 사장님의 지상 과제다. 예전에는 때를 밀어주는 사람을 남자는 '때밀이 아저씨', 여자는 '때밀이 아줌마'라 불렀지만, 지금은 '목욕 관리사', '세신사' 등으로 부르고 전문 양성 학원까지 존재한다. 기본적으로 건당 요금을 받는 프리랜서 직종이지만 솜씨가 좋다면 좋은 조건으로 스카우트되기도 한다. 공중목욕 시설의 경영을 좌우할 정도로 중요한 존재이기 때문이다.

정 지부장이 규슈의 어느 온천에 갔을 때의 일화에 대해 이야기했다. 노천탕에서 충분히 탕욕을 즐긴 뒤 몸을 닦기 시작했다. 정성껏, 시간을 들여, 손가락 사이사이까지 타월로 문지르며 평소 하던 대로 확실히 때를 밀었다. 세신사가 없으니 혼자 밀 수밖에 없었다. 그런데 그걸 본 일본인 지인이 다소 어이없다는 표정을 지으며 '일본의 온천에서는 보통 그렇게까지는 하지 않는다'고 만류했다.

왜일까? 정 지부장은 지금까지도 그 차이에 대해 생각하고 있다고 했다. "그건 아마…" 하며 그가 말을 이었다. "입욕 자체에 대한 생각의 차이 때문이지 않을까 싶어요."

정 지부장의 고찰에 따르면, 일본에서는 기분을 정리하고 마음을 안정시키기 위해 탕에 들어간다. 느긋하게 탕에 몸을 담그며 마음의 평안을 얻고자 한다. 그러나 한국에서는 탕이 원기를 북돋우는 장소다. 몸에 자극을 주고, 때를 벗기고, 탕에 들어가 활력을 얻는다.

'마음의 평안'인가 '활력'인가. 나는 '나를 나로 유지하기 위해' 그 둘 모두를 탕에서 찾는 사람이고, 때밀이의 유무를 단순한 문화의 차이로 풀어도 좋을지 의문이 들기도 한다. 실제로 과거 일본의 목욕탕에도 손님의 등을 씻어주는 '산스케'(물을 데우는 등 목욕탕의 허드렛일을 하며 손님의 등을 씻어주는 남자 직원 – 옮긴이)라 불리는 사람들이 있었다. 한일 외에 다른 나라로 눈을 돌려도 마찬가지다. 중동의 전통 목욕탕 '하맘'(일명 '터키탕'이라고도 불린다. – 옮긴이)에도 때밀이 서비스가 있었다. 고대 로마의 목욕탕에도 때밀이 일을 생업으로 하는 사람들이 있었다.

스타일에 차이는 있겠지만 대중탕의 때밀이 문화는 세계 각지에 존재한다. 그러나 한국의 때밀이가 적어도 일본의 산스케와는 전혀 다르다는 것도 분명한 사실이다. 결이 거친 이태리타월로 때를 '모조리 벗겨내는' 모습에는, 똑같이 몸을 씻는 게 목적인 산스케에는 없는 박력이 존재한다. 뭐랄까, 공세를 가하는, 적극적인 돌파의 느낌이랄까. 이태리타월은 세포를 자극해 각성시킨다. 말하자면 모종의 '전투'와도 같다.

활력을 중시하는 새벽 입욕

정 지부장이 제시하는 한일 간 입욕 문화의 또 다른 차이도 흥미로웠다.

"한국 목욕탕은 다들 새벽부터 영업합니다. 그 이유가 뭐라고 생각하세요?"

"어… 그게…"

내가 답을 내놓기 전에 그가 '해답'을 제시했다.

"출근 전에 목욕부터 하는 사람이 많기 때문입니다. 탕에서 잠을 털어내고 기합을 넣은 뒤 일을 하러 가는 사람들이 있기 때문이지요. 반면에 일본 목욕탕은 일과를 마친 사람을 대상으로 하기 때문에 해질녘부터 영업하는 곳이 대부분이고요."

그렇구나. 맞는 말이다. 이른 아침의 에너지 충전, 적극적인 입욕. 한국 목욕탕의 새벽 이용자 중에는 병설된 헬스장에서 운동을 하고 목욕탕에서 땀을 씻어낸 뒤 활기차게 회사로 향하는 사람이 드물지 않다. 아침에 깼다가 다시 잠들기를 반복하는 것이 일상인 나로서는 다른 세상의 풍경이다. 때밀이와 마찬가지로 목욕탕이 제공하는 건 '활력'이라고 정 지부장은 강조했다. 듣는 사람마저도 몸에 힘이 들어갈 정도로 에너지 넘치는 목욕 문화가 아닌가.

"목욕탕은 병원과 마찬가지입니다. 약해진 사람에게 힘을 주는 기능도 있으니까요."

오랜 세월 '탕의 세계'에서 살아온 사람만이 할 수 있는 말이다. 그의 말에 많은 것들이 함축되어 있었다.

때밀이 보급의 주역

한국 목욕탕에서 빼놓을 수 없다는 때밀이 이야기로 돌아와 보자. 한국에서는 언제부터 지금 스타일의 때밀이가 보급됐을까?

"그게 아마… 1970년대부터였을 거예요."

정 지부장이 기억의 끈을 더듬어가며 말했다. 그전까지는 대부분 다공질의 현무암 같은 경석으로 몸의 각질을 미는 정도였다. 그러던 것이 1970년대에 들어서 목욕탕에 간이침대가 놓이고 전문 세신사에 의한 때밀이 서비스가 시작됐다. 이런 추세에 불을 붙인 것이 바로 이태리타월의 탄생이었다.

"1960년대, 부산의 한 직물업자가 때수건 용도로 이태리타월을 팔기 시작했는데 그게 엄청난 히트 상품이 됐어요. 그걸 계기로 사람들이 때밀이에 눈을 떴습니다. 목욕탕들도 경쟁하듯 때밀이 서비스를 적극적으로 도입하게 됐고요."

옛날에 부산에 김필곤이라는 직물업자가 있었다. 이 인물이 그 유명한 이태리타월의 창시자다. 이태리타월의 개발 비화에는 여러 설이 있으나 가장 대표적인 이야기는 다음과 같다.

1960년대에 김필곤은 이탈리아에서 대량의 원단을 수입했다. 비스코스 레이온이라 불리는 원단이었다. 그런데 원단의 표면이 너무 거칠었던 탓에 양복을 만드는 데는 적당하지 않았다. 어떻게 활용해야 할까 궁리를 거듭하던 끝에 목욕용 타월로 활용하는 건 어떨까 하는 아이디어를 내게 된다. 이 원단을 목욕용 경석에 감아 몸을 닦으면 어떨까? 시험 삼아 목욕탕에서 써보니 효과가 대단했다. 때가 시원하게 떨어지는 게 아닌가. 그렇게 개발된 이태리타월이 순식간에 인기를 끌었고, 별다른 사용처가 없던 이탈리아 원단이 때수건으로 변모해 목욕탕의 필수품으로 자리매김했다. 이태리타월로 대박을 친 김필곤 씨는 그 후 호텔 경영에도 진출해 부산 유수의 실업가로 성공했으며 2000년대 초 사망했다.

이 이야기 말고도 '단순히 이탈리아산 방직기로 만들었기 때문에 이태리타월이라 불리게 됐다'는 설도 존재한다. 어찌

됐건 둘 다 부산항과 지중해가 연결되어 있었다는 이야기다. 부산에서 시작된 '이태리타월 혁명'은 한국 전체로 퍼져 목욕 문화에 새로운 바람을 불러일으켰다.

자동 등밀이 기계에 도전

부산은 때밀이의 발상지답게, 이태리타월과 때밀이에 대한 애정을 바탕으로 기상천외한 것까지 만들어냈다. 그게 바로 '자동 등밀이 기계'다.

"버튼을 누르면 등의 때를 밀어주는 기계입니다. 그 기계도 부산에서 처음 나왔어요. 부산의 명물이죠."

이야기는 들어본 적 있지만 실제로 본 적은 없다. 꼭 한번 경험해 보고 싶다고 하자 "오, 그러면 우리 목욕탕으로 가시죠."라며 그가 안내를 자청한다.

이렇게 해서 우리는 정 지부장이 경영하는 '신천지 대중 사우나'로 향했다.

부산시 중심부에서 차로 20분 떨어져 있는 동네, 5층짜리 현대적인 건물에 빨간 네온의 온천 마크가 찍혀있다. 우리 세대쯤 되면 '뒤집힌 해파리' 모양의 그 빨간색 네온 간판을 러브호텔의 심벌로 아는 사람이 많을 테지만, 한국에서는 대부분 목욕탕을 가리키는 표시다.

우선 건물 1층 안내 데스크에서 6,500원을 목욕비로 지불한다. 일본 돈으로 환산하면 약 600엔 정도. 일본과 비교했을 때 약간 금액이 높다고 생각할 수도 있지만 사우나와 헬스장도 이용 가능하므로 그리 비싸다는 느낌은 들지 않는다. 여기서도 카나이 씨와 통역을 해주는 Y씨에게는 수건이 2장만 건네졌다. '탕에 구비된 수건을 마음대로 쓸 수 있는' 나로서는 어딘가 미안한 기분도 든다. 아니나 다를까, 카나이 씨 얼굴에 잠깐 답답한 표정이 스친다.

건물의 2층이 남탕, 3층이 여탕이다. 그 위층으로 휴게실과 헬스장이 있는 구조다. 탈의실 로커에 짐과 옷을 넣고 탕으로 들어가는 흐름은 일본의 목욕탕과 완전히 똑같다. 그리고 제일 중요한 대욕탕. 어찌나 넓고 청결하던지 순식간에 기분이 좋아진다. 커다란 욕조에 몸을 푹 담근 채 다시 한 번 생각해 본다. '활력'인가 '마음의 평안'인가.

손님들이 하나둘 욕조에 몸을 담근다. 다들 수건으로 앞섶을 가리지도 않는다. 당당하고 자연스러운 움직임이다. 사실 이 또한 한국 목욕탕의 특징적인 풍경 중 하나다. 우연히 그날 서로 안면이 있는 단골이 많았을 수도 있으나, 탕에서 혼자 명상하듯 조용히 시간을 보내는 사람은 별로 없었다. 수다를 즐기기도 하고 큰소리로 웃기도 한다. 탕에서 나가면 큰 보폭으로 성큼성큼 활기차게 걷는다.

"탕은 약해진 사람에게 에너지를 줍니다."

정 지부장이 여러 번 했던 말이다. 어쩐지 그 의미를 알 것 같은 기분이다. 나도 어쩌면 그랬을지도 모른다. 어린 시절 집단 괴롭힘을 당했던 나는, 아무리 심한 괴롭힘을 당해도 부모 앞에서는 울지 않았다. 밤에 탕에 앉아서 울었다. 엉엉 울고 머리 위부터 목욕물을 끼얹고 내일 또 찾아올 지옥에 대비했다. 어른이 된 뒤에도 나는 목욕탕으로 도망쳤다. 내일은 꼭 좋은 일이 있기를. 그렇게 기도하며 탕에 몸을 담갔다. 출장 갔다가 취재가 잘됐다 싶으면 당일치기 온천을 찾아 나에게 상을 줬다. 그때마다 나는 되살아났다. 이런저런 것들 잊어버리고, 흘려보내고, 작은 희망을 탕에서 건져 올렸다.

이런 생각들에 빠져 있는데 목욕탕 한쪽의 자동 등밀이 기계가 무심코 눈에 들어왔다. 맞다. 저거구나. 저 기계를 써보고 싶은 마음에 여기까지 온 거다. 부산에서 태어나 사랑받고 있는 기계. 그러나 부산 이외의 지역에는 그리 보급되지 못했다는 이 자동 등밀이 기계.

겉모양이 어딘가 구닥다리 초창기 로봇을 연상시킨다. 다소 쓸쓸해 보인달까. 때밀이 기계는 일말의 디자인적 요소도 없는 직사각형 상자의 중앙에 이태리타월을 씌운 원반이 붙어 있는 구조다. 딱 그게 전부다. 파란 스위치를 누르면 원반이 고속회전을 시작하는데 그 원반에 등을 대고 있으면 셀프 때밀이가 가능한 방식인 것 같다. 덩치에 비해 지나치게 단순하다 싶은 기능이다 싶고, 탐이 나느냐고 묻는다면 전혀 그렇지 않다고 답하겠다. 그래도 한 번은 꼭 해보고 싶다.

곧바로 의자에 앉아 스위치를 눌러본다. '구와와앙–' 회전음이 울리나 싶더니, 아픈 것도 같고 시원한 것도 같은 느낌이 등 쪽을 압박해 온다. 음, 오~ 나쁘지는 않구나! 감촉 면에서만 본다면 때밀이와 똑같다. 그러나 원반이 고정되어 있는 탓에 구석구석 때를 밀기 위해서는 상하좌우로 등을 움직일 수밖에 없다. 예를 들자면 그거다. 에그자일(2001년 데뷔한 일본 남자 아이돌 그룹 - 옮긴이)의 히트곡 「추추 트레인」 도입부에서 멤버들이 단체로 상체를 빙글빙글 돌리는 바로 그 춤. 그걸 혼자서 하고 있다고 보면 된다. 심지어 배 나온 아저씨가 말이다.

뭐라 말하기 좀 애매한 모습의 자동 등밀이 기계

그렇지만 원반에 씌운 이태리타월의 마찰이 꽤 강력했던지라 부끄러움을 잊을 정도의 쾌감이 있었던 것도 사실이다. 부산에서 왜 사랑받는지도 알겠고, 다른 지역에서 왜 유행하지 못했는지도 알겠다 싶다.

그래도 역시 사람 손에는 미치지 못한다. 몸 구석구석을 정성껏, 더러워진 얇은 막을 세심하게 벗겨내 주는 듯한 느낌을 주는 때밀이의 기술이야말로 최고다. 결국 그날도 나는 세신사의 도움을 받아 한 꺼풀 벗겨냈고 그런 다음 다시 느긋하게 탕에 몸을 담글 수 있었다.

어떠냐고 스스로에게 묻는다. 몸이 좋아하고 있다는 게 느껴진다. 분명 좋은 일이 있을 거라는 믿음도. 성큼성큼 걷는다. 앞섶도 가리지 않는다. 탕에서 힘을 얻은 나는 당당한 걸음으로 목욕을 마치고 나선다.

야스다 고이치

카나이 씨의 자기력

부산의 남북을 연결하는 지하철 1호선은 교대역을 지나자 지상의 고가선로를 달린다. 어둠을 빠져나오자 시계가 갑자기 열리면서 차창 밖으로 주택가 풍경이 흘러간다. 이 주변이 '동래'라 불리는 지역이다. 주택가 바로 뒤로 오목한 접시를 엎어놓은 듯 부드러운 곡선을 그리는 산이 보인다. 금정산. 해발 800미터, 부산의 최고봉이다. 동래는 그 금정산에 둘러싸인 형태로 펼쳐져 있다. 금정산이 등장하자 카나이 씨가 또 기뻐한다.

"이것 봐요. 여기도 '카나이'라니까요. 또 만났어요!"

태국에서 온천을 취재할 때는 와트 완'카나이'라는 사원과 조우했고, 이번에는 부산의 교외에서 '금정'산[11]과 만났다. 그러고 보니 오키나와의 목욕탕을 취재할 때는 '니라이카나이(오키나와에 전해 내려오는 이상향에 대한 전설)가 우리를 이곳으로 인도해주셨다'며 아무 맥락도 없이 자랑스러워하기도 했다.

가는 곳마다 '카나이'가 우리를 기다리고 있다. 그걸 노리고

11 저자 이름인 '카나이[金井]'와 금정산의 '금정(金井)'은 한자 표기가 똑같다. - 옮긴이

움직이는 것도 아닌데 말이다. 이 사람은 뭔가를 끌어당기는 힘이 있다. 사원도, 산도, 전설도, 그리고 사람도. 어쩌면 '엣세이스트'(그림을 뜻하는 일본어인 '에[絵]'와 에세이스트 붙여 저자가 만든 말. 그림을 그리는 에세이스트란 뜻이다. - 옮긴이)인 그녀만이 가지는 '자기력(磁氣力)'일 수도 있다. 그 흔치 않은 능력을 금정산 기슭의 온천지에서도 발휘하게 되는데, 그에 대해서는 뒤에 상술하도록 하자.

동래온천에 몰려든 일본인

부산이라고 하면 바다나 시장의 이미지가 강하다. 그래서 남포동이나 서면 같은 번화가, 해운대 같은 휴양지 정도가 '가 볼 만한 곳'으로 소개되고는 한다. 그러나 과거에는 동래야말로 부산의 중심지였다. 조선 시대의 행정청이던 '동래부(東萊府)'가 설치되어 있었기 때문에 국내 정치는 물론 지리적으로 가까운 일본과의 외교에서도 중점적인 역할을 했다.

20세기에 들어서는 부산항을 중심으로 하는 지역 일대가 급속한 발전을 거듭했고 그와 함께 부산도 항만 도시로서 풍모를 갖춰가기 시작했다. 행정의 중심도 바다 쪽으로 옮겨가게 됐다. 그러나 동래에는 여전히 그 존재감을 유지시켜 줄 만한 '명소'가 남아 있다. 그게 바로 온천이다.

온천의 시초에 대해 명확하게 밝힌 문헌은 없지만, 고려 시대에 편찬된 『삼국유사』에는 7세기 무렵 신라의 왕족이 동래에서 온천욕을 했다는 기록이 남아 있다. 일본사에서 보면 아즈카 시대(593~686년 – 옮긴이)다. 그러니 적어도 1400년 이상의 역사를 지닌 오래된 온천이다. 15세기에 발간된 지리지 『동국여지승람』에서도 동래온천에 대한 다음과 같은 기술을 찾아볼 수 있다.

'물의 온도가 뜨거워 달걀을 삶을 정도였고 병자도 몸을 담그면 바로 나았다.'

이를 보아도 그 효능을 아주 오래전부터 인정받아왔던 온천임을 알 수 있다. 동래온천의 내력을 다룬 일본어 문헌으로는 앞서 언급한 『한국 온천 이야기』가 자세하기로 군계일학이다. 이 책에 따르면 동래온천도 일본과 관계가 깊다. 이 책에서는 『조선왕조실록』의 한 대목을 인용해, 15세기 중반 사신으로 동래를 찾은 '왜인들'이 온천을 즐기고 싶은 마음에 원래 정해져 있던 통행 루트를 벗어나는 일이 종종 있었고, 그로 인해 조선 백성이 괴로움을 겪었다고 서술한다. 온천을 하러 온 김에 여기저기 들르며 사람과 말을 함부로 부렸던 모양이다. 그때나 지금이나, 죄송합니다. 우리 쪽 관리라는 양반들이 그 옛날부터 폐를 끼쳤네요.

이렇듯 동래온천은 무로마치 시대(1338~1573년)부터 일본인에게 사랑받아왔지만, 19세기 중반까지 수십 채의 민가와 몇 안 되는 온천만 있는 작은 촌락에 불과했다. 이후 궁벽하던 온천지가 '보양지'로 단숨에 발전하는 과정에도 일본인의 존재가 크게 관여했다. 1898년, 부산의 '일본인 거류민회(재한 일본인의 모임)'에서 동래온천의 임대 권리를 획득했고, 이를 계기로 일본인 이용자가 증가하며 일본인을 상대로 하는 여관도 줄지어 개업했다. 조선에 대한 일본이 영향력, 아니 지배력이 높아져 가던 시대였다.

1910년 한일합병 이후 일본의 식민지 지배가 시작되면서 자본력을 지닌 일본인이 '일본인을 위해' 동래온천 개발을 진행했다. 시내 중심부와 동래온천을 잇는 경편철도가 개통됐으며 일본인 관광객을 대상으로 하는 온천욕 시설, 여관, 요리집 등이 차례차례 문을 열었다. 1920년대에 들어서는 일본의 '남만주철도 주식회사'가 거대 자본을 투자해 온천지 경영 개발에 박차를 가했다. 조선총독부도 각종 할인권, 우대권 등을 활용해 대대적으로 동래온천을 광고하며 관광객 유치에 적극적으로 나섰다. 말하자면 식민지 치하의 '고 투 트래블 캠페인'(일본 정부가 국내 여행 경비를 지원하는 여행 지원 사업 - 옮긴이)이었던 셈이다.

이런 과정을 통해 동래가 온천지로 정비되었으며, 재한 일본인들 사이에서 동래는 하코네나 아리마, 벳푸와 같은 온천지로 인식되었다. 같은 시기에 조선인이 경영하는 여관도 만들어지긴 했으나 온천지의 개발 주체는 어디까지나 일본인이었다. 이것을 두고 침략지의 다른 인프라 시설처럼 '발전은 일본의 덕이었다'고 소리 높여 주장하는 자들도 있다. 그러나 잘 생각해 보길 바란다. 온천은 예로부터 그 자리에서 솟고 있었다. 거기에 눈독을 들인 지배자가 자신의 즐거움을 목적으로 개발한 것일 뿐, 다른 의미는 없다.

부산역에서 지하철을 탄 우리가 내린 역은 '온천장역'이다. 그 이름마저도 '온천장'인, 말 그대로 동래온천의 중심부다. 역 앞에서 주변을 둘러본다. 역 바로 옆에 대형 쇼핑센터가 서 있고 그 옆으로 6차선의 간선도로가 뻗어있다. 소도시 번화가의 풍경이 끝없이 이어져 있어서 일본에서 말하는 '온천지'와는 사뭇 그 느낌이 다르다.

한국 전쟁 당시 이곳에도 피난민이 많이 몰려들었다. 그런 까닭에 주택이 난립했고 온천 지역마저 택지에 흡수됐다. 그 후 1960년부터 서서히 온천지가 재정비되면서 택지 조성을 규제하기 시작했다. 그래서 현재 난개발은 멎은 상태다. 세련된 거리 풍경을 조성한 것은 훌륭하지만, 그것이 역 앞에서 '온천 냄새'를 지워버린 것도 일정 부분 사실이다. 그래도 역에서 멀어져 온천천이라는 작은 강을 따라 걷다 보면 여관과 호텔이 빼곡한 온천지다운 분위기가 감도는 동네와 마주친다.

제일 처음 눈에 들어오는 온천 시설은 '호텔 농심'과 그 호텔에서 관리하는 온천 '허심청'이다. '농심'은 신라면 브랜드로 유명한 한국 유수의 식품 회사다. 몇 년 전, 출장으로 부산에 왔을 때 이 호텔에 묵은 적이 있다. 물론 온천도 이용했다. 3,000명을 동시에 수용할 수 있는 '동양 최대 규모'를 내세우는 온천 시설로, 노천 온천을 비롯해 다양한 탕이 즐비했던 대욕탕 존은 과연 압권이었고 충분히 즐거운 시간을 만끽할 수 있었다.

칡즙을 파는 노점상에서 안테나를 펴다

그렇지만 이번 취재에서는 좀 더 서민적인 탕을 맛보고 싶다. 그런 생각으로 온천지 안쪽으로 깊숙이 파고들었다. 골목길을 헤매고 갔던 길을 되돌아 나오는 식으로 산책을 반복하던 중 문득 정신을 차려보니 바로 전까지 옆에서 걷고 있던 카나이 씨의 모습이 사라지고 없다. 뒤를 돌아보니 약간 떨어진 곳에 그녀가 멈춰 서 있다. 무언가를 응시하며. 그 순간 나는 안중에도 없고, 불러도 미동조차 하지 않는다. 마치 뿌리박은 나무처럼 움직이지 않는다.

지금까지 그녀와의 취재에 동행했던 경험상 나는 그것이 무엇을 의미하는지 알고 있다. 카나이 씨가 무언가를 '발견'한 것이다. 아마 지금 그녀는 그녀가 발견한 것이 취재거리가 될지 안 될지 실용적인 판단을 하고 있지는 않을 것이다. '엣세이스트'의 안테나는 '당연하지 않은 것'을 발견하면 반응한다. 마약견이나 금속 탐지기와 비슷하다. 그러나 그녀가 발견하는 것들은 마약도, 흉기도, 금은보화도 아니고 그저 단지 '당연하지 않은 것', 그래서 '재밌는 것'이다.

카나이 씨의 시선이 멈춘 곳에는 작은 노점상 수레가 있다. 거기서 연세 지긋한 할아버지 혼자 무언가 '작업'에 몰두하고 있다. 카나이 안테나는 그 일거수일투족을 놓치지 않고 있다. 이럴 때는 요지부동 움직이지 않으므로 내가 그녀에게 다가가는 수밖에 없다. 아니 어쩌면 그녀가 발하는 자기력, 그 신비로운 힘이 빠른 걸음으로 걷던 나를 매번 되돌아가게 만드는

걸 수도 있다.

노점 수레 위에 뭔가 뿌리 같은 게 놓여 있다. 할아버지는 그걸 잘게 다진 뒤 솥처럼 생긴 통 안에 던져 넣는다. 그런 뒤 뚜껑을 덮고 손잡이를 빙빙 돌려 아래로 꾹 누른다. 압출기다. 위에서 압력을 받은 내용물은 압출기 밑에서 검은 액체를 토해낸다.

"이게 뭔가요?"

그녀가 드디어 입을 열었다. 통역인 Y씨를 통해 질문을 던진다. 안테나는 궁금한 것을 결코 방치하지 않는다. 검은 액체의 정체는 칡즙이었다.

"여자들 갱년기 장애에도 좋고, 피로 회복에도 좋고."

할아버지가 그렇게 가르쳐 주신다. 골다공증과 고혈압으로 고생하는 사람에게도 효과 만점인, 천연의 건강 음료라고 했다.

소기영 씨. 올해로 여든. 이 장소에서만 20년째 칡즙을 짜고 있다고 했다. 한 컵에 2,000원. 커피를 바싹 졸인 것 같은 색깔의 이 음료를 우리도 조심조심 마셔봤다. 쓰다. 아니 쓰다기보다는, 철두철미, 완벽하게 맛이 없다. 한방약에 물을 타서 마시는 맛이다. 할아버지는 우리가 인상을 쓰며 잔을 비우는 모습을 장난꾸러기 같은 표정으로 바라본다.

"맛은 없네요. 그런데 뭔가 그만큼 엄청 좋은 약을 먹은 기분도 들어요."

내가 평을 전하자 그는 맞는 말이라며 연신 고개를 끄덕인다. 할아버지는 이 칡즙을 매일 2잔씩 마시면서 건강을 유지한다고 했다. 확실히 나이에 비해 젊어 보이고 움직임도 민첩하다. 테이블 위에 쌓인 칡뿌리를 휙 가져다가 칼로 가늘게 썰고 압출하기까지 동작에 독특한 리듬이 있었다. 휙 가져다, 탕탕탕 썰고, 끼익끼익끼익 압출기를 돌린다. 재빠르면서도 부드럽고 어딘가 우아한 움직임이다.

드라마가 시작된다

칡즙 작업을 반복하는 할아버지에게 카나이 씨가 다시 또 묻는다.

"이 근처에 어디 좋은 온천이 없을까요?"

그러자 그가 곧바로 몸을 돌리더니 한곳을 가리킨다. 노점 바로 뒤다. 손가락 끝에 8층짜리 깔끔한 호텔이 서 있다. 간판에는 '녹천온천호텔'이라 쓰여 있다.

"이 호텔 온천이 최고요. 목욕만 할 거라면 호텔에 딸린 온천 '녹천탕'만 이용하면 돼요. 저기 물이 동래에서 제일 좋은 물이지."

그렇게 말하는 그의 모습에 자신감이 넘친다. 마치 녹천호텔의 영업사원을 보는 것 같다. 실제로 거의 매일 그는 녹천탕을 이용하고 있다고 했다. 칡즙과 동래에서 제일가는 온천이 건강의 비결이라는 건데, 그의 안색을 보면 설득력이 있다. 아마 틀림없이 좋은 탕일 것이다.

그렇다면 일단 녹천탕부터 들러보자며 카나이 씨와 얘기를 나누고 있는데 "엇?" 하는 소리와 함께 이번에는 그가 호텔 입구 쪽을 가리킨다. 여자 한 분이 호텔로 걸어 들어간다. 아무리 봐도 관광객 느낌은 아니고 어딘지 모르게 '비즈니스' 분위기를 연상케 하는 용모다.

"누구세요, 저분은?"

카나이 씨가 묻는다. 그렇다. 이번에도 역시나다. 그녀의 자기력이 무언가를 끌어당긴 것이다. 그녀가 칡즙 앞에 멈춰 섰을 때부터 드라마는 이미 시작되고 있었던 거다.

할아버지의 대답이 떨어지자마자 나는 맹렬한 기세로 그 여자분을 향해 뛰어갔다.

동래의 사슴 전설

"저기, 저 사람이 녹천호텔 사장이요."
칡즙 할아버지가 말했다.

"네에?"

황급히 돌아보니 똑똑똑 구두 소리를 울리며 멀어져가는 여자의 뒷모습이 보인다. 저분이 녹천호텔의 대표라는 말이지? 야스다 씨가 불쑥 제안한다.

"말을 좀 걸어 볼까요?"

정확히 묘사하자면 야스다 씨는 '말을 좀' 정도에서 그녀와의 거리를 가늠했고, '걸어'에서는 몸을 그녀 쪽으로 틀었으며, '볼까요?'라고 질문을 던지면서 곧바로 튀어 나갔다. 하하하. 이런 것이 전 주간지 기자의 순발력일까. 취재하고 싶은 생각이 들자마자 몸이 저절로 반응해버린다. 나와 Y씨도 황급히 그의 뒤를 쫓는다.

"안녕하시무니까."

야스다 씨가 제대로 된 한국말로 인사를 건네자 그녀가 뒤를 돌아본다. 레오파드 바탕에 백합이 그려진, 강렬하면서도 고급스러운 블라우스. 제대로 된 메이크업에 입술은 오렌지색 계열. 멋을 낼 줄 아는 사람이라는 게 한눈에 보인다. 대강의 나이는 50대 중반 정도. Y씨의 통역을 빌어 부탁을 드려본다.

"저희는 일본에서 왔고, 동래온천에 대해 취재를 하고 있습니다. 잠시 이야기를 들려주실 수 있을까요?"

"네, 좋습니다."

그녀는 우아하게 웃으며 우리를 호텔 1층 로비로 안내했다. 그녀의 이름은 한애경. 아들인 박충열 씨도 로비로 나와 주셨다. 우선은 간단하게 동래온천과 녹천호텔의 역사에 대해

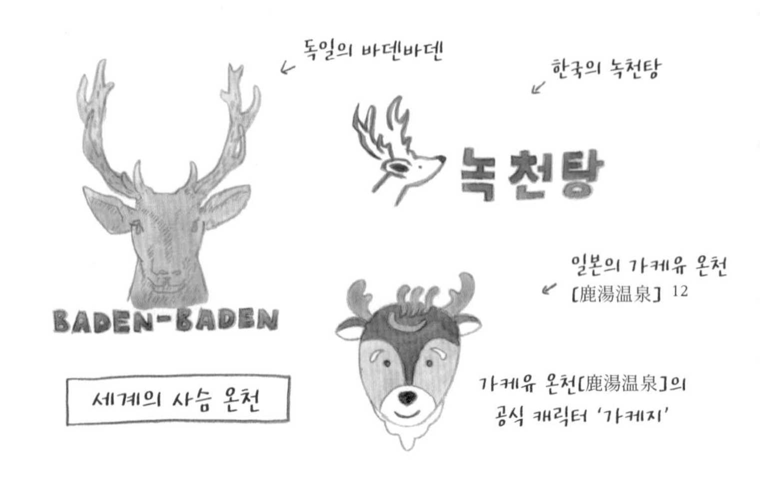

들었다.

"동래에는 1,500년 전부터 온천이 있었습니다. 조선 시대에 왕이 온천욕을 하러 여기까지 오기도 했고요."

지금으로부터 60여 년 전, 한애경 대표의 시아버지가 집을 지으려고 땅을 파던 중 온천을 발견했다. 60년 전이라면 한국전쟁의 혼란이 일단락된 무렵이었을 것이다.

"그래서 온천탕과 온천 호텔을 시작하게 됐죠. 당시는 지금보다 작은 규모였어요."

동래의 온천에는 사슴과 관련된 전설이 있다. 흰 사슴이 잠들어 있던 곳을 팠더니 온천이 솟았다는 전설이다. 그래서 '사슴 녹(鹿)' 자를 써서 '녹천탕', '녹천온천호텔'이라 이름 붙였다고 했다.

12 나가노현에 위치한 대형 온천 숙박 시설 - 옮긴이

그러고 보니 일본에도 사슴, 곰, 두루미 등 온천에 관련된 이야기에 여러 동물이 등장한다. 대체로 이야기 구조는 비슷하다. '다친 동물이 온천에 들어가 상처를 치료하는 걸 보고 따라 해봤는데 과연 효과가 좋았다'는 이야기다. 독일의 온천 휴양지 바덴바덴의 온천도 사슴이 심벌마크인데, 그 지역에도 비슷한 류의 사슴 전설이 있었던 모양이다.

60년 전 당시, 한 대표의 시아버지가 개발한 온천수는 이 근방에서 온도도 제일 높고 몸에도 제일 좋다며 평판이 자자했다. 약알카리성의 부드러운 온천수로, 신경통이나 관절통, 피부병 등에 특히 효과가 좋다고 했다. 그렇게 말하는 한 대표의 얼굴에 자신감이 넘친다.

"제법 인기가 있어서 과감하게 8층짜리 건물로 호텔을 세웠습니다. 온천탕은 길 건너편에 3층짜리 건물로 다시 만들었고요."

호텔용으로 3개, 온천탕용으로 3개 해서 총 6개의 원천 취수공을 보유 중이라고 했다. 이 정도로 넉넉하게 온천 원수를 끌어올리는 시설은 다른 곳에서는 찾아보기 어렵다. 온천수의 온도는 55도에서 70도 정도. 일단 옥상까지 끌어 올린 다음 적당한 온도로 식힌 뒤 제공하고 있다.

3대째의 가업과 소나무

온천 경영이 궤도에 오르자마자 일가는 생각지도 못한 불행과 맞닥뜨린다. 가업을 이을 예정이었던 창업자의 장남, 즉

한 대표의 남편이 젊은 나이에 죽고 만 것이다. 심장마비였고 급작스러운 죽음이었다.

"그래서 제가 호텔을 물려받아야 했어요. 건너편으로 옮긴 녹천탕은 아주버님이 맡아서 하고 있습니다. 그래도 우리 아들이 드디어 제 몫을 할 수 있게 돼서 든든합니다. 마음을 좀 놓을 수 있게 됐어요."

그러면서 한 대표는 옆에 앉아 있는 아들의 어깨에 손을 올렸다. 박충렬 씨는 올해 서른하나다. 명함 속 직함은 '실장'이지만 멀지 않은 미래에 3대 대표직을 맡게 될 모양이다.

"요 근방에서 3대째 가업을 잇는 곳은 우리가 처음일 겁니다. 아마 이 친구가 동래의 호텔 업계에서 가장 젊은 경영자가 아닐까 싶네요."

그렇게 말하는 한 대표의 표정이 흐뭇하다. 들어보니 박충렬 씨는 미국의 대학에서 미술을 전공했다. 공부하고 조각가 수업도 받았다. 온천과는 다소 먼 길을 돌고 돈 뒤, 1년 전부터 본격적으로 가업을 돌보기 시작했다고 했다. 어머니 앞이니 대놓고 깊숙한 질문을 꺼낼 수는 없었지만 가업을 잇기까지 여러 갈등도 있었을 것이다.

"온천 호텔 일은 어떠세요?"

내 질문에 그가 차분한 어조로 답했다.

"우리 세대는 온천이 뭐가 좋은지 잘 모르는 사람이 많아요. 저도 그랬습니다. 어릴 때는 그냥 똑같이 뜨거운 물 나오는 목욕탕이라고 생각했어요. 온천의 고마움을 전혀 몰랐죠."

그는 쑥스러운 듯 웃으며 덧붙인다.

"할아버지가 그랬듯 많은 사람이 편하게 쓸 수 있도록 활짝 열린 공간으로 만들어가고 싶어요."

창업 당시의 사진이 문득 궁금해진다. 사진을 볼 수 있냐고 물으니 모자가 잠시 서로를 바라보며 아쉬운 기색을 내비친다.

"그 사진이 없네요, 아쉽게도."

"그때 남편이 갑작스레 그렇게 되면서 인수인계를 제대로 못 받은 게 많이 있거든요. 어딘가에 있을 것 같기도 한데… 잘은 모르겠습니다."

그러더니 이대로 돌려보내면 미안하다고 생각한 모양인지 사진 말고 다른 게 없나 상의하기 시작했다.

"옛날을 떠올릴 만한 거라면 호텔 뒤 소나무 정도가 적당하지 않을까?"

"맞아요, 어머니. 할아버지 때부터 변함없이 거기에 쭉 있었던 나무니까요."

모자는 우리에게 소나무 한 그루를 보여줬다. 호텔의 뒤쪽, 거의 3층 창까지 높다랗게 자란 소나무였다. 그 나무 뒤로 보드라운 구름이 떠가는 동래의 푸른 하늘이 펼쳐져 있었다. 흑백의 딱딱한 창업자의 사진보다 훨씬 더 인상에 남았던 풍경이었다.

핑크 할머니와의 만남

갑작스런 인터뷰에 응해주셔서 감사하다는 인사를 전하고 호텔을 나서려는데 대표님이 녹천탕의 목욕권을 건네주신다.

"좋은 물이니까 꼭 들어갔다가 가세요."

마다할 이유가 없다. 우리는 감사한 마음으로 녹천탕에 들어가 보기로 했다.(요금은 6,000원이다.)

사전 협의에서 통역사님께 뻔뻔한 부탁을 해 둔 게 있다. 만약 목욕탕에 들어가게 된다면 같이 가주실 수 있냐는 부탁이었다. 그래서 이번에는 그녀도 함께다.

"드디어 목욕탕까지 가게 됐네요."

흔쾌히 따라나서 주는 그녀 덕분에 든든하다. 그리고 또 한 명, 칡즙 할아버지도 어쩐 일인지 따라나선다.

"지금 녹천탕에 간다고? 그렇다면 처음이니 내가 안내를 할게요. 어쨌거나 60년 전부터 녹천탕에 몸을 담가 본 사람이니까."

그러더니 산처럼 쌓인 칡뿌리와 노점을 내팽개쳐두고 우리와 함께 목욕탕으로 향하는 게 아닌가. 오호, 뭔가 재밌는 전개다.

1층 안내 데스크에 목욕권을 내고 올라간다. 나와 Y씨는 2층 여탕으로, 야스다 씨와 칡즙 할아버지는 3층 남탕으로.

목욕탕은 바닥 면적만 240평이다. 탈의실에는 로커 수도 충분하고 대욕탕 안에는 온도가 다른 큰 탕이 4개나 있다. 거기다가 사우나와 때밀이 코너도 제대로 갖춘 대형 온천 시설이다. 이 정도의 고급 설비를 동네 목욕탕 가격으로 제공하고 있으니 지역민들에게 사랑받는 것도 당연하지 싶다.

밖은 아직 훤한 시간대. 여탕은 손님으로 약간 붐빈다. 연령층은 약간 높은 편이다. 무색무취에 보들보들한 느낌의 온천수다.

따뜻한 탕에 몸을 담그니 "하아~." 소리가 절로 난다. 온몸의 긴장을 털어내며 자연스레 주변을 둘러본다. 이왕 이렇게 통역사님도 함께이니 누군가에게 말을 붙여 보고 싶다. 취재 느낌 말고 자연스레 잡담을 나눌 수 있는 상대가 있으면 좋으련만. 강 속에서 눈만 내놓고 사냥감을 물색하는 악어 태세를 취해 본다.

탕 제일 안쪽에 진한 핑크색 헤어밴드를 두른 할머니가 보인다. 몸집이 조그만 할머니다. 그쪽에서도 우리 쪽을 슬쩍 본 것도 같다. 악어는 허둥대지도, 부산대지도 않고 물속을 가르며 핑크 할머니 쪽으로 다가간다. 통역사 Y씨도 악어 뒤를 따라붙는다. 옆에 자리 잡고 웃어 보이자 핑크 할머니도 씽긋 웃어 준다. 술집이든 목욕탕이든 모르는 사람에게 말을 걸 때 가장 무난한 첫 질문은 이거다.

"여기 자주 오시나 봐요?"

Y씨가 곧바로 한국말로 옮겨준다. 핑크 할머니는 약간 놀란 표정이다.

"어라? 한국말을 못 하시네? 일본인인가?"

근처에 살고 있고 녹천탕에 자주 온다고 했다. 그 뒤 할머니는 Y씨에게 무언가 이야기하기 시작했다. Y씨는 고분고분 고개를 끄덕이며 "네네, 그렇죠. 맞습니다."를 연발하는 중이다. 잠시 후 이야기가 일단락된 뒤 Y씨가 대화의 내용을 간략

하게 설명해 준다.

"이분이 말씀하시길, '옛날에 한국은 일본에게 고약한 일을 당했다. 나쁜 짓을 했다면 사과하는 게 당연한 거 아니냐.' 이런 말을 하셨어요."

그 말을 듣고 시선을 떨굴 수밖에 없었다. 탕의 수면이 흔들흔들 일렁인다. 우리가 동래온천을 방문했던 2019년 9월 7일, 한일 관계는 악화 일로를 걷고 있었다. 강제 징용 피해자 소송을 둘러싼 대립으로 일본 정부는 수출규제 강화를 발표했고 한국 정부는 지소미아(한일 군사정보보호협정)[13] 파기를 시사했다. 일본의 미디어에서는 교류 중지나 불매 운동 등 한일 양국의 이간질을 부추기는 뉴스만을 연일 내보냈다. Y씨는 한국의 미디어에서도 일본의 부정적인 처사를 격하게 다루는 보도가 있었다고 했다.

"그래서 이분은 규슈 온천 여행도 취소하셨대요. 이런 시기에 일본에 가는 게 싫어지셨다고요. 그리고 카나이 씨께 물어보고 싶으시대요. 일본인으로서 어떻게 생각하느냐고요."

나는 머뭇대며 핑크 할머니를 바라봤다. 그리고 조심스레 내 생각을 말했다.

13 지소미아: '군사정보보호협정'을 가리키는 말로, General Security Of Military Information Agreement의 머리글자를 따 GSOMIA로 표기한다. 국가 간에 군사 기밀을 서로 공유하기로 맺는 협정을 말하며, 통상적으로 2016년 한국 정부와 일본 정부 사이에 맺은 군사협정을 가리킨다.

"일본이 예전에 이 나라에 했던 일들은 용서할 수 없는 일입니다. 조선인들을 강제로 전쟁터로 끌고 갔고 가혹한 노동으로도 내몰았습니다. 거기에는 아무런 정당성도 없어요. 그 일에 대해 제대로 사죄하지 않는 일본 정부 때문에 한국인들이 화가 나는 건 당연합니다. 저는 역사를 왜곡하거나 잊은 척하는 것이 훨씬 더 죄가 무겁다고 생각합니다."

일본인에게는 이름을 가르쳐 주기 싫습니다

가벼운 기분으로 목욕탕 취재에 동행했건만, 갑작스레 이 민감한 문제의 통역을 맡게 된 Y씨도 꽤나 곤란했으리라. 심지어 전라인 채로 말이다.

핑크 할머니는 Y씨가 전해주는 내 말을 주의 깊게 들어 주셨다. 그리고 생각지도 못한 쪽으로 질문의 방향을 틀었다.

"그런데 일본에서 오신 분, 결혼은 하셨나?"

내게는 동거인이 있다. 그러나 결혼은 하지 않았다. 그러므로 이런 종류의 질문에 대해서는 "네."라고 대답해도, "아니오."라고 대답해도, "그냥 뭐…"라고 얼버무려도 대충 다 거짓말은 아니기에 답하기가 편리하다. 이날은 가뿐하게 '결혼은 안 했다'고 답했다.

"그렇군요. 결혼 같은 거 안 해도 좋죠. 자기가 돈을 벌면 되니까. 이래저래 고생 안 하니 좋고."

밝은 표정으로 그렇게 말해주신다. 평소에 나는 누군가에게 굳이 결혼했는지 묻지 않는 스타일이지만 이때만은 그 화

핑크 할머니

제에 의지해보기로 했다.

"어르신은 결혼하셨습니까?"

"응. 스물일곱에 결혼했어요. 남편은 공무원이었고, 내가 올해 일흔다섯이니 결혼 생활만 50년 가까이 했네요. 맞선으로 만났지만 남편에 대해서는 누구보다 소중하게 생각하고 있어요. 덕분에 자식도 둘이나 얻었고. 근데 요새 남편이 와병 중이라…"

이야기를 듣는데 할머니의 인생에 우리 엄마의 인생이 겹쳐 보인다. 우리 엄마도 20대 후반에 맞선으로 결혼했고, 두 명의 자식을 낳았고, 일흔을 넘긴 지금은 병에 걸린 아버지를 보살피고 있다. 순식간에 차오른 친근함에 이런 질문까지 하고 만다.

"지금까지 살아오면서 가장 행복했던 일은 무엇이었나요?"

듣자마자 그녀는 곧바로 대답했다.

"아이들 키우는 거. 그게 최고로 즐거웠어요. 그때 생각만 하면 어째 눈물이 난다니까. 정말 즐거웠거든."

좋은 답을 들었다고 생각했다. 즐거웠던 시절을 떠올리면 눈물이 난다. 마음은 그런 식으로 움직이게 만들어져 있다.

탕 안에서 긴 이야기를 나눴다. 오래 몸을 담그다 보니 체온이 오르면서 살짝 현기증도 난다. 슬슬 탕에서 나가야겠다 싶다. 마지막으로 그녀에게 확인할 것이 있다.

"이렇게 만나서 나눈 이야기를 책에 써도 될까요?"

"좋아요."

"괜찮으시다면 성함을 가르쳐 주실 수 있으세요?"

그러자 할머니는 Y씨 쪽을 슬쩍 보고 다시 내 쪽을 보더니 조금 빨라진 속도로 이렇게 말했다.

"일본인에게는 이름을 가르쳐주고 싶지 않아요. 미안해요."

그렇구나. 일본인에게는… 나를 배려해 '미안해요.'라고 덧붙여준 말까지 포함해 가슴에 무언가 복받쳤다. 이분을 잊지 말자고 생각했다. 나는 머릿속 스케치북에 할머니의 얼굴을 새겼다. 그리고 목욕을 마치자마자 탈의실 구석에서 급하게 그녀의 얼굴을 그려나가기 시작했다.

사슴 목욕탕의 신님

목욕을 마치고 1층으로 내려오니 야스다 씨가 땀을 훔치며 기다리고 있다.

"저희 왔어요. 오래 기다렸죠?"

"우리 저기서 팥빙수 안 먹을래요?"

야스다 씨가 목욕탕에 딸린 카페를 가리킨다. 팥빙수는 한국의 카키고리(보송보송 간 얼음에 시럽을 뿌려 먹는 일본식 빙수 – 옮긴이)다. 요즘에는 망고나 초콜릿이 첨가된 현대적인 빙수도 많지만 여기에는 팥과 연유가 들어간 옛날식 팥빙수를 팔고 있다. 한 그릇에 3,000원인데 양이 엄청나다. 팥빙수 하나를 주문해 숟가락 3개를 받아와서 빙수의 산을 파 들어가기 시작했다.

야스다 씨와 함께 남탕에 갔던 칡즙 할아버지는 어느새 노점으로 돌아간 모양이다.

"그분, 대단하셨어요. 발가락 사이부터 체모 한 올 한 올까지, 수건 한 장으로 정말 꼼꼼하게 씻으시더라고요. 목욕의 달인이었습니다, 그분은."

"나는 통역사님 덕분에 일흔 살이신 할머니와 이야기를 나눴는데요..."

그에게 개략적인 이야기를 들려줬다. 팥빙수를 사각사각 파 내려가며 그가 말했다.

"목욕탕이어서 들을 수 있었던 이야기일지도 모르겠네요."

듣고 보니 그럴 수도 있었겠다 싶다. 핑크 할머니는 확실히 일본에 대한 반감과 경계를 가지고 있는 분이었다. 만약 거리에서 만났다면 접촉을 피했을 수 있고 본심을 말하지도 않았을 것이다. 그러나 우리는 목욕탕에서 만났고 처음부터 끝까지 알몸인 채로 마주했다. 탕 안에는 도망칠 곳도 없다. 그 덕분에 말과 마음을 주고받을 수 있었을 것이다. 어쩌면 사슴 목욕탕의 신께서 주선해주셨던 대화였을 수도 있다. 팥빙수의 시원함이 찌이잉~ 머리까지 타고 오른다.

팥빙수

제4장

귀환자들의 목욕탕과 비밀 공장

사무카와

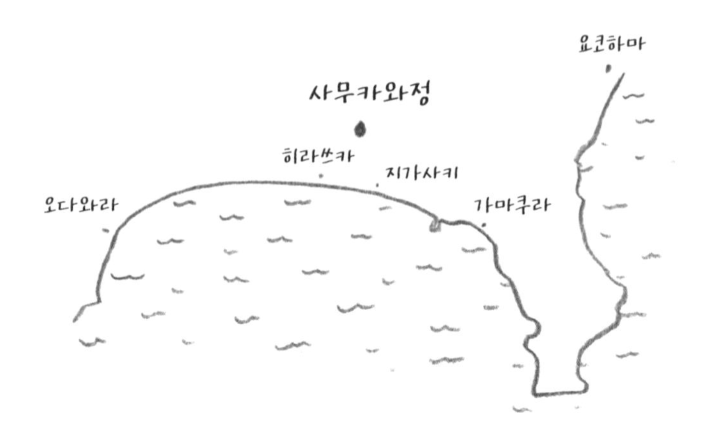

가나가와현[神奈川県] 코자군[高座郡] 사무카와정[寒川町]

동일본에서 가장 인구가 많은 사무카와정은

전쟁 후 수많은 귀환자를 받아들였다.

귀환자들의 주택에는 욕실이 없었고

마을 지자체에 목욕탕을 개업해 달라는 탄원서가 제출됐다.

목욕탕의 흔적을 찾아 헤매며 마주한

사가미 해군 군수 공장의 어두운 면.

비밀의 공장에서 일을 해야 했던 '산증인'은

그때 제조했던 무기를 그림으로 그려주는데...

야스다 고이치

'스즈란탕'을 찾아서

목욕탕은 사라지고 없었다. 이미 폐업했다는 정보는 인터넷에서 확인했다. 혹시나 전화를 걸어봤지만 역시나 연결되지 않는다. 허나 현장을 직접 눈으로 확인하기 전까지 일말의 희망을 버릴 수가 없다. 인터넷 정보 같은 건 믿을 게 못 되니까. 카나이 씨와 나는 직접 찾아가 보기로 했다.

그러나 역시 목욕탕은 사라져 흔적도 없었다. 분명 있어야 할 곳인데 아무리 찾아 봐도 없다. 주변을 둘러봐도, 위를 올려 봐도, 구석구석 훑어봐도 없는 건 없는 거다. 한숨이 새어 나온다. 온몸에서 힘이 빠진다. 마음이 물 빠진 욕조 같다. 건조한 바람이 마음속을 뚫고 지나간다. 바로 그 장소가 앞으로 시작될 긴 이야기의 출발점이 될 줄은 그때는 미처 몰랐다.

"어떻게 할까요?"

"밥이라도 먹고 돌아갈까요?"

우리는 기운 빠지는 대화를 나누며 망연자실할 뿐이었다.

가나가와현[神奈川県]의 거의 중앙부, 사가미 강 하류 부근에 위치한 사무카와정은 '쇼난[湘南](가나가와현 서부 사가미만 연안의 해안 지역을 가리키는 명칭 – 옮긴이)'이라 불리는 지역에 속해 있으면서도 확 트인 전원의 평화로운 분위기가 인상적인 작은 마을이다. 지역민 중에는 다소 자조적인 의미로 '바다가 없는 쇼난'이라 칭하는 사람도 있다.

우리의 목표지 '스즈란탕[すずらん湯]'이 바로 그 사무카와

에 있었다. 사무카와의 중심부, JR(일본 철도 - 옮긴이) 사가미선 사무카와 역 근처에 '있었다던' 스즈란탕이야말로 우리가 겨냥한 목표지였다. 왜 우리는 스즈란탕에 흥미를 갖게 됐을까. 실은 그 목욕탕이 '패전 후의 어떤 사정' 때문에 만들어졌기 때문이다.

귀환자 주택이 있었을 무렵

대략의 경위는 다음과 같다. 패전 직후, 사무카와에 귀환자 주택이 생겼다. 귀환자 주택이란 말 그대로 구 만주(현재의 중국 동북부) 등 해외에서 살다 귀국한 귀환자를 위해 지어진 주택이다.

패전 당시 약 629만 명의 일본인이 해외에 거주하고 있었다. 전쟁이 끝나자 일본의 점령이 해제된 조선, 만주, 사할린 등의 지역에서 재외 일본인들이 한꺼번에 귀국하기 시작했다. 거기서 심각한 사태가 발생했다. 귀환자들의 주거 문제였다. 허허벌판이 된 도시의 상황은 이미 최악이었다. 공습으로 집을 잃은 사람이 부지기수였다. 간신히 재난을 면한 가옥에서 여러 가족이 부대끼며 생활하기도 했다. 그런 도시에 끊임없이 귀환자가 몰려들었다.

귀환자 중에는 원래부터 가난했던 탓에 빈곤을 탈출하기 위해 국외로 거주지를 옮긴 사람이 많았다. 말하자면 국외로 밀려난 사람들이라 해도 좋을 것이다. 귀환자들 또한 일본 식민주의와 기민 정책[14]의 피해자였다. 그들은 전쟁에 휘말려 모든 것을 잃고 맨몸뚱이로 귀국했다.

그들은 원래 일본에서 땅도 재산도, 아무것도 가진 게 없던 사람들이다. 오랜 해외 생활로 일가친척과의 연도 끊어져버렸다. 그러니 살 집을 찾아 허허벌판을 헤맬 수밖에 없었다. 당시의 상황을 정리한 『귀환자의 전후(戰後)』(시마무라 다카노리 저, 신요사 출간)에는 다음과 같은 기술이 있다.

집이 없는 귀환자는 방공호, 다리 밑, 신사의 처마 밑, 거적때기를 둘러친 임시주거에서 살아가는 상황이었다.

그들은 길거리 생활을 할 수밖에 없었다. 전쟁이 끝난 후였으나 귀환자들의 전쟁은 여전히 진행 중이었다. 행정처에서도 이 문제를 그냥 두고 볼 수만은 없었다. 각지의 관공서에 설치된 '귀환자 지원국'을 중심으로, 급증하는 귀환자를 위한 주택 확보 정책이 시행됐다. 행정처에서 제일 먼저 집중한 곳은 구 일본군의 시설이었다. 특히 공창(工廠)이라 불리는 군수 공장과 직원 기숙사로 쓰던 주택은 일본군이 해체되며 텅 빈 껍데

14 국가의 이익을 위해 자국민을 의도적으로 외국으로 내보내는 정책. 일본은 19세기 말부터 20세기 중반까지 국책 사업으로 이민을 장려했으나 그 이면에는 인구 증가와 빈곤 대책의 책임을 회피하고, '불필요한 빈곤층'을 해외로 보내 식민지 사업에 이용하려는 속셈이 있었다. - 옮긴이

기만 남아 있었다. 주택으로 쓰기에 안성맞춤인 건물이었다. 주택 부족 해결 수단으로 각지의 군수 공장을 귀환자 주택으로 정비해 나갔다.

그런 과정을 거쳐 1945년 12월, 사무카와에 귀환자 주택이 생겼다. 사무카와에는 1943년부터 조업을 개시했던 '사가미 해군 군수 공장'이 있었는데, 그 일대에 만들었던 기숙사를 활용해 귀환자 주택으로 쓰게 된 것이다.

주민의 청원으로 탄생한 목욕탕

자, 이제 드디어 목욕탕 이야기로 이어진다. 카나이 씨와 나는 대중목욕탕을 통해 사회와 역사에 얽힌 다양한 문제를 생각해 보고 있다. 깊이 있는 고찰까지는 어렵더라도 최소한으로 거론이라도 해보자는 심산이다. 그렇게 여러 자료를 섭렵하던 중 한 장의 '목욕탕 신설 청원서'를 발견했다. 사무카와의 귀환자 주택 주민들이 낸 청원서였다.

이 청원서는 1950년 읍사무소에 제출된 서면으로, 씻을 곳이 없는 주민들이 '읍에서 경영하는 목욕 시설을 만들어 달라'고 청원하는 내용이었다. 이를 받아들인 행정처는 공적 운영이 아닌, 개인 사업자에게 건설 자금을 빌려주는 형태로 예산을 짰다. 그리하여 1954년 12월, 주민들이 고대하던 목욕탕이 스즈란탕이라는 이름으로 문을 열었다.

당시에는 주택에 욕실이 없었다. 그러므로 대중목욕탕은 동네 어디에나 당연히 존재했다. 그러나 주민의 청원으로 만

과거 스즈란탕 자리에 내내 서 있던
야스다 고이치

들어진 목욕탕은 그리 흔치 않다. 게다가 청원의 주체가 귀환자들이었다. 그 지점에서 우리는 전후의 공기를 감지했다. 역사의 단면을 본 것 같은 기분도 들었다. 그 목욕탕이 '살아 있다'면 직접 꼭 만져보고 싶었다. 뜨거운 물도, 탕도, 수도꼭지 하나하나도, 그 속에 품은 역사도.

귀환자들도 그랬을 것이다. 커다란 탕에서 마음껏 팔다리를 뻗고 편안히 쉬고 싶었을 것이다. 전쟁의 시대, 겁먹은 채 도망쳐야 하는 시절이 드디어 끝났다. 그들에게도 분명 고뇌로 가득한 각자의 이야기가 있을 것이다. 살아남기 위해, 위험에서 벗어나기 위해 혼란의 어둠을 뚫고 끊임없이 달려왔다. 이제 겨우 한시름 놓았다 싶을 때 뜨거운 탕에 몸을 담그고 싶다는 그 마음이 어떤 것이었을지 절절히 전해온다. 그래서 그들은 청원서를 넣었다. 드디어 획득한 자유와 평화를 뜨거운 탕 속에서 온몸으로 느끼기를 소원했다. 그 염원은 결국 이뤄졌다. 스즈란탕에서 귀환자들은 어두운 기억을 씻어내고 흘려보냈을 것이다.

그러나 앞서 말했듯 스즈란탕은 사라지고 없었다. 지금 그 자리에는 멋들어진 대형 입시학원 건물이 우뚝 서 있다. 아무리 상상력을 발휘해도 거기에 있었다던 목욕탕의 모습을 떠올릴 수가 없다. 아무리 귀를 기울여본들 마찬가지다. 찰박찰박 하며 탕에서 물이 넘치는 소리도, 달그락달그락 하며 세숫대야가 바닥을 긁는 소리도 들려오지 않는다. 목욕탕이 있던 시대는 완전히 씻겨 내려가 버리고 말았다.

사무카와 문서관이 인도해준 풍경

낙담한 채로, 그러나 뭐라도 남아 있지 않을까 하는 희망을 품고 주위를 걸어보기로 했다. 가까운 전당포에서 스즈란탕이 남긴 기억의 편린 한 조각을 마주할 수 있었다. '혹시 이 근처에 목욕탕이 있지 않았냐'며 쭈뼛대는 우리를 전당포 사장님은 환한 웃음으로 대해주셨다.

"아하, 스즈란탕 찾으시는구나~."

그의 말에 따르면 스즈란탕은 2014년까지 영업했다.

"한때는 나름 붐비고 그랬죠. 근방에 목욕탕이 별로 없었거든요."

카운터와 커다란 탕이 있고 벽에는 페인트 그림이 그려진,

특별할 것 없는 보통의 목욕탕이었다고 한다.

“그래도 역시 집에서 목욕하는 것보다는 훨씬 기분이 좋아서 자주 가고는 했지.”

그러나 2000년대 들어서면서부터 손님의 발길이 뜸해졌다. 전국 어디서든 볼 수 있는 ‘대중목욕탕의 쇠퇴 현상’의 원인은 단지 가정집에 욕실이 보급된 것만이 아니다. 노천탕, 사우나, 호화로운 휴게 시설을 갖춘 대형 스파가 붐을 일으키며 사람들의 관심이 그쪽으로 쏠렸다. 대욕탕의 커다란 욕조는 ‘생활’을 위한 것이 아니라 ‘오락’의 하나로 자리매김했다. 이 근처도 예외는 아니다. 사무카와 근방인 히라스카[平塚], 지가사키[茅ヶ崎], 후지사와[藤沢]에 대형 스파가 몇 군데 있다. 스즈란탕은 시대의 흐름을 이기지 못하고 역사에 종지부를 찍고 말았다.

전당포 사장님은 스즈란탕이 귀환자의 청원으로 개업하게 됐다는 경위에 대해 모르고 있었다. “예에? 그런 일이 있었어요?”라며 흥미롭다는 듯 되물었다. 무리도 아니다. 70년도 더 전에 개업한 목욕탕에 대해, 아직 태어나지도 않았던 그가 알기는 어려웠을 것이다.

가까스로 스즈란탕의 기억 조각 하나를 건져낸 우리가 다음으로 향한 곳은 사무카와 도서관 내에 위치한 ‘사무카와 문서관’이다. 하다못해 뭔가 자료라도 한 장 남아 있지는 않을까. 목욕탕은 없어졌지만, 기왕 여기까지 왔으니 뭔가 ‘여행담’ 하나 정도는 가져가고 싶었다. 그 정도의 기대를 품고 문서관으로 향했다.

사무카와 문서관의 다카키 히데키 관장은 무척 친절했다. 사가미 해군 군수 공장의 성립 과정부터 그 역할에 이르기까지 하나하나 자료를 펼쳐가며 정성껏 설명해 주셨다. 그러나 스즈란탕에 관련된 자료는 극히 조금밖에 남아 있지 않았다. 이미 알고 있는 '청원서' 외에는 개업을 보도했던 지역 홍보지 《홍보, 사무카와》만 남아 있을 뿐이다. 1955년 1월, 스즈란탕 개업 직후 발행된 이 홍보지에는 '신장개업한 사무카와 마을의 공중목욕탕-스즈란 탕'이라는 표제 아래 다음과 같은 기술이 담겨 있다.

'사무카와 마을 한가운데에 온천이 생겼다? 그런 말이 돌기는 해도 아타미[熱海]나 이토[伊東]의 온천(일본의 대표적인 온천지 – 옮긴이)과는 다릅니다.'

'이번에 사무카와 마을의 공중목욕탕 스즈란탕이 사무카와역 서측에 신장개업했습니다. 새봄을 기다리지 못하고 지난 12월 23일부터 영업을 개시했습니다.'

'일금 20엔을 전차비로 쓰며, 엄동설한 밤하늘에 저 멀리 지가사키까지 목욕을 다녀오던 사람들로서는 가깝고, 싸고, 심지어 새 목욕탕이니 그야말로 일석이조, 얼마나 기쁜 소식입니까.'

기사를 작성한 사람까지도 신이 난 듯, 설렘 가득한 기사

THE SAMUKAWA

(月2回発行)

ふせ

なぜ恐ろしいか? ではヒロポンは

十二月二十三日から營業開始

新裝成つた寒川町公衆浴場すゞらん湯

近代設備に浴客は喜ぶ

国保表彰式

스즈란탕의 개업을 전하던 지역 홍보지 《홍보, 사무카와》

를 통해 그 당시 목욕탕에 대한 기대가 얼마나 컸는지 충분히 전해져 왔다. 그랬을 것이다. 스즈란탕이 생기기 전, 사람들은 일부러 전차를 타고 인근 마을의 목욕탕까지 가는 수밖에 없었다. '엄동설한 밤하늘에 저 멀리' 오가야 했으니 목욕을 마치고 집에 가는 길에 몸이 식어 오죽 추웠을까 싶다.

덧붙여 홍보지에는 개업 첫날 손님이 350명이었고 개업 당시 목욕비가 15엔이었다는 사실도 기록되어 있었다. 물가 통계에 따르면 당시 대졸 초임 월급은 약 1만 엔, 담배 한 갑은 30엔, 엽서 1장은 5엔이었다. 목욕비가 담배 반 갑, 엽서 3장 정도 되는 금액이었으니 지금의 물가로 환산해도 상당히 싼 가격이었다는 걸 알 수 있다. 그만큼 목욕탕이란 일상에서 빼놓을 수 없는 존재였다.

그때 목욕탕 개설을 청원했던 사람들은 지금 어떻게 살고 있을까.

"아마 찾기 어려울 거라고 봅니다. 청원 당시 성인이었을 테고, 그렇다면 지금 대부분 돌아가셨다고 해도 이상하지 않을 테니까요."

다카키 관장의 설명에 우리는 고개를 끄덕일 수밖에 없었다. 귀환자 주택도 이미 사라진 지 오래다. 그때 다카키 관장이 창밖을 가리켰다.

"저기, 집합 주택 보이시죠?"

5층짜리 아파트 몇 동이 시야로 들어온다. 사무카와 문서관에서 그리 멀지 않은 거리다.

"지금은 현에서 관리하는 임대아파트이지만, 예전에는 저 자리에 해군 군수 공장 기숙사가 있었습니다."

그렇다는 말은…

"네, 맞습니다. 전쟁이 끝나고 일정 시기, 저 자리에 귀환자 주택이 있었던 거죠."

창밖으로 임대아파트의 하얀 벽이 햇빛을 받아 반짝인다. 어쩐지 어서 오라고 손짓하는 느낌이다.

문서관을 나선 뒤 우리는 당연하다는 듯, 망설임 없이 임대아파트로 향했다. 어떤 힘이 자석같이 끌어당기는 것 같았다.

귀환자 주택의 그림자를 좇아서

임대아파트는 5층짜리 6개 동으로 이루어져있다. 부지 내에는 마을회관과 작은 공원이 있다. 어린 시절을 단지에서 자란 내게는 추억을 자아내는 풍경이다.

우리는 단지에서 귀환자 주택에 대해 아는 사람을 찾고 싶었다. 가망이 거의 없다는 건 알고 있었다. 귀환자 주택에서

사무카와 공공임대아파트 (가나가와현 코자군 사무카와정)

시작해 임대아파트로 바뀐 지금까지, 당시의 귀환자가 계속 같은 곳에 살고 있으리라 생각하기는 무리다. 다른 지역에 그런 사례가 있기는 하나 흔한 일은 아니다. 패전 이후 75년의 세월이 흘렀기 때문이다. 증언자를 찾아내기란 누가 봐도 쉽지 않은 상황이다.

한낮의 임대아파트는 무척이나 조용했다. 고령자 주민이 많아서 그럴 것이다. 고요한 분위기 속에 우리가 나누는 말소리만이 부지 안을 울렸다. 오가는 사람의 모습도 거의 없었다. 그럼에도 우리는 어쩌다 인기척이라도 나면 그쪽으로 달려갔고, 무작정 묻기를 반복했다.

"여기 옛날에 귀환자 주택이 있었다고 하던데, 혹시 아는 거 없으실까요?"

"그 무렵부터 살고 있는 주민이 혹시 계실까요?"

다들 약속이나 한 듯 고개를 가로젓기만 했다. 뭔가를 팔아

먹으려는 수상한 2인조라고 생각한 것일까, 도망치듯 가버리는 사람도 있었다. 해질녘이 됐는데도 보람이 없다. 수확물도 제로다. 한겨울 찬바람이 몸에 스민다. 목욕탕도 없어진 마당에 귀환자 주택을 아는 사람이 있을까?

그날 우리는 헛스윙의 씁쓸함을 맛볼 수밖에 없었다. 그러나 이런 날도 있다. 어쩔 수 없다. 그야말로 '차가운 밤하늘을 가로지르는' 그런 심정으로 사무카와 취재를 마무리하고 발걸음을 돌렸다.

카나이 마키

취재의 신을 믿으며

"나는 무신론자지만 취재의 신만은 믿습니다."

야스다 씨는 가끔 이런 말을 하곤 했다. 농부가 밭의 신을, 어부가 물의 신을, 스모 선수가 모래판의 신을 믿는 것처럼 저널리스트는 취재의 신을 믿고 있는 모양이다.

"현장에 10번 가서 10번 허탕을 쳐요. 그런데도 또 갑니다. 그러면 11번째에 내가 찾던 정보와 만날 때가 있어요. 그럴 때 이런 생각이 드는 거죠. 아! 취재의 신은 역시 계시는구나!"

하하하. 야스다 씨의 신은 꽤나 엄격하신 분이다. 집념과 끈기를 바라시는 모양이다. 그때그때 되는 대로, 대부분 다 승낙하시는 나의 신과는 다르다. 그러나 그는 취재의 신에게 단련을 받은 만큼, 이곳저곳 뛰어다니느라 구두 바닥이 닳은 만큼 중요한 진실에 도달할 수 있었던 사람이다. 그런 그였기에 이런 말을 당연하게 할 수 있었을 것이다.

"사무카와 임대아파트에 다시 한번 가봅시다."

사무카와 취재를 마친 뒤 한 달 정도 시간이 흘렀을 무렵 그가 제안을 해왔다. 거의 오가는 사람도 없던 그 단지에서 또 다시 잠복 취재를 해보자는 이야기다. '네에? 아무리 시도해본들 예전 일을 기억하는 사람과 만날 확률은 낮을 것 같은데요.' 입 밖으로 나올 뻔한 말을 삼키고 한 가지 제안을 한다.

"음… 그러면 글러브를 가져가서 캐치볼이라도 하면서 기다릴까요?"

단지 안에서 우왕좌왕하며 허둥대던 지난번의 우리는 누가 봐도 확실히 의심스러웠다. 공원에서 자연스럽게 캐치볼이라도 하다 보면 기회를 잡을 수 있을지 모른다.

취재 노트와 녹음기, 글러브를 가방에 챙긴다. 다시 도카이도선과 사가미선을 갈아 타고 사무카와로 향한다. 한겨울, 사무카와의 날씨는 맑고 온화했다.

자치회장과의 만남

평온한 평일의 대낮. 단지는 오늘도 무척이나 조용하다. 사람 그림자도 찾아볼 수 없다. 일단 1동부터 6동까지 돌아본다. 고양이 한 마리 없다. 순간 집집마다 초인종을 눌러볼까 하는 생각도 들었으나 형사의 탐문 수사 같은 방식은 최종 수단이다. 일단은 글로브부터 꺼내자.

장기전을 각오하던 바로 그때, 머리 위에서 팡팡팡, 뭔가 두드리는 소리가 들려온다. 올려다보니 3동 2층 베란다에서 널어놓은 이불을 터는 할머니가 보인다. 순간적으로 달려가 할머니를 올려다보며 소리친다.

"실례합니다! 잠깐 여쭤볼 것이 있어서요!"

할머니는 놀라면서도 현관까지 올라와 보라며 답해주신다. 서둘러 계단을 올라 현관문을 두드리자 할머니의 남편인 듯한 백발의 노인이 얼굴을 내민다. 사정을 말씀드린다.

"이 단지가 원래 전쟁 직후에는 귀환자 주택이었다고 들었습니다. 그 시절에 대해 알고 계신 분을 찾고 있어요."

"우리는 몇 년 전에 이사 온 사람들이라 옛날 일은 잘 몰라요. 그런 거라면 자치회장에게 물어보는 게 좋을 것 같은데."

그러고는 5동의 자치회장 댁을 가르쳐 주신다. 부리나케 5동으로 달려간다.

다행히 자치회장님은 집에 계셨다. 70대 후반 정도 되는 여성분으로, 가벼운 화장을 하고 갈색으로 물들인 머리칼을 단정히 묶은 모습이다. 이 아파트에는 1982년부터 살았고 오랜 세월 자치회장 직을 맡아왔다고 했다.

"그전에 자치회장을 10년 정도 했어요. 그러다 5, 6년 전에 한 번 그만뒀는데, 다른 사람이 하면 자치회가 제대로 안 돌아간다며 하도 부탁을 하는 거야. 그래서 결국 또 지금까지 맡게 됐지 뭐유. 하하하."

밝고 구김살 없이 순수한 말투다. 주변 사람들이 믿고 의지

할 만한 분이구나 싶다.

"여기는 쇼와 53년(1978년)에 지금의 철근 콘크리트 5층짜리 아파트로 바뀌었어요. 그 전에는 태평양 전쟁 때 지어진 목조 2층 건물이 있었거든. 거기에서 귀환자들도 살았다고 들었어요."

귀환자라는 단어가 나오는 바람에 너무 놀라 등줄기가 곧추선다.

"목조 2층이었을 때는 건물이 너무 낡아서 버팀목을 받치고 살았다나 봐요. 그러다가 5층짜리 콘크리트 건물이 여섯 동 생겼고, 목조 시절부터 살던 주민들은 1동과 2동에 들어갔어요. 근데 아마 다들 고인이 됐을 텐데..."

그러나 잠시 뒤, 그녀가 갑자기 고개를 번쩍 든다.

"아! 한 분이 있네!"

최후의 산증인

"계시다고요?!"

"응, 있어요, 있어! A 할머니라고, 여든은 훌쩍 넘었을 텐데, 아무튼 아직 건강해요. 이 단지에서 목조 건물 시절을 알고 있는 사람은 아마 그 양반뿐일 거야. 그 할머니한테 물어봐요. 지금 시간이면 집에 있을 것 같은데..."

"가보겠습니다!"

'최후의 산증인'은 1동 5층에 살고 있다고 했다. 우리는 곧장 1동으로 향했고 5층까지 쉬지 않고 한 번에 올라갔다. 하아! 하아! 헉헉! 엘리베이터 없는 5층에 산다는 건 쉬운 일이 아니구나.

"하하하하, 아이고. 젊은 사람들이 헉헉대고 있네."

문을 열고 나온 A 할머니가 우리를 보자마자 웃음을 터트렸다. 그냥 계단을 좀 올라왔을 뿐인데 숨이 넘어가기 일보 직전이다.

"그 정도 계단은 나한텐 일도 아니라우. 40년 넘게 오르내리다 보니. 우리 어머니도 그랬어요. 아흔 넘어서도 그 계단으로 장 보러 다니고 그랬으니까."

"흐아아, 대단하시네요."

A 할머니는 갑작스레 찾아온 우리를 경계하지도 않고 이런저런 옛이야기를 들려주셨다. 그 이야기 속에서는 귀환자도 등장했고 스즈란탕도 등장했다. 정말로 듣고 싶었던 귀중한 이야기들이었다. 그런 와중에 생각지도 못한 에피소드가 등장했다. 그 순간 야스다 씨와 내 눈빛이 마주쳤다. 같은 심정이었다. 취재의 신이 여기 강림하셨구나!

A 할머니는 어릴 적 부친을 여의었다. 그 후 어머니와 언니, 이렇게 세 가족이 함께 살았다. 태평양 전쟁 당시 할머니의 어머니는 사가미 해군 군수 공장에서 식당 일을 하며 여자 혼자 몸으로 자매를 키웠다.

"여기가 예전에는 군수 공장에서 일하던 사람들의 기숙사였어요. 그래서 우리 가족이 여기 살 수 있었던 거였고. 맞아요, 맞아. 당시에는 목조 2층 건물이었어요. 어머니는 집에서 군수 공장까지 걸어서 다녔어요. 자전거 같은 건 못 탔다우. 시대가 워낙 그랬으니까."

A 할머니는 1945년에 소학교에 입학했다. 그해 봄부터 여름까지 사무카와에는 시도 때도 없이 공습경보가 울렸다.

"B-29가 우리 쪽을 겨냥했던 적도 있어요. 폭탄이 떨어지는 것도 봤고."

특히 할머니는 7월 16일의 히라츠카 공습(가나가와현 히라츠카시 일대에서 벌어진 미군의 대규모 공습 – 옮긴이)을 자세하게 기억하고 있었다. 2시간 동안 44만 발의 소이탄이 투하됐고 수백 명의 민간인이 사망했다. 히라츠카시와 가까웠던 사무카와에도 수많은 미군 전투기가 날아들었다.

"가까이에 있던 철탑 덕분에 살았어요. 철탑에 부딪칠까 봐 전투기가 철탑보다 낮게 날지는 못했거든. 만약 저공비행으로 폭격했다면 목조 건물 따위는 뼈도 못 추렸을 거야. 방공호 같은 것도 없었고."

'귀환자 씨'들의 귀환

전쟁이 끝난 뒤 해군 군사 시설 철거지는 몇몇 민간 공장에 팔려 넘어갔다. 그중 하나인 '닛토 타이어'에 A 할머니의 어머니가 재취업했고 이로써 일가는 전쟁 뒤에도 같은 건물에 계속해서 살 수 있었다.

"1층에 2세대, 2층에 2세대, 그러니까 건물 하나에 네 가족이 살았어요. 세 건물이 한 동씩 나뉘는 구조였는데, 아마 동이 8개까지인가 있었던 것 같아요."

그렇다는 말은 모든 세대가 꽉 찼다면 96세대가 모여 살았다는 계산이 된다. 꽤나 규모가 있던 집합 주택이었다.

"전쟁이 끝나고 얼마 지나지 않아 귀환자들도 들어왔지."

귀환자로 이야기가 이어진다. 그들은 어떤 사람들이었는지, 어디에서 왔는지... 만주? 남양 군도(말레이시아 군도, 필리핀 군도 등 태평양 적도 부근의 군도 - 옮긴이)? 그도 아니라면?

구체적으로 답변을 청하자 할머니의 어조가 약간 달라지는 게 느껴진다. 거침없던 어조가 다소 방어적으로 변했달까.

"음… 그때는 내가 어려서, 자세한 건 잘 몰라요."

야스다 씨가 천천히 질문을 되풀이했다.

"혹시 지금 이 아파트에 귀환자나 그 가족이 살고 있는 집은 없을까요?"

할머니는 "음…" 하고 잠시 뜸을 들이더니 "아니, 그게 아니라, 당시에 누가 '귀환자 씨'인지 어떻게 알겠어요? 보면 바로 '귀환자 씨구나.' 알 수 있는 것도 아니고."라 대답했다.

"그냥 어른들이 '저 집이 귀환자 씨 집인 것 같다'고 말들 했고 나는 그걸 들었을 뿐, 나머지는 잘 몰라요"

어딘가 애매한 대답과 '귀환자 씨'라는 어색한 지칭에 더 이상 끈질기게 물어보는 게 망설여진다.

후생노동성의 통계에 따르면, 패전 후 해외에서 귀국한 일본인은 약 629만 명에 이른다. 군인과 그 가족이 310만 명, 민간인이 318만 명이었다. 그들 중 태어나 자란 고향으로 돌아갈 수 있었던 사람은 소수에 불과했다. 대부분이 극빈층이었던지라 애초에 거처랄 곳이 없었고, 살아남기 위해 국책 사업이라는 명분에 실려 '외지'로 떠나갔던 사람들이다. 그들에겐 돌아갈 집이 없었다. 패전 후, 목숨만 겨우 부지해 돌아온 그들은 다시 또 낯선 땅에서 빈손으로 시작할 수밖에 없었다.

일본 각지에서 '귀환자 차별'이 있었다고 들었다. 전쟁 직후 혼란이 한창이던 시절, 혈연도 지연도 없는 '귀환자 씨'들이 갑작스레 지역으로 들어왔다. 지역민들 입장에서는 자기네 사투리도 모르는 외지인이었다. 아무리 봐도 입은 옷 한 벌 말고는 가진 게 없는 것 같다. 끼니를 잇기도 어려울 만큼 가난한 사람들이었다. 그러다 보니 '다들 조심하자. 집의 물건을 도둑맞을 수도 있다.' 하는 경계심이 생겨났다.

언제 어디서든 인간이란 외지인을 두려워한다. 쉽게 의심하고 때로는 차별한다. 나 역시 그런 면이 있다. 그래서 고개를 숙이게 된다. 어떻게든 그 편견의 마음을 던져버려야겠다고 다짐한다. 가만히 고개를 들어 하늘을 본다.

물론 사무카와에서 귀환자에 대한 명백한 차별이 있었는지의 여부에 대해서는 알 수 없다. 그러나 할머니의 대답 속에서, '귀환자'라는 말 자체, 귀환자라는 존재 자체를 쉬쉬했던 과거가 엿보인다. 멀찍이 떨어져서 소문은 쑥덕대도 개개인의 사정에는 발을 들이지 않는다. 그것이 전후를 살아내야 했던 '어른들'의 지혜였던 것일까.

노무자용 목욕탕에서 스즈란탕으로

"아, 맞다. 스즈란탕을 기억하신다고 했죠? 역 앞에 있었던 목욕탕 말이에요."

화제를 바꾸자 A 할머니는 금세 명랑한 표정으로 돌아와 원래대로 편안히 인터뷰에 응해주셨다.

"물론이지! 자주 갔다오. 그 목욕탕이 생겨서 얼마나 편해졌는지 몰라."

A 할머니에 의하면 씻을 곳이 없었던 목조 건물 시절, 뒷마당에 자기 돈을 들여 목욕탕용 오두막을 만든 집도 있었다.

"그게 가능했던 집은 남자 손이 있던 집이었지. 우리 집은 여자만 셋이다 보니 그걸 만든다는 게 엄두도 안 났어요. 그래서 어머니 직장까지 목욕하러 다니곤 했지요."

전쟁 중에는 사가미 군수 공장, 전쟁 후에는 닛토 타이어 부지 안에 있던 목욕탕을 썼다고 했다.

"노무자들이 쓰는 탕이어서 크기도 꽤 컸어요. 어른들이 '이 탕은 전기탕이다.' 그런 말을 하고는 했지. 전기로 물을 데워서 그랬으려나? 확실히는 모르겠지만."

목욕탕에는 여자가 들어갈 수 있는 요일이 정해져 있었다. 어머니, 언니와 셋이서 수건을 들고 다녀오고는 했다. 아이 걸음이었으니 꽤나 먼 거리였고 걸어서 집에 오는 동안 몸이 다시 꽁꽁 얼어붙고는 했다. 이웃 중에는 전차를 타고 일부터 지가사키까지 목욕탕을 다니는 사람도 있었다. '사무카와에 목욕탕을!' 모든 주민의 공통된 염원이었다.

"스즈란탕이 개업하게 된 경위까지야 몰랐지만 생겼을 때는 다들 정말 기뻐했어요. 어쨌건 매일 갈 수 있지, 깨끗하지, 가깝지. 얼마나 고마웠는지 몰라."

그 시절이 떠오른 듯 할머니의 얼굴에 미소가 번졌다. 할머니의 어머니는 닛토 타이어의 식당에서 정년까지 일했다. 귀환자 주택을 겸했던 목조 2층 건물이 철근 콘크리트 5층짜리 아파트로 재건축된 것은 1978년의 일이었다. 각호마다 욕실이 들어가자 할머니 일가는 스즈란탕에 가는 횟수가 줄어들었다. 아흔이 넘어서까지 5층 계단을 건강하게 오르내리던 할머니의 어머니는 이미 10년 전 돌아가셨다고 했다.

사가미 해군 군수 공장에서의 독가스 제조

"사가미 해군 군수 공장의 목욕탕 이야기까지 들을 수 있어서 너무 좋았습니다. 고맙습니다."

인사를 전하고 취재를 마무리하려던 때였다.

"거기 군수 공장에서 독가스를 만들었댔지."

할머니의 자연스러운 언급에 흠칫 놀라 야스다 씨와 나는 서로의 얼굴을 쳐다봤다. 독가스. 사무카와 지역사의 어두운 부분과 이어지는 키워드다. 1925년 제네바 의정서에서 전쟁 때 독가스 사용을 국제적으로 금지했다. 태평양 전쟁이 발발하기 이미 15년 전부터 금지된 사항이었다. 그러나 사가미 해군 군수 공장에서는 극비리에 독가스가 제조되고 있었다. 공장 내에 엄격한 함구령이 내려졌고 인근 주민에게도 철저히

사무카와에 호젓이 놓여 있는 비석. 사가미 해군 군수 공장은 70만 4000㎡의 거대한 규모였다.

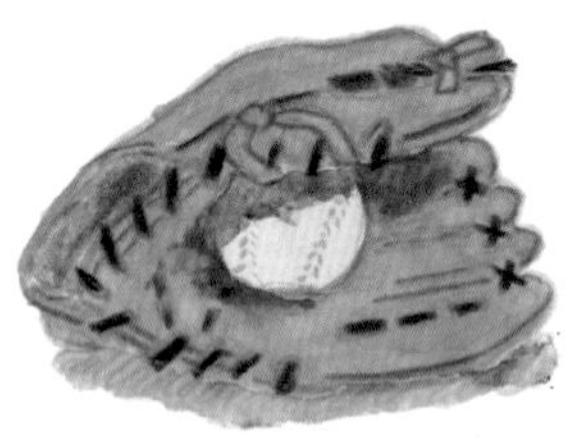

캐치볼은 야구의 신이 주관하는 영역

숨겨졌다. A 할머니의 어머니는 매일 군수 공장을 오가며 노무자들의 식사를 만든 분이다. 뭔가 극비 정보라도 들은 게 있었을까.

"그게 말이죠, 공장 안의 어떤 건물에서 이상한 냄새가 난다는 이야기가 돌았나 봐. 저쪽에만 가면 이상한 냄새가 난다는 거지. 그래서 '저 건물에서 독가스를 만들고 있다'는 소문이 돈다는 말을 어머니한테 들은 적이 있어요. 전쟁이 끝나고서는 그 뭐냐, 다카사고 향료 공장이 생겼거든?[15] 그래서 그때는 '이번에는 저쪽에만 가면 좋은 냄새가 나네.' 뭐 이런 말을 농담처럼 했대. 하하, 진짜로 다카사고 공장 주변만 지나가면 늘 좋은 냄새가 났어."

야스다 씨가 혼잣말처럼 "대단한 이야기네…"라고 중얼거렸다. '저쪽에만 가면 이상한 냄새가 난다'니, 이 얼마나 생생한 증언인가. 그 이상했다는 독가스 냄새는 어떤 냄새였을까. 우리는 마지막의 마지막에 들은 이야기에 압도되어 묵묵히 5층 계단을 내려갔다. 계단참 너머 겨울 하늘 아래 후지산이 선명했다.

"밑져야 본전이라고, 여기 다시 온 게 정말 다행이에요. 다시 오길 정말 잘했습니다!"

나는 취재의 신과 그 신을 믿고 일을 추진한 야스다 씨를

15 히라쓰카시에 있던 사가미 해군 군수 공장 화학 실험부 부지에 다카사고 향료 주식회사의 공장이 생겼다.

칭송했다. 포기하지 않는 자에게 신은 미소를 보내나니!

우리는 기분 좋게 사무카와 중앙 공원에서 캐치볼을 한 뒤 다음 목적지로 향했다.

카나이 마키

독가스 무기 '이페리트'

"예전에 사가미 해군 군수 공장에서 독가스를 만들었다고 들었습니다. 그에 관련된 자료가 있을까요?"

다소 흥분 모드로 사무카와 문서관에 들이닥친 우리를 다카키 관장은 평온한 표정으로 응대해 주셨다.

"네, 어느 정도의 자료는 다 갖추고 있습니다."

관람실에 다른 이용자는 없었다. 창밖으로는 맑고 온화한 겨울 하늘이 펼쳐져 있다. 책상을 두고 마주 앉는다. 다카키 관장은 "제가 처음에 어느 정도 살짝 말씀은 드렸습니다만…" 이라고 언질을 준 뒤 자신은 '독가스'라는 단어를 사용하는데 조심스러운 입장이라고 말했다. '사무카와에서 독가스를 만들었다'고 대충대충 말하는 것을 싫어하는 주민이 있기 때문이다. 확실히 '독가스'라는 단어는 너무 광범위한데다가 노골적이기도 하고 그 정체를 알 수 없으니 더 무섭게 들린다. 그래서 다카키 관장을 포함한 문서관 직원들은 '이페리트'라는 구체적인 명칭을 쓰도록 항상 유념한다고 했다.

사가미 해군 군수 공장에서 만든 '독가스'의 정체는 이페리트다. 이페리트란 벨기에의 도시 '이페르'에서 유래된 명칭이다. 이페르는 제1차 세계 대전의 격전지이자 독일군이 처음으로 이 화학 무기를 사용했던 곳이다.

이페리트는 통상 '가스'라 불리지만 상온에서는 액체 상태로 유지된다. 이페리트가 피부에 닿으면 피부가 문드러지고 들이마시면 기관지와 폐에 심각한 손상을 입게 된다. 주된 사용법은 포탄에 넣어 공중에서 폭파하는 방식이다. 그 무서운 액체를 쏘아 올려 하늘에서 마구 퍼트리는 것이다. 바람 위에서 이페리트를 터트린다면 바람을 타고 넓은 범위까지 막대한 피해를 초래할 수 있다. 민간인이 이 화학전에 휘말리면 말도 안 되는 참극이 벌어진다. 제1차 세계 대전 후 제네바 의정서에서 화학 무기의 사용을 금지한 것도 그 때문이다. 그럼에도 불구하고 일본군은 몰래 숨어서 이페리트 폭탄을 만들고 있었다. 다카키 관장이 말했다.

"태평양 전쟁 중 일본 육군은 히로시마현 오쿠노시마[大久野島]라는 외딴 섬에서 이페리트를 만들었습니다. 당시 일본 지도에서 오쿠노시마는 지워져 있었어요. 역시나 철저하게 기밀로 붙여져 있었지요. 그 진상이 밝혀지기 시작한 것도 패전 후 꽤 긴 시간이 흐른 뒤였습니다."

1941년부터 1944년까지 약 4년 동안 사가미 해군 군수 공장에서는 총 5,000톤의 독극물, 폭탄으로 치면 4만 3000여 개의 이페리트 폭탄이 제조됐다는 사실이 판명됐다.

"많았을 때에는 3,000명 이상의 노무자가 군수 공장에서 근무했다고 합니다."

다카키 관장은 《사무카와 지역사 연구》라는 책자 여러 권을 꺼내 왔다. 사무카와에서는 1985년부터 지역사 편찬 사업이 진행되어왔다. 다카키 관장은 그 편찬 작업의 일환으로 군수 공장에서 근무했던 사람을 일일이 찾아 꼼꼼한 방문 조사를 해왔다. 그 성과가 《사무카와 지역사 연구》에 수록되어 있다.

'하얀 종이'를 받고 징용된 젊은이들

제일 먼저 놀란 사실은 군수 공장에서 근무했던 사람들의 폭이 매우 넓었다는 사실이다. 약학 쪽 기술자들, 전국 각지에서 징용되어 온 남자들, 인근 마을 단위로 모집된 '여자 근로 정신대'라 불리던 젊은 여자들, 고등여학교나 구제중학교[16] 단위로 모집된 근로동원 학생들… 조선 출신의 징용공도 있었다.

"이페리트 폭탄을 만들 때 제일 위험한 작업은 원액 제조와 그 원액을 폭탄에 충전하는 것이었습니다. 이런 위험한 일들은 징용당한 사람들이 주로 담당했다고 합니다."

일본 정부는 1938년에 국가 총동원법을, 이듬해에는 국민 징용령을 공포했다. 이로써 직업, 연령, 성별을 따지지 않고 군수 산업에 종사할 국내외 노동력을 무작위로 징용할 수 있게 만들었다. 전쟁 상황이 어려워지자 젊은 독신자는 물론, 고

16 소학교 과정을 마친 남학생이 진학하는 중등교육기관. 지금의 고등학교에 해당한다. - 옮긴이

령의 기혼자까지도 차례차례 징용되기에 이른다.

나는 지금껏 '빨간 종이'라 불리는 소집 영장을 받아들고 입대할 수밖에 없었던 사람들의 이야기를 접할 때마다 '만약 나였다면 얼마나 절망했을까.' 하고 어두운 심정이 되고는 했다. 전쟁터로 끌려가 상관에게 구타당하고, 식량 보급은 끊기고, 무엇보다 누군가를 죽이지 않으면 안 된다. 제국주의의 광풍하에서 "출정을 축하하네!", "만세!"라고 말하던 시대였지만 그만큼 축하받지 못할 일, 불행한 일이 또 있었을까.

이번 취재를 통해 '하얀 종이'가 날아들어 징용당했던 것도 소집 영장만큼이나 괴로운 일이었다는 것을 알게 됐다. 한정된 인생의 소중한 시간을 빼앗기고, 군사 시설 등에서 집단생활을 강요당하고, 예사롭지 않은 일에 종사해야만 했다. 그 작업의 대부분은 사람을 죽이는 도구를 만드는 일이었다. 게다가 무사히 돌아가리라는 보장도 없었다.

사가미 군수 공장에서는 이페리트 폭탄 이외에도 소이탄, 삼식탄(일본 해군이 개발한 대공포 탄환의 일종 – 옮긴이)과 같은 화공 무기, 방독면과 제독제 등을 만들었다. 물자가 부족해지면 곤약 풀과 일본 종이로 풍선 폭탄 같은 것도 만들어야 했다.

제2공장에서 벌어진 끔찍한 노역

징용공으로 사가미 해군 군수 공장으로 보내진 가와나카 슈에이 씨의 이야기가 특히 인상적이었다. 그는 군수 공장에서 이페리트 폭탄을 만드는 부서에 배속됐다.

1924년 후쿠이현[福井県]에서 목수의 아들로 태어난 가와나카 씨는 고등소학교[17] 졸업 후 도쿄로 상경해 간다[神田]의 철물점에서 일했다. 철물을 가득 실은 수레를 자전거에 매달고 시내를 분주히 오가는 시간을 보냈다. 그러다가 전쟁 상황이 악화 일로를 걷던 1944년 6월에 징용당했다. 당시 그의 나이 열아홉이었다. 배속된 곳은 사가미 해군 군수 공장의 제2공장이었다.

“거기서 저는 이런 작업을 했습니다. 제1공장에서 파이프로 보내 준 원액을 일단 탱크 안에 넣습니다. 그리고 4미터짜리 정사각형 유리로 사방을 완전히 막은 작업장이 있는데, 거기에 구멍이 두 개 뚫려 있어요. 그 구멍에 장갑 낀 손을 넣고는 주입 작업을 했습니다. 방독용 마스크를 하고 방호복을 입고 그 구멍으로 손을 넣어 폭탄의 신관에 이페리트 원액을 주입하는 일입니다. 50센티미터의 높이에서 직경 30센티미터의 원 한가운데로 이페리트를 넣게 되어 있었어요. 원액을 주입하는 작업을 30분 동안 하면 1시간 쉬는 사이클로 작업이 돌아갔습니다. (중략) 여름에 더운 날에는 땀이 뻘뻘 납니다. 그런데 그때 그랬으면 그러면 안 됐는데, 내가 내 몸을 지켜야 했

17 소학교 과정을 마치고 진학하는 초등교육 심화 과정. 지금의 중학교에 해당한다. - 옮긴이

는데도, 방독면에 1엔 정도 크기의 작은 구슬 하나를 끼웠습니다. 그렇게 해야 그 틈으로 공기가 좀 통하며 숨쉬기가 편했으니까요. 그런 짓을 하면 폐가 상한다는 걸 알고 있었습니다만, 너무 더워서 숨쉬기가 힘들었던 지라... 그래서 이페리트를 들이마시게 됐고, 요령이 나쁜 사람 중에 그렇게 하다가 죽은 사람도 대여섯은 됐습니다."

–《사무카와 지역사 연구》 제8호(1995년)

가와나카 씨가 사가미 군수 공장에서 일한 기간은 1년 정도다. 그사이에만 벌써 대여섯 명의 사망자를 봤다는 이야기다. 사망자들에 대한 공식 기록은 전혀 남아 있지 않다.

"군수 공장 내 운동장에서 이런저런 체조를 하고 해산 명령이 떨어지면 다들 숙소로 흩어집니다. 그런데 우리가 근무하던 제2공장과 제1공장 사람들은 뛸 수가 없었어요. 다른 공장 사람들은 해산 명령이 떨어지자마자 뛰어갔는데 말입니다. 조금만 달려도 기침이 터졌습니다. 기침이 한번 터지면 10분이고 20분이고 멈추지 않았습니다. 폐가 망가졌기 때문입니다."

1945년 5월, 가와나카 씨는 군에 입대하기 위해 사무카와 군수 공장을 떠났다. 그런데 이시카와현[石川県] 고마쓰[小松] 해병대 입대 직후 병원으로 이송된다. 빗속에서 작업한 후 3일 넘게 40도의 고열에 시달렸기 때문이다. 이페리트를 들이마신 후유증이었다. 그리고 얼마 지나지 않아 종전을 맞게 된다.

전쟁은 끝났으나 가와나카 씨의 몸은 원래대로 돌아오지 못했다. 가업을 이어 목수가 되었지만 토벽을 해체할 때 먼지라도 마시면 기침이 멈추지 않았다. 비가 오면 고열에 시달렸다. 징용되기 전에는 자전거에 철물을 가득 실은 수레를 매단 채 힘차게 페달을 밟던 사람이었는데 말이다. 그 후 가와나카 씨는 남은 생애 동안 두 번 다시 뛰지 못했다.

징용공들의 축구 한일전

'제2공장에서 위험한 것을 만들고 있다'는 소문은 해군 군수 공장에서 일하던 사람이라면 다들 알고 있었다. 《사무카와 지역사 연구》에 수록된 증언이나 좌담회의 기록에도 여러 번 그 내용이 언급되어 있다.

- 제2공장 사람은 얼굴이 시커멓게 짓무르고 눈은 새빨갛게 충혈되어 있었다.
- 귀가 떨어져 나간 사람도 있었고 후각이 거의 망가진 사람도 있었다.
- 제2공장에서 작업하던 사람들이 휴게시간에 햇볕을 쬐고 있으면 그쪽에서 바람만 살짝 불어도 (독가스) 냄새가 났다. 그 사람들 근처를 지나가면 눈이 따끔따끔했다.
- 운동장에 집합할 때도 제2공장 사람들은 전력 달리기를 할 수 없었다. 약간만 움직여도 기침을 하고 피를 토했다.

제2공장이 정상이 아니라는 건 누가 보더라도 명백한 사실이었다. 제2공장에서 근무를 해야 했던 이들은 어떤 사람들이었을까. 여자 근로 정신대였던 모 씨의 회상에 따르면, 아키타[秋田]나 니가타[新潟]에서 징용되어 온 사람들이 주로 제2공장에서 이페리트 제조를 담당했다.

-《사무카와 지역사 연구》 제10호(1997년)

1985년 9월, 그 당시 근로동원 학생으로 사가미 군수 공장에서 근무했던 160여 명의 사람들이 한데 모이는 자리가 마련됐다. 그 자리에서 한 주부가 이런 발언을 했다.

"조선에서 온 소년공들도 있었습니다. 아마 독가스 공장에 있었을 거예요. 처음에는 지나칠 때마다 '안녕.' 하며 밝게 인사도 해주고 했는데, 시간이 지날수록 소년들은 땅만 보고 걸었습니다. 눈두덩이는 통통 붓고 얼굴은 검붉은 색깔로 변하고 옷도 완전히 누더기였습니다. 양심의 가책이 들었고 너무 가슴이 아팠습니다. 그 모습들을 잊을 수가 없습니다."

-《사무카와 지역사 연구》 제6호(1993년)

기록을 읽으면 읽을수록 괴로워진다. 사가미 군수 공장에서 이페리트 폭탄 제조에 종사한 이는 저 멀리 타지에서 소집되어 사가미까지 끌려온 징용공들이었다. 작업 중 사고로 목숨을 잃은 사람들, 공제회 병원(일본 국가공무원 공제 조합에서 운영하는 병원 – 옮긴이) 사무카와 분원으로 이송된 뒤 병원에서 사망한 사람들의 죽음은 유족에게 어떤 형식으로 전달됐을까.

전쟁이 끝난 뒤 무사히 고향으로 돌아갔다고는 해도 후유증에 시달리며 살아야 했던 사람도 많았을 것이다. 오랜 세월 국가 차원의 건강 조사도 행해지지 않았고, 주위에 그 사정을 이해해줄 만한 동료도 없었다. 국가의 보상을 받은 사람은 극히 일부였으며 그나마도 전후 50년 이상의 세월이 지난 뒤부터였다. 원래대로 돌아가지 못하는 자신의 몸과 대면해야 했던 이들의 고통과 쓸쓸함을 생각하면 무슨 말을 해야 할지도 모르겠다.

마지막으로 『꽃도 꽃봉오리도-사가미 해군 군수 공장 근로동원 학생들의 회고록』(1989년)에서 인상 깊었던 대목을 인용해 둔다.

'남학생들만 있던 미야마에[宮前](가나가와현 소재 지명 – 옮긴이) 기숙사에 조선 반도 출신의 징용공들이 들어왔다. (중략) 맨발에 고무신. 물론 고향 집에서 보내 주는 식량이나 담요 같은 게 있을 리 없다. 조선인 징용공들의 추위와 배고픔은 우리 이상이었고, 차마 볼 수 없을 만큼 그 모습이 불쌍했다. (중략) 그러던 그들이 몰라볼 만큼 활기찼던 날이 있었다. 그날은 날이 청명했고, 대운동장에서 일본 징용공들과 축구 대항전이 벌어졌다. 양측 모두 아마추어 혼성팀이기는 했으나 축구를 국기처럼 즐기는 조선인들은 달랐다. 공을 차올리는 각도도, 스피드도 남달랐다. 일방적으로 득점을 쌓아나갔다. 그때마다 서로 얼싸안고 기뻐했다. 결국 큰 점수 차로 이겼고 환호성을 터트리려는 바로 그때, 리더인 듯한 조선 청년 몇몇이 운동장을 급하게 누비며 수신호로 선수들을 제지했다. 일본 팀에 압도적으로 이기고 게다가 그때까지 쌓인 울분을 풀기라도 하듯 기세등등 환호하면 앞으로의 관계가 더 악화되리라 판단했을 것으로 보였다. 나는 그 장면을 보며 식민지 민족의 비애와 리더의 고충을 알게 된 것 같아 숙연해지고 말았다.'

– 도요중학교(지금의 시즈오카 현립 시모다고등학교)
이다쥬로[飯田十郎] 씨의 회상 중

사가미 군수 공장에서 있었던 축구 한일전. 여기에 등장하는 조선인 징용공들은 활기차게 운동장을 뛸 수 있었다. 적어도 이들은 제2공장에서 이페리트 작업을 하지는 않았을 걸로 추측된다.

그들은 무사히 종전을 맞을 수 있었을까. 전쟁이 끝난 뒤 건강하게 살아가고 있을까. 가끔 그날의 축구 시합을 떠올리기도 할까.

57년 후에 모습을 드러낸 이페리트

다카키 관장의 설명을 감사히 듣고, 귀중한 자료를 전부 복사한 뒤 야스다 씨와 나는 사무카와 문서관에서 나왔다.

"지금은 어떻게 되어 있을지 잠깐 보러 갈까요?"

"좋아요. 가봅시다."

얼마쯤 걸으니 고메다 커피점(일본의 카페 체인점 - 옮긴이)의 간판이 눈에 들어왔다. 우리는 시로느와르(고메다 커피점의 인기 디저트 - 옮긴이)의 유혹에도 아랑곳없이 곧장 남서쪽으로 걷기 시작했다. 사무카와역 앞의 주택가를 가로지르자 광대한 공장 지대가 펼쳐졌다.

"이 주변 일대가 전부 사가미 해군 군수 공장 부지였던 거군요."

커다란 화학 공장 건너편에 또 다른 화학 공장이 있다. 겨울 하늘에 우뚝 솟은 굴뚝이 흰 연기를 묵묵히 뱉어낸다. 통행인의 모습은 일체 없고 때때로 트럭만이 오갈 뿐이다. 살풍경한 거리를 좀 더 걸어 들어가자 자동차 도로용 고가도로가 시야에 들어왔다.

"저게 겐오도[圏央道](수도권중앙연결자동차도[首都圏中央連結自動車道]의 줄임말로, 도쿄를 중심에 두고 수도권을 순환하는 자동차 전용 도로 - 옮긴이)군요!"

야스다 씨의 목소리가 커진다.

"사건 현장은 저 도로 바로 밑일 겁니다, 분명."

우리는 맞바람을 뚫고 씩씩하게 그쪽으로 다가갔다. 2002년 9월 25일, 겐오도의 공사 현장에서 액체가 들어있는 오래된 맥주병이 발견됐다. 땅을 파던 중이었기 때문에 병 일부가 파손됐고 그 자리에 있던 작업원 11명의 얼굴, 가슴, 다리 등에 통증을 동반한 수포가 생겼다. 인후통, 시야협착, 설사 등의 증상도 동반됐다. 후일 방위청의 분석 결과 맥주병 속 내용물이 이페리트였다는 사실이 판명됐다. 사가미 군수 공장의 유실물임이 틀림없었다.

국토교통성은 조사를 통해 독이 들어있는 병 11개를 포함, 약 8,000여 개의 맥주병을 현장에서 발견했다. 환경성은 사건이 발생한 이듬해, 그 현장을 구 일본군의 화학 무기가 남아 있을 가능성이 있다는 'A사안 구역'으로 규정했다. 땅속에 유폐되어 있던 이페리트가 21세기가 되어 다시 등장할 줄이야. 사무카와의 전후 문제는 아직 끝나지 않은 채 땅속에 파묻혀 있었던 것이다. 당시 작업원들 중 가장 중증이었던 한 분은 10여 년 동안의 투병 생활 후 폐암으로 사망했다.

우리는 겐오도 바로 밑까지 진입했다. 도로를 받치는 교각이 규칙적으로 서 있다. 양미역취가 마른 꽃을 매단 채 바람에 나부낀다.

"좀 더 북쪽일 겁니다."

스마트폰에 국토교통성 홈페이지를 열어두고 현장 사진과 실제 풍경을 비교하며 신중하게 찾아 들어간다.

"여기… 아닐까요?"

"네. 교각의 번호도 일치하네요."

"배경에 찍힌 첨탑과 탱크 위치도 똑같아요!"

"여깁니다! 틀림없어요!"

결국 우리는 이페리트가 든 맥주병이 묻혀있던 장소를 특

2002년, 이페리트가 든 맥주병이 출토된 지역. 살풍경 속에 'A사안 구역' 안내판이 유독 생생했다.

정했다. 순간, 도쿠가와 매장금(1867년 에도 막부가 매장해 둔 비밀 군자금 – 옮긴이)이라도 찾은 듯 흥분했지만 그도 잠시뿐, 곧바로 허무함이 몰려들었다. 사건으로부터 18년. 이제 와서 장소를 특정했다 한들 무슨 의미가 있을까.

뭔가 약간의 에피소드라도 건질 요량으로 인근 공장을 돌며 '2002년 9월의 맥주병 사건'에 대해 물어보고 다녔다. 그러나 '모른다'는 대답만 돌아왔다. 딱 한 사람, "아, 맞다. 그런 일이 있었죠?"라고 기억해 준 이가 있었으나 그 이상 이야기가 진척되지는 않았다. 헤이세이 시대(1989~2019년)도 이제 멀어진 마당에 쇼와 시대(1926~1989년)의 일인데 오죽할까. 마음속에 해소되지 않은 찜찜함을 남긴 채 우리는 그날의 취재를 마무리하고 사무카와를 떠날 수밖에 없었다.

그러나 이야기는 거기서 끝나지 않았다. 쇼와의 산증인을 찾아냈기 때문이다.

야스다 고이치

산증인이 그린 그림

"분명 이런 모양이었다고 기억합니다."

92세의 이시가키 하지메 씨. 테이블 위에 놓여 있던 식당 전단지를 뒤집어 슥슥 펜을 놀린다. 전단지 뒷면 여백에 그가 익숙한 손놀림으로 그려낸 것은 '폭탄'이었다.

밥공기를 뒤집어씌운 모양의 선단부에 일자형의 뭉툭한 몸체가 연결되고 하부에 꼬리가 달린 전형적인 미사일 형태다.

"작가님들이 말하는 그 독가스 무기, 이페리트 폭탄은 바로 이렇게 생겼습니다."

우리는 한적한 주택가에 와 있다. 한겨울의 온화한 햇살이 거실을 밝게 비추고 있다. 따뜻한 햇살에 깜빡 잠이 들 것 같은 평화로운 시간대. 그 평온한 공간과는 너무나도 어울리지 않는 단어가 사각거리는 펜 소리와 함께 귓속에 박혀 든다. 어떤 말로 대화를 이어가야 할지 모르겠다.

"그렇군요."라며 고개를 끄덕일 수밖에 없다. 그는 아흔이 넘어서까지 '이페리트 폭탄'의 잔상을 떠안고 살아가고 있다. 그날 소년의 망막에 새겨진 풍경들이 우리에게도 묵직하게 달려들었다.

우리는 전쟁 중 사가미 군수 공장에서 독가스 무기 제조에 종사했던 사람을 찾고 있었다. 어떻게 해서든 '산증인'의 이야기를 듣고 싶었다. 당시의 상황을 기록한 자료에 따르면, 최전성기였던 1943년 무렵 약 3,000명의 작업자가 군수 공장에서 근무했고 그중 약 300명 정도가 이페리트 제조에 종사했다. 한창 일할 나이의 젊은 남자 대부분이 전쟁터로 보내진 탓에 군수 산업체는 노동력 부족으로 곤란을 겪고 있었다. 그래서 국내외 각지에서 징용공과 근로동원 학생, 여자 근로 정신대원 등을 모집해 조업을 유지해 나갔다.

패전 후 70년 이상 지난 지금, 당시의 기억을 증언해줄 수 있는 사람은 아무리 젊다 한들 80대 후반이다. 이미 돌아가신 분도 많을 것이다. 우리의 증언자 찾기는 당연하게도 난항을 거듭했다. 각자 전국 여기저기 문의 전화를 돌린 후 '오늘도 실패였다'고 보고하는 날들이 이어졌다.

우리의 기획은 목욕탕을 주제로 시작됐다. 그러나 정신을 차려보니 목욕탕에서 점점 멀어지고 있다. 목욕 후 완전히 식어버린 몸으로 어두운 숲을 헤매는 심정이랄까. 그러나 상관없다. '사라진 목욕탕'이 우리를 독가스까지 인도해 준 것이었으니까. 이렇게 조금씩 파고들던 의구심을 단호히 내치며 초심으로 되돌리고는 했다. 그러던 중 드디어 찾아낸 이가 이시가키 씨였다. 그는 근로동원 학생으로 사가미 군수 공장에 징용됐고 독가스 무기 제조에 관련된 일을 했다.

2021년 1월 1일, 도쿄 히노시[日野市]에 거주 중인 이시가키 씨 댁을 방문했다. 아흔둘이라는 나이가 느껴지지 않는 인물이었다. 몸놀림은 민첩했고 기억력은 풍경의 세부까지 재현 가능할 정도였다. 말투에는 열의가 깃들어 있었다. 그는 코로나 시국을 맞아 그의 건강을 염려하는 우리에게 '체험을 전달하는 일이 나의 역할'이라며 강한 의지를 내비쳤다.

근로동원 학생으로 사무카와로 보내지다

이시가키 씨는 이즈반도[伊豆半島](도쿄의 남쪽, 시즈오카현 남동부에 위치한 지역 - 옮긴이)의 끄트머리에 위치한 항구 마을 시모다[下田] 출신이다. 전쟁 중 그는 집 가까이에 있던 도요중학교에 다니던 학생이었다.

패전 1년 전인 1944년, 정부는 심각한 노동력 부족 해결책으로 '긴급 학생 근로동원 방책요강'을 발표했다. 중등학교 이상에 재학 중인 학생을 군수 공장과 관련 시설로 동원하겠다는 시책이다. 이 시행령으로 도요중학교 4학년생(16세)이던 그는 동급생들과 함께 사무카와의 사가미 군수 공장으로 파견된다. 물론 사가미 군수 공장이 무엇을 만드는 곳인지 전혀 몰랐다. 10대 중반의 소년에게는 파견지의 작업 내용보다 부모님 곁에서 떨어진다는 것이 가장 불안했다.

"당초에는 현내에 있던 누마즈[沼津] 군수 공장에 파견된다고 들었습니다만, 출발 직전에 갑작스레 행선지가 바뀌었습니다. 낙담했지요. 아무리 가까운 현이라고는 해도, 살던 고장에서 나가본 적이 없던 나로서는 너무 먼 곳으로 끌려가는 기분이 들었습니다."

사무카와로 출발하는 8월 8일 아침, 이걸로 가족과 마지막 이별이 될 것 같은 기분이 들었다. 양친은 눈물만 흘리며 아무 말도 하지 못했다. 나가는 길에 조부와 나눴던 대화를 그는 지금까지도 정확히 기억하고 있다.

"어디까지 가게 되니?"

"사무카와요. 아쓰기[厚木] 근처인 것 같아요."

"추울 것 같은 곳이네… 게다가 한술 더 떠서 '아쓰기'라니…"[18]

시모다는 눈이 거의 오지 않는 온화한 지역이다. 그런 지역

18 사무카와[寒川]를 한자 그대로 해석하면 '추운 강'이라는 뜻이다. 지명인 '아쓰기[厚木]'는 '여러 겹 껴입은 옷'을 가리키는 단어 '아쓰기[厚着]'와 발음이 같다. – 옮긴이

사람 눈에 사무카와는 이름 자체부터가 추운 겨울의 북쪽 지역을 연상케 하는 지명이었을 것이다.

그날 오후, 학생들을 수송할 해군 트럭 2대가 학교 앞에 도착했다. 한 대에 50명씩 짐칸에 학생들을 밀어 넣고 트럭은 출발했다. 소년들을 가득 실은 트럭은 사가미 항과 접한 이즈반도의 동쪽 해안을 타고 사무카와 쪽으로 북상했다. 중간에 이나토리[稲取] 마을을 통과할 때는 같은 고장 중학생 여자애들이 길가에 서서 손을 흔들며 전송했다.

"그때의 풍경이 잊히지가 않아요. 아아, 이걸로 동네 여자애들 보는 것도 마지막이구나, 그런 생각이 들었습니다. 군대에 끌려가는 기분이었지요."

사무카와에는 밤 9시가 넘어서 도착했다. 동급생 전부 사무카와 신사 근처의 '미야마에 기숙사'로 들어갔다. 그 기숙사는 군수 공장이 관리하던 종업원 숙사였다.

"끔찍한 기숙사였습니다."

기숙사 지붕에는 도시락을 쌀 때나 쓰던 종잇장 같은 목피만 덮여 있었다. 훅 불면 날아갈 듯 빈약한 지붕이었다. 게다가 천장도 없었다. 소이탄이 떨어졌을 때 천장이 있으면 더 위험하다는 이유에서였다. 그래서 그날 이후 비가 새는 걸 감당하는 나날을 보내야 했다. 밤바람에 지붕이 젖혀지면 그 틈으로 달이 얼굴을 내밀기도 했다.

중학생들의 난투극

다른 중학교 학생들도 가까운 기숙사에 이미 들어와 있었다. 야나마시현[山梨県] 히카와중학교(지금의 야마나시 현립 히카와고등학교) 학생들이었다.

"사무카와에 도착하자마자 히카와중학교 학생들과 집단으로 치고받는 난투극이 벌어졌어요. 이유? 우리 중학교 학생 하나가 히카와중학교 학생에게 '촌놈 원숭이'라고 했던 것이 원인 같긴 했는데 진짜 이유는 잘 모르겠습니다. 뭐, 흔히 있는 학교 대항의 난투극이었습니다. 히가와중이 밤중에 기습해 들어왔습니다. 목검이나 면도칼을 손에 쥔 놈도 있었어요. 우연히 근처에 이토고등여학교(지금의 시즈오카 현립 이토고등학교) 여자애들이 있었는데, 같은 고향이라고 우리 쪽을 응원해줬어요. 히카와중은 강했습니다. 히카와중은 애투섬(알래스카 최서단에 위치한 섬으로, 태평양 전쟁 당시 일본군과 미군의 격전지 - 옮긴이)에서 옥쇄(玉碎)(부서져 옥이 된다는 뜻으로 명예나 충절을 위해 깨끗이 죽음 - 옮긴이)해 군신(軍神)이라고도 불렸던 야마사키 야쓰요 대좌의 출신교였으니까요. 그 사실을 자랑스럽게 생각하고 있었겠지요. 아무튼 위세가 대단했습니다."

결국 집단 난투극은 해군 대위가 부랴부랴 달려오고 나서야 겨우 멈췄다. 대위는 학생들을 식당으로 집합시켰다. 그리고 학교별로 서로 마주 보게 세운 뒤 서로의 따귀를 때리는 벌을 내렸다. 왜인지는 모르겠으나 난투에 전혀 가담하지 않았던 쇼난중학교(지금의 가나가와 현립 쇼난고등학교) 학생들까지 사건에 말려들어 같이 벌을 받게 됐다. 그러나 이 일을 계기로 각 학교 간의 교류와 우정이 싹텄고 이후 시시한 일로 부딪치는 일은 없었다.

제2공장만은 싫었다

이시가키 씨 등 도요중학교 학생들은 제일 먼저 공장 내의 제초 작업에 동원됐다. 만에 하나 공장 내에서 화약이 폭발했을 때 주변으로 불이 번지는 것을 막기 위해 필요한 작업이었다. 얼마 지나지 않아 공장 배속이 결정됐다. 사가미 군수 공장에는 제1공장, 제2공장, 제3공장, 제4공장, 이렇게 4개의 공장이 있었다. 배속이 결정되기 전 이시가키 씨의 바람은 단 하나, '제2공장만은 피하고 싶다'는 것이었다.

"이페리트 폭탄이 제2공장에서 만들어지고 있었기 때문입니다."

이페리트가 독가스였다는 것을 알고 있었던 것일까. 내 질문에 이시가키 씨는 고개를 가로저었다.

"처음 얼마 동안은 독가스라는 걸 확실하게 인식하지는 못했습니다. 그저 이페리트라는 것을 제조하고 있다는 사실, 그것이 아무래도 위험한 물질이라는 것 정도만 이해하는 수준이었습니다."

제2공장에서 제조하는 것을 잘못 만지면 손이 썩는다고 했다. 기관지나 폐가 상한 사람도 많다고 했다. 그런 소문은 이미 들어서 알고 있던 상태였다.

"군사 기밀이기 때문에 누가 공식적으로 가르쳐 준 것은 아니었습니다. 그러나 제2공장이 위험하다는 사실만은 우리 근로동원 학생뿐만 아니라 인근 마을 주민도 다 알고 있었을 겁니다."

실제로 제2공장의 노무자들은 다들 얼굴색이 나빴다.

"흙빛이라고 할까요, 아니 그보다 오히려 검은색에 가까웠습니다. 제2공장이 위험하다는 건 누가 봐도 명백한 사실이었습니다."

아침이 되면 군수 공장의 모든 사람이 모여 조업 전 해군체조를 하는 것이 일과 중 하나였다. 제2공장 사람들은 거무튀튀한 피부 때문에 쉽게 눈에 띄었다. 건강하지 않다는 걸 보여주는 안색 때문에 제2공장을 기피하는 마음은 더 강해졌다.

결국 이시가키 씨는 기관총 탄환과 낙하산 제조를 주 업무로 하는 제3공장으로 배속됐다. 그러나 안도한 것도 잠시, 사실 제3공장에서도 이페리트 폭탄 제조에 관련된 일을 일부 하고 있었다. 제2공장에서 만든 이페리트를 폭탄 본체 속에 담는 작업이었다. 당시에 '작전[炸塡]'(폭탄에 넣는다는 의미 – 옮긴이)이라는 말로 불리던 작업이었다. 공교롭게도 이시가키 씨는 그 작업을 담당하는 '작전반'에 들어가고 말았다.

"제2공장에서 이페리트를 채운 원통 모양의 깡통을 손수레로 싣고 옵니다. 제3공장에서는 그것을 화약과 함께 폭탄 안에 넣는 작업을 했습니다. 꽤 어려운 작업이었어요. 이페리트 깡통만으로도 60킬로그램 정도 되는 무게였으니까요. 그 작업을 마치면 그 위에 파라핀을 주입해 고정한 다음 나사를 돌려 조립을 완료합니다. 그리고 완성된 폭탄을 나무 상자에 넣어야 했습니다. 이때는 상자 무게까지 포함해 족히 100킬로그램 정도는 되었을 거고요."

나무 상자를 소달구지에 싣고 연장노선이 출발하던 니시사무카와역으로 옮기는 것까지가 작전반의 일이었다. 다른 것도 그렇지만 소달구지라니. 들이마시면 내장 기관을 파괴하고 심하면 죽음에 이르게 만드는 잔혹한 화학 무기가 소달구지로 운반되었던 것이다. 그 기묘한 조합이 더욱 끔찍하게 와 닿았다. 전쟁의 광기와 폭력이 시골의 소박한 풍경마저 모조리 잠식하고 있었다.

이시가키 씨는 일련의 작업을 회고하는 중간중간 우리가 더 쉽게 이해할 수 있도록 그림으로도 그려주셨다. 이페리트 폭탄 그림도 이때 그려주셨다.

"여기에 이렇게 신관이 연결되어 있고, 여기에 이렇게 화약이 들어있고, 여기에 이렇게 꼬리가 붙어 있고..."

그의 펜 끝이 전단지 뒷면에서 폭탄을 조립해 나갔다. 열여섯 소년의 몸에 깊이 밴 작업 공정은 지금까지도 사라지지 않았다. 전쟁이 몸속에서 살아있는 것이다. 이시가키 씨는 그것을 자각하고 있었다. 그렇기 때문에 구태여 '말하는 자의 역할'을 떠안기로 한 것이다. 그 심정을 생각하면 애달프고 복잡한 감정이 복받친다.

독가스를 뒤집어쓰고 죽고 싶지는 않다

공정 중에 위험한 일은 없었을까. 그렇게 묻자 그는 '아주 많았다'고 즉답했다.

"우리는 그냥 평범한 중학생이었습니다. 땜질 기술자도 뭣도 아니었습니다. 그러니 완벽한 작업 같은 건 애초부터 불가능했고, 불량품이 많이 나왔습니다."

가장 전형적인 사례는 액체 유출이었다. 용기 틈으로 이페리트가 새어 나왔던 것이다.

"그런 불량은 냄새로 압니다. 뭐라 표현해야 좋을까요. 강렬한 악취, 시너 냄새 같은 건 귀엽게 느껴질 정도로 지독한 악취였습니다. 아, 이게 독의 냄새로구나, 그런 생각이 절로 들어요. 문제는 새어 나온 액체에 접촉했을 경우입니다. 나도 몇 번 건드린 적이 있었지요. 다행히 아주 두꺼운 작업용 벙어리장갑을 끼고 있어서 무사했습니다. 친구 중에는 액체가 샌 부분에 걸터앉았다가 바지에 구멍이 뚫려 엉덩이를 다친 놈도 있었습니다."

액체가 유출된 불량품은 부지 내에 있던 '퇴피호[退避壕]'(방공호)로 옮겨졌다. 처분되기 전까지 그 안에 쌓아두고 있었던 것이다.

사무카와로 파견되고 첫 겨울을 맞았을 무렵, 미군 전투기의 공습이 심해지기 시작했다. 다행히 군수 공장이 피폭된 적은 없었다. 그러나 퇴피호로 대피할 때마다 거기 쌓여있던 불량 이페리트 폭탄이 터지지 않을까 두려워 살아 있어도 살아

있다는 생각이 들지 않았다고 했다.

"차라리 미군의 폭탄에 죽는 게 낫지, 우리가 만든 폭탄이 터져서 독을 뒤집어쓰고 죽는 것만은 정말 싫었습니다. 그래서 친구 놈 중에는 공습 때마다 퇴피호를 피해 군수 공장 부지 너머 사가미 강 제방까지 뛰어가는 놈도 있었습니다."

그렇다. 그때쯤 되면 아무리 중학생이어도 다 알기 마련이다. 이페리트 폭탄이 얼마나 무서운지. 공장에서 일하던 모든 사람이 다 알고 있었던 것이다.

1945년으로 해가 넘어가면서 자재와 원료가 부족해 서서히 일이 줄어들었다. 그해 6월, 이시가키 씨를 비롯한 동급생들은 고향으로 돌아갔다. 독가스 무기와 함께한 생활은 10개월에 이른다.

이시가키 씨의 전쟁과 전후

"그저 열여섯 아이였습니다. 그런 아이가 전쟁을 도왔던 겁니다. 이페리트 폭탄은 사람을 다치게 하는 것만이 목적이 아니었습니다. 그 폭탄에 당한 병사는 바로 죽지 않고 극심한 고통에 괴로워하게 됩니다. 치료를 위해 많은 의사와 간호사도 동원됩니다. 곧바로 죽이지 않는 폭탄이기 때문에 더 많은 인력을 쓰게 만드는 무기였던 겁니다. 즉 이페리트는 적군의 공격을 약하게 만드는 데 효과적인 무기였습니다. 그런 무기에 우리가 관여하고 있었던 겁니다. 아니, 관여할 수밖에 없도록 국가가 강요했던 겁니다."

이시가키 씨가 열여섯 살 때 그렸던 그림

신예 자살공격 전투기

가혹한 노동에 처해있던 당시 상황

이시가키 씨는 사무카와 시절 내내 지니고 있던 스케치북을 우리에게 보여줬다. 스케치북은 전투기와 총을 쏘는 병사들 그림으로 가득했다. 전쟁에서 도망치는 것은 불가능했다. 아이에게는 아이의 전쟁이 있었다. 싸우는 병사의 모습을 그리며, 독가스 무기 바로 옆에서, 그는 전쟁의 시대를 살아갔다. 그것이 이시가키 씨의 전쟁이었다.

어른이 된 그는 도내 유명 호텔에 취직해 회사 임원직까지 맡은 뒤 샐러리맨 생활을 끝냈다. 다행스럽게도 전쟁과는 무관한 시간을 보냈다. 그러나 기억은 끈질기게 남았다. 가끔씩 사무카와의 풍경이 되살아나고는 했다. 20년 전, 사무카와의 공사 현장에서 이페리트가 든 맥주병이 발견됐다는 보도를 접했을 때도 그랬다. 그 사건을 접하고 자신의 내부에서 뭔가 들쑤셔지는 게 느껴졌다. 통증에 가까운 느낌이었다.

"군수 공장에 있던 이페리트가 그 뒤 어디로 옮겨졌는지, 어떻게 폐기되었는지 저로서는 도무지 알 수 없는 노릇입니다. 그러나 하나는 확실했습니다. 아직 끝나지 않았다는 사실. 그 사실에 마음이 혼란스러웠지요."

사가미 군수 공장에서는 다양한 사람들이 일을 해야 했다. 이시가키 씨 같은 근로동원 학생은 물론, 도호쿠[東北](도쿄를 기준으로 동북쪽에 위치한 6현 지역을 이르는 말 - 옮긴이) 같은 일본 각지, 조선 반도에서까지 많은 사람이 끌려왔다. 전쟁이, 아니 전쟁을 일으킨 국가가 수많은 사람을 전쟁의 소용돌이로 몰아넣고 어두운 기억을 이식했다.

지금 이시가키 씨는 독가스와는 또 다른, 독기로 가득한 '어떤 냄새'를 감지하고 있다.

"일종의 화약 냄새라고 할까요, 당장이라도 뭔 일이 날 것 같은 수상쩍은 냄새... 용감무쌍, 거침없는 말들이 난무하는 시절이니 아무래도 경계심을 품고 바라보게 됩니다."

그는 자식과 손자 세대가 전쟁을 경험하게 해서는 안 된다는 말을 몇 번이고 반복했다.

전쟁이 한창이던 사무카와의 풍경을 만나면서 우리는 한층 더 어두운 숲속에 발을 들이고 말았다. 독가스를 둘러싼 여행은 그렇게 더 계속되었다.

제5장

토끼섬의 독가스 무기

오쿠노시마

히로시마 현 다케하라 시 항구에서 페리로 15분.

아름다운 풍경을 가진 세토나이카이의 작은 섬에는

온천이 솟고 여기저기 토끼가 뛰어다닌다.

과거 이 작은 섬에 거대한 독가스 무기 공장이 있었다.

극비리 작업에 동원되어 작업했던 사람들은

피부가 문드러지고 폐가 망가졌다.

독가스 무기는 중국 대륙으로 보내져 끔찍한 작전에 사용됐다.

'말하는 자'들과의 만남, 그리고 역사를 직시하는 여행.

국민휴가촌의 고쿠츠노유

야스다 고이치

탕 안에서 세토나이카이[瀨戶內海](일본 시고쿠, 혼슈, 규슈로 둘러싸인 내해(內海) - 옮긴이)를 바라본다. 이 얼마나 호사스러운 일인가. 욕실의 커다란 창 너머로 세토나이카이가 자랑하는 '다도해(多島海)'가 펼쳐진다. 거울같이 잔잔한 바다에 밥그릇을 엎어놓은 듯 작은 섬 여러 개가 눈앞에 떠 있다. 게다가 나 말고는 입욕객이 아무도 없다. 나 혼자 탕 하나를 전세 낸 셈이다. (카나이 씨 말에 따르면 여탕도 마찬가지였다.) 마음껏 온몸을 쭉쭉 뻗고 탕에 녹아든다. 그렇다. 몸을 '담근다'기보다는 '녹아든다'는 느낌. 몸과 마음을 최대치로 이완시킨다. 이 순간만큼은 세상과의 연결을 끊어둔다. 이런 식의 '대욕탕 외톨이'라면 싫어할 이유가 전혀 없다.

우리는 지금 오쿠노시마에 와 있다. 히로시마현 다케하라시[竹原市] 다다노우미항[忠海港]에서 남쪽으로 3킬로미터 떨어진 근해의 섬. 이 섬 유일의 숙박 시설인 '국민휴가촌'(국립공원 내 숙박, 레저 시설 - 옮긴이)에서 당일 입욕권만 끊어서 목욕을 즐겼다. 국민휴가촌 부설 시설인 '세토 온천'은 천연 라돈 온천(미량의 방사능을 포함한 광천수이자 낮은 온도의 냉천탕이다. 피부에 닿는 느낌이 부드럽고 자극도 거의 없다.)[19]

19 라돈은 우라늄이 붕괴될 때 나오는 방사능 물질로 폐암의 원인이 되는

오쿠노시마의 고쿠쓰노유에서
세토나이카이의 바다를
바라보는 야스다 씨

이다. 남녀 각각 두 개의 욕탕이 준비되어 있는데 큰 욕탕에는 '오쿠쓰노유[大沓の湯]', 작은 욕탕에는 '고쿠쓰노유[小沓の湯]'라는 이름이 붙어 있다. 큰 욕탕은 말 그대로 탕의 크기가, 작은 욕탕은 바다를 조망할 수 있는 풍경이 자랑거리다. 나는 별 고민 없이 작은 탕을 고른다. 일부러 세토나이카이까지 왔으니 여기서만 볼 수 있는 풍경을 만끽하고 싶다. 게다가 작다고 해도 어른 다섯이 한꺼번에 들어가 편하게 몸을 뻗을 수 있을 만큼 충분한 크기다.

하늘을 올려다본다. 바다도 느껴본다. 창에서 불어오는 바닷바람도 맞아본다. 그것만으로도 기분 좋은 탕이다. 무색무

유해 물질이다. 다만 물에 녹아 있는 상태의 라돈은 인체에 무해하여 일본에서 온천 등에 이용된다.

취에 비단처럼 부드럽고 몸에도 좋을 것 같은 온천수다.

욕탕의 크고작음을 나누는 '오쿠쓰[大沓]'와 '고쿠쓰[小沓]'(오쿠쓰는 '큰 신발', 고쿠쓰는 '작은 신발'을 뜻한다. – 옮긴이)라는 말에는 전해 내려오는 전설이 있다. 옛날에 일본 군선이 이 근방을 통과할 때 해로의 안전을 기원하며 큰 신발과 작은 신발을 바다로 던졌는데, 큰 신발이 떠돌다 도착한 섬을 '오쿠쓰시마[大沓島]', 작은 신발이 떠돌다 도착한 섬을 '고쿠쓰시마[小沓島]'라 이름 지었다. 그 섬이 바로 현재의 오쿠노시마[大久野島]와 바로 옆의 고쿠노시마[小久野島]다.

전설은 상상력을 불러일으킨다. 해적이 이 지역을 지배하던 때도 있었다. 이 바다를 무대로 한 항쟁도 있었다. 역사의 거센 파도는 신발뿐만이 아니라 처참한 비극과 고통도 이 섬으로 끌고 들어왔다. 그중 하나가 바로 독가스다.

일본 최대 규모의 독가스 공장

우리는 사무카와에서 폐업한 '스즈란탕'을 단서로 태평양 전쟁과 독가스 공장에 이르렀다. 취재 과정 중 국내 최대 규모의 독가스 공장이 실은 오쿠노시마에 있었다는 사실을 알게 됐다. 목욕탕을 주제로 시작된 기획이었는데 언제부터인가 독가스에 이끌려가고 있다. 왜일까. 아마도 독가스의 역사를 들춰보는 가운데 '일본'이 들여다보였기 때문이다.

'가해'의 역사를 지녔다는 것, 그것을 잊으려 한다는 것, 은폐하려 한다는 것 그리고 역사를 고쳐 쓰려 한다는 것. 이런 일련의 흐름이 여실히 드러났다. 역사의 비명이 들려왔다. 그래서 우리는 독가스 공장이 있었다는 오쿠노시마로 급히 달려갔다. 전쟁의 죄과를 알기 위해, 망막과 가슴에 역사를 새기기 위해.

섬을 돌고, 과거의 관계자를 방문하고, 자료를 수집했다. 그리고 탕에 몸을 담갔다. 평화로운 바다를 바라보며 온천을 만끽했다. 탕에 몸을 담근 채 온천수의 유효 성분을 몸에 흡수시켰다. 그러나 의식의 어딘가는 오쿠노시마의 역사로 향하고 있다. 세상에는 씻어서 흘려버릴 수 없는 것도 분명 있다.

과거에는 요새와 독가스, 지금은 온천과 휴양촌

탕에 몸을 담그고 "하아~." 큰 심호흡을 뱉어내자마자 웬일인지 불쑥 선전 문구 하나가 떠올랐다. '옛날에는 요새(要塞)·독가스의 섬, 지금은 온천·휴양촌의 섬' 1965년 오쿠노시마에 개장한 휴양촌이 홍보용으로 만든 팸플릿 표지의 캐치프레이즈였다. '지금은 온천'이라며 필사적으로 과거를 지우려던 모양새가 허를 찌르듯 탕 속에서 불시에 떠오른 것이다.

뒤에 상술하겠지만 '독가스의 역사'는 아직 끝나지 않았다. 지금까지도 이 지역에는 독가스 피해로 고통받는 사람들이 있다. 하물며 팸플릿이 만들어졌을 당시에는 오죽했으랴. 수많은 지역민이 독가스 후유증으로 괴로움을 겪었다. 국가에 의한 구제가 시작된 것은 1970년대부터다.

독가스 공장은 사라지고 없다. 그러나 독가스가 남긴 상흔은 결코 사라지지 않았다. 이 섬에 들어와 그 사실을 확실히 알게 됐다.

오쿠노시마가 독가스 섬이 되기까지

오쿠노시마는 둘레 4킬로미터의 작은 섬이다. 섬 안에 숙박 시설이 한 곳 존재하지만 민가는 없다. 즉 무인도다. 숙박 시설 근무자들도 바다 건너 다다노우미 항에서 배를 타고 통근한다. 1900년대 초반까지 몇 가구가 섬에서 농업과 어업을 꾸리고 살았다는 기록이 있는 것으로 보아 아주 먼 옛날부터 무인도였던 섬은 아니었다.

일본군은 1900년대 초반부터 이 작은 섬을 눈여겨보기 시작했다. 세토나이카이의 중앙에 위치한 오쿠노시마를 군사적인 요충지로 이용하고자 한 것이다.

1901년 러일전쟁을 목전에 둔 일본군은 외국 함대의 침입을 막겠다는 목적으로 섬을 요새화하기 시작했다. 섬 주변으로 22개의 대포를 설치했고 세토나이카이를 완전히 장악했다. 그리고 1927년, 육군 조병창(육군 군수 공장 – 옮긴이)이 오쿠노시마에 화공 무기 공장을 만들겠다고 발표했다. 요새가 아닌, 군수 공장의 섬으로 만들겠다는 발표였다.

지역에 번영을 가져올 것이라고 많은 사람이 그 결정을 반겼다. 당시의 지역신문 《예남시보》도 기대감 가득한 기사를 실었다. '육군 조병창 화공 무기 공장, 다다노우미정[忠海町]에 설치 결정'이라는 큰 제목 밑으로 '이걸로 다다노우미정이 드

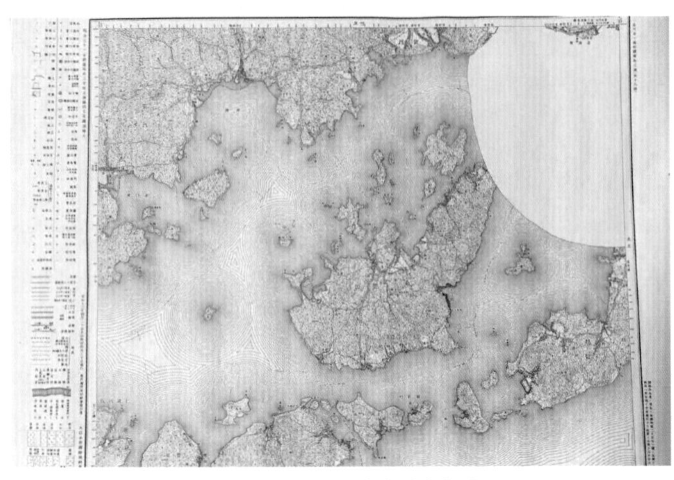

육군참모본부가 1938년에 제작한 지도.
오쿠노시마 부분이 하얗게 지워져있다.

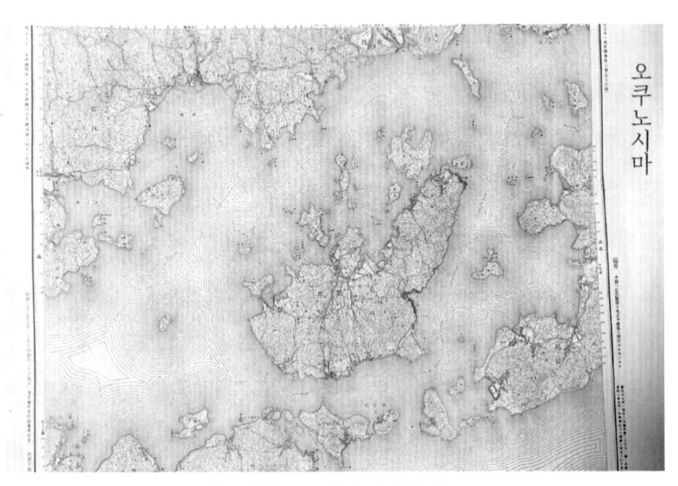

내무성이 1947년에 제작한 지도.
오쿠노시마와 고쿠노시마가 정상적으로 표시되어 있다.

디어 부상하게 됐다'는 기사가 이어졌다. 군수 공장이 들어오면 지역의 경기가 살아날 것이라 반기던 것이다. 원자력 발전소 유치를 위해 열을 내던 과소화 지역(청장년층의 인구가 빠져나가면서 경제적으로 낙후되고 있는 지역 - 옮긴이)을 연상시키는 선동 기사였고, 독가스에 대한 언급은 전혀 없었다. 그러나 2년 후 섬에 완성된 시설은 완벽한 독가스 공장이었다.

바다로 둘러싸인 요새의 섬. 비밀 유지로는 최적의 장소라고 군부는 생각했을 것이다. 제1차 세계 대전 이후, 열강 각국은 독가스를 화학 무기로 이용해왔다. 독가스는 적을 죽이는 것이 주목적이 아니다. 일생에 걸쳐 사라지지 않을 장애나 고통을 주면서 상대의 전력 자체에 손해를 입히는 무기다. 경우에 따라서는 죽음 이상의 비참한 결과를 초래한다. 그렇기 때문에 1925년 제네바 의정서에서 '전쟁 시 독가스 및 세균 등의 화학 무기 사용을 금지한다'고 의결했으나 일본은 그 협약에 비준하지 않았다. 일본은 국내외 여러 곳에서 비밀리에 독가스 연구 개발을 지속했고 오쿠노시마에 제조 공장을 만들었다. 오쿠노시마의 독가스 공장은 국제적으로 알려지면 곤란한 시설이었다.

지금 내 손에는 지도가 한 장 있다. 육군참모본부 육지측량부(국토지리원의 전신)가 작성한 1938년의 다다노우미 주변 지도다. 축척 5만 분의 1짜리 이 지도에 오쿠노시마는 없다. 정확히 말하면 오쿠노시마 부분이 하얗게 덧칠되어 가려져 있다. 비밀 유지를 위해 지도에서 지워버린 섬. 그것이 태평양 전쟁 전과 태평양 전쟁 당시의 오쿠노시마였다.

1929년부터 패전을 맞은 1945년까지, 오쿠노시마에서는 이페리트, 루이사이트 등의 미란성(糜爛性. 썩거나 헐어서 문드러지는 성질 - 옮긴이) 가스를 비롯해 청산(靑酸) 가스(사이안화 수소산 가스), 재채기 가스, 최루 가스 등 약 6,600톤 이상의 독가스를 제조했다. 이 위험한 작업에 종사했던 이들은 바다 건너 다다노우미를 비롯해 인근에 거주하던 주민들이었다. 그들 중 많은 수가 독가스 후유증으로 괴로운 세월을 보냈다.

'온천과 토끼' 그 그늘에 숨겨져 있는 것

오쿠노시마는 종전 후 일정 기간 미군에 점령되었다가 1956년 일본으로 반환됐다. 그 후 얼마동안 폐허 상태로 방치되다가 1963년 대규모 휴양 시설인 국민휴가촌으로 문을 열었다. 전국에서 여섯 번째로 완성된 국립공원 휴양 시설이었다. 국민휴가촌 유치를 위해 이 지역 출신이자 당시의 수상이던 이케다 하야토의 힘이 뒤에서 작용했다는 건 정설이다.

"언제까지고 독가스, 독가스, 그 소리만 해선 곤란하잖아."

이케다 수상이 이렇게 말했다는 소문 또한 이곳에서 정설로 받아들여지고 있다. 그 진위는 불분명하지만 이 하나만은 분명하다. 정치가를 비롯한 일부 사람들이 독가스의 기억을 깨끗이 지워버리고 싶었다는 것이다. 극비리에 진행된 독가스 제조는 누가 뭐라든 명백한 패배의 역사이고 가해의 역사이다. 번영만이 옳다고 믿는 위정자에게는 거추장스럽고 무거운 짐이었으리라. '옛날에는 요새·독가스의 섬, 지금은 온천·휴양촌의 섬.' 이 선전 문구에서 그러한 의도가 여실히 드러난다.

오쿠노시마에 휴양 시설이 만들어지기 직전, 이 섬을 찾았던 사람들의 귀중한 기록이 남아 있다. 후생성 소속의 레인저(Ranger. 국립공원 삼림 경비원 – 옮긴이)이자 오쿠노시마 휴양 시설의 건설을 맡았던 나리타 겐이치 씨의 회고록이다. 재단법인 국립공원협회에서 발행한 『레인저의 선구자들』에 수록된 대목을 인용한다.

'오쿠노시마에 첫발을 찍은 그날, 우리 눈에 처음 들어온 것은 숲처럼 빼곡하던 방대한 수의 독가스 공장 폐허와 잔존물들이었다. 섬에서 평지란 평지는 전부 콘크리트조의 견고한 건축물, 창틀은 죄다 녹슬고 철근은 아무렇게나 삐져나온 섬뜩하고 으스스한 검은 건물들로 점령되어 있었다. 그야말로 바쇼의 하이쿠 '여름 잡초여, 무사들의 꿈이 사라진 흔적' 그대로였다.'[20]

'가는 곳마다 땅굴이 파헤쳐져 있었다. 적의 공격에 대비하기 위한 방공호였다. 땅굴 하나하나 전부 들어가보았다. 화강암 풍화토가 부슬부슬 떨어져 내리는 가운데 붕괴의 위험성은

20 하이쿠는 5자, 7자, 5자의 3구 17자 형식으로 이루어진 일본의 짧은 시로, 바쇼는 대표적인 하이쿠 시인이다. 인용된 시는, 들끓는 열망은 덧없고 황폐한 들에 잡초만 무성하다는 뜻이다.

없는지, 남아 있는 독가스 무기는 없는지 내부 상황을 조사해 보고서로 정리했다.'

전쟁이 끝나고 십수 년이 지나는 동안 오쿠노시마는 전쟁의 기억을 그대로 안고 폐허로 잠들어 있었다.

나리타 씨를 비롯한 관계자들은 방공호 입구를 막고 황무지에 초목을 심었다. 게다가 온천까지 찾아냈으니 보람이 대단했을 것이다. 그들은 토끼 몇 마리를 섬에 풀었다. 아마도 위험한 섬이라는 이미지를 바꾸고 싶었으리라. 지금은 토끼 수가 1,000마리까지 불어나 '토끼의 낙원'이라 불린다. 인터넷에서 오쿠노시마를 검색하면 토끼에 관한 정보가 가장 위에 뜬다. 다케하라시의 관광 가이드북 표지도 새하얀 몸에 귀여운 눈을 가진 오쿠노시마의 토끼다.

전쟁과 독가스의 기억은 시대의 흐름과 함께 희석되어갔다. 지금 오쿠노시마는 '토끼섬'이라는 별칭으로도 불린다. 독가스와 전쟁이라는 불편한 기억은 구석으로 처박혔다. 골칫덩이 애물단지처럼 말이다.

가해와 피해의 부정적인 역사

1944년에 태어난 야마우치 마사유키 씨. 우리에게 오쿠노시마를 안내해줄 분이다. 현재 히로시마현 다케하라시에 거주 중이며, 고등학교에서 사회 과목을 가르치던 선생님이었다. 정년퇴임 후 그는 '오쿠노시마의 평화와 환경을 생각하는 모

임' 설립에 참여했으며 평화 교육 강사와 오쿠노시마의 가이드로 활동하고 있다.

우리는 오쿠노시마행 페리 선착장이 있는 다다노우미항에서 그와 만나기로 했다. 다다노우미항은 시골 마을의 작은 항구다. 그러나 묘하게 화려한 관광지 분위기를 풍기고 있는데 아마도 페리 선착장이 온통 '토끼 모양 기념품'으로 가득 차 있기 때문이리라. 심지어 페리 승선권 발매기도 토끼 기념품으로 넘쳐나는 점포 안에 있었다. 사진집, 인형, 문구 등 가게 안에 진열된 상품은 전부 토끼 일색이다. 독가스라는 문구는 어디에서도 찾아볼 수 없다.

그래, 뭐. 토끼에게는 아무런 죄가 없으니까. 기념품을 구경하며 이게 귀엽니, 저게 귀엽니, 가벼운 말을 주고받고 있는데 야마우치 씨가 우리 쪽으로 다가왔다. 짧은 인사를 나누자마자 그는 우리에게 한 가지 못을 박아두고 싶은 것이 있다고 했다.

“매체 분들을 만나면 늘 부탁드리는 말입니다. 오쿠노시마를 ‘토끼섬’이라고만 전달해서는 안 된다는 게 제 입장입니다.”

토끼 기념품 가게 앞에서 그는 복잡해 보이는 얼굴로 다음 말을 이어나갔다.

“오쿠노시마는 누가 봐도 토끼가 제일 먼저 눈에 띄는 섬이지요. 그러나 가해와 피해라는 두 측면을 품고 있는 섬이기도 합니다.”

부드러운 목소리 속에 절실함이 묻어났다. 어떻게 해서든 알려야 한다는 그의 마음이 우리에게도 진지하게 전해져왔다.

“오쿠노시마에서 만들어진 독가스 무기로 수많은 사람이 죽었습니다. 독가스 제조에 종사했던 사람들은 노동 재해의 후유증으로 아직까지 고통받고 있어요. 토끼와 즐거운 시간을 보내는 것도 좋고 저 역시 토끼를 귀여워하는 사람입니다만, 오쿠노시마는 ‘토끼섬’이라는 말로만 알려져선 안 되는 섬입니다.”

가해와 피해. 섬이 짊어진 부정적인 역사. 이미 다 이해한 줄 알았는데, 오랜 세월 섬의 역사를 조사하고 고향의 독가스 피해자들과 더불어 살아온 그가 하는 말의 무게는 전혀 달랐다. 확실히 가슴에 새겨두자. 마음으로 다짐하는 사이 페리도 선착장에서 출발 준비를 끝냈다. 드디어 오쿠노시마로 출발이다.

카나이 마키

부유해진 시골 마을

봄비로 세토나이카이가 뿌옇게 흐리다. 젖은 데크 바닥에 미끄러지지 않도록 조심하며 페리에 오른다. 섬 그림자가 바로 코앞이다. 겨우 3킬로미터, 15분의 배 여행이다.

선내 방송은 연신 '토끼섬' 이야기뿐이다. 우리는 진지한 표정으로 야마우치 씨의 이야기에 귀를 기울인다. 토끼섬에 놀러 가는 게 아니라 역사를 공부하러 가는 길이기 때문이다.

"방금 우리가 승선한 다다노우미는 원래 한적한 어촌이었습니다. 메이지 시대(1868~1912년)에 오쿠노시마에 포대(砲臺)가 구축됐고 그 맞은편 해안인 다다노우미에 군사 시설이 들어섰습니다. 사람이 늘어난 만큼 다다노우미도 경기가 좋아졌습니다. 러일 전쟁이 끝나자 그런 분위기가 사라졌습니다만…"

그 뒤 1920년대가 되자 일본제국의 육군은 독가스 무기의 연구 개발에 착수한다. 제1차 세계 대전에서 독가스 무기가 쓰였다는 사실을 알고 뒤쳐져서는 안 된다고 생각했기 때문이다. 계획은 극비로 진행됐다. '새로운 조병창 후보지'라는 애매한 호칭으로 전국 35개 지역을 검토했고 그중 선택된 곳이 오쿠노시마였다. 군 시설이 생기면 다시 경기가 좋아질 거라며 다다노우미정 주민들은 크게 기뻐했다. 당시 오쿠노시마에는 몇 가구가 살고 있었는데, 정장[町長](지방 자치 단체인 정[町]의 대표자로, 한국의 '읍장'에 해당한다. - 옮긴이)이 직접 섬에 찾아가 말했다.

"여러분들만 이 섬에서 나가준다면 다다노우미정은 부자가 될 것이오."

뻔한 패턴이다. 화학 공장에서도, 발전소에서도, 미군 기지에서도 이야기 구조는 늘 비슷하다. 정부가 주관하는 대규모 시설이 들어서면 가난하던 시골 마을이 극적으로 풍요로워지리라는 이야기. 한번 그 맛을 알게 되면 원래대로 되돌리는 건 불가능하다.

버스 운전기사의 이야기

오전 8시 45분. 오쿠노시마의 접안 시설에 페리가 정박했고 배에서 내린 관광객들은 빠른 발걸음으로 흩어졌다.

"저기로 가서 국민휴가촌 셔틀버스를 타시죠."

야마우치 씨의 말에 버스 정류장 쪽으로 걸음을 옮기려는데... 있다!

"아!"

내가 작게 감탄사를 내뱉음과 동시에 야스다 씨의 입에서 "토끼..."라는 2음절이 새어나왔다. 베이지색의 땅딸막한 토끼가 나무 그늘 아래 비가 그치기를 기다리고 있었다. 귀... 귀엽다...

야스다 씨는 평소에도 고양이를 '고양이 씨'라 부르고 판다를 '판다 씨'라 부른다. 그러니 아마 토끼 뒤에도 '씨'를 붙이려 했을 것이다. 그러나 아슬아슬한 타이밍에 그 말을 삼켰다. 우리는 풀려버린 표정을 들키지 않으려 애쓰며 조용하게 버스에 올라탔다.

버스 운전기사님이 반겨주셨다. 토끼 마크의 핑크색 점퍼를 입은 밝은 인상의 중년 남자다. 우리 외에 다른 승객은 없었고 야마우치 씨와는 꽤 친한 듯 보였다.

"선생님이 쓴 오쿠노시마 책 나왔다면서요? 한 권 살까 생각 중이에요."

"안 사도 괜찮아요. 한 권 줄 테니까."

"우리 부모님도 이 섬에 있었잖습니까."

"아. 그랬었나?"

"어머니는 근로동원 학생으로 이 섬에서 일을 했죠."

무심결에 듣고 있다가 '부모님도 섬에 있었다'는 말의 의미를 이해하자 가슴이 철렁 내려앉는다. 둘의 대화가 이어진다.

"어머니는 계속 병원에 다니셨죠."

"특별인정(독가스 후유증 장애라고 국가에서 공식적으로 받는 인정 – 옮긴이)을 못 받았나?"

"아버지는 받았습니다. 아버지는 폐에 켈로이드(화상이나 궤양 등이 아문 후에 생기는 융기 – 옮긴이)가 있었거든요. 두경부암으로 돌아가셨고, 부검을 했더니 폐가 너덜너덜 부풀어 있었어요."

"그랬군. 이 섬을 오간 사람은 다들…"

"맞습니다. 다들 피해를 입었어요."

1929년 오쿠노시마에 독가스 공장이 개소했다. 공장은 서서히 규모를 확대해 나갔고, 5가지의 독가스를 제조하는 공장

단지와 저장고, 발전소, 연구실, 의무실 등 100동 이상의 건물이 섬 안에 빽빽이 들어섰다. 작업자는 알려진 것만으로도 6,700명에 이른다. 공장은 24시간 가동됐고 매일같이 작업자들이 다다노우미에서 배를 타고 오쿠노시마로 실려 갔다가 일이 끝나면 다시 배에 실려 집으로 돌아왔다.

"사무카와의 사가미 해군 군수 공장의 경우 전국 각지에서 사람을 데려왔지만 오쿠노시마의 공장에서는 작업자의 대부분이 인근 주민이었습니다. 여자도 있었고 13살, 14살, 15살짜리 아이도 있었지요. 섬 전체가 오염되었기 때문에 섬에 출퇴근했던 사람이라면 다들 눈, 코, 목, 기관지, 폐, 피부 등에 병을 얻었습니다. 물론 독을 취급하던 공장에서 일하던 사람들의 병증이 가장 심각했고요."

그의 설명을 들으며 버스에서 내렸다.

독가스 실험과 토끼

"그럼 가볼까요?"

우산을 쓰고 걸으며 섬을 둘러본다. 호텔, 풀장, 캠핑장, 운동장, 테니스 코트… 줄줄이 이어진 레저 시설의 평화로운 풍경부터 눈에 들어온다. 그러나 야마우치 씨가 멈춰 서서 "여기는…"이라며 손을 가리킬 때마다 전쟁 당시 섬의 모습이 어떠했을지 생생하게 떠올랐다.

"여기 이 광장에 이페리트 공장이 있었습니다. 독성이 매우 강해, 사고가 나면 사람이 죽어 나갔지요. 최초의 사망자가

발전소 터에서 야마우치 씨의 설명을 듣는 야스다 씨

나온 곳도 이곳이었습니다. 위험한 작업이라는 이유로 이 공장에서 일하는 사람의 임금이 다른 곳보다 60퍼센트 더 비쌌습니다. 여기 땅을 뒤집어엎으면 아마 오염된 흙이 나올 겁니다."

"아, 그렇군요."

"저쪽 건물은 루이사이트 공장이었습니다. 맹독인 비소가 쓰였지요. 비소가 든 통이 지금까지도 그대로 묻혀있어요. 언젠가는 부식되어 흘러나올 테고 그대로 지하수로 스며들 겁니다. 그래서 현재 오쿠노시마에서는 식수를 전부 미하라시[三原市]에서 가져와서 씁니다."

나지막한 언덕 밑으로 토끼들이 모여 있고 당근을 쥔 젊은 여자들이 환호성을 지르며 사진을 찍는다. 그러나 그의 오른손 검지는 토끼 무리를 그대로 통과해 뒤쪽에 있는 석벽을 가리켰다.

"저쪽 언덕배기에 석벽이 보이시죠? 저게 전부 방공호 입구입니다. 방공호 내부에서 뭐가 검출될지 몰라 위험하다는 이유로 환경성이 석벽으로 입구를 막은 겁니다."

야마우치 씨가 없었다면 아마 토끼밖에 안 보였을지도 모

담쟁이로 뒤덮인 군사 시설 터와 토끼

른다. 풀숲 너머로 스산하게 서 있는 흰 건물이 보인다.

"저 건물은 당시 그대로 보존되어 있는데, 연구실입니다. 도쿄 신주쿠에 있던 육군 화학연구소 연구원들이 저 건물에서 독가스를 연구했습니다. 당시 그들은 섬에서 토끼를 200마리 정도 기르고 있었습니다. 완성된 독약이 사람을 죽일 수 있는지 확인하기 위해 토끼의 털을 밀고 이페리트나 루이사이트를 피부에 발랐어요. 독약은 금세 피부에 스며들었고, 토끼들은 보라색으로 변하며 죽어갔습니다. 사방 5미터 정도 되는 유리 가스실도 만들었습니다. 가스실에 토끼를 집어넣고 독을 태운 연기를 들이마시게 하며 어느 정도의 살상 능력이 있는지 실험한 거지요."

연구실에는 독가스 실험의 데이터가 차곡차곡 축적되었

다. 패전 직후 제일 먼저 처분된 것도 바로 그 실험 결과들이었다. 토끼들은 어떻게 됐을까.

“토끼들도 처분됐습니다. 일부를 잡아먹었다는 이야기도 있습니다.”

“지금 있는 토끼와는 관계가 없나요?”

“현재 섬에 있는 토끼는 전부 유럽 품종입니다. 전쟁 중 실험용으로 키웠던 토끼의 자손은 아닙니다.”

국민휴가촌이 생긴 뒤 다다노우미의 소학교에서 키우던 토끼를 관광용으로 들여온 것이다. 처음에는 대여섯 마리였으나 점점 불어나 지금은 천여 마리에 이른다. 오쿠노시마를 찾는 토끼 팬들에게 부탁드리고 싶다. 독가스 동물 실험에 이용됐다는 토끼들에게도 부디 관심을 가져주시라.

비밀 엄수와 밀고

육군은 독가스 무기 제조 사실이 외부로 새어 나가는 것을 극도로 두려워했다. 오쿠노시마의 노무자라면 누구나 제일 먼저 계약서에 서명부터 해야 했다. ‘섬 안에서 보고 들은 것을 일체 누설하지 않는다. 비밀 엄수에 반한 경우 어떠한 처벌도 받는다’는 계약서였다. 섬에서의 일은 가족에게조차 말할 수 없었고 ‘자다가 꿈으로도 꾸지 말 것’이라며 엄중한 비밀 유지 명령을 내렸다.

“우리가 수집한 증언 중에도 관련 증언이 많았습니다. ‘섬으로 일하러 다니는 이웃 아저씨 얼굴이 새카맣게 변했는데 어떻게 된 일인지 몰랐다.', '아버지가 밤마다 기침을 심하게 했는데 낮에 무슨 일을 하는 건지 도통 알 수가 없었다.' 이런 증언들이었습니다. 주변에서는 당연히 이상하게 생각했지만 당사자는 아무 말도 하지 않았던 거지요."

더 무서웠던 증언은 기밀 누설자를 색출하기 위해 오쿠노시마에 헌병이 상주했다는 증언이었다.

"공장 휴게소에도 헌병이 있었다고 합니다. 작업복을 입고 작업자인 것처럼 들어와 무슨 말을 하는지 감시하고 있었던 거지요. 그래서 오쿠시마에서 일하던 노무자들은 모르는 얼굴이 있으면 섣부른 이야기는 절대 하지 않았다고 합니다. 돌아가는 배 안에서 그나마 마음을 놓을 수 있었다고 하더군요. 집에 돌아가면 다시 비밀을 지켜야 했으니까요. 그러나 배 안에서도 마냥 마음을 놓을 수는 없었습니다. 모르는 얼굴이 한 명이라도 있다면 다들 경계했고 아무 이야기도 하지 않았다고 하더군요."

다다노우미 항 마을에도 헌병이 어슬렁댔다.

"오쿠노시마가 보이는 장소는 전부 출입 금지였습니다. 사진을 찍거나 그림을 그리는 것도 전부 금지되어 있었습니다. 누군가 오쿠노시마 쪽을 쳐다보는 사람이 있다면 통보하라는 조치를 내릴 만큼 철저하게 관리했습니다. 통보한 아이는 학교에서 표창을 받았고요."

하… 한숨이 절로 나온다. 서로 감시하게 만드는 사회라니, 아이 때부터 그런 교육을 받아야 했던 사회라니, 생각만으로도 괴롭고 답답하다.

"거길 가는 게 아니었어."

섬 남단에 있는 위령비에 도착했다.

"전쟁 중 이 섬에서 일한 사람은 6,700명쯤 됩니다. 그중 4,500명은 이미 돌아가셨는데, 많은 분이 사후 의과대학에 사체 기증을 해주셨습니다. 그 사체를 히로시마 대학 의학부 교수들이 부검하며 조사했습니다. 무보수의 연구였습니다. 그 덕분에 독가스 후유증의 실상이 드러날 수 있었지요. 사체를 기증해 준 피해자들을 기리며 이 위령탑을 세웠습니다."

"조금 전의 버스 운전기사님의 부모님도 사후에 부검을 하셨다고…"

"그렇습니다. 그분의 부모님도 4,500명 안에 포함되어 있어요. 현재까지 살아계신 분은 1,450명(2020년 10월 시점)이고, 4,500에 1,450을 더해도 6,700에서는 모자라는 숫자이지 않습니까? 독가스 피해 사실을 밝히지 않고 돌아가신 분이 그 숫자만큼 있었다는 이야기가 됩니다."

전쟁이 끝났지만 독가스 피해자의 삶은 비참했다. 1950년대, 다다노우미 주변 지역에서 이상한 이야기가 돌기 시작했다. 다다노우미에서 이상한 병이 퍼지고 있다는 이야기였다. '어른이 낮에 일도 안 하고 빈둥댄다', '길바닥에 주저앉아 꼼짝 않는 사람이 있다'며 사람들이 쑥덕거렸다. 실제로는 독가스 후유증이었다. 조금만 움직여도 숨이 끊어질 것 같고 밤에

위령비
오쿠노시마 독가스
피해자를 기리며
독가스 피해 사망자 위령비는
1985년에 만들어졌다.

는 멈추지 않는 기침에 잠을 잘 수 없었다. 이런 증상으로 괴로워하는 사람이 수도 없이 많았다. '게으름뱅이 빈둥빈둥 병'이라 조롱받기도 하고, 예전으로 돌아가지 못하는 몸 상태를 비관해 자살하는 사람도 있었다.

한편 당시의 히로시마 의과대학(지금의 히로시마대학 의학부)에서는 피를 토하며 죽어가는 환자가 속출했다. 사체를 해부하던 의사들은 기관 심부에서 종양을 발견하고 경악했다. 어떻게 하면 이런 부위에 종양이 생길 수 있단 말인가. 20대부터 40대까지, 다들 한창인 나이였다. 그들의 공통점은 단 하나, 오쿠노시마에서 일을 했다는 경력이었다.

"'내가 거길 가는 게 아니었어.' 다들 이런 말을 남기며 돌아가셨습니다. 그러나 전쟁 당시에는 위험을 인지하지 못했습니다. '다들 가잖아. 괜찮을 거야.' 그런 마음이었다고 많은 분이 유언을 남기셨어요."

그의 설명에 고개가 끄덕여진다. 나 또한 그러지 않았을까. 만약 오쿠노시마에서 일을 했다면 내 스스로도 분명 그렇게 말했을 것이다. 다들 가잖아. 괜찮을 거야. 다들 하는 일이잖아. 걱정할 필요 없어.

오쿠노시마에서 행해진 노동과 병의 인과관계는 좀처럼 증명되지 못했다. 정부 측에서는 국제 조약에서 금지한 독가스 무기를 만들다가 산업 재해가 발생했다는 사실을 국내외에 알리고 싶지 않았을 것이다. 입을 다무는 피해자도 많았다.

"원폭 피해자와 마찬가지로, 독가스 후유증 때문에 차별을 받게 되리라는 두려움도 있었을 거라고 봅니다. 그래서 그 사실을 숨긴 채 죽어간 분도 많았을 겁니다."

국가가 버린 사람들

국가 대책은 매번 실망스러웠다. 온갖 전후 보상 문제에서도, 미나마타병(공장 폐수로 발생한 수은 중독성 신경 질환 - 옮긴이) 등 공해 질환 보상 문제에서도 실망스럽기는 매한가지였다. 오쿠노시마 건도 들으면 들을수록 실망스럽다. "어이없다 못해 대단하네요. 국가라는 조직이…" 실망을 넘어 어처구니가 없을 정도다.

1954년, 국가가 내놓은 '가스 피해자 구제를 위한 특별조치요강'부터가 실망스럽다. '독가스'를 태연하게 '가스'로 바꿔치기 한 것부터가 놀랍다. 게다가 구제 대상은 군대에 소속되어 일했던 사람들만으로 한정했다. 징용공이나 근로동원 학생 등 민간인 신분으로 근무했던 사람들은 대상에서 제외했다. 왜 군속과 민간인 사이에 차별을 두는지 전혀 이해할 수 없는 조치였다.

군속이라고 해도 신청서를 제출하는 데 벽이 무척이나 높았다. 오쿠노시마에서 근무했다는 물적 증거는 물론 두 명 이상의 증인이 없으면 신청 자체가 불가능했다고 하니 어이가 없어 쓰러질 지경이다. 패전 직후 정부는 오쿠노시마에서 근무했다는 모든 증거를 소각하라고 명령했다. 증거랄 게 남아 있을 리가 없었다.

'부당하다. 살아가기 위한 보상을 해달라'며 피해자들은 오랜 세월 호소했다. 민간인 신분의 독가스 피해자가 의료비 지원을 받게 된 때는 1975년부터였다. 군속과 민간인 간의 차별이 시정된 때는 그로부터 훨씬 더 긴 시간이 흐른 뒤인 2001년이었다. 그사이 얼마나 많은 피해자가 국가에 의해 버려진 채 죽어갔을까. '특별인정'을 받은 비율만 봐도 군속과 민간인 사이의 격차는 크다.

"히로시마에는 원폭 피해자도 많았습니다. 그들에 대한 피해자 원조법은 1994년에 성립됐어요. 국가의 책임 하에 피해자를 종합적으로 원조하겠다는 법안이지요. 그런데 왜 독가스 피해자들에 대한 법은 아직까지도 없는 걸까요? 미국이 떨어트린 원자 폭탄에 피해 입은 사람을 구제하는 법안은 있으면서, 일본의 명령으로 독가스를 만들다 피해당한 사람에 대한 법안은 왜 없는지, 아무리 생각해도 납득이 가지 않습니다."

마치 위령비에 말이라도 거는 듯, 그의 목소리 톤은 어느새 달라져 있었다.

위령비 옆 벚나무에는 꽃이 절정이었다. 나무 밑으로 토끼 한 마리가 깡충대며 지나갔다.

'안녕, 토끼야.'

완전히 진절머리 난 심정으로, 마음속으로만 토끼에게 말을 걸어 본다.

'토끼는 참 훌륭해. 그런데 인간은 참 끔찍하고 무섭구나.'

잠깐 멈춰 서는가 싶더니 토끼는 깡충깡충 제 갈 길로 뛰어갈 뿐이다.

독가스 무기로 드러난 인간의 추악한 이야기는 아직도 남아 있었다. 이 섬에서 만들어진 무기가 실제 전쟁에 사용되었기 때문이다.

카나이 마키

소련을 노린 '부동성(不凍性) 독가스 무기' 공장

비 오는 날의 독가스 투어는 계속됐다. 오랫동안 중학생을 대상으로 평화 수업을 진행해온 만큼, 야마우치 씨는 일체의 막힘 없이 우리를 안내해주었다. 독가스 공장 잔해 앞에 멈추어 서면 어깨와 목 사이에 우산을 끼우고 가방에서 파일을 꺼내 알기 쉬운 말로 설명을 이어갔다. 그때마다 야스다 씨는 재킷 소매를 빗물에 적셔가며 녹음기를 가까이 가져다 댔다. 나중에 그 녹음을 듣다 새로 발견한 것도 많았다. 운동장을 내려다보며 야마우치 씨는 이런 이야기를 했다.

"저쪽에 독일식 이페리트를 제조하던 공장이 있었습니다. '병(丙)'이라 불린 '부동성(不凍性) 이페리트'를 만들던 공장이었지요. 종래의 이페리트는 10도 이하가 되면 얼기 시작해 0도부터는 쓸 수가 없었습니다. 소련과의 전쟁을 상정하고 있던 일본군은 영하에서도 얼지 않는 '부동성 독가스 무기'가 필요했던 거지요."

당시 일본이 '소련과의 전쟁을 상정했던 장소'는 중국의 동북부 지역이었다. 당장 야구도 할 수 있을 것 같은 넓고 기분 좋은 운동장에 부동성 독가스 무기를 만드는 공장이 있었던 것이다. 이곳에서 만들어진 부동성 이페리트는 중국 동북부로 보내졌고 그 일은 후에 커다란 의미로 돌아오게 된다.

운동장을 지나자 11개의 테니스 코트가 있었다. 이 근방으로 넘어오자 인적이 드물어졌다. 숙박 시설에서 꽤 떨어진 곳이기 때문이다. 그곳에서 녹음된 파일에는 작게 우물대는 야스다 씨의 목소리도 담겨 있다.

"미안해. 줄 게 없어. 오늘은 역사 공부하러 온 거라..."

발밑으로 다가와 먹이를 달라고 조르는 토끼에게 하는 말이었다.

증거 은폐와 독가스의 처리

1945년 8월 15일 전쟁이 끝나자 오쿠노시마에서는 증거를 은폐하기 위한 대작전이 실시됐다.

"연합군에게 들키면 너희들도 전범이 된다. 빨리 은폐해!"

육군 고위 간부는 작업자들을 위협하며 작업을 강행했다. 독가스에 관한 기밀문서나 섬 작업자들의 명부를 죄다 불살라 버렸다. 공장 설비나 저장 탱크는 작게 부숴 바다에 던져 버렸다. 지금도 섬 주변 바다 밑에는 당시에 투기했던 쓰레기가 잠들어 있다.

가장 큰 문제는 독가스의 처리였다. 오쿠노시마에서 15년 동안 제조한 독가스의 양은 약 6,166톤이었고, 종전 당시 그

절반인 3,200톤가량이 섬에 남아 있었다. 그 많은 양을 극비리에 처리하기란 도무지 불가능했다. 결국 그해 가을, 연합군 손에 독가스 처리 권한이 넘어갔다.

해안 길을 걸으며 야마우치 씨는 설명했다.

"연합군이 처음 섬에 들어온 건 1945년 10월이었습니다. 미국의 화학 부대가 130명 정도 들어왔던 모양이에요. 그렇다는 말은, 그들도 오쿠노시마의 내부 사정을 어느 정도 알고 있었다는 말입니다. 전혀 모르고서야 그렇게 많은 수를 투입하지는 않았을 테니까요. 처음에는 독가스 전부를 세토나이카이에 버릴 예정이었다고 하더군요."

오노미치[尾道](히로시마현 남동부에 위치한 어촌 - 옮긴이)와 후쿠야마[福山] 사이의 바다에 독가스를 전부 던져버릴 계획이었던 것이다. 그러나 세토나이카이는 수심이 얕고 육지에서도 가깝다. 지역 관계자들로부터 '그것만은 절대 안 된다'는 소리가 터져 나왔다. 그 후 독가스 처리 담당은 영국 연방군(오스트레일리아와 뉴질랜드 부대)으로 넘어갔고 3년에 걸쳐 소각하겠다는 계획으로 변경됐다. 그런데…

"만일에 대비해 전문가의 의견도 들어보자고 하여, 미국의 화학 부대에서 윌리엄슨이라는 장교가 섬으로 파견되어 왔습니다. 그런데 그 인물이 꽤나 거칠고 제멋대로였어요. '이런 일에 3년이나 쓸 필요가 없다. 어떤 식으로든 없애면 되지 않느냐'고 생각하는 사람이었지요. 결국 배로 옮겨 바다에 버린다는 결정을 내렸습니다. '세토나이카이 말고 태평양 바다 쪽이면 되지 뭐가 문제냐'며 밀어붙였습니다."

결국 독가스는 바다에 버려지고 말았다. 윌리엄슨은 전차를 실어 나르는 LST(전차상륙함) 배 2척에 독가스를 나눠 실은 뒤 고치현[高知県](일본 열도의 남단, 태평양 바다와 접한 지역 – 옮긴이)의 먼바다로 나가 배를 통째로 폭파시켜 바다에 수장시켜버렸다. 난폭해도 너무 난폭한 방식이었다.

"이 사진이 배에 싣기 전의 독가스 사진입니다."

그가 보여준 사진에는 수많은 드럼통이 쌓여있는 해안 풍경이 찍혀있었다. 뒤쪽으로 후미진 해안이 굽이쳐 들어가고 그 맞은편으로 작은 언덕이 솟아있었다.

"어? 이곳은 설마?"

"네, 맞습니다. 여기가 바로 그 장소입니다."

우리가 서 있던 해변이 그 당시 독가스를 배에 실은 장소였다. 작업은 1946년 5월부터 7월까지 두 달에 걸쳐 치러졌다.

"함선 2척을 바다에 정박해 두고 작업했습니다. 육지에서 파이프를 연결해 맹독의 이페리트와 루이사이트를 선내의 수조로 옮겨 담았습니다. 그 작업을 7월에 했는데, 처음에는 다들 말렸습니다. '일본에는 7월에 태풍이 오기 때문에 위험하다'며 영국 연방군과 윌리엄슨을 설득하려 했어요. 그러나 윌리엄슨은 '추워지면 가스가 응고되어 작업하기 어려워진다. 여름이 가기 전에 마쳐야 한다'며 강행했습니다."

야마우치 씨가 히로시마 사투리를 섞어 묘사한 윌리엄슨은 장면장면마다 일처리가 조잡하고 안하무인인 인물이었다. 결국 7월 말에 큰 태풍이 오쿠노시마를 강타했다. 바다가 날뛰며 파이프가 빠져버렸고 독극물이 바다로 유출되기 시작했다. 이미 경고했던 일이지 않았던가!

전후 처리와 피해자들

야마우치 씨는 당시 독극물 유출 현장에서 일한 스에쿠니 하루오 씨의 증언을 들려주었다.

"스에쿠니 씨의 증언에 따르면 윌리엄슨이라는 인물은 다혈질에 난폭한 사람이었습니다. '누구든 바다로 뛰어들어 풀린 밧줄을 끌어 올려!' 그렇게 명령하며 권총을 겨눴다고 하더군요. 독극물이 들어있던 파이프가 빠졌으니 위험천만한 작업일 수밖에 없잖습니까? 그 당시 스에쿠니 씨를 포함해 3명의 작업원이 근처에 있었는데, 그중 한 명은 신혼이었고 또 한 명은 노인이었습니다. 그래서 결국 스에쿠니 씨가 바다로 뛰어들었습니다. 독신이고 젊은 자신이 할 수밖에 없는 일이었다며… 바다 속에서 밧줄을 찾아 파이프를 다시 연결해 독극물이 유출되는 것은 어떻게든 막았습니다만, 그 뒤 그는 죽을 만큼 고생을 해야 했습니다."

그는 온몸에 수포가 생겨 50일 넘게 투병생활을 했다. 폭풍우 속에서 스에쿠니 씨가 찾아낸 밧줄을 100명 정도 되는 작업자들이 끌어올렸는데, 그들 모두 독극물 비말을 뒤집어썼다.

"전쟁 후 독가스를 처리하기 위해 800명의 작업원이 오쿠노시마로 들어왔습니다. 그 작업을 하며 건강을 해친 사람이 많았습니다. 전쟁이 끝나고 섬에 온 사람들은 그게 얼마나 위험한 일인지 인식하지 못한 채 작업을 했을 겁니다. 그래서 더 위험했지요. 식물인간이 된 사람도 여럿 있었으니까요. 그러나 배상에 관해서는 전쟁 중에 독가스 피해를 입은 사람들보다 훨씬 뒷전으로 밀려났습니다. '당신들이 입은 건강상 재해는 전쟁과는 관계없다'는 이야기를 들으면서요. 모순이 넘쳐나는 상황들이었지요."

야마우치 씨는 사진 파일을 닫았다. 전쟁이 끝난 후에도 독가스를 뒤집어쓴 피해자가 있었을 줄이야. 오쿠노시마의 전쟁은 1945년 8월 15일에 끝난 게 아니었다. 독가스 피해로 괴로움을 겪은 사람도 이걸로 끝이 아니었다.

생각지도 못한 사람과의 연결

지금부터의 이야기는 잠시 오쿠노시마에서 멀어진다. 바로 지난주의 일이다. 도내 모처에서 백발의 신사분이 내게 말을 걸어왔다.

"카나이 씨 되시죠? 드디어 만났네요!"

신사분은 함박웃음과 함께 사인을 해달라며 펜과 종이를 꺼내 들었다. 만나자마자 사인을 요청받다니, 스타라도 된 듯 어찌할 바 모르겠다. 부끄러워하며 펜을 쥐고 자세히 보니 그분이 건네준 종이는 이 책의 초고가 된 인터넷 연재의 프린트물이었다. 그것도 사무카와의 독가스 무기 군수 공장 편.

"이 기사에 나오는, 그러니까 근로동원 학생으로 사가미 군

수 공장에 파견됐던 이시가키 씨가 저의 작은아버지 되십니다."

세상에나! 독자 여러분은 혹시 기억하고 계실까. 이즈의 시모다 출신으로 도요중학 재학 중이던 열여섯 살에 사가미 군수 공장으로 파견됐던 이시가키 하지메 씨의 체험담을. 그림 솜씨가 좋아 이페리트 폭탄의 스케치를 슥슥 그려주셨던 바로 그 이시가키 씨다. 조카분의 성함은 다카하라 오사무 씨.(결혼 전 성은 이시가키였으나 결혼할 때 사다리 게임에 져서 아내의 성을 따랐다고.) 별 생각 없이 인터넷 연재를 읽다가 작은아버지가 등장해서 깜짝 놀랐다며 웃음 지었다.

"바로 작은아버지께 전화를 드렸죠. 작은아버지는 두 분이 집까지 찾아와 이야기를 들어줬다는 데 굉장히 기뻐하고 계셨어요."

이시가키 씨는 조카에게 이런 말도 덧붙였다.

"예전에 텔레비전 방송국에서 독가스를 취재할 때는 시내에서 콜택시를 대절해서 찾아왔더라고. 그런데 그 둘은 멀리서 전차를 갈아타며 찾아왔어. 돌아갈 때 택시를 불러줄까 물어봤는데도, 역까지 걸어가면 되니 괜찮다면서 뚜벅뚜벅 걸어가더라고. 성실한 사람들이었어."

가난하고 청렴한 프리랜서였다는 것이 이시가키 씨에게 좋은 인상을 남겼던 모양이다. 조카인 오사무 씨에게 취재 진행 상황에 대해 대충 알려드렸다.

"사가미 군수 공장 원고를 마감한 뒤 독가스라는 연결고리가 이어져 히로시마의 오쿠노시마에도 다녀왔어요. 지금 딱 그 원고를 쓰고 있는 참이고요."

알겠다는 듯 고개를 끄덕이던 그가 예상치 못한 이야기를 꺼냈다.

"저는 2013년에 중국 베이탄촌(北担村)에 다녀온 일이 있습니다."

"네? 베이탄촌이요?!"

나는 그의 온화한 얼굴을 뚫어져라 바라봤다. 중국 허베이성(河北省)의 베이탄촌. 그 지명을 여기서 듣게 될 줄은 상상조차 못했다. 그것도 독가스 무기를 만들던 사람의 조카 입에서. 그렇다. 어쩌면 세상은 이런 식으로 전부 이어져 있는지도 모른다.

베이탄촌 독가스 학살 사건

사무카와 사가미 해군 군수 공장에서 만들었던 독가스 무기는 실전에서는 쓰이지 못한 채 패전을 맞았다. 그러나 오쿠노시마에서 만든 육군의 독가스 무기는 부지런히 중국 대륙으로 옮겨졌다. 중국 전선에서 독가스가 사용된 예는 2,000번 이상이었고 사상자는 8~9만 명 정도로 추산되고 있다. 그중에서도 가장 비참한 경우가 베이탄촌에서 1942년 5월 27일에 일어난 학살 사건이었다.

베이징에서 남서쪽으로 약 200킬로미터 떨어진 베이탄촌은 한가로운 농촌 마을이었다. 1937년, 중일 전쟁이 시작됐어도 평화로운 생활이 이어지던 마을이었다. 그러나 일본군은 중국 각지에서 식량을 빼앗고, 여성을 강간하고, 저항하는 자를 죽이며 베이탄촌 쪽으로 서서히 진격해 들어갔다. 그 모양새를 중국어로 '찬시(蚕食)'(잠식. 누에가 뽕잎을 갉아먹는다는 뜻 - 옮긴이)라고 표현했다. 누에가 사각사각 뽕잎을 갉아먹듯 전진해 들어갔던 것이다.

베이탄촌 주변에는 원래 지하도가 많았다. 각 집마다 있는 산마 저장용 지하창고를 이웃들 간에 연결해서 쓰고 있었기 때문이다. 일본군이 공격해 들어오면 촌민들은 지하도로 도망쳤다. 지하도 입구는 부뚜막 밑이나 흙마루 틈새 등 언뜻 봐서는 알 수 없는 장소에 있었다. 일본군 입장에선 사람이 살고 있는 민가를 습격했는데 들어와 보니 아무도 없어서 당황스러웠을 것이다. 때로는 빈틈을 노려 지하에서 반격해오는 촌민들

전쟁 중 지하도의 상황을 생생하게 전해주는 유적
(중국 바오딩시, 다카하라 오사무 촬영)

민가의 아궁이가 지하도 출입구였음을 보여주는 유적
(중국 바오딩시, 다카하라 오사무 촬영)

도 있었다. 일본군은 복잡한 지하도 탓에 몇 번이나 헛물을 켰다. 그래서 그들은 독가스를 사용한다는 무서운 작전을 실행하기에 이른다.

목격자에 의하면, 일본군이 사용한 무기는 '회중전등 같은 모양'에 '붉은 선'이 들어가 있었다. 오쿠노시마에서 만든 재채기 가스탄 '적통[赤筒]'이었다. 1942년 5월 27일 새벽 4시 반, 일본군은 소지한 적통 모두에 불을 놓아 지하도로 던졌다. 재채기 가스는 공기보다 무겁기 때문에 지하 공간에서 특히 유효했다. 고춧가루와 유황이 뒤섞인 냄새가 지하도를 가득 채웠다. 사람들은 기침과 재채기를 연발했고 호흡 곤란을 일으키며 쓰러졌다. 밖으로 뛰쳐나가려 했지만 입구는 젖은 이불로 틀어막혀 있었다. 해충을 잡는 연막탄을 터트리듯 끔찍스럽게 자행된 그들의 만행… 가스에 중독되어 죽은 사람의 얼굴은 파란색 혹은 자주색을 띄고 있었다.

진짜 끔찍한 광경은 그다음부터 펼쳐졌다. 일본군은 목숨을 부지해 겨우 밖으로 뛰쳐나온 촌민 한 사람 한 사람을 칼로 베고 총으로 쏘아 죽였다. 그리고 강간했다. 전후에 실시한 조사에 따르면, 일본의 군견(셰퍼드)이 마을 사람을 물어 죽였다는 증언, 일본군이 어머니가 안고 있던 아이를 빼앗아 불을 질렀다는 증언 등 차마 읽기조차 힘든 여러 증언이 보고되어 있다. 베이탄촌 우물 주변에서도 대량의 시체가 발견됐다. 적통 가스를 들이마시면 타들어 가는 갈증을 느끼게 되는데, 물을 찾아 우물로 모여들 것을 예상하고 그곳에서 기다렸다가 촌민들을 마구잡이로 죽였기 때문이다.

베이탄촌 학살 사건의 희생자는 민병(民兵)과 촌민을 합쳐 약 800명에 달한다. 1,000명은 족히 죽였을 거라는 일본군 병사의 증언도 있다.

바통을 건네받은 사람들

"매년 4월 청명절(24절기의 하나. 양력 4월 5일 무렵으로 중국에서는 큰 명절 중 하나이다. 종이돈을 조상묘 앞에서 태우는 풍습이 있다. - 옮긴이)마다 위령제가 행해집니다. 저는 2013년 4월 베이탄촌으로 가서 위령제에 참석했고요."

오사무 씨는 스마트폰 앨범을 열어 그 당시의 사진을 보여줬다. 고교 시절부터 아시아 근현대사에 흥미가 많았다고 했다.

"작은아버지가 다녔던 도요중학교가 전쟁 후 시모다고등학교로 바뀌었는데, 제가 그 학교를 다녔습니다. 일본사 선생님께서 좀 특이한 분이셨어요. '수업은 근현대사부터 시작한다. 에도 시대까지는 혼자서 공부하도록.' 그런 말을 하셨던 분인데, 지금 생각하면 좀 대책 없다 싶긴 해도 독특하고 재밌었어요. 덕분에 저도 근현대사를 좋아하게 됐고요."

그는 취업 후 중국어 공부를 시작했다. 그리고 마흔 넘은 나이에 방송통신대학의 사학과를 졸업했다.

"졸업 논문은 '아시아 태평양 전쟁과 시모다'라는 주제로 썼습니다. 그 논문을 위해 근로동원 학생으로 군수 공장에 파견됐던 작은아버지의 이야기도 꼼꼼히 취재했습니다. 작은아버지는 독가스 무기를 만들어야 했던 피해자지만, 일본의 독가스는 가해의 역사이기도 합니다. 그런 생각이었기 때문에 베이탄촌까지 갔던 것이죠."

이야기를 마친 그는 내 삐뚤빼뚤한 사인이 담긴 연재 기사 프린트물을 소중히 가방에 집어넣었다. '다음번에는 야스다 씨 사인도 받고 싶다.'며 활짝 웃었다.

독가스를 만든 사람이 있고, 사용한 사람이 있고, 죽은 사람이 있다. 이야기를 듣는 사람이 있고, 그것을 글로 남기는 사람이 있고, 그 글을 읽고 현지에 가보는 사람이 있다. 역사가 더 이상 왜곡되지 않도록 바통을 건네주며 이어나가는 사람들. 오쿠노시마의 안내자인 야마우치 씨도, 백발의 신사 오사무 씨도, 이 길을 걷는 든든한 선배들이다.

전쟁은 아직 끝나지 않았다

오락가락 비가 흩뿌리는 날이었다. 울적한 안개비 사이로 풍경도 흐려졌다. 야마우치 씨는 궂은 날씨에 아랑곳없이 섬 안내를 계속했다. 걷고, 멈춰 서고, 다시 걷기를 반복했다. 카나이 씨와 나는 어미 새를 뒤쫓는 아기 새처럼 야마우치 씨의 움직임에 따랐다. 섬의 곳곳마다 독가스 공장의 잔해가 남아 있었다. 그 잔해들은 전쟁의 기억인 동시에 가해의 기록이기도 했다.

"세월에 풍화되어 사라지게 둬서는 안 됩니다."

잔해 앞에서 그는 몇 번이고 이 말을 반복했다. 땅에 파묻힌 토기를 맨손으로 발굴하듯 역사의 책장을 주의 깊게 읽어 나가는 과정들. 발굴된 역사에 비추어 보면 가해자로서의 일본이 선명하게 드러난다. 수많은 사람을 죽였고 깊은 상흔을 남겼음에도 그 모든 것을 없던 일인 양 행동하는 일본의 민낯이 드러나는 것이다. '역사의 진실이 제멋대로 사라지게 내버려둘 수 없다'며 야마우치 씨는 줄곧 맞서 왔던 것이다. 아무리 사랑스러운 토끼를 풀어본들 이 섬의 역사는 결코 달라지지 않는다.

우산에서 떨어진 빗물이 그의 어깨를 적시지만 젖든 말든 신경 쓰는 기색도 없다. 뜨거운 말투로 그는 설명을 이어나갔다.

"제일 중요한 건, 전쟁이 아직 끝나지 않았다는 사실입니다."

그렇다. 전쟁의 흉터는 결코 사라지지 않았다. 야마우치 씨가 지적하는 부분은, 전쟁 후 유기된 독가스로 유발된 2차 피해에 대한 이야기다.

버려진 독가스와 2차 피해

1931년 만주사변 이후, 일본군은 대량의 독가스 무기를 중국 대륙으로 가져갔다. 그 무기를 중국 전선에서 2,000번 이상 사용했다. 희생자는 군인뿐만이 아니었다. 앞서 카나이 씨가 언급한 '베이탄촌 학살 사건'처럼 민간인이 희생된 경우도 많았다. 독가스 무기는 수많은 생명을 앗아갔고, 가까스로 살아남은 피해자들을 끊임없는 고통에 몰아넣었다. 그 독가스 무기의 90퍼센트가 바로 이곳, 오쿠노시마에서 만들어졌다. 일본군은 중국 대륙에서 패주했다. 그들이 가져간 대량의 독가스 무기는 어떻게 됐을까.

"중국 각지에 마구잡이로 버려두고 나왔습니다."

원래 무기는 전쟁이 끝난 시점에 승전국에 넘겨주게 되어 있다. 그러나 애초부터 독가스는 국제법을 위반하고 만든 무기였고, 써서는 안 되는 화학 무기를 사용한 일본군은 자신들의 행위를 은폐해야 했다. 독극물 원액을 드럼통에 담아 바다와 강에 마구잡이로 던졌다. 땅속에 묻어버리기도 했다. 패배와 도주의 혼란 속에 벌어진 작업이었고 앞뒤 생각 없는 난폭한 은폐 공작이 자행됐다. 독가스에 관계된 대부분의 기록이 소각 처분됐다. 이런 식으로 대량의 독가스가 중국 대륙 각지에 버려졌다.

그리고 전쟁이 끝난 한참 뒤, 아무것도 모르는 시민이 유기된 독가스에 노출되는 2차 피해를 입기에 이른다.

야스다 고이치

중국인 덕분에 살아남았습니다

야마우치 씨는 1944년생으로, 중국 동북부의 펑톈[奉天](지금의 심양[瀋陽])에서 태어났다. 부친은 남만주철도(1906~1945년 동안 중국 침략을 목적으로 일본이 만주에서 운영했던 철도 회사)에서 운영하는 학교에서 어학을 가르치던 선생님이었다. 야마우치 씨는 태어나서부터 1946년 일가가 히로시마로 돌아올 때까지 2년 정도 중국에 있었다.

당연히 그 무렵의 기억은 없다. 하지만 태어난 고향이 중국이라는 것만은 틀림없다.

"아무래도 그 사실을 의식하게 되지요. 고향이니까요."

패전 후 한동안 야마우치 씨 일가는 곤궁한 시간을 보냈다. 부친은 직장을 잃었고, 집에는 돈도, 먹을 것도 없었다. 귀국할 가능성도 좀체 보이지 않았다. 관동군 병사들은 잽싸게 빠져나갔고 귀국할 수단이 없는 민간인만 뒤에 남겨졌다. 거친 말을 함부로 지껄이는 인간일수록 도망칠 때는 누구보다 빠르다. 책임을 다하지 않고 죄과를 은폐한다. 민간인은 방치해두고 자신들만 냉큼 일상으로 복귀한다. 그러고 나면 어떻게 되든 상관없다는 식이다. 사죄 따위는 당연히 없다. 옛날이나 지금이나 그들이 말하는 '애국자'의 모습은 늘 이런 식이었다.

야마구치 씨 일가는 패전과 함께 모든 걸 잃었다. 그런 일가를 구해준 이들은 중국인이었다. 부친이 가르치던 학생들, 근방의 이웃들이 곤란에 처한 일가에게 밥과 옷가지를 나눠줬다. 갓난아이였던 야마우치 씨가 생명을 부지할 수 있었던 것도 그들의 도움이 있었기 때문이다.

"소련군이 약탈하러 왔을 때 우리 가족을 지켜준 것도 중국인이었습니다. 어머니가 말씀해 주셨지요. 그들 입장에서는 일본인인 우리를 침략자의 한 사람으로 볼 수도 있었을 거예요. 그럼에도 불구하고 그들은 우리를 구해줬습니다."

그가 '전쟁 가해의 시점'에서 독가스 공장의 역사를 캐나간 데에는 그런 배경이 있었다.

가해의 역사를 증언해 온 이유

야마우치 씨를 움직이게 한 가장 큰 이유는 따로 있다. 안개비로 잔뜩 흐린 세토나이카이를 셋이 나란히 바라보던 때였다. 왜 그렇게나 열심히 오쿠노시마에 대해 조사하기 시작했느냐고 묻자 그는 혼잣말처럼 툭 내뱉었다.

"내가 잘못된 것을 학생들에게 가르쳤기 때문에..."

앞에서 말했듯, 야마우치 씨는 오랜 세월 고등학교에서 사회를 가르쳤다. 1980년대 초반에 교사로 부임하고 10년 정도 지났을 무렵, 역사 교과서의 '편향'을 문제시하는 움직임이 대두되었다. 역사수정주의의 흐름이 거세지고 있었다. 야마우치 씨는 그런 흐름에 저항하며 아이들에게 '역사의 진실을 외면해서는 안 된다'고 말해왔다. 교직원들 사이에서도 '잘못된 역사를 가르쳐서는 안 된다'고 호소해 왔다. 그러나...

"그랬던 제가 잘못된 사실을 아이들에게 가르쳐 왔다는 걸, 어느 날 알게 됐습니다."

오쿠노시마에 대한 이야기였다. 그는 물론 오쿠노시마에 독가스 공장이 있다는 사실을 알고 있었다. 그러나 가해의 역사에 대해서는 전혀 접하지 못했다. 오쿠노시마에서 제조된 독가스 무기가 전쟁에 쓰였다는 사실을 몰랐기 때문이다.

"지역 안에서 '독가스는 만들었으나 그걸로 누구를 죽이지는 않았다'고 말하는 사람이 많았고, 나 또한 그렇게 믿고 있었습니다."

그것이 '과거 지역민들의 일반적인 인식'이었다고 했다. 일본은 국제 조약을 위반해가며 중국 전선에서 독가스 무기를 사용한 사실을 은폐하기 위해 '거짓 정보'를 유포했는데, 바로 그 거짓 정보에서 비롯된 인식이었다.

물론 그를 포함한 지역민들만 몰랐던 건 아니다. 원래대로라면 전쟁 범죄를 다투는 '극동국제군사재판(속칭 도쿄 재판. 1946년 5월, 연합국 총사령부가 도쿄에서 개정한 전범 재판 - 옮긴이)에서 일본군의 독가스 사용은 엄격하게 추궁될 예정이었다. 그러나 미국의 의도로 그 건은 결국 소추되지 못하고 흐지부지되었다. 당시 미국도 대량의 독가스 무기를 소유하고 있었기 때문이다. 미소 냉전이 시작되던 상황에서 미국은 군사적인 우위를 계속 유지하고 싶어 했다. 만약 일본의 독가스 무기를 문제 삼는다면 미국의 모순된 태도 역시 추궁당할 수밖에 없었다. 자국의 이익을 최우선으로 하는 미국은 일본의 독가스 사용에 대해 건드리지 않기로 했다. 불문에 붙이기로 한 것이다.

그리하여 오쿠노시마의 '가해의 역사'는 세계에 공표되지 못한 채 오래도록 가려져 있었다. 게다가 중국은 1980년대까지 사실상 쇄국 상태였기 때문에 외부 사람이 자유롭게 드나들며 실태를 조사할 수도 없었다. 그러니 야마우치 씨가 독가스 무기의 사용을 몰랐던 것도 무리는 아니다. 그러나 그는 역사수정주의를 비판하기 위해 더 깊이 역사를 공부해나갔고, 그 과정에서 독가스 무기가 실제로 사용됐다는 것을 알게 됐다. 그 무렵, 중국에서도 드디어 전쟁 피해 실태를 언급하기 시작했고 일본에서도 과거 일본군 관계자의 증언이 터져 나왔다. 이런 정보를 접하며 오쿠노시마의 '가해의 역사'에 대해 제대로 알게 된 것이다.

"내가 무슨 짓을 했던가. 아이들에게 거짓을 가르쳐 오지 않았던가. 반성했습니다."

오쿠노시마에서 만들어진 독가스 무기가 사람을 죽였다. 거기서부터 오쿠노시마에 대한 그의 조사가 시작됐다.

지금까지 이어지고 있는 독가스 피해

또 하나의 계기가 있었다. 1996년, 오쿠노시마에서 독가스 문제를 주제로 국제 심포지엄이 개최됐다. 그때 패널로 초대된 중국 헤이룽장성 사회과학원 연구원인 부핑 씨로부터 충격적인 보고를 들었다. 일본군에 의해 유기된 독가스가 전쟁 뒤에도 각지에서 심각한 피해를 일으키고 있다는 이야기였다. 앞서 언급한 유기 독가스 2차 피해 문제다.

"끝난 건 아무것도 없었습니다. 전쟁은 이어지고 있었고 오쿠노시마는 여전히 피해자를 만들어내고 있었습니다. 독가스는 옛날 일이고 이미 끝났다고 생각했는데, 전혀요. 전혀 그렇지가 않았습니다. 그런 생각이 치밀어 오르며 아연실색했던 기억이 납니다."

전쟁 가해라는 관점이 보다 명확해진 순간이었다. 야마우치 씨는 독가스 공장의 역사를 조사하던 동료들과 중국 동북부를 돌며 피해자의 증언을 수집하고 조사하기 시작했다. 그가 중국의 독가스 피해자와 처음 만난 건 1997년의 일이었다.

"헤이룽장성의 치치하얼시에서 만난 리궈창 씨는 유기된 독가스 때문에 건강은 물론 직업까지 잃었습니다. 그 괴로움은 이루 말할 수 없을 정도였고… 너무 마음이 아팠습니다."

치치하얼시는 중일 전쟁 때 일본군 독가스 부대가 주둔했던 곳이다. 1987년, 예전 군사 시설 부지였던 곳에 저장고를 설치하는 공사가 진행되었고, 기초 공사 과정에서 의문의 액체로 가득한 낡은 드럼통이 발견됐다. 도대체 뭘까? 공사 관계자는 혹시나 방사능 물질이 아닐까 의심했다. 만약 그렇다면 위험천만한 상황이므로 공안국에 조사를 의뢰했다. 그때 연락을 받고 현장으로 달려간 이가 리궈창 씨였다. 그는 시내의 한 병원에서 근무하던 의사였고 내용물을 확인하기 위해 드럼통 뚜껑을 열어야 했다. 측정기로 방사능 반응을 측정하기 위해서였다. 야마우치 씨의 저서 『오쿠노시마의 역사』에 수록된 리궈창 씨의 증언은 다음과 같다.

"드럼통 안에서 녹색의 연기가 피어올랐습니다. (중략) 연기를 마시자 불쾌한 느낌과 함께 기침이 나왔지만 조사를 계속했습니다. 그러나 방사능 측정기는 아무 반응도 없었습니다."

"눈이 빨갛게 부어올랐고 엄지부터 검지까지 손등 부분에 수포가 올라왔습니다. 심장이 쿵쾅댔고 호흡이 가빠 숨을 쉬기도 어려워졌습니다."

그 뒤, 드럼통의 내용물이 일본군의 이페리트였다는 것이 판명됐다. 그러나 화학 무기라는 사실을 인지하지 못한 채 가스를 들이마신 그는 예전의 건강한 몸으로 돌아오지 못했다. 기침은 멈추지 않았고 고통 때문에 밤에 잠을 잘 수도 없었다. 몸이 무거워 움직일 수도 없었다. 결국 병원도 그만두었다. 몸을 움직이기조차 힘들어진 그를 간호하기 위해 아내도 교사 일을 그만둬야 했다.

일본의 무책임한 유기 행위는 전후 40년이 지나서도 인명 피해를 냈다. 사람들의 건강을 망치고 직업을 빼앗고 가족을 괴롭혔다. 그 독가스는 오쿠노시마에서 만들어진 독가스다.

중국 각지에서 유기 독가스로 인한 사고가 보고됐다. 하천에서 바닥 파기 작업을 하던 노동자는 강바닥에서 드럼통을 끌어내다 사고를 당해 리궈창 씨와 같은 증세를 보이며 쓰러졌다. 그 내용물 역시 이페리트였다. 도로 공사를 하던 노동자도 같은 피해를 입었다. 먼 과거의 사례만 있다고 생각하면 오산이다. 2000년대에 들어서도 사고는 계속되고 있다. 2003년, 폐기물 회수 일을 하던 여성은 폐기물로 들어온 드럼통을 해체하다가 독가스 사고를 당했다. 2004년, 강에서 놀던 소년은 흙 속에 묻혀있던 독가스탄을 건드려 건강에 심각한 피해를 입기도 했다. 이런 식의 피해자가 중국 각지에서 3,000명 넘게 발생했다.

이들 피해자 중 일부는 일본 사법원을 통해 일본 정부를 상대로 손해배상을 청구했다. 그러나 전부 패소했다. 재판정은

'구 일본군의 유기 독가스로 인한 피해'라는 것은 인정했지만 '국가에 책임은 없다'고 판결을 내렸다. 이는 비단 독가스만 아니라, 전후 보상 문제에 대한 일본 측의 일관된 '답변'이다. 중국인 피해자에 대한 일본의 공적 구제 조치는 전무하며, 일체의 사죄도 없다.

'악몽'을 증언하는 것, 그 증언이 만들어내는 희망

야마우치 씨는 그 뒤로도 중국 각지의 피해자를 찾아가 증언 취록과 조사를 계속해오고 있다. 조사만으로 그치는 것이 아니라 일본 정부에 피해 구제 요청서를 제출하거나 피해자들의 재판을 지원하는 등 실질적인 측면에서도 분투 중이다. 중국의 독가스 피해자를 초대해 피해 실태를 직접 들어보기도 한다.

"이야기를 듣기만 해서는 안 됩니다. 뭐든 움직여야 합니다. 움직이지 않으면 해결이 안 되니까요."

그는 오랜 세월 독가스 피해 문제 해결에 애써온 한 의사의 말이 잊히지 않는다고 했다.

"그 의사분께 일본의 의료 시스템으로 어떻게든 그들을 구제할 방법이 없을지 상담한 적이 있습니다. 그분이 말씀하시더군요. 일본의 피해자와 중국의 피해자는 다르다고. 오쿠노시마에서는 '위험하니 조심하라'는 말을 들었고, 충분히 조심했음에도 불구하고 피해를 당한 상황이었습니다. 그러나 중국인은 아무것도 모르고 무방비 상태로 독가스에 접촉했습니다.

오쿠노시마는 한국 전쟁 때 미군의 탄약고로도 이용됐다. 유적지 벽 한쪽에 Magazine(탄약고)의 약자인 MAG라는 문자가 남아 있다.

그러므로 피해의 정도가 완전히 다른 것이지요."

그는 '할 수 있는 일이 있지 않을까', '이 지역에 사는 사람으로서 내가 해야 할 일은 뭘까' 고민을 거듭했다. 그 결과, 피해 당사자를 지원하는 한편, 피해 사실을 '말하는 자'의 역할을 맡기로 했다. 전쟁을 알지 못하는 아이들, 오쿠노시마에서 무슨 일이 벌어졌는지 모르는 어른들에게 피해와 가해의 역사를 전달하는 일이다.

"유기된 독가스 무기가 잔혹한 까닭은 평화의 시대에 피해자를 만들고 있다는 점 때문입니다. 그게 저는 정말 용납이 안 됩니다. 더 용납할 수 없는 건 국가가 책임을 인정하지 않는다는 사실입니다."

전쟁은 수많은 사람의 희생을 강요한다. 전쟁이 끝이 나도 악몽은 이어진다. 어느 날 갑자기 아무 죄도 없는 사람을 '전시의 상황'으로 끌고 들어간다. 그가 '용납할 수 없다'고 호소하는 독가스의 비극은 일본이 만들어낸 비극이다.

오쿠노시마는 전쟁에 이용된 섬이자, 지도에서 지워진 섬이고, 사람들에게 피해를 준 독가스 가해의 섬이다. 이 문제에서 해결된 것은 아무것도 없다. 전쟁은 지금도 이어지고 있다.

오늘도 분명 그는 어딘가에서 섬의 역사를 이야기하고 있을 것이다. 때로는 정부의 무책임과 뻔뻔함에 분노한다. 역사수정주의의 파도에 시달리기도 한다. 그럼에도 불구하고 포기하지 않고 '말하는 자'의 역할을 수행하는 까닭은 희망을 잃어서는 안 되기 때문이다.

"내가 섬 안내를 했던 히로시마 아이들 중에 '전쟁이 그런 것인 줄 몰랐다. 히로시마 원자 폭탄만 전쟁인 줄 알았는데, 전쟁에 대해 잘 알게 됐다'고 감상을 말해준 아이가 있었습니다. 꼭 히로시마 출신의 아이가 아니어도 반응은 비슷했습니다. 전쟁의 가해자라는 측면을 이해해주는 아이들이 꽤 많았거든요."

오쿠노시마에서 섬의 역사를 배운 아이들이 그에게는 희망이다. 어른이 됐을 때, 어쩌면 그때 배웠던 말로 전쟁을 이야기해 줄지 모른다. 야마우치 씨는 그렇게 믿고 있다.

아흔다섯 살의 '증언자'

히로시마현 미하라역[三原駅]을 나와 서쪽으로 향한다. 가난하고 청렴한 프리랜서들은 오늘도 뚜벅뚜벅 걷는다. 길을 건너지르고 주택가를 통과하고 강을 건넌다.

"후지모토 씨는 건강하실까요?"

"그러게요. 조금이라도 이야기를 나눌 수 있다면 좋을 텐데요…"

그렇다. 그때만 해도 우리는 그런 걱정을 하고 있었다. 찾아뵙기로 한 후지모토 야스마 씨가 올해(2021년) 아흔다섯이기 때문이다. 오쿠노시마 독가스 무기 공장에서 양성공(養成工)으로 근무했던 분이다.

도쿄에서 처음 전화 연락을 드렸을 때 함께 살고 있는 따님이 수화기를 들었다.

"아버지는 너무 고령이신데다 귀도 잘 안 들리시거든요…"

프리랜서 작가라는 사람의 갑작스러운 전화에 당황한 기색도 엿보였다. 이대로 통화를 끊게 되면 모든 게 끝이다 싶었다. 황급히 말을 이어나갔다.

"그렇다면 제가 편지를 드리고 싶습니다. 주소를 가르쳐 주시면 안 될까요?"

재차 부탁을 드리는데 옆에서 통화를 듣던 야스다 씨의 표정이 바뀐다. 기합이 들어가는 모양새다. '주소만 안다면야!

지구 반대편이라도 찾아갈 수 있지!' 그런 기자 정신에 불타오르는 듯했다. 저럴 땐 야스다 씨가 좀 무섭기도 한데… 다행히 편지 작전이 효과를 발휘했다. 두 번째 통화 때 따님으로부터 승낙을 받았기 때문이다. '아버지는 복지센터에서 주간 돌봄 서비스를 받고 있다. 돌아오면 4시쯤 된다. 그 시간에 맞춰 오면 이야기를 나눌 수 있을 것'이라 했다. 아무튼 그때까지 후지모토 씨 본인과는 한 마디도 나눠보지 못한 상태였다. 과연 인터뷰가 가능할까.

"일단은 뭐, 가보면 알겠죠."

"그래야죠. 오쿠노시마에 대해 한마디라도 얻을 수 있다면 그것만으로도 고마운 일이고요."

그런 말을 나누며 누다강[沼田川] 옆 제방 길을 뚜벅뚜벅 걷는다. 봄 햇살이 부드럽다. 어디선가 피리리리 휘파람새 소리도 들려온다.

커다란 좌탁이 놓인 다다미방으로 안내를 받는다. 잠시 기다리니 후지모토 씨가 센터에서 귀가하는 소리가 들린다. 움직임은 느리지만 혼자 걸을 수 있었고, 귀에는 보청기를 착용하고 있었다. 그는 끙 소리를 내며 우리 앞에 자리를 잡고 앉았다.

"안녕하세요. 오늘 이렇게 시간 내 주셔서 고맙습니다."

그러나 후지모토 씨는 별다른 반응이 없다. 그저 나와 야스다 씨 얼굴을 번갈아가며 빤히 쳐다볼 뿐이다. 집 안에 낯선 사람이 있어서 불편하신 걸까. 좀 더 쉬운 말로 풀어서 자기소개부터 해야겠다고 생각한 바로 그때…

"신문을 보다가 이걸 발견했어요."

그는 신문 스크랩을 좌탁 위에 올렸다.

"우아…"

나도 모르게 감탄사부터 나왔다. 그 무렵 출판된 졸저 『세계의 스모 선수』(이와나미서점)의 신문광고였다. 신문을 보다 발견하고 일부러 스크랩해 두신 거였다.

"편지를 보내 준 카나이 씨 책이로구나, 금방 알겠더군요."

생각지도 못한 상황 전개에 감격했다. 동시에 후지모토 씨의 인지력을 불안하게 생각했다는 게 부끄럽고 죄송했다. 그의 판단력과 기억력은 또렷했다.

오케이! 그렇다는 걸 알았으니 이제 맘껏 여쭙기만 하면 된다! 의욕적으로 인터뷰를 시작한다. 녹음기 버튼을 누르고 노트를 펼친다.

그와의 인터뷰는 2시간 넘게 진행됐다. 나이를 가늠할 수 없을 정도의 대단한 기억력이었다. 잊지 못할 대목도 여러 군데서 튀어나왔다.

14살에 오쿠노시마의 양성공으로

"저는 1926년 6월 7일생입니다. 원래는 히로시마의 다케하라에 살았습니다만, 1945년 12월 27일 데릴사위로 들어왔을 때부터 여기 미하라에서 지금까지 쭉 살고 있습니다."

후지모토 씨의 1인칭은 '저'였다. 인생의 전환점이 됐던 날짜를 정확히 기억하고 있었으며 그 날짜를 서력으로 명확하게 말한다는 게 인상적이었다.

"오쿠노시마에 갔던 날은 1941년 4월 1일입니다. 양성공 2기생으로 들어갔지요."

당시 그의 나이 14살이었다. 어떤 경위로 양성공이 됐던 것일까.

"그전에는 의용군이 되어 만주에 갈까 생각했었습니다. 저희 집은 소작농이었어요. 그래서 내 땅을 갖고 사는 게 꿈이었습니다."

1938년부터 '만주 개척 청소년 의용군' 모집이 시작됐다. 소학교를 졸업한 남학생을 모집해 만주로 보낸 뒤 농지 개척에 종사시키겠다는 국책 사업이었다. 당시 12살이던 후지모토 씨도 만주행을 꿈꿨으나 '그렇게 먼 곳까지 가면 집에 돈을 부치지 못할 수 있다'는 부모님의 반대로 단념했다. 10형제 중 5번째 아들. 일을 해서 집안 살림을 도와야 했다.

"그러고 있는데 오쿠노시마 이야기를 들었습니다. 그 섬에 가면 돈도 받고 공부도 할 수 있다는 권유를 받았지요. 가겠다고 아버지께 말씀드렸습니다. 돈이 제일 매력적인 조건이었습니다."

양성공 1년생의 일당은 75전이었다. 2년생이 되면 90전, 3년생이 되면 1엔 10전, 졸업하면 1엔 20전을 받을 수 있었다. 위험도가 높은 작업을 하면 위험 수당으로 급료의 60퍼센트를 더 받고, 야근을 하면 야근 수당으로 40퍼센트를 더 받을 수 있다고도 했다.

"그러면 월에 40엔 정도를 받을 수 있다는 것인데, 고임금이었습니다. 당시 소학교 교장선생님 월급이 35엔 정도였으니까요."

물론 '위험도가 높은 작업'이 무엇을 의미하는지 양성소에 들어가기 전까지는 알지 못했다. 1년생부터 3년생까지 총 200여 명의 학생이 다다노우미역 앞 기숙사에서 살며 매일 배를 타고 오쿠노시마로 통근했다.

"기숙사에서 쌀밥이 나왔습니다. 집에서는 보리밥… 아니, 보리밥도 잘 먹는 날이었고 대개는 감자, 고구마를 먹고 살았습니다. 그런데 오쿠노시마에서 일을 하면 쌀밥을 먹을 수 있다는 거였습니다. 생선도 나오고 고기도 나온다고 하니, 저로서는 진수성찬이었지요."

흰 쌀밥에 고임금. 10대 소년으로서는 꿈같은 처우였다. 그러나 오쿠노시마에 첫발을 디딘 순간 꿈에서 깨어났다고 했다.

"4월 1일부로 양성소에 입학했고, 배를 타고 건너갔습니다. 선착장에 내리자마자 이상한 냄새가 진동하더군요. 눈이 아프고 코가 따갑고 목이 아팠지요. 섬에 내리자마자 그랬습니다. 이것은 일반적인 약품 공장이 아니다. 그런 생각이 들더군요."

다른 양성공들도 다들 놀란 눈치였다. 그러나 지체 없이 교실로 이동해야 했다.

"교실에 들어가자마자 '양성공은 독가스를 만드는 공부를 한다. 그 사실을 절대로 누설해서는 안 된다.'는 소리를 제일 먼저 들었습니다. 그리고 그 자리에서 바로 서약서를 작성했습니다. '섬에서 보고 들은 것은, 설령 가족이라 할지라도 일체 비밀로 한다'는 서약서였습니다."

그날부터 헌병에게 감시당하는 공포의 생활이 시작됐다. 후지모토 씨의 고향 집에 사복 헌병이 찾아왔다는 이야기는 듣기만 해도 등줄기가 오싹했다. 어느 날 오다가다 들른 척 접근한 사복 헌병이 '아들이 지금 어디에 있는지' 물었다. 가족은 '오쿠노시마에 갔다'고 대답했다.

"오, 그래요? 오쿠노시마에서 무슨 일을 하길래요?"

아무것도 모른다는 얼굴로 사복 헌병은 캐묻기 시작했다.

"글쎄요..."

가족들을 고개를 갸웃댈 수밖에 없었다. 실제로 아들에게 들은 말이 없어서 오쿠노시마에서 무슨 일이 벌어지고 있는지 전혀 몰랐기 때문이다. 그리고 사복 헌병은 그대로 돌아갔다. 모른다는 대답으로 무사통과였던 것이다. 만약 이런 식의 불심검문 중 비밀 누설이 적발되면 스파이로 간주해 구속당했다고 했다. 듣기만 해도 소름이 돋을 정도다. 게슈타포와 뭐가 다른가.

독가스 무기 '루이사이트'를 만들다.

후지모토 씨는 'A3 작업실'에 배치됐다. 맹독의 루이사이트를 제조하던 공장으로, 지금의 국민휴가촌 숙박 시설 부근에 있던 공장이다.

"루이사이트 원료는 아세틸렌과 삼염화비소입니다. 제일 먼저 아세틸렌가스를 발생시킵니다. 방정식으로는 $CaC_2 + 3H_2O = C_2H_2 + Ca(OH)_2 + H_2O$라는 공정입니다."[21]

80년 전에 배운 화학 방정식이 그의 입에서 술술 흘러나왔다.

"오, 전부 기억하고 계시네요."

야스다 씨가 놀라자 후지모토 씨의 목소리가 갑작스레 커졌다.

"기억할 수밖에요! 호되게 훈련받았으니까요! 소작농 밭일보다 화학 방정식 공부가 훨씬 힘들었습니다."

CaC_2는 카바이드다. 한 되짜리 깡통에 든 카바이드를 짊어지고 계단을 올라가 탱크에 쏟아붓는다. 그리고 서둘러 내려

21 이하 나오는 모든 화학 방정식은 당시 후지모토 씨가 양성공으로서 배운 것이다.

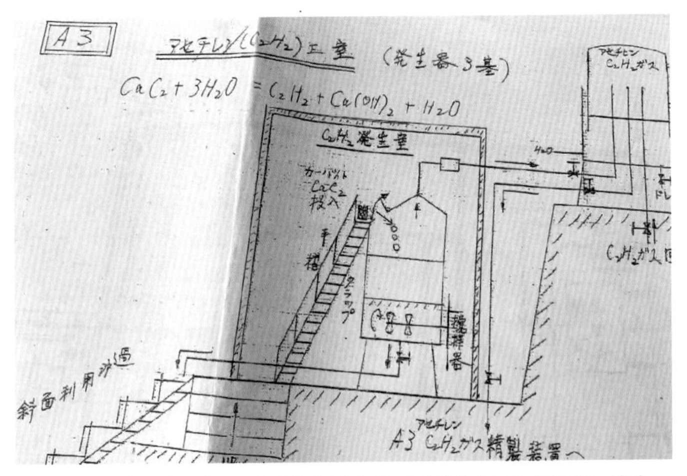

후지모토 씨가 기록한 A3 작업장의 공정 중 아세틸렌가스를 생성하는 과정.

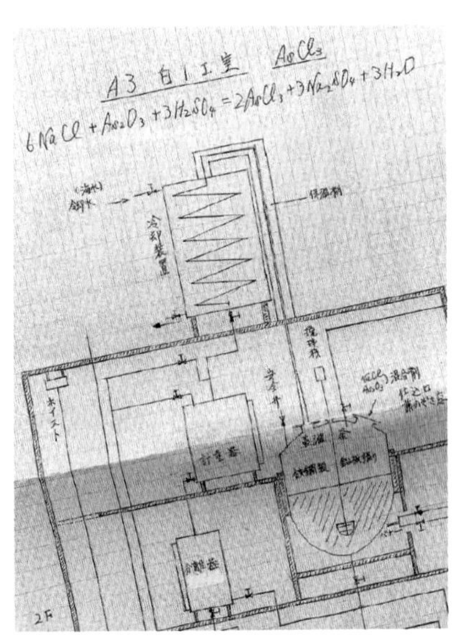

백1(삼염화 비소)을 만드는 과정.

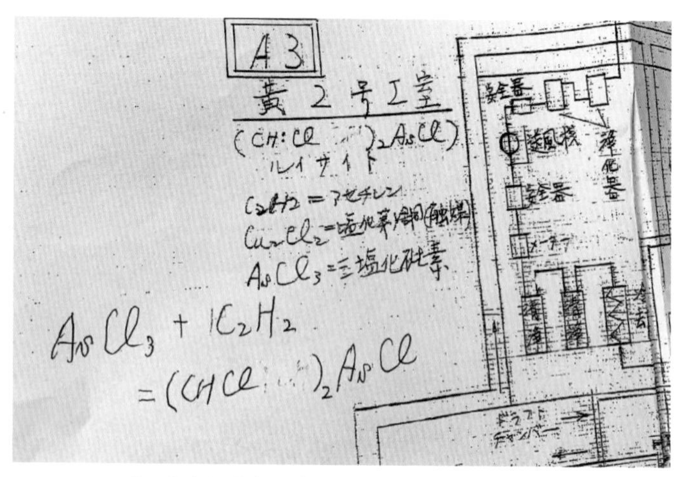

1과 2의 다음 단계로, 황2호(루이사이트)를 만드는 공정.

와 핸들을 돌려 탱크의 내용물을 휘젓는다. 오르락내리락 반복하며 땀이 비 오듯 쏟아지는 작업이라고 했다. 그 과정에서 발생하는 가스가 C_2H_2, 즉 아세틸렌가스다.

“카바이드를 탱크에 쏟아 넣을 때 몸을 이렇게(고개와 몸을 뒤쪽으로 최대한 젖히는 자세) 해서 얼른 피해야 합니다. 발생한 가스를 직접 들이마시면 괴로워집니다. 못 견딜 정도까지는 아니었지만 그래도 꽤 괴로워지기 때문에…”

당시가 떠오른 듯 그의 표정이 일그러진다. 듣고 있던 나까지도 괴로워져 어느새 미간을 찌푸리게 된다.

“다음으로 삼염화 비소, 즉 $AsCl_3$를 만듭니다. 저희는 그걸 ‘백(白)1’이라고 불렀는데, 백1 작업실은 엄청나게 위험한 곳이었습니다. 화학식으로 표현하면 $6NaCl+As_2O_3+3H_2SO_4$

$=2AsCl_3+3Na_2SO_4+3H_2O$가 됩니다."

후지모토 씨는 원소 기호 하나하나 힘을 줘가며 화학 방정식을 천천히 나열했다.

삼염화 비소를 만들기 위해서는 우선 가로 1미터, 세로 2미터, 높이 35센티미터 정도의 상자 속에 들어가 암염과 아비소산을 삽으로 섞어야 한다. 후지모토 씨는 이 공정을 많이 맡았다. 아비소산은 비소 계열의 맹독 물질이다. 귀이개로 한 번 뜬 양으로 사람을 죽인다는 비소, 그중에서도 아비소산은 독성이 가장 강하다. 그런데 섞을 때마다 아비소산 가루가 풀풀 날렸다고 했다. 듣기만 해도 두려워지는 장면이다.

작업은 2인 1조로 이뤄졌다. 방독면을 쓰고 그 위에 흰색 복면을 한 번 더 썼다. 거기에 고무 재질의 앞치마, 긴 장화, 장갑을 장착하게 되어 있었으나 여름에는 너무 더워 방독면을 벗고 면 마스크만 쓰고 작업했다고 했다.

"그렇게 하면 분말이 마스크 틈으로 들어옵니다. 마스크는 물론이고 코 주변도 전부 분홍색이 되고 맙니다. 금방 쓰러지거나 하지는 않지만 서서히 중추 신경으로 독이 침투합니다. 평형 감각이 망가지지요. 똑바로 선다고 서 있는데도 흔들흔들 몸이 흔들립니다. 백1 작업실에서 일하던 사람은 다들 그랬습니다."

흔들리는 몸으로 독가스를 만드는 작업원들. 상상하면 기가 차는 풍경이다. 지금이야 당연히 '아무리 더워도 절대 방독면을 벗어서는 안 된다'고 누구든 말할 것이다. 그러나 당시에는 작업 효율이 떨어진다면 방독면을 벗는 것이 '올바른 판단'이었다. 감시원 또한 봐도 못 본 척했다고 한다.

"생산이 첫째, 안전은 둘째. 인간은 소모품이었으니까요."

암염과 아비소산을 혼합하는 위험한 작업은 오전 8시에 시작해 오전 10시까지 마쳐야 했다. 그 뒤 혼합제는 가마로 옮겨지고, 가열과 냉각을 거쳐 삼염화 비소인 백1이 완성된다. 거기에 아세틸렌가스를 첨가하면 '황(黃)2호', '키이탄[彈]' 등으로 불리던 루이사이트 무기가 완성되는 것이다. 그러므로 후지모토 씨가 담당하던 혼합 작업은 오전 8시에 시작해 2시간 안에 종료해야 했다.

대욕탕에서의 휴식

"2시간 안에 끝내야 한다는 데 필사적이었습니다. 대신에 10시 이후부터는 대기 시간이었습니다. 한가했지요. 우선은 느긋하게 목욕부터 했습니다."

드디어 목욕탕의 등장이다! 독가스 제조 일을 한 작업원은 작업 후 곧바로 피부에 묻은 약품을 씻어내야 했다. 때문에 오쿠노시마에는 대욕탕이 완비되어 있었다. 공장이 24시간 조업이었기 때문에 목욕탕도 24시간 개방되어 있었다.

"식당 옆에 커다란 목욕탕이 있었습니다. 세로가 5간(間)(약 9미터)에 가로가 7간(약 12미터) 정도 됐을까요. 깊이도 1미터는 되었으니 제법 큰 탕이었지요. 몸에 밴 독가스 냄새가 가실 때까지 씻고 또 씻었습니다. 수건과 비누는 개인 지참이어서 기숙사에서 들고 가야 했습니다."

오전 10시에 목욕탕을 쓰는 사람은 작업을 마친 후지모토 씨와 동료, 둘뿐이었다. 그래서 여유롭게 탕에 몸을 담글 수 있었다.

"뛰어들기도 하고 수영도 하고 뭐든 다 할 수 있었습니다. 물이 식으면 스팀을 올렸고 너무 뜨거우면 찬물을 틀었습니다. 그 시간대에는 우리뿐이었으니 온도 조절도 마음대로 할 수 있었지요."

저녁이 되면 70~80명의 작업자가 한꺼번에 목욕탕을 써야 했다. 탕도 바글바글 사람들로 혼잡했다. 긴장감에 짓눌리며 독가스 작업을 마친 사람들이 한숨 돌릴 수 있는 시간이었다. 다닥다닥 몸을 붙여 담그고 편안한 말들을 나누며 떠들썩했으리라.

"하지만 목욕탕에도 헌병이 섞여 있을 가능성이 있었습니다. 그래서 쓸데없는 소리는 일절 하지 않았어요. 일과 관계없는 얘기라면 괜찮았습니다. 다들 그런 면에 신경을 쓰고 있었지요."

목욕탕에서도 헌병이 알몸으로 감시했을 줄이야. 정말 들으면 들을수록 기분 나쁜 존재다.

"목욕을 마치면 식당에 가서 커피권을 내밉니다. 그러면 커피 한 잔을 받을 수 있었어요. 그것이 매일 반복되던 일과였습니다."

저는 영웅이었습니다

후지모토 씨는 14살부터 18살까지, 3년 반의 시간을 A3 작업실에서 보냈다. 한창 성장하던 육체가 지속적으로 독극물에 노출됐던 것이다. 평형 감각이 사라졌고 심한 기침을 하는 날이 많아졌다. 목에는 늘 가래가 끓었다. 감기라도 걸리면 숨쉬기가 힘들어서 죽도록 고생하기도 했다. 독가스 비말을 뒤집어쓰는 바람에 목덜미에 열 개 넘게 수포가 생긴 날도 있었다. 의무실에 가도 특별한 치료는 없었으며 일을 쉰다는 건 상상도 못했다. 결코 허락해주지 않았기 때문이다.

"독가스 일이 무섭진 않으셨습니까?"

야스다 씨가 그렇게 묻자 그는 이렇게 즉답했다.

"무섭고말고 그런 게 어딨습니까. 중국을 이기기 위해서는, 중국인을 죽이기 위해서는 훌륭한 무기를 만들 필요가 있었습니다. 화학 방정식을 공부해 훌륭한 무기를 만든다. 그것이야말로 영웅적인 일입니다."

뭐? 사람을 죽이는 무기를 만드는 일이 영웅적인 일이라고? 나는 그의 말에 당황했다. 그의 대답은 야스다 씨의 기자 정신을 자극했다. 밀리지 않고 다음 질문을 밀어붙였다.

"전쟁에 이기기 위해 독가스를 만들었고, 그 일에 자부심을 가졌다고요?"

후지모토 씨는 힘차게 고개를 끄덕였다.

"그렇습니다! 중국인을 죽이기 위해 독가스를 만드는 것은 당연한 일입니다! 사람을 죽이는 것도 당연한 일입니다! 그것이 영웅입니다! 그때는 그런 교육이었습니다. 저는 그런 교육을 받았습니다. 그리고 만들었습니다. 화학 방정식을 외웠습니다. $6NaCl+As_2O_3+3H_2SO_4=2AsCl_3+3Na_2SO_4+3H_2O$…"

후지모토 씨는 한 음 한 음 끊어가며 루이사이트 화학 방정식을 천천히 암송했다. 나는 고개를 숙일 수밖에 없었다. 좌탁의 나뭇결에 시선을 고정한 채 그 방정식을 들었다. 사람을 죽이기 위한 방정식을 그가 다 말할 때까지의 시간이 무척이나 길게 느껴졌다.

패전, 그리고 히로시마로 돌아가기까지

야스다 고이치

나도 모르게 후지모토 씨의 얼굴을 노려봤다. 혼란스러웠다. 냉정한 표정을 지었지만 예상치 못한 그의 대답에 동요되었다. 후지모토 씨의 말을 어떻게 받아들여야 할까.

'전쟁에 이기기 위해 독가스를 만드는 것은 당연하다. 영웅이다.'

강하게 단언하긴 했으나 그의 표정에 특별한 변화는 없다. '영웅'이라는 단어를 가져다 썼지만 특별히 자랑스러워하는 기색도 없다. 어쩌면 냉담하리만치 감정이 배제된 어투였다고 할까. 우리는 긴장한 채로 다음 말을 기다렸다. 그러나 그는 마치 불경이라도 외듯 다시 한번 화학 방정식을 암송했다.

"씨-에이치-투 플러스 쓰리-에이치-오…"

아마도 그건 기억의 문을 열기 위한 암호였다. 몇 개의 문을 통과한 뒤 그 문 앞에서 후지모토 씨의 진의를 볼 수 있을 거라는 확신이 들었다. 우리는 기다렸다. 문 앞에서 기다렸다. 그의 기억에 가만히 따라붙었다.

그는 1944년 9월까지 오쿠노시마에서 근무했다. 패전 약 1년 전 섬을 떠나야 했던 그는 교토, 우지시[宇治市]의 화학 공장(우지시 소재의 육군 군수 기지)으로 배속됐다.

전황이 악화되며 경제도 악화되었다. 식료품부터 공업 제품에 이르기까지 일본은 심각한 물자 부족에 허덕였다. 당연히 독가스 원료 공급에도 차질이 생겼다. 미국은 일본이 전쟁에서 계속 독가스를 사용한다면 미국도 일본에 독가스 공격을 하겠다고 경고했다. 보복 공격이 두려웠던 육군은 1944년 7월, 독가스 무기 사용을 중지하라고 지시했다. 그런 정세 변화 속에서 그는 우지시로 이동하게 된 것이다.

우지시의 화학 공장에서는 다이너마이트 같은 무기를 만들었다. 그러나 같은 해 겨울, 그곳에서도 원자재가 바닥을 드러냈다.

"독가스도 못 만드는구나. 화약도 못 만드는구나. 일본은 이제 틀렸구나 생각했습니다."

할 일이 없었으므로 공장 옥상에 올라가 낮잠만 잤다. 멍하게 하늘을 보는데 저 멀리서 미군 폭격기가 하늘을 가로지르는 게 보였다. 오사카 방면에서 연기가 피어올랐다. 한낮의 공습이었다. 곧바로 시커먼 연기가 하늘을 뒤덮었다.

"어쩔 도리가 없다. 일본의 패배다."

지붕 위에 누워있던 그때 일본이 끝났다는 걸 깨달았다.

1945년 8월 15일, 공장 안에서 옥음방송을 들었다. 14살 때부터 군수 공장 노동자로 일해 왔던 후지모토 씨의 전쟁도 끝이 났다. 퇴직금으로 받은 1,300엔을 움켜쥐고 '칙칙폭폭 기차'를 타고 히로시마의 다다노우미로 돌아갔다.

30년 후의 '독가스 피해자'

그는 소년 시절의 가장 민감한 시기를 공장 안에서 보냈다. 퇴직금 말고 남은 것이라고는 공장의 중노동 덕에 길러진 근력과 머릿속에 각인된 화학 방정식뿐이었다. 그것 말고는 아무것도 없었다. 전쟁에 빼앗긴 시간에 대해 생각을 정리하고 곱씹어 볼 여유 따위는 없었다. 전쟁이 끝난 뒤에도 아무 생각 없이 일만 했다. '살기 위해서'였다.

"처음에는 미하라 청과 시장에서 일용직을 했습니다. 가까운 항구에 채소나 밀감을 실은 배가 도착하면 뱃짐을 부리는 하역 일을 했어요. 그런 일을 매일 했습니다. 밀감 상자를 만드는 공장에서도 일했습니다. 그러나 공장이 망하면서 일거리를 잃었고 겨우 다시 찾은 일이 레이온 공장이었습니다. 레이온 펄프에서 실을 뽑는 일이었지요."

결혼도 했다. 아이도 생겼다. 레이온 공장은 대기업 자본이었기 때문에 생활도 안정됐다. 그러나 생각지도 못한 일로 독가스의 기억이 되살아났다. 오쿠노시마를 떠난 뒤 30년이

지난 무렵이었다.

"마흔여덟이던 해였습니다. 건강 검진에서 독가스 후유증이라는 진단을 받았지요."

흉부 기관에서 세포를 떼어내 조직 검사를 했다. 진단 결과 만성 기관지염이었다. 독가스로 인한 건강상 재해가 판명됐던 것이다. 감기도 아닌데 기침으로 고생한 적은 많았다. 그러나 독가스 후유증이라고는 생각하지 못했다. 아니, 믿고 싶지 않았을지도 모른다. 전쟁이 몸에 새긴 건 화학 방정식뿐이라는 생각만으로, 전쟁의 기억에서 멀찌감치 떨어져 있었던 것이다.

1995년 그는 독가스 후유 장애를 공식적으로 인정받았다. 같은 독가스 피해 동지들과 함께 의료 보상 등을 청구하는 운동 대열에 동참했다. 건강한 몸을 빼앗은 자는 누구인가. 독가스를 몸속에 처넣은 자는 누구인가. 아무런 책임도 지지 않고 피해자를 방치한 채 도망친 자는 누구인가. 후지모토 씨는 자신의 목소리를 내기 시작했다.

오쿠노시마에서 '괴물'이 되었다

그는 독가스 피해자로서 자신을 의식해 나갔다. 그러는 가운데 또 하나의 생각이 고개를 들기 시작했다. 그는 이렇게 말했다.

"저는... 단순한 피해자가 아닙니다."

고요한 목소리였다. 일순 시간이 멈췄다. 우리는 입을 다문 채 후지모토 씨의 얼굴을 바라봤다. 잠깐의 침묵 뒤, 그의 평온했던 얼굴에 매서운 기운이 퍼지기 시작했다. 무언가가 그를 찌른 듯했다. 그리고 무언가가 폭발했다. 정적이 깨져버렸다. 그는 눈을 부릅뜨더니 우리에게 노기 어린 목소리로 외쳤다.

"저는 가해자이기도 합니다! 저는 오쿠노시마에서 괴물이 되었습니다!"

조금 전까지의 평온한 표정은 온데간데없었다.

"그게 뭔지 아십니까!"

그렇게 묻고는 있었으나 동의도, 답변도 구하지 않는 종류의 물음이었다. 억제할 수 없는 감정이, 격정이 그를 덮치고 있었다.

"오쿠노시마는 저를 사람의 탈을 쓴 괴물로 만들었습니다! 범죄자로 키워냈습니다! 그렇기 때문에…"

우리는 아무 말도 할 수 없었다. 실은 눈조차 마주치기 무서웠다. 그러나 시선을 돌릴 수 없었다. 나도, 그녀도, 여기까지 온 이상 그 모든 것을 받아내야만 했다.

"그렇기 때문에! 그런 일들! 잊어버릴 수가 없는 것 아닙니까!"

그 부르짖음에는 분노와 원한, 집념과 초조함이 뒤섞여 있었다. 허공을 가르는 채찍 소리처럼 그의 목소리가 우리를 때렸다.

조금 전 그가 했던 말의 의미를 비로소 풀 수 있었다. '전쟁에 이기기 위해 독가스를 만드는 것은 당연하다. 영웅이다.' 이

말은 저주의 말이었다. 순박한 소년을 괴물로 바꿔버린 전쟁, 그것에 대한 증오의 표현이었다.

"저는 잊지 않습니다. 괴물로 만들어진 것, 범죄자로 길러진 것, 사람을 죽이는 도구를 만들어야 했던 것, 절대로 잊을 수가 없습니다."

지금 나이까지도 그가 화학 방정식을 잊지 않을 수 있었던 건 소년 시절의 강렬한 기억 때문만은 아니었다. 그는 반복해서 말했다.

"괴물로 만들어진 것을 잊지 않기 위해, 화학 방정식 따위도 잊지 못하는 겁니다."

그랬다. 그랬던 것이다. 그랬기에 그는 언제까지고 기억을 놓아버리지 않았던 것이다. 그것이 살인 무기를 만들었던, 그리고 그것을 '영웅'이라 믿어왔던 한 인간이 마땅히 자신의 과오를 책임지는 방식이었다. 적어도 그는 그렇게 하는 것으로 전쟁의 죄과를 피하지 않고 대면해왔다.

"화학 방정식은 사람을 죽이는 방정식입니다. 독가스는 저의 몸을 파먹어 들어갔을 뿐 아니라 아무 죄도 없는 중국인을 죽였습니다. 그걸 위해 필요한 방정식이었습니다."

나는 확인차 감히 그에게 물었다.

"조금 전에 전쟁에서 이기기 위해 독가스를 만드는 건 당연하다고 말씀하셨습니다. 그 말에는 어떤 의미가 담겨 있습니까?"

"나라는 인간이, 중국인은 죽여도 당연하다고 믿어버린 수준의 그런 인간이었다는 말입니다."

"전쟁이 인간을 그렇게 만들었다?"

그는 힘차게 고개를 끄덕였다.

"그렇습니다. 전쟁이 우리로부터 인간의 마음을 빼앗았습니다. 일본군은 중국으로 갔고, 일본도로 사람들의 목을 쳐서 떨어트렸습니다. 독가스로 고통을 주고 그들을 죽였습니다. 우리가 만든 독가스가 그들을 죽인 겁니다."

그의 말은 죄의 고백이라기보다 분개에 가까웠다. 자기 자신에게, 전쟁을 결정한 국가에게, 독가스를 만들게 한 시대에게, 그리고 전쟁 그 자체에 분개하고 있었다. 견딜 수 없는 그 심정을 참아낸 시간이, 또 때로는 참아내지 못한 시간이, 그의 거친 생각과 말을 그런 문장으로 만들어냈다. 그는 분명 지금까지 그런 시간을 살아왔을 것이다.

'피해와 가해'에 대해 증언해야 한다는 사명

"2004년, 처음으로 중국에 갔습니다. 사죄를 하기 위해서였지요."

그가 향한 곳은 허베이성의 베이탄촌이었다. 일본군의 독가스 무기로 1,000명 가까운 사람이 목숨을 잃은 곳이다.

"우리가 만든 독가스가 그 촌민들을 죽였습니다. 학살했어요. 저는 머리를 조아렸습니다. 그걸로 용서받을 거라는 생각은 없었습니다. 학살에 가담한 한 사람으로서 사죄해야 했습니다."

독가스로 아이를 잃은 어머니는 후지모토 씨의 말을 들으며 눈물을 쏟았다. 부모와 형제를 잃어야 했던 남자는 입을 꾹 다문 채 고개를 떨구고만 있었다.

"제가 독가스를 만들었습니다."

그는 그렇게 말하며 그저 머리를 조아리는 수밖에 없었다. 피해자 중 한 분이 그에게 이렇게 말했다.

"괴물이 되어야 했던 당신 역시 피해자 중 한 사람입니다."

그러나 그 따뜻한 말도 후지모토 씨의 마음을 밝혀주지는 못했다.

"중국으로 갔고 피해자와 유족에게 머리 숙여 사죄했습니다. 그건 용서받기 위해서가 아니었습니다. 그 또한 저의 죄를 자각하기 위해 필요한 일이었습니다. 사죄했다고 마음이 가벼워지는 건 아닙니다. 조금도 가벼워지지 않아요. 어깨를 짓누르던 짐을 내려놓을 수 있는 것도 아닙니다. 오히려 그 반대지요. 피해자의 목소리를 듣고 유족의 슬픈 얼굴을 볼수록 나를 짓누르는 짐이 더 무겁게 느껴졌습니다."

지금도 그는 그 짐을 짊어진 채 계속해 달려 나가고 있다. 책임을 다하기 위해서다. 중국에서 피해자가 방문하면 힘을 모아 정부에 보상을 요구하고, 전쟁 범죄는 결코 용서받을 수 없다며 허공으로 주먹을 치켜올린다.

후지모토 씨의 전쟁은 아직 끝나지 않았다. 지우고 싶어도 지워지지 않는 기억이 있다. 어떻게든 그 기억을 흘려버리고자 한 시간도 있다. 그러나 어느 순간 자신의 독가스 피해가 판명됐고, 그 일을 계기로 가해자로서의 자신을 의식하게 됐다. 독가스 공장의 경험이 후지모토 씨를 꽁꽁 동여맸다. 그 기억에서 벗어나기란 불가능했다.

"그래서 계속 말하는 수밖에 없습니다. 피해자로서도, 가해자로서도."

그는 '증언하는 자'의 책임을 자신에게 부과했다. 지금도 요청만 있으면 어디든 달려간다. 그리고 독가스와 전쟁, 그 죄과와 공포에 대해 이야기한다.

"그게 저의 임무입니다. 사명이지요."

정신 차려보니 인터뷰가 2시간을 넘어가고 있었다. 독가스 후유증은 물론, 암으로 위를 전부 잘라내야 했던 95세의 노인이 한시도 쉬지 않고 우리에게 자신의 이야기를 전해준 것이다. 그것이 그가 말한 임무였고, 사명이었다.

내 옆에서 카나이 씨는 눈물을 흘리고 있었다. 피해와 가해의 무게를 자각하며 전후를 살아온 그의 인생을 접하며, 꾹꾹 눌러왔던 무언가가 그 순간 터져 나온 것 같았다.

“언제까지고 건강하세요. 어르신.”

울먹임에 그녀의 목소리가 미세하게 떨렸다.

“그럴게요.”

그는 덧붙였다.

“제가 죽으면 독가스에 대해 증언할 사람이 없어지는 거니까요. 살아낼 수밖에 없습니다.”

그는 다시 평온하고 따뜻한 목소리로 돌아와 있었다. ‘괴물’로 만들어진 ‘영웅’의 고요한 결의였다.

부록 대담

그리고 여행은 계속된다

장대하고 무모한 계획

카나이: 어찌어찌 여기까지 왔네요.

야스다: 네, 힘들었지만 감사하게도요. 당초 계획과는 꽤나 다른 모양새가 되긴 했어요.

카나이: 장대한 계획이었으니까요. 전 세계를 여행하며 대중탕을 돈다는 장대한 계획.

야스다: 장대하면서도 무모한 계획이었지요. 남미와 아프리카에도 갈 예정이었으니까요.

카나이: 최초 기획서에는 과테말라의 온천, 핀란드의 사우나, 터키의 하맘까지도 라인업에 포함되어 있었죠.

야스다: 세계 각지의 탕에 몸을 담그며 그 나라의 문화와 역사를 배운다. 처음에는 그런 책을 만들고 싶었으니까요.

카나이: 막대한 취재비는 어디서 조달할 생각이셨나요?

야스다: 어딘가 특이한 출판사가 있지 않을까 생각했지요. (웃음)

카나이: (웃음) 저기요, 작가님. 우리는 시바 료타로[22]가 아니거든요.

야스다: 하하하.

카나이: 아무튼 기획은 시작됐고, 최저가 항공권을 열심히 검색하며 일단은 가까운 곳부터 공략해 들어갔죠. 태국, 오키나

22 일본의 국민 작가로, 1923년에 태어나 1996년 사망했다. 대표작으로 역사소설 『대망』, 『료마가 간다』, 역사 기행문 『가도를 가다』 등이 있다.

와, 한국, 이런 순으로요.

야스다: 맞아요. 갑자기 과테말라로 가기엔 진입 장벽이 높았지요. 항공권이 비싸기도 했고 한 번도 가본 적 없는 나라이기도 했고. 그러는 사이 세계가 코로나 시국을 맞았어요. 그래서 국내의 대중탕으로 기획을 선회하게 됐고요.

카나이: 결과적으로 그건 또 그것대로 좋았다고 봐요. 책 전체를 통해 일본과 전쟁의 관계를 생각하는 여행이 되었으니까요.

태국에서 목격한 가해의 역사

야스다: 첫 목적지는 태국의 힌다드 온천이었습니다. 일본군과의 관계도 있었지만 '국경 근처, 산속의 노천탕'이라는 요소에 이끌려 찾아간 곳이기도 했어요. 그런데 결국 거기서의 경험이 뒤로 이어질 책 전체의 방향성을 결정해 줬구나 싶어요.

카나이: 그랬죠. 그때 마침 다른 취재차 작가님이 먼저 태국 동북부로 출국한 상태였고, 방콕에서 우리가 만나면서부터 이 책이 시작됐죠. 그때 기차 여행에 대한 기대로 작가님이 살짝 들떠있던 게 기억나는데, 철도의 어떤 점이 그렇게 좋으신가요?

야스다: 꼭 철도만 그런 건 아니고, 움직이는 걸 전반적으로 다 좋아해요. 비행기도 좋고, 버스도 좋고, 경운기도 좋고요. 정체되어있는 나를 격려해 준다는 느낌이거든요.

카나이: 그렇다면 움직이는 벌레는 어때요?

야스다: 벌레는 가만히 있는 게 더 좋죠. (웃음)

카나이: 아무튼 그때 우리가 탔던 게 타이멘 철도였고, 그래서 마냥 신나거나 설레거나 그럴 수 없는 마음이었잖아요.

야스다: 그랬지요. 콰이강의 다리, 전쟁박물관, 희생자 묘지를 돌면서 이 여행의 본질을 다시 한 번 생각하게 됐어요. 온천이나 철도를 즐기기 위한 여행이 아니라는 사실을요.

카나이: 가해자로서 일본의 모습이 표면으로 부상했으니까요.

야스다: 맞아요. 내 눈으로 보니 할 말을 잃게 되더군요. 유럽인 전쟁 포로는 물론이고 현지에서 동원된 아시아인들까지, 수많은 사람이 타이멘 철도 가설 현장에서 목숨을 잃었습니다.

카나이: 게다가 아이러니한 게, 전투로 죽은 것도 아니었잖아요.

야스다: 말하자면 학대사였습니다. 지배와 피지배의 관계 속에서 강제됐던 죽음들. 침략전쟁의 상징이랄 수 있지요.

카나이: 일본군에게 '사람이 소중하다는 생각'이 조금이라도 있었더라면 최소한 죽이지 않고 끝낼 수 있었을 겁니다. 그런 걸 생각하면, 정말 뭐 고개를 숙일 수밖에 없어요. 이건 오키나와에서도, 오쿠노시마에서도 똑같이 느꼈던 부분입니다. 과거에만 그런 게 아니에요. 지금도 일본이라는 나라는…

야스다: 본질적인 부분에서는 변한 게 없지 않을까요.

포로 감시원이었던 그의 말

카나이: 그러고 보니 2020년 가을, 타이멘 철도 건설과 관련된 인물인 이학래 씨를 만나기도 했죠.

야스다: 이학래 씨는 일본군 소속 조선인이었습니다. 포로 감시원으로 태국에 보내졌어요. 파견 당시 나이가 고작 열일곱이었습니다. 일본은 식민지 조선에서 태어난 그에게 '더러운 일'을 떠맡겼던 거지요. 포로 쪽에서 보면 포로 감시원이 가장 증오스러운 대상이었으니까요.

카나이: 일본군은 한시라도 빨리 철도를 완성하고자 했어요. 그래서 영양실조나 병으로 약해진 포로까지 동원했고 잠깐의 휴식도 용납하지 않았습니다. 실제로 포로들에게 '쉬지 말고 움직이라'고 명령하는 것이 이학래 씨의 일이었습니다. 당시 포로의 일기 속에서도 '코리안 가드'(조선인 포로 감시원)가 증오의 대상으로 종종 등장하고는 했죠.

야스다: 태국 취재를 계기로 이학래 씨의 존재를 알게 됐고, 도쿄 시내의 자택을 찾아가 그를 만났던 게 지금도 생생합니다. 아무래도 95세라는 나이가 있다 보니 허리와 다리가 약해 거동은 좀 불편해 보였지만, 목소리에 힘이 있었고 기억력도 대단하셨습니다. 당시의 세부적인 상황을 정확히 잘 말씀해 주셨어요.

카나이: 맞아요. 최대 난코스였던 '힌톡' 지역 공사 때에는 오스트레일리아, 영국, 네덜란드 포로 500명을 조선인 포로 감시원 6명으로 통제해야 했다는 이야기도 해주셨어요. '말을 안 들으면 뺨을 쳤다'고 정확하게 표현해 주셨는데, 그 한마디가 유독 무겁게 다가왔습니다.

야스다: 결국 이학래 씨는 전범으로 처벌받게 됩니다. 포로에

대한 체벌을 포함해 가혹한 노동을 강요했다는 것이 처벌의 요인이 되었지요.

카나이: 열일곱이었던 그는 누군가의 뺨을 때린다는 걸 생각조차 못하던 사람이었습니다. 일본군의 교육을 받기 전까지는요. 일본군 상관에게 그도 수없이 뺨을 맞았습니다. '자세가 나쁘다'거나 '무기 손질을 소홀히 했다'거나 심지어는 '일본인으로 만들어 주겠다'는 말도 안 되는 이유들로요. 그랬기 때문에 본인도 저항 없이 포로의 뺨을 때리게 되었던 거라고 봐요.

야스다: 말하자면 당시 그의 몸 안에 일본군의 야만적인 행태가 스며들었던 겁니다. 그에게 포로에 대한 학대를 금했던 제네바 조약을 가르쳐주는 이는 없었습니다. 폭력으로 제재하는 것만 가르쳤던 거지요. 포로 입장에서 본다면 이학래 씨는 가

해자가 분명합니다. 그러나 동시에 일본 제국주의의 피해자이기도 했어요. 패전 후 그를 비롯한 조선인 포로 감시원은 BC급 전범으로 기소되었고 이학래 씨는 사형을 구형받았습니다. 포로의 죽음에 대한 책임을 과중하게 짊어지운 형태였다고나 할까요.

카나이: 동감입니다. 겨우 전쟁이 끝났고 조국은 독립을 맞았습니다. 조선은 더 이상 일본이 아니었지만 이학래 씨는 '일본인으로서' 법의 심판을 받아야 했어요. 그것도 사형이었으니 얼마나 절망적이었을까요. 아슬아슬하게 사형 집행은 면했지만 스가모 형무소(도쿄 소재의 교도소로, 태평양 전쟁의 전범이 수감되고 그중 7명의 A급 전범이 사형된 곳 - 옮긴이)에 수감됐고 1956년 출소했습니다. 10대였던 그가 31살이 되어 출소했어요. 그것만으로도 가혹했는데 이후 일본 정부의 대응은 더 가혹했습니다. 용납할 수가 없어요! (쾅 하고 책상을 주먹으로 내리침)

야스다: 일본인이 아니라는 이유로 군인 연금 등 모든 보상 대상에서 제외됐지요. 말도 안 됩니다. 이런 게 바로 민족 차별의 전형적인 행태입니다! (쾅 하고 책상을 주먹으로 내리침)

카나이: 필요할 때만 '일본인'으로 이용하고 나중에는 나 몰라라 하는 거잖아요.

야스다: 이후 이학래 씨는 당시 조선인 전범자들과 함께 일본 정부를 상대로 보상과 구제를 위한 입법 요구 운동을 일관되게 해왔습니다. 그러나 일본 정부가 그걸 인정하는 일은 없었어

요. 그는 돈 이상으로, 일본 정부의 성의 있는 대응을 바라왔습니다. 그러나 바라는 것을 얻지 못한 채 2021년 3월에 돌아가셨지요. 인터뷰 때 그가 몇 번이고 '부조리'라는 단어를 쓰며 일본 정부를 비판하던 게 인상적이었습니다. 일본을 위해 싸웠으나 일본에게 버려졌다. 그야말로 부조리의 극치니까요.

카나이: 그러고 보면 힌다드 온천을 취재했기에 이학래 씨와의 만남도 가능했구나 싶네요. 친절하게 대해주시던 모습이 잊히지 않아요. 얼굴 일러스트를 그려도 되겠냐고 여쭤봤을 때 환하게 웃으며 고개를 끄덕여주셨어요. 건강하실 때 이 책을 전해드리지 못해 아쉽습니다.

목욕탕의 신이 이어준 인연

야스다: 오키나와 편을 취재했던 때는 2019년 4월이었습니다. 저는 중의원 보선 취재로, 카나이 씨는 오키나와 스모 취재로 각기 오키나와를 찾았고, 코자(오키나와시)에서 합류해 목욕탕 취재를 시작했습니다. 원고에도 썼지만 그때 둘이 좀 싸웠잖아요. 헤노코의 미군 기지 건설에 대해 이야기하다가요.

카나이: 그런 건 싸움이라고 말할 수도 없죠. 제가 일방적으로 작가님께 생트집을 잡았던 거라. (웃음) 그 건은 이제 그만 잊고 용서해 주세요.

야스다: 네. 근데 그때 꽤 속상했어요. (웃음) 아무튼 그때 우리가 나카노탕을 찾아갔던 건, 오키나와에 마지막으로 남은 동네 목욕탕이라는 점이 흥미로웠기 때문이었지요. 그런데 거기

서도 결국 전쟁이라는 키워드로 이야기가 이어졌어요.

카나이: 맞아요. '목욕탕의 우연한 만남, 그 속에서 건진 이야기'가 이 책이 출발하게 된 기획 의도였기 때문에, 동네 목욕탕에서 우연히 만난 어르신의 자택을 방문하게 된 건 정말 최고의 전개였죠. 목욕탕의 신이 인도해 주신 것 같았어요.

야스다: 그런 게 취재의 묘미구나 싶어요.

카나이: 1980년대에서 1990년대, 그 시절 사람들 이야기에는 구석구석 참 좋은 지점이 많구나 싶습니다. 생각해볼 만한 지점이 잔뜩 있다고 할까요.

야스다: 살아온 시간 그대로가 근현대사와 겹쳐지니까요. 그런 의미에서 보면 부산에서 함께 목욕을 했던 최병대 씨도 떠오릅니다. 한일 근현대사가 몸에 새겨진 듯한 분이었어요. 야쿠자 보스부터 고위 정치인까지 다채로운 인맥도 신기했지요. 사실 그가 어떤 인물인지 지금까지도 잘은 모르겠어요. (웃음)

야스다: (웃음) 맞아요. 그분 참 수수께끼 같은 분이죠. 취재 뒤 후일담도 기억납니다. 취재를 마치고 다음 일 때문에 곧바로 하카타[博多]로 가야 했잖아요. 그런데 부산이 태풍에 직격탄을 맞았고 모든 비행기가 결항되고 말았죠. 곤란해하고 있는데 최병대 씨에게 전화가 걸려왔어요. 사정을 이야기했더니 대뜸 하는 말이 "내가 손을 써서 비행기를 띄워줄까?"였어요. 뭔가 그 순간 대단하달까, 권력자의 냄새가 풍긴달까… 희한했죠. 도대체 그는 누구에게 손을 쓸 생각이었을까요? (웃음)

야스다: 글쎄요. (웃음) 한국에서 주재원을 경험했던 신문기자

에게 최병대 씨를 소개받았는데, 그 기자가 했던 말도 비슷했어요. "뭔지 잘은 모르겠지만 아무튼 엄청난 사람이야." (웃음) 요즘도 가끔 전화를 걸어주셔서 감사하죠.

카나이: "보리밥 또 사줄 테니 부산에 놀러 와." (웃음) 다시 뵐 날이 기대됩니다.

야스다: 저도요. 그 전에 노래방 레퍼토리부터 좀 만들어놔야겠어요.

역사를 제대로 보고 싶다

야스다: 사무카와에서 오쿠노시마까지는 지속적으로 독가스 이야기가 이어집니다. 이번 원고에서 다루지는 않았지만 구 일본군 독가스 작전과 제조 거점에 대해 '화학 무기 피해 해결 네트워크'의 오타니 다케오 씨로부터 자세한 가르침을 받았어요.

카나이: 도쿄 아다치구[足立区]의 중학교에서 사회 선생님을 하셨던 분이죠. 1970년대에 교편을 잡았던 오타니 씨는 학생들에게 '도쿄 대공습에 대해 가족들 이야기를 들어오라'는 숙제를 냈고, 그 과정에서 많은 경험담을 들었다고 했어요. 그걸 계기로 일본의 전쟁 가해라는 시점에서 조사를 하게 되었다고 하셨죠. 그때 오타니 씨가 저서 『일본이 전쟁 가해자로서 책임을 지지 못하는 이유』(고도출판)를 선물로 주셨는데, 집에 돌아가 읽어보고 난 뒤 회복이 안 될 정도로 어두운 기분이 되더군요. 일본이 중국에서 저지른 여러 만행, 당시의 생생한

증언들…

야스다: 오타니 씨께 직접 이야기를 듣고 그 책을 읽으며 일본의 전쟁 가해 문제에 대해 새삼 더 깊이 생각해 보게 됐어요. 지금 일본 사회에서는 역사수정주의는 물론이거니와 가해의 역사를 전부 부정하려는 움직임도 포착됩니다. 가해 문제를 들여다보기만 해도 '반일' 또는 '매국노'라는 말로 공격받아요. 어이없는 세상이죠. 그래서 더더욱 사무카와와 오쿠노시마를 통해 전쟁 가해의 문제를 직시해보고 싶었어요. 외면해서는 안 된다고 호소하고 싶었습니다.

카나이: 맞아요. 지금을 사는 우리가 최소한 할 수 있는 일은 역사를 제대로 바라보는 일이니까요. 없었던 일로 치부한다거나 역사를 왜곡한다면 피해자를 두 번 죽이는 일이 됩니다.

여행은 계속된다

야스다: 취재는 했지만 이번 원고에 등장하지 못한 목욕탕도 있었지요.

카나이: 네, 그랬죠. 단순히 목욕탕만 경험한 곳도 있었고요. '혹시 뭔가 글감이 있지 않을까?'라는 생각으로 찾았던 곳 중에 나라시노시[習志野市](지바현)와 쓰루미구[鶴見区](가나가와현, 요코하마시)에 있던 목욕탕이 기억에 남아요.

야스다: 나라시노의 목욕탕은 100년 이상 영업을 이어온 무척 멋진 목욕탕이었어요. 목욕탕보다 더 흥미로웠던 건 그 지역의 역사였지요. 지금도 나라시노에는 자위대 기지가 있잖아

요. 메이지 시대부터 군사 도시로 발달해 온 지역이라 곳곳에서 전쟁 유적을 볼 수도 있고요.

카나이: 육군나라시노학교(1933년 개소하여 1945년 폐소한, 일본 제국군의 화학전 연구를 행하던 군사학교 – 옮긴이)에서 독가스에 관해 연구하고 교육했다는 역사도 가진 지역이고요. 그러나 리모델링으로 목욕탕이 휴업에 들어가면서 취재도 일시 중단할 수밖에 없었습니다.

야스다: 쓰루미에도 좋은 목욕탕이 있었어요. 공장의 직원 기숙사에 있던 대욕탕을 그대로 가져와 영업하던 동네 목욕탕이었지요. 노스탤지어가 느껴지던 곳이었어요. 그래서 그런지 목욕탕 마니아들 사이에서는 이미 꽤 유명한 곳이더라고요. 그때도 목욕탕만큼이나 쓰루미라는 동네 자체가 흥미로웠던 기억이 납니다.

카나이: 맞아요. 오키나와와 브라질이 뒤섞인 느낌의 동네 같았어요.

야스다: 게이힌[京浜] 공업 지대(도쿄, 가와사키, 요코하마를 중심으로 하는 일본 최대의 공업 지대로, 쓰루미구도 여기 속해 있다. – 옮긴이)에는 전쟁 전부터 오키나와 사람이 많이 살았습니다. 오키나와에서 돈을 벌기 위해 많이들 찾아왔거든요. 향우회 건물 1층에 있던 가게 기억나시죠? 오키나와 식재료라면 뭐든 다 있던 그 가게도 그렇고, 부근에 오키나와 식당이 군데군데 있던 것도 그런 이유입니다.

카나이: 향우회 옆 자판기도 특이했잖아요. 오키나와의 쌀 음

료 '미키'를 판다는 게 재밌었어요. 처음 마셔봤는데, 달고 시원하면서 뭔가 걸쭉하기도 했고요. 원료가 쌀이어서 그런지 묽은 죽 비슷한 느낌도 들었어요.

야스다: 저도요. 정작 오키나와에서는 못 마셔봤던 걸 쓰루미에서 처음 마셔봤어요. 단 걸 좋아하고 쌀을 좋아하는 저로서는 위험한 음료였습니다. (웃음)

카나이: 쓰루미에는 일본계 브라질 사람도 많고 페루에서 온 노동자도 많았습니다. 우리가 점심을 먹은 곳도 브라질 식당이었고요. 작가님이 화장실에 다녀오더니 '방향제에서도 브라질 향이 난다'며 즐거워하던 기억이 나네요. (웃음) 조만간 쓰루미의 동네 목욕탕도 취재해보고 싶어요. 탕에 몸을 담근 채 오키나와나 브라질에 뿌리를 둔 사람들의 이야기를 들어보고

싶네요.

야스다: 그 외에도 가보고 싶은 목욕탕이 참 많아요. 인터넷에 연재하며 독자들로부터 다양한 정보도 얻었고요.

카나이: 맞아요. 말레이시아 코타키나발루 근교에 구 일본군이 개발한 온천이 있다는 정보도 얻었죠. 타이완, 항일 무장봉기가 벌어진 장소 근처의 온천 정보도 얻었고요. 그중 색달랐던 건 알제리에 로마 시대의 목욕탕이 남아 있다는 정보였어요.

야스다: 우리는 왜 이렇게까지 목욕탕에 집착하는 걸까요?

카나이: 글쎄요. 저도 목욕탕을 좋아하긴 하지만 '탄산탕은 무조건 있어야 한다'거나, '사우나와 냉탕의 반복은 몇 번이 좋다'거나 하는 것에는 크게 개의치 않아요. 내가 하고 싶은 건 단 하나, '세계는 넓고 다양한 사람이 있다'는 것을 맛보고 싶을 뿐이죠. 이번에는 작가님과 함께이니 대중탕을 기준에 두고 세계를 돌아봐야겠다 생각했고요. 작가님은 어떠신가요?

야스다: 저는 원래부터가 목욕탕을 워낙에 좋아했어요. 게다가 탕에서는 다들 무방비 상태잖아요. 말하자면 '궁극의 비무장 지대'. 그렇기에 더더욱 잘 보이는 풍경도 있다고 생각합니다. 실제로도 그랬고요. 이번 취재에서도 목욕탕이라는 공간을 빌어 인간의 깊이와 전쟁의 죄과가 더 깊이 들여다보였으니까요.

카나이: '목욕탕은 궁극의 비무장 지대!'라니, 명언이네요. 액자로 만들어 욕실에 장식하고 싶어요. (웃음)

야스다: 그런 어수선한 목욕탕은 들어가고 싶지 않은데… (웃

음) 아무튼 앞으로도 더 열심히 뛰어다녀봅시다. 재밌을 것 같은 목욕탕, 재밌을 것 같은 풍경을 찾아서요.

글을 마치며

야스다 고이치

그래, 탕에 들어가자.

갑작스레 급한 일이 떠오르기라도 한 듯 모든 생각도, 하던 일도 던져 버리고 목욕탕을 찾게 되는 순간이 있다. 예를 들면 취재를 마치고 집으로 돌아가는 지하철 안, 땅거미 지는 주택가를 멍하게 바라보다가 피곤에 찌든 내 얼굴이 차창에 겹쳐지는 순간이다. 남은 시간을 의식한다. 몇몇 안 좋았던 일도 떠오른다. 머릿속에 모래시계가 떠오르고, 기세 좋게 떨어지는 모래가 나를 침울하게 만든다.

그러면 나는 목욕탕을 찾는다. 서둘러 집에 돌아가 좁은 욕실에 틀어박히는 것도 좋다. 도중에 지하철에서 내려 동네 목욕탕으로 뛰어드는 것도 나쁘지 않다. 번화가의 사우나도 좋고, 교외의 건강랜드라도 좋다. 뭍으로 튀어나온 물고기가 다시금 바다를 목표로 삼듯 입을 뻐끔대며 목욕탕으로 향한다.

달라지는 건 없다. 떠맡은 짐이 줄어드는 것도 아니다. 오히려 정체를 가중시킬 수도 있다. 그러나 우울한 일상에서 잠시나마 달아나는 것은 가능하다. 나는 계속 그렇게 해 왔다. 그것이 내게 있어서의 목욕탕이다.

카나이 씨는 어떨까. 경이적인 사고 능력과 관찰력을 겸비한 그녀. 아마도 한 번 탕에 들어갈 때마다 그녀의 세계는 넓어질 것이다. 무언가를 획득해 도약하길 반복하고 있다.

안으로 향하는 자와 도약하는 자. 그런 둘이서 목욕탕 여행을 했다. 목욕탕을 둘러싼 사람과 사회를 다각적인 시선으로 바라봤다. 함께 기뻐하고, 함께 한숨을 내쉬고, 때로는 허공으로 주먹을 치켜올리기도 했다. 그렇게 동요했던 우리의 마음만이라도 이 책을 통해 전달되기를 바란다. 이 책은 배타적인 분위기로 가득한 지금, 사회를 향한 우리의 작은 저항이기도 하기에.

전례도 찾아볼 수 없는 우리의 '목욕탕 책'을 재밌어 해주고 마지막까지 함께 달려준 이가 있다. 출판사 아키쇼보의 편집자 다카오 씨다. 그의 명확한 조언이 없었다면 우리는 목적을 잃고 지금까지 긴 목욕을 끝내지 못했을 수도 있다. 물에 빠져 허우적대던 우리를 구해준 다카오 씨께 감사드린다.

무엇보다 우리의 느닷없는 취재에 응해주신 모든 분께 다시 한 번 감사의 말을 전하고 싶다. 고맙습니다.

우리의 여행은 아직 끝나지 않았다. 보고 싶은 풍경, 만나고 싶은 사람, 듣고 싶은 이야기가 산처럼 많다. 과연 거기까지 도달할 수 있을지, 그 전에 그럴 힘이 내게 남아 있을지 두렵기도 하지만 이런 고민은 해 봐야 아무 소용이 없다. 그런 순간이 찾아오면 나는 생각한다.

그래, 탕에 들어가자.

전쟁과 목욕탕

야스다 고이치 글
카나이 마키 글·그림
정영희 옮김

초판 1쇄 발행 2022년 8월 15일
초판 2쇄 발행 2024년 7월 30일

펴낸이 이민·유정미
편집 최미라
디자인 오성훈

펴낸곳 이유출판
출판등록 제25100-2019-000011호
주소 34630 대전시 동구 대전천동로 514
전화 070-4200-1118
팩스 070-4170-4107
이메일 iu14@iubooks.com
홈페이지 www.iubooks.com
페이스북 @iubooks11
인스타그램 @iubooks11

정가 18,000원

ISBN 979-11-89534-31-8(03830)